E. C. Diskin

Green Line – Mord in Chicago

W0385428

amazon crossing

Das Buch

Nur noch wenige Monate, dann wird sich der langjährige Traum von der Teilhaberschaft in ihrer angesehenen Chicagoer Anwaltskanzlei für Abby Donovan erfüllen. Doch dann katapultiert ein nächtliches Missgeschick sie in eine Welt aus Drogen, Banden, Mord und Korruption, und ihre Welt steht Kopf. Was und vor allem wen Abby gesehen hat, verfolgt sie – wie auch der rätselhafte Tod eines liebenswürdigen Fremden. Obwohl Abbys Arbeit leidet, ihre Termine platzen und ihre Beförderung auf dem Spiel steht, ist sie genötigt, mithilfe eines seltsamen neuen Freundes zu ermitteln.

Doch Abbys Ermittlungsarbeit gefährdet nicht nur ihre Karriere. Jemand beobachtet sie, und er wird nicht zulassen, dass eine naseweise Anwältin sein Spiel aufdeckt.

In diesem fesselnden Debüt begleiten wir E. C. Diskin und ihre alles andere als perfekte und gerade deshalb glaubhafte Protagonistin auf einer atemlosen Achterbahnfahrt durch Chicago. Während man mit Abby hofft und bangt, lernt man die Stadt mit allen Höhen und Tiefen kennen, von den finsteren Straßen der West Side bis zu den Anwesen am North Shore.

Ein spannender Thriller, der eine wenig bekannte, häufig angewendete und allzu oft missbrauchte Rechtspraxis beleuchtet.

Die Autorin

E. C. Diskin studierte Wirtschaft an der Texas Christian University und Jura am DePaul University College of Law in Chicago. Nachdem sie mehrere Jahre als Anwältin gearbeitet und eine Schublade voller Ideen für Geschichten hatte, trat Diskin einer Autorengruppe bei und begann mit der Niederschrift von The Green Line. Mittlerweile arbeitet sie an einer Fortsetzung; weitere Werke sind in Vorbereitung. Weitere Infos über die Autorin unter: www.ecdiskin.com sowie unter: www.facebook.com/ECDiskin.

E. C.
DISKIN

GREEN LINE

MORD IN CHICAGO

THRILLER

Aus dem Amerikanischen von Karin Will

amazon crossing

Die Originalausgabe erschien 2013 unter dem Titel »The Green Line«.

Deutsche Erstveröffentlichung bei
AmazonCrossing, Amazon E.U. Sàrl
5 Rue Plaetis, L-2338, Luxembourg
2014

Umschlaggestaltung: bürosüd° München, www.buerosued.de
Lektorat: Asta Hemmerlein, Berlin
Satz: Satzbüro Peters
Printed in Germany
by Amazon Distribution GmbH
Amazonstraße 1
04347 Leipzig, Germany

ISBN: 978-1-477-82905-9

www.amazon.com/crossing

Kapitel 1

Die Stimme einer Frau, rau und tief von Tausenden Zigaretten und zu viel Alkohol, riss Abby aus dem Schlaf. Die Frau saß ein paar Reihen weiter vorn auf der anderen Seite des Mittelgangs und stritt sich mit dem leeren Platz gegenüber. Ihr graues Haar stand wirr und filzig nach allen Seiten ab.

»Weg da!«, schrie die Frau und umklammerte panisch ihre Plastiktüten, die mit Schuhen und leeren Bechern vollgestopft waren. »Ich weiß, was ihr vorhabt. Ich bring euch alle um.« Sie sah sich im Wagen um, und ihre und Abbys Blicke trafen sich, bevor sie weiter auf den leeren Platz einschimpfte. »Wenn ich 'ne Pistole hätte, würd ich die Weißen alle abknallen. Genau das würd ich tun.«

Abby sah sich zur Beruhigung nach den anderen Fahrgästen um. Außer ihr befanden sich nur drei Menschen im Abteil, und die wirkten alles andere als beruhigend. Ein älterer Mann, vermutlich obdachlos und betrunken, schlief. Schräg hinter ihr saßen auf der anderen Seite des Mittelgangs zwei junge Kerle, vielleicht zwanzig Jahre alt, von oben bis unten tätowiert, mit Goldketten und in Baggy-Kleidung. Rowdys.

Irgendetwas stimmte hier nicht.

Abby kramte nach ihrer Brille, um sich die Karte des Schienennetzes anzusehen. Das grüne Haltestellendiagramm über den Türen bestätigte ihr das Versehen. Ihr Herzschlag beschleunigte sich, und ihre Muskeln spannten sich. Mist. Sie war in der Green Line.

Sie hatte auf die Brown Line gewartet, und währenddessen waren zwei Züge der Green Line gekommen und wieder abgefahren, während sie innerlich fluchte, weil ihre Schlafenszeit verstrich. Sie hatte unter den Wärmelampen gestanden, in ihren Akten gelesen und dabei brauchbare Zitate und wichtige Fakten für ihr Schriftstück markiert, als schließlich ein weiterer Zug in den Bahnhof eingefahren war. Sie hatte kaum aufgesehen und war einfach in den leeren Wagen eingestiegen, hatte sich hingesetzt und weitergelesen. Und war dabei offensichtlich eingeschlafen.

Abby sah auf die Armbanduhr, und ihr wurde klar, dass sie ungefähr eine Viertelstunde geschlafen hatte. Der Uhrzeit nach – 23.25 Uhr – befand sie sich jetzt etliche Kilometer westlich des Loops. Wieder studierte sie das Schaubild des Schienennetzes, zählte die Bahnhöfe ab und überlegte, wie weit sie gefahren sein mochte und ob es wohl irgendwo eine sichere Haltestelle gab, bei der sie aussteigen und auf einen Zug in Richtung Osten warten konnte, hatte jedoch keine Ahnung.

Abby stammte nicht aus Chicago. Alle ihre Bekannten lebten nördlich des Loops in der Nähe des Sees, wo die Stadt von Leben, Restaurants, Boutiquen und den Filialen aller möglichen Ketten überquoll und wo sie sich stets einigermaßen sicher gefühlt hatte. Über die Gegend westlich des Loops wusste sie nur, dass man da besser nicht hinging. Der Aufmacher der *Tribune* in der letzten Woche hatte das noch unterstrichen. In dem Artikel wurde beschrieben, wie Chicago zu seinem zweifelhaften Ruf als Hochburg des Mordes in den USA gekommen war, nachdem die Zahl der Mordfälle bis zum Jahr 2003 auf sechshundert angestiegen war; und die roten Punkte in einem Stadtplan illustrierten, wo sich diese Todesfälle ereignet hatten. Beim Lesen hatte Abby tiefe Erleichterung verspürt. In ihrem Wohnviertel gab es nur zwei rote Punkte. In den Gegenden mit den vielen roten Punkten war sie nie gewesen, und in ihren Augen gab es keinerlei Grund, je dort hinzugehen.

Dieser Zug fuhr in die schlimmste Rote-Punkte-Zone. Im Geist hörte sie die Warnungen vor der Großstadt, die ihre Mutter ihr mit auf den Weg gegeben hatte. Sie dachte an das Pfefferspray, das ihre Mutter ihr vor Jahren geschickt hatte. Sie hatte darüber gelacht, es in die Krimskramsschublade gelegt und nie wieder in die Hand genommen.

Hinter den regennassen Scheiben war nur Schwärze. Von der Umgebung war nichts zu erkennen. In der Glasscheibe sah man das Spiegelbild der Rowdys. Einer von ihnen starrte sie an. Reflexartig erwiderte sie seinen Blick. Er lächelte. Das Lilien-Tattoo auf seinem rasierten Schädel sah genauso aus wie das Zeichen ihrer früheren Studentenverbindung, Kappa Kappa Gamma. Etliche ihrer lilienweißen Verbindungsschwestern aus den Südstaaten hatten sich zum Zeichen der Rebellion genau diese Lilie auf die Fußknöchel tätowieren lassen. Der Rowdy gehörte eindeutig einem anderen Klub an.

Abby behielt eine ausdruckslose Miene bei und wandte den Blick ab, um ihn nicht zu ermutigen, ohne ihn jedoch zu verärgern. Offenbar erfolglos. Im Fenster sah sie, wie er seinen Kumpel in die Seite stieß, aufstand und auf sie zukam. Er setzte sich hinter sie, beugte sich vor und flüsterte ihr ins Ohr: »Hallo, Baby.« Sie spürte seinen Atem im Nacken und roch das allzu reichlich verwendete Aftershave.

»Hallo«, sagte sie schwach, um nicht unhöflich zu wirken, doch ohne sich umzudrehen.

»Was machst du so?«

Sie blickte zu dem Spiegelbild am Fenster und sah, dass er ihr Haar berührte.

»Ich fahre einfach nur nach Hause«, sagte sie so lässig wie möglich. Sie beugte sich vor und raffte ihre Habseligkeiten zusammen.

»Wie wär's, wenn ich mitkomme?«

Sein Freund fiel ein: »Ja, wie wär's, wenn wir beide mitkommen?«

Der Mann hinter ihr lachte. »Du weißt doch, was sie über Rothaarige sagen, oder?« Er wartete die Antwort nicht ab. »Die sind wild.«

Abbys Magen krampfte sich furchtsam zusammen.

Der Freund lachte. »Stimmt. Sie sieht aus, als könnte sie's mit uns beiden aufnehmen, meinst du nicht?«

Abby drehte sich nicht um. »Danke, aber ich bin verheiratet.« Sie zog sich den Gurt der Aktentasche über die Schulter, griff nach ihrer Handtasche, stand auf und ging zur Tür.

»Hey, wo willst du hin?«

Sie schaute zur Tür, um jeden weiteren Blickkontakt zu vermeiden.

»Ich seh keinen Ring! Hast du Angst vor mir?«

Abby gab keine Antwort.

Erneut mischte sein Freund sich ein. »Die ist doch bloß unhöflich.«

Der Schläger sprach weiter, lauter diesmal. »Hey, ich rede mit dir. Glaubst du vielleicht, du bist zu gut für mich, du Schlampe?«

Abby schüttelte den Kopf.

Die Männer lachten.

Abby beobachtete die beiden weiter in der Fensterscheibe. Sie hatten sich wieder nebeneinander gesetzt. Beide hatten die Hände an den Haltegriffen vor ihren Sitzen, um schnell aufstehen zu können.

Die Bahn kam zur nächsten Haltestelle, *Cicero*, und die Türen gingen auf. Abby rührte sich nicht, das Gewicht ihres Entschlusses drückte sie nieder. Doch als das Signal ankündigte, dass gleich die Türen sich schließen würden, sprang sie nach draußen. Hinter ihr schlossen sich die Türen. Sie drehte sich um. Hinter der Tür, kaum einen Meter von ihr entfernt, standen die Schläger, lachten und machten obszöne Gesten. Der Zug fuhr ab.

Endlich atmete Abby aus und ließ die angestaute Luft aus ihren Lungen entweichen. Sie tat ein paar tiefe Atemzüge, um ihren rasenden Puls zu beruhigen, und ging zu den Wärmelampen hinüber, um auf einen Zug in Richtung Osten zu warten. Die Fahrgäste, die aus den anderen Waggons ausgestiegen waren, gingen die Treppe rechts von ihr hinunter. Sie drückte den riesigen, roten Knopf in dem Gehäuse und wartete, bis die Spulen in den Lampen darüber aufglühten. Die leichte Wärme beruhigte sie, und sie schloss kurz die Augen und lauschte nur auf das leise Geräusch des Regens auf der Straße unter ihr. Sie schob die Hände tief in die Taschen ihres Trenchcoats und verfluchte sich dafür, dass sie Handschuhe, Hut und den Regenschirm nicht mitgenommen hatte, die heute Morgen im Eingang gelegen hatten. Vier Grad im Januar waren ihr mild erschienen, aber jetzt fühlte es sich eher nach Minusgraden an.

Sie sah auf die Uhr und überdachte ihre Möglichkeiten. Von hier aus würde sie zehn oder fünfzehn Minuten brauchen, um zurück zum Loop, also nach Chicago City, zu kommen, und sie würde auf die Brown Line der *L*, des Chicagoer Nahverkehrsnetzes, warten müssen. Bis nach Hause wären es noch einmal eine Fahrt von zwanzig Minuten und fünf Minuten zu Fuß. Das hatte keinen Sinn. Sie würde einfach ins Büro zurückgehen und hoffen, dass sie in der Bibliothek eine Bank zum Schlafen fand. Wie auch diese Zugfahrt nur eine Unterbrechung war – ein kleiner Vergnügungstrip. Morgen würde sie das alles wahrscheinlich lustig finden.

Aus der Ferne, von links, hörte sie Gelächter. Zuerst sah sie niemanden, der Bahnsteig war zum größten Teil unbeleuchtet. Doch als die Stimmen lauter wurden, löste sich eine Gruppe von etwa zehn Männern aus der Dunkelheit. Sie konnte ihre Umrisse ausmachen – ausgebeulte Kleidung und ein gelegentliches Aufblitzen von Goldkettchen. Mit abgewandtem Blick umklammerte sie ihre Tasche, während alle möglichen Vorurteile sie langsam in Panik versetzten. Rasch ermahnte sie sich, nicht vom Schlimmsten auszugehen. *Nicht alle Menschen sind Verbrecher*, redete sie sich im Geist gut zu. Doch hier unter den Lampen, eingerahmt von drei Glasscheiben, fühlte sie sich wie auf dem Präsentierteller, Freiwild für alle Blicke.

Sie spürte, wie die Gruppe näherkam. Das laute Gelächter, das Flüstern und die erhobenen Hände, mit denen sie sich gegenseitig abklatschten, verrieten ihr, dass sie Gesprächsthema war.

Sie trat aus der Abgrenzung heraus, spähte nach Westen zu den Gleisen und hielt nach einfahrenden Zügen Ausschau. Nichts.

Ganz schlecht. *Steh nicht einfach da und warte darauf, dass dir jemand was tut,* ermahnte sie sich selbst. Mit gespieltem Selbstbewusstsein ging sie auf die Treppe zu.

»Geh nicht weg, Baby!«, schrie der eine. Die anderen lachten.

Abby floh die Treppe hinunter, durch das Drehkreuz und auf die Straße. Als sie draußen war, hörte sie förmlich, wie ihr Herz hämmerte. Das alles nahm langsam unwirkliche Züge an. Hektisch blickte sie sich um, und ihre Panik wuchs. Es regnete immer noch, doch es war still – und nirgendwo ein Taxi in Sicht. Abby sah auf die Uhr – zwanzig Minuten vor elf.

Sie duckte sich zum Schutz vor dem Regen unter die Treppe und klappte ihr Mobiltelefon auf. Der Akku war fast leer. Sie drückte die Kurzwahl für Davids Handynummer. Noch immer hatte sie ihn als erste Nummer gespeichert, sie wusste auch nicht, wen sie sonst hätte anrufen können. Aber nachdem sie es mehrmals vergeblich hatte klingeln lassen, klappte sie das Handy wieder zu. Und dann hörte sie über sich das Getrampel von Schritten. Nichts wie weg hier.

Abby überquerte die Straße und machte sich auf den Weg in die Stadt. Die Gleise verliefen oberhalb der Lake Street, und zumindest in der Innenstadt war das eine Hauptverkehrsstraße, in der jede Menge los war. Zu dieser Uhrzeit musste es doch eine Bar oder einen Spirituosenladen geben oder sonst ein Geschäft, das offen hatte. Sie hastete an ein paar einstöckigen Gewerbegebäuden und einer geschlossenen Kfz-Werkstatt vorbei und blieb an der Ampel vor der Querstraße stehen. Sie putzte ihre Brille, deren Gläser inzwischen beschlagen waren, und sah sich auf der Straße um. Es war die reinste Geisterstadt. Die Straßenlaternen warfen nur kleine Lichtkreise, und die Schatten der Bahngleise verstärkten die Dunkelheit. Sie war an der Haltestelle Cicero ausgestiegen, so viel wusste sie, aber das sagte ihr gar nichts. Die Ampel wurde grün, und sie ging weiter. Die Einfahrten, von schweren Stahltüren versperrt, waren verschlossen und verriegelt, und an mit Brettern vernagelten Schaufenstern hingen Schilder, denen zu entnehmen war, dass die Läden zum Verkauf standen oder einen Nachmieter suchten.

Zwei Querstraßen weiter war Abby durchnässt und zitterte vor Kälte. Inzwischen hatte sie es aufgegeben, ihren Kopf mit der Handtasche zu schützen. Sie fühlte sich wie an einem Abgrund. Hier gab es nichts. Keine Menschen, keine geöffneten Lokale, keinerlei Anzeichen von Leben. Der Regen fiel immer weiter – spärlich zwar, doch erbarmungslos. An einer Seitenstraße blieb sie stehen und schaute nach Norden. Auf einem großen Stück Sperrholz stand in roten, handgemalten Lettern *Reggie's Bar und Grill.* Das Brett hing an einem Balkon auf der Ostseite, ungefähr eine Querstraße weiter. Sie lief darauf zu.

Das Gebäude sah so aus, als wäre es früher einmal etwas ganz Besonderes gewesen, ein schönes altes Backsteingebäude mit liebevollen Details. Gebäude wie diese, Anwesen im Wert von Millionen Dollar, gab es hin und wieder im Lincoln-Park, dem Viertel, durch das sie jeden Tag fuhr, aber dieses hier, das zwischen zwei mit Brettern vernagelten Gebäuden lag, war durch jahrzehntelange Vernachlässigung heruntergekommen. Im Schaufenster hing eine Leuchtreklame, auf der *Geöffnet* stand. Rasch ging sie über die Straße.

Beim Eintreten drehten ein paar Leute sich nach ihr um, die meisten davon älter. Doch als der Blick einer Frau sie streifte, begriff sie, dass sie hier nicht auf Solidarität unter Frauen hoffen durfte. Die Frau musterte Abby von Kopf bis Fuß und drehte sich dann wieder zu ihren Freunden um. Kurz darauf hatten alle ihre Gespräche wieder aufgenommen. Abby sah sich um und bemerkte die Klappstühle, die Wände mit dem rissigen Putz, den fleckigen Fußboden, die Bar aus Sperrholz, das Fehlen von Fernseher und Billardtisch. Das Lokal war urig. Ein paar alte Sportposter schmückten die Wände – die *Bears* in Klamotten, die irgendwie nach Blues Brothers aussahen, und ein Poster aus den Neunzigern, auf dem Michael Jordan zu sehen war. Damals hatte Abby noch nie etwas von den *Bears*, der Chicagoer

American-Football-Mannschaft, oder den *Bulls,* der Baseball-Mannschaft der Stadt, gehört, wie ihr klar wurde. 1991 war sie in Atlanta mit ihrem Highschoolabschluss beschäftigt gewesen und hatte gerade erst angefangen, auf ihr jetziges Leben hinzuarbeiten. Und hier bin ich nun, dachte sie.

Abby ging zur Bar, wobei sie das Plakat mit der Aufschrift *Obama in den Senat* registrierte, und überlegte, ob ihre afroamerikanischen Freunde wohl ebenso nervös waren, wenn sich niemand ihresgleichen im Raum befand. Bestimmt kam das dauernd vor, und sie hatten noch nie eine große Sache daraus gemacht. Aber das war es doch, das merkte sie jetzt. Schon wieder stand sie im Mittelpunkt des Interesses.

Nirgendwo war ein Barkeeper zu sehen. Abby klappte ihr Handy auf. Es war ausgeschaltet, und sie schaltete es ein. *Akku laden.* Das Telefon ging aus.

»Verdammt«, flüsterte sie.

Vom Wandsims hinter der Bar blickten die Gesichter von Martin Luther King und Malcolm X sie an, beide gerahmt und hinter gesprungenem Glas.

Hinten neben dem Hinweisschild für die Toiletten hing ein altes Münztelefon an der Wand. Abby suchte in ihrer Tasche nach Münzen und ging hinüber. Doch als sie den Hörer abgenommen hatte, verlor sie den Faden. Sie wusste nicht, wen sie anrufen sollte. David schlief entweder schon oder war bei seiner neuen Freundin, oder er trat irgendwo auf. Außerdem konnte sie ihn nicht anrufen. Es war jetzt fünf Monate her. Und er hatte inzwischen eine andere. Fieberhaft überlegte Abby, wen sie sonst anrufen konnte. Das hier war doch wohl eine Notlage – eine Situation, in der man Freunde um Hilfe bitten konnte? Aber vielleicht war sie auch einfach nur dumm, paranoid und rassistisch. Und es war einzig und allein ihre Schuld. Sie hätte in der Kanzlei bleiben sollen.

Als Einzige kam Sarah infrage, Abbys engste Freundin in der Kanzlei. Aber Sarah war gerade erst mit ihrem Verlobten zusammengezogen. Abby wählte die Nummer der Auskunft und fragte nach einem Rick Baker in Chicago. Nach einer kurzen Pause sagte die Angestellte: »Ich habe hier fünfzehn Treffer. Welche Straße, bitte?« Abby hatte keine Ahnung. »Scheiße!«, sagte sie laut. »Entschuldigung«, murmelte sie in den Hörer, legte auf und starrte den Nummernblock an. Ein Anruf bei ihrer Mutter in Georgia oder ihrer besten Freundin in New York würde sie auch nicht weiterbringen. Sie wählte Davids Handynummer. Nach dreimaligem Klingeln meldete sich sein Anrufbeantworter.

»David, entschuldige, hier ist Abby.« Sie hielt inne und überlegte, was sie sagen sollte. Sie beschloss, sich gelassen und zuversichtlich zu geben. »Ich stecke ein bisschen in der Klemme und wusste nicht, wen ich anrufen soll. Ähm, hoffentlich habe ich dich nicht gestört. Bis dann. Noch mal, es tut mir leid, dass ich so spät noch angerufen habe.« Frustriert über den Anruf bei ihm schüttelte sie den Kopf. Zieh endlich einen Schlussstrich, befahl sie sich wieder einmal stumm.

Ratlos betrachtete sie den Hörer und bemerkte den Werbeaufkleber der Bluebird-Taxis an der Wand vor ihr. Das war die Lösung! Doch dann fiel ihr ein, dass sie nicht wusste, wo sie sich befand. Bevor sie das Schild der Bar gesehen hatte, war sie von der Lake Street in irgendeine Seitenstraße abgebogen. Sie biss die Zähne zusammen, legte auf und ging zurück zur Bar. Inzwischen waren die meisten Leute gegangen. Sie setzte sich, um ihre Gedanken zu sammeln.

Wo ist der gottverdammte Barkeeper? Abbys stummes Selbstgespräch schwoll zu einem Kreischen. Sie bemühte sich, gelassen zu wirken, und wühlte erneut in ihrer Handtasche. Eigentlich suchte sie gar nichts, aber die Nervosität ließ sie zittrig werden, und es war besser, wenn sie beschäftigt wirkte. Das wäre ein guter Zeitpunkt für eine Zigarette. Seit der Uni hatte sie nicht mehr geraucht. Damals, als sie sich auf die Zulassung zur Anwaltskammer vorbereitet hatte, war sie Kettenraucherin gewesen, so sehr, dass sie eines Tages aus Ekel vor sich selbst schließlich ganz damit aufgehört hatte. Aber mit einer Zigarette hätte sie bestimmt selbstbewusst und abgeklärt gewirkt – was sie jetzt gut hätte brauchen können.

Zwei Leute standen auf und gingen. Ein älterer Weißer kam zur Bar und nahm zwei Barhocker weiter Platz. Sie sah sich in dem nahezu leeren Raum um. Vielleicht war das ja ein ganz guter Moment, um ihren Südstaatencharme anzuknipsen. Lächelnd wandte sie sich dem Mann zu und kramte ihren Akzent hervor. »Entschuldigen Sie, Sir. Arbeiten Sie hier?«

»Nee.« Er lächelte. Seine Zähne waren ebenso verwahrlost wie das Gebäude. Er rückte näher und schob die Hand über den Tresen zu ihr herüber. Seine langen, schmutzigen Fingernägel kratzten über die Platte. Er stank nach Alkohol. »Brauchen Sie Hilfe?«, fragte er.

»Oh, vielen Dank, aber ich warte auf den Barkeeper«, erwiderte sie mit wenig überzeugendem Optimismus.

Abby spürte, wie er sie ansah, und ärgerte sich stumm. *Was soll das? Hör auf, mich anzustarren, alter Mann!*

Es war ein Fehler gewesen, hierherzukommen. Sie musste zum Bahnhof zurück. Inzwischen waren die Kerle bestimmt weg. Sie sprang vom Barhocker herunter und ging zur Tür.

Abby versuchte zu rennen, aber es wurde eher ein Trab daraus, bei dem sie Aktentasche und Handtasche fest an sich drückte und sich Mühe gab, die Schuhe mit den fünf Zentimeter hohen Absätzen nicht zu verlieren. Sie kam an einer Frau mit einem gepunkteten Regenschirm vorbei, die die Lake Street entlangschlenderte. Abby hätte sie im Vorbeilaufen beinahe umgerannt.

»Miststück!«, schrie die Frau. »Tschuldigung«, murmelte Abby über die Schulter, ohne ihr Tempo zu verlangsamen. Erst eine Sekunde später fiel bei ihr der Groschen. Das Outfit der Unbekannten war eindeutig – der karierte Schulmädchen-Minirock, die Netzstrumpfhose, die hochhackigen Lacklederschuhe mit den Zehnzentimeterabsätzen. Abby kicherte, als ihr klar wurde, mit was für einer Frau sie da gerade zusammengestoßen war. Immer noch besser, als zu weinen. Das war alles so absurd.

Keine zehn Minuten später war sie wieder am Bahnhof. Sie lief die Treppe hinauf, schob ihr Ticket der Chicagoer Verkehrsbetriebe in den Automaten und wollte das Drehkreuz passieren, doch es bewegte sich nicht. Sie schaute auf das Display, doch da stand nichts. Sie versuchte es noch einmal, ohne Erfolg zu haben.

»Was soll das, verdammt?«, brüllte sie.

Auf einem Schild über ihr standen die Betriebszeiten: sechs Uhr morgens bis Mitternacht. Sie blickte auf die Armbanduhr: fünf Minuten nach null Uhr.

Kapitel 2

Trip stieß herrisch die Tür zum *Reggie's* auf und ließ den Blick durch das Lokal schweifen. Es war genauso, wie er es in Erinnerung hatte – tolles Potenzial. Ein alter Mann, der an der Bar saß, drehte sich zu ihm um. Ihre Blicke trafen sich, und der Mann griff nach seinem Mantel. Trip streifte die Handschuhe ab und hielt die Tür auf, bis der Mann hinausstolperte. Er war nicht sonderlich überrascht über seine Fähigkeit, einen Raum zu leeren. Jetzt konnte es losgehen.

»Hallo!«, rief er zur Sicherheit.

Eine Stimme aus dem Hinterzimmer antwortete ihm. »Ich komme schon!« Trip ging zur Bar und nahm Platz, auf Verzögerungen gefasst. Der Barkeeper kam zurück, ein Gestell mit Gläsern auf den Armen. Trip grinste. Diese Dreadlocks kannte er.

»Tschuldigung!«, rief der Barkeeper über die Schulter zurück. »Ich mach gerade den Abwasch. Wir schließen gleich.« Er stellte den Ständer auf der hinteren Bar ab und drehte sich zu seinem Gast um, das übliche »Was kann ich für Sie tun?« auf den Lippen, doch als er Trip sah, verstummte er.

»Hallo, Leon.«

Der Barkeeper wich zurück und griff hinter sich nach dem Tresen. Hektisch sah er sich im Raum um. »Was kann ich für dich tun, Mann?«

Trip legte den Finger an die Lippen, um die Spannung zu verstärken. Die Sache machte ihm Spaß. »Okay, Leon, wie wär's mit … einem Stoli-Martini auf Eis mit Gorgonzola-Oliven?«

Der Mann lachte gezwungen. »Das hier ist keine Hotelbar, Mann. So was hab ich nicht.«

Trip hörte auf zu lächeln, beugte sich vor und befahl: »Nun, dann sieh lieber zu, dass du es besorgst.«

Erneut sah der Mann sich um. Vermutlich überlegte er, ob die anderen auch wieder hier waren. »Was?«

»Gleich anderthalb Kilometer weiter ist ein Spirituosenladen, mein Guter. Weißt du was, ich werde einfach hier warten.« Trip lehnte sich zurück und verschränkte die Arme über der Brust.

»Ich, äh …«

»Du willst nicht schon wieder Ärger bekommen, nehme ich an.«

Der Mann erwiderte nichts.

»Keine Angst, ich passe auf. Solange ich da bin, passiert hier nichts«, schlug Trip vor.

Der Mann sah sich in dem leeren Raum um. »Ähm … na gut.« Er nahm seine Jacke vom Tresen und verließ das Lokal durch die Hintertür, wobei er sich mehrere Male zu Trip umdrehte.

Trip winkte ihm nach. »Lass dir Zeit!« Als die Tür zugefallen war, zog Trip sein Handy heraus, drückte eine Kurzwahlnummer und bellte Anweisungen ins Telefon. »Kann losgehen. Ja, halt ihn etwa zwanzig Minuten auf.« Er klappte das Handy zu, öffnete seine Jacke und zog eine mittelgroße Ziptüte aus Plastik aus der Innentasche. Er legte sie auf die Bar, darüber ein paar Zeitungen, und wandte sich zum Gehen.

Doch dann blieb er stehen, drehte sich um und betrachtete die Zeitungen. Er hatte noch Zeit. Trip schob die Zeitungen beiseite und öffnete die Ziptüte. Nur so viel, wie auf einen Fingernagel ging. Oder vielleicht auch auf zwei.

Er wischte sich gerade die Nase ab, als er hörte, wie die Eingangstür aufging.

»Hey, Baby. Hab ich mir doch gedacht, dass du es bist.«

Trip drehte sich zu der Stimme um und bemühte sich, die Bar mit seinem Körper abzuschirmen. »Ach ja?«

Delia lächelte. »Ja. Ich war eine Querstraße hinter dir und hab dich gesehen. Ich hab dich gesucht.« Sie drückte mit dem einen ihrer High Heels die Tür zu und lächelte.

»Tatsächlich?« Trip drehte sich zur Bar um, verschloss die Ziptüte und legte die Zeitungen wieder darauf. Jetzt konnte er mit ihr reden.

Mit bewusst provozierenden Bewegungen kam Delia auf ihn zu. »Na ja, es ist zwar eine Weile her, aber beim letzten Mal warst du wahnsinnig nett zu mir.«

Er erinnerte sich noch gut. Im letzten Herbst hatte er sie in der Nähe des United Centers dabei erwischt, wie sie es einem Typen in einem schwarzen Mercedes besorgt hatte. Es war ein Volltreffer gewesen. Der Wagen war große Klasse, und der Mann hatte die Taschen voller Geld und Koks gehabt. Und Delia war natürlich mehr als bereit gewesen, ihm etwas Gutes zu tun, während sie gemeinsam ein paar Lines zogen.

Trip lehnte sich an die Bar und genoss den Augenschmaus.

Sie liebkoste seine Brust und flüsterte ihm ins Ohr: »Ich hab mir gedacht, dass du vielleicht mal wieder ein bisschen Spaß haben möchtest.«

Es war schwer, ihrer Stimme und ihrem Atem an seinem Ohr zu widerstehen. Die meisten Nutten waren dreckig und verzweifelt, aber Delia war ein Sahneschnittchen. Sie hatte etwas Unschuldiges an sich und konnte nicht älter als zwanzig sein. »Was schlägst du vor?« Er merkte, wie das Koks ihn high machte. Er war zu allem bereit.

Ihre Hände waren überall auf seinem Körper. Sie flüsterte immer noch, als wäre der Raum voller Menschen. »Da hinten ist eine Toilette, glaube ich. Komm.«

Trip sah sich um, blickte auf die Armbanduhr und lächelte. Er hatte zwanzig Minuten Zeit. Das hier würde höchstens zehn dauern. Er schloss die Eingangstür ab und folgte ihr zur Toilette.

Delia lehnte sich an die Kabinentür und knöpfte ihre Bluse auf. »Also, Baby, worauf hättest du heute Abend Lust?«

»Weiß nicht. Aber das hier ist für den Anfang schon mal nicht schlecht.«

Sie wollte ihm die Jacke ausziehen, doch er schob ihre Hände weg. »Wie wär's denn damit?« Sie kniete sich vor ihn hin und zog seinen Reißverschluss auf.

Trip stand da, beobachtete sie und genoss ihre Kunstfertigkeit. Doch dann zog sie sich zurück und sah zu ihm hoch. »Komm noch nicht, Baby. Lass es uns beide genießen.«

Wieder blickte er auf die Uhr. »Also gut.« Er zog ein Kondom aus der Tasche und gab es ihr. Sie bewegte sich geschickt, und dann waren sie auf dem Fußboden.

Delia begann zu stöhnen. Trip spürte, dass er gleich kommen würde.

»Hey, lassen wir die Party doch weitergehen«, keuchte sie.

Das brachte ihn aus dem Rhythmus. Er öffnete die Augen und sah sie an. »Was meinst du?«

Sie warf ihm einen wissenden Blick zu. »Was war in der Tüte?«

Trip verharrte in der Bewegung. »Was?«

»Komm schon, Baby. Du weißt, was ich meine.«

Er verbarg seine Irritation. »Nein, sag du es mir.«

Sie zog seine Hände zu ihren Brüsten. »Auf der Bar?«, half sie ihm auf die Sprünge und drückte seine Hände zusammen, damit er sie hart anpackte. »Wir könnten doch damit zu dir gehen und dort weiter Spaß haben.«

Er hätte es wissen müssen. Für Drogen hatten Süchtige einen sechsten Sinn.

Er betrachtete ihre Brust und massierte sie fest, während er über ihren Vorschlag nachdachte.

Er brauchte nur eine Sekunde dafür. »Ich weiß nicht recht«, neckte er sie. »Klingt ganz gut.« Er hob ihr Bein über seine Schulter und stieß härter in sie hinein.

»Also, was meinst du?« Auf einmal klang sie verzweifelt.

Er küsste ihr Bein, rollte ihren Nylonstrumpf nach unten ab und zog ihr den High Heel aus. Sie kicherte.

»Okay, Baby, aber erst mal will ich kommen.« Er ließ ihren Fuß los und stieß immer härter zu. Delia hatte die Augen geschlossen, ihr Mund stand vor Lust offen.

Reglos verharrte Trip in ihr und bereitete sich innerlich auf den nächsten Schritt vor. »Also«, sagte er und wand ihr den Strumpf um den Hals. »Mal sehen, wie dir das gefällt.«

Delias Atem ging jetzt mühsamer, verwirrt öffnete sie die Augen. Trip wickelte ihr weiter den Strumpf um den Hals. Sie sah ihn an, und ihr Gesichtsausdruck wurde ängstlich. Sie wollte ihn von sich herunterstoßen, doch er drückte sie mit seinem ganzen Gewicht nach unten. Sie strampelte wild mit den Beinen, grapschte nach seinen Händen und versuchte, seine Arme wegzuschlagen. Sie zerrte an seiner Jacke, doch gegen ihn hatte sie keine Chance. Sie konnte nicht schreien, konnte nicht atmen.

Als es vorbei war, beugte er sich vor und flüsterte ihr ins Ohr: »Kümmer dich um deinen eigenen Kram.«

Kapitel 3

Abby stiegen Tränen in die Augen. Sie kauerte sich hin, um nicht umzukippen, und versuchte, ihre Panik zu beherrschen, wie auch ihre Blase, die inzwischen ebenfalls nach Erleichterung bettelte. Nichts, weder die zwanzig Minuten vor der Anwaltsprüfung noch ihre erste Anhörung, nicht einmal die Trennung von David, hatte sie je so aus dem Gleichgewicht gebracht.

Sie hatte das Gefühl, gleich durchzudrehen. Scheiße. Okay, sie musste einfach wieder runterkommen. Panik würde zu nichts führen. Es war keine Menschenseele da.

Sie hätte die Kanzlei niemals verlassen dürfen. Peter würde keinerlei Verständnis haben. Sie dachte an seine letzte Bemerkung, bevor er das Büro um sechs verlassen hatte: »Du hast doch ein Reservekostüm da, oder?« Sie wussten beide, was das bedeutete: dass sie die Nacht durchmachen würde. In dem Moment hatte sie lediglich gesagt: »Ich hole mir einen Kaffee«, denn sie wusste schon längst, dass man parieren musste, wenn einer der Firmenpartner etwas von einem wollte. Natürlich war ihre Unfähigkeit, Nein zu sagen, schuld daran, dass sie fast das ganze Wochenende in der Kanzlei verbracht und seit Freitag nur zehn Stunden geschlafen hatte. Sie konnte sich Peters Gesicht lebhaft vorstellen – die Enttäuschung und Missbilligung, die sich darin spiegeln würde, wenn sie zugab, dass sie gegangen war, bevor sie mit dem Schriftstück fertig war.

Über das Treppengeländer blickte sie zur Straße hinunter. Es regnete immer noch. Vielleicht treiben sich bei Regen auf der Straße ja keine Verbrecher herum, dachte sie.

Zu Fuß kam sie nicht nach Hause. Es mussten mindestens zehn Kilometer sein. Ebenso gut hätten es hundert sein können. Vom Treppenabsatz aus war auf der Lake Street niemand zu sehen. Sie spähte in Richtung Norden, konnte jedoch nur Dächer und rechts neben dem Bahnhof *Cicero* dunkle Straßenlaternen erkennen.

Sie stand auf und beugte sich über das Geländer, um das Viertel von oben in Augenschein zu nehmen. Im Westen gab es etliche Straßen mit streichholzgroßen Häusern und Dächern, die alle die gleiche Neigung hatten. Sie brauchte unbedingt einen Plan. Vielleicht konnte sie ja bei einem dieser Häuser klingeln und fragen, ob sie telefonieren durfte. Nein. Es war Mitternacht. Was, wenn sie bei einem Gangster läutete? Sie konnte sich nicht dazu überwinden.

Ihre einzige Chance war die Bar. Sie war nicht allzu weit entfernt, und dort gab es ein Münztelefon. Es musste dort doch einen Besitzer oder einen Angestellten geben – irgendjemanden, der ihr helfen konnte. *Die meisten Menschen sind gut*, redete sie sich zu.

Abby lief die Treppe hinunter und dann mehrere Querstraßen weit nach Osten, bis zu der mittlerweile vertrauten Seitenstraße mit dem *Reggie's*, und merkte sich die Adresse, damit sie einem Taxifahrer sagen konnte, wo er hinfahren musste. Endlich hörte es auf zu regnen. Jetzt würde alles gut werden. Da vorne kam gerade jemand aus der Bar. Das Licht fiel durch die Eingangstür auf seine Gestalt und das wellige blonde Haar. Als sie bei der Bar ankam, war der Mann schon mindestens eine Querstraße weiter. Bitte sei nicht geschlossen, dachte sie. Sie stieß die Tür zur Bar auf und betete im Stillen, dass der Alte inzwischen fort war. Inzwischen war es zwanzig Minuten her.

Die Bar war leer, aber überall brannte Licht.

»Hallo? Ist jemand hier?«

Keine Antwort.

Sie fühlte sich wie ein Kind und hatte keine Ahnung, ob ihre Furcht vor einem brutalen Angriff oder Schlimmerem begründet war. Beinahe genauso stark beschäftigte sie die Frage, ob sie die schriftliche Zeugenaussage noch schaffen würde, die sie morgen einreichen musste. Sie hatte einfach keine Zeit, sich zu verlaufen, Angst zu haben oder überfallen zu werden, und beinahe wäre sie wieder in Tränen ausgebrochen. Noch schlimmer war, dass ihre Reizblase sich nicht länger ignorieren ließ. Sie strebte auf das Schild zur Toilette zu.

Abby stieß die Tür auf und sah zwei Kabinen. Sie ging in die Kabine, die direkt vor ihr lag, und ließ schnell die Hose herunter. Erleichtert atmete sie auf. Endlich! Aber es gab hier kein Toilettenpapier. Sie bückte sich und spähte unter der Kabinenwand zu ihrer Rechten hindurch. Sie sah einen Teil eines hochhackigen Schuhs und richtete sich auf.

»Hallo?«, fragte sie. »Entschuldigen Sie, aber ich habe kein Toilettenpapier. Könnten Sie mir vielleicht welches geben?«

Niemand antwortete.

»Hallo?« Wieder bückte sie sich und entdeckte einen Ausschnitt eines Frauenbeins. »Ist bei Ihnen alles in Ordnung?«

Der Fuß rührte sich nicht. Eigentlich sah er irgendwie seltsam aus.

Rasch zog sie sich an, zog die Spülung, ergriff ihre Taschen und klopfte an der Nachbarkabine. »Hallo?« Bei ihrer Berührung schwang die Tür zu ihr zurück. Sie war nicht abgeschlossen.

»Miss?« Sie zog die Tür auf.

Auf der Toilette saß zusammengesackt eine Frau. Ihr Kopf hing nach unten, als wäre sie bewusstlos. Sie hatte nur einen Nylonstrumpf an – einen Netzstrumpf.

»Können Sie mich hören?« Vielleicht hatte sie ja eine Überdosis genommen. Abby kauerte sich hin und blickte der Frau ins Gesicht. Ihre Augen standen weit offen. Abby keuchte auf. Die Frau blinzelte nicht. Sie war völlig reglos. Und an ihrem Hals war ein rotvioletter Bluterguss.

»O mein Gott!« Abby ließ sich nach hinten fallen und rappelte sich hoch.

»O Gott! O Gott!«, wiederholte sie, während sie rückwärts aus der Kabine wich. Sie sah sich nach Hilfe um, nach jemandem, der sich der Situation annehmen würde.

Abby rannte aus dem Waschraum, warf ihre Sachen auf den Tresen und lief hinter die Bar. Sie suchte nach einem Telefon, um die Polizei zu rufen. Hier herrschte Chaos. Überall standen offene Flaschen, schmutzige Gläser, volle Aschenbecher, Zeitungen, Geschirrtücher. Ein Telefon war nirgends zu sehen. Sie warf die Geschirrtücher und Zeitungen beiseite und schob ein paar Gläser weg. Schließlich sah sie ein altes Telefon mit Wählscheibe.

Als sie den Hörer von der Gabel nahm, fiel ihr eine große Ziptüte auf, die gleich rechts auf der Bar lag und ein weißes Pulver enthielt. Was zum Teufel war das? Noch etwas, das sie der Polizei erzählen konnte, befand sie.

Sie wählte die Neun und wartete, während die Wählscheibe sich zurückdrehte. Krachend flog die Tür auf. Abby fuhr zusammen.

Mehrere Männer traten ein. Sie sahen zunächst sie an und wechselten dann Blicke. Abby war sprachlos. Waren das dieselben Kerle wie im Zug? Es waren die gleichen Goldketten und die gleiche weite Kleidung. Aber wahrscheinlich war das die Uniform der Straße, der Rowdys überall auf der Welt.

Der Kleinere von Ihnen kam breitbeinig auf sie zu, ein Lächeln im Gesicht. »Hey, Schnecke. Du siehst überhaupt nicht wie Leon aus.«

Die anderen folgten ihm. »Sie ist viel hübscher als Leon«, meinte einer.

»Kann man wohl sagen«, sagte ein anderer.

Insgesamt waren es sieben. Fünf machten sich auf den Barhockern vor ihr breit, die anderen blieben neben der Tür stehen. Alle waren gut gelaunt und lächelten. Anscheinend waren sie auf Spaß aus. Oder so ähnlich.

Immer noch hielt Abby den Hörer in der Hand, doch es gelang ihr nicht, den Blick zur Wählscheibe zu senken. Sie legte den Hörer hin und kam hinter der Bar vor.

»Oh, hi, Leute. Nehmt euch, was ihr wollt … ich muss weg.« Sie griff nach ihrer Handtasche und Aktentasche. Der Anführer hielt ihre Tasche fest.

Abby sah den Mann an und täuschte Gereiztheit und Selbstvertrauen vor. »Ich muss gehen.« Sie befreite ihre Tasche aus seinem Griff und ging zur Tür.

Die beiden, die dort standen, vertraten ihr den Weg und blockierten den Ausgang. Sie versuchte, sich an ihnen vorbeizudrängen, doch der eine packte sie von hinten, hielt ihre Arme fest und hob sie hoch, während der andere ihr die Taschen aus den Händen riss. Abby schrie, doch der Mann hielt ihr augenblicklich den Mund zu. Er war nur etwa einen Meter fünfundsiebzig groß, aber kräftig und lachte über ihre Gegenwehr. Der andere ging zur Bar und durchsuchte ihre Tasche.

Die Tür ging auf. Ein riesiger Mann, schwarz wie die Nacht, etwa einen Meter fünfundneunzig groß und wie ein Türsteher gebaut, trat ein und erfasste die Lage souverän. Er trug einen schwarzen Ledermantel und eine dicke Goldkette mit einem Kruzifix-Anhänger. Über seine rechte Schläfe zog sich dick und wulstig bis zum Wangenknochen eine gezackte rosa Narbe. Er sah an Abby vorbei, als wäre es ganz normal, dass sie festgehalten wurde, und wandte sich zu dem Kleinen an der Bar. »Was ist hier los, D.?«

»Hey, Bro! Wir haben hier nur ein bisschen Spaß.« Wie ein Schuljunge, den man dabei erwischt hatte, wie er auf dem Spielplatz andere drangsalierte, gab der Kleine Abbys Geiselnehmer einen Wink, worauf dieser sie überraschend losließ. Abby schnappte sich die Aktentasche, die vor ihr auf dem Boden lag, hastete an dem riesigen Mann vorbei, stürzte hinaus und wäre auf dem Gehweg beinahe hingefallen. Sie fand ihr Gleichgewicht wieder und rannte los.

Als sie zur Lake Street kam, drehte Abby sich zur Bar um. Der Riese verließ gerade die Bar und kam auf sie zu. Sie wandte sich nach Osten zum Loop und lief weiter.

In der Ferne heulten Sirenen. Vor ihr lagen große Lagerhäuser, und immer noch war nirgendwo eine Menschenseele zu sehen. Sie lief schnurstracks in die Dunkelheit; sie wusste nicht, was sie sonst hätte tun sollen. Wenn sie sich von den Gleisen entfernte, würde sie die Richtung verlieren. Wenn sie weiter unterhalb der Gleise weiterging, konnte sie sich wenigstens orientieren. Sie überholte ein paar einzelne Fußgänger, hauptsächlich Männer und ein paar Frauen, die wie Huren oder Süchtige aussahen oder auch beides zugleich.

Nach mehreren Seitenstraßen wurde sie langsamer, um wieder zu Atem zu kommen, putzte sich die beschlagenen Brillengläser und sah sich erneut um. Von der Kreuzung hinter ihr kam eine Gestalt auf sie zu. Eine Sekunde später begriff sie, dass er rannte. Sie lief weiter.

Vorne an der Ecke kam ein Minimarkt in Sicht. Sie wusste nicht genau, zu welcher Straße sie jetzt kam, aber es sah nach einer ziemlich großen Kreuzung aus. Der Laden war geöffnet. So schnell es ihr auf ihren hohen Absätzen möglich war, rannte sie los und ignorierte beim Überqueren der Straße eine rote Ampel. Ein Auto kam mit quietschenden Bremsen zum Stehen, der Fahrer hupte. Abby erreichte den Laden, griff nach der Türklinke und sah sich wieder um. Der Mann war etwa eine Querstraße hinter ihr und ließ einen Wagen vorbei, bevor er über die Straße ging. Die Türglocke klimperte, als sie abrupt die Tür aufriss und in den Laden stürzte.

Atemlos sprach Abby den Verkäufer hinter dem Ladentisch an. »Bitte helfen Sie mir. Ein Mann ist hinter mir her.«

Der Mann legte sein Buch hin. »Kommen Sie mit.«

Er kam um die Ladentheke herum und führte Abby nach hinten in einen Lagerraum. Seine Reaktion war spontan, so als hätte er es schon oft mit einer solchen Situation zu tun gehabt. Sobald sie dort waren, fasste er sie bei den Schultern und schob sie zur Wand, sodass sie zwischen einem Lagerregal und ein paar Kisten stand. Es war dunkel. Er sah ihr in die Augen und legte den Finger an die Lippen als Zeichen, still zu sein. Er ging hinaus und schloss hinter sich die Tür. Augenblicklich kauerte Abby sich auf dem Boden zusammen und umklammerte ihre Aktentasche. Alle möglichen Bilder spulten sich wie ein Film vor ihrem inneren Auge ab: das leblose Gesicht der Frau, die Drogen, die Männer, ihre Handtasche. Es kam ihr vor, als würden zehn Minuten vergehen, bevor wieder jemand kam. Wahrscheinlich waren es drei.

Die Tür ging auf, und Abby hielt den Atem an, als das Licht in den dunklen Lagerraum fiel.

»Hey.« Es war der Verkäufer. Er wirkte vollkommen ruhig. »Er ist weg.«

Abby atmete auf. »Wie sah er aus?«

Der Verkäufer streckte ihr die Hand hin, um ihr aufzuhelfen. »Ein Afroamerikaner, schwarzer Ledermantel, riesiges Goldkruzifix, lange Narbe im Gesicht. Er hat sich umgeschaut, Zigaretten gekauft und ist wieder gegangen. Steht an der Straßenecke und raucht.«

Abby erklärte, was passiert war. Ihr kamen die Tränen, doch sie wischte sie rasch ab und versuchte, Fassung zu bewahren. Es war schwierig, die Geschichte glaubhaft zu erzählen. »Ich kann nicht fassen, dass mir das passiert. Ich bin in den falschen Zug gestiegen. Da war dieser Mann und diese Rowdys, und dann war der Akku von meinem Handy leer, und sie haben mich gepackt und mir die Handtasche weggenommen.« Das Wort *Leiche* brachte sie nicht über die Lippen. Sie war kaum in der Lage zu sprechen. »Ich muss nach Hause«, flüsterte sie. Sie schaffte es nicht, den Verkäufer anzusehen, und genierte sich, weil ihr immer wieder Tränen über das Gesicht liefen.

»Hey, hey, beruhigen Sie sich.« Sein Englisch war sehr gut, mit einem ganz leicht britischen Einschlag, doch sein Akzent verriet Abby, dass er aus einem fernen Land kam. »Ist schon okay. Dieses Viertel kann einem Angst machen, das weiß ich. In meinen ersten beiden Jahren hier habe ich dauernd über die

Schulter gesehen. Und Sie, na ja, ich kann schon verstehen, dass eine Frau wie Sie in dieser Gegend nervös wird. Sie sind ganz schön sehenswert.«

Abby wusste nicht, ob das ein Witz sein sollte, aber sie sah zu ihm hoch, und beide lächelten. Sie beruhigte sich ein wenig.

»Keine Sorge. Ich bringe Sie nach Hause. Wo wohnen Sie?«

»Wrigleyville.«

»Am Wrigley Field? Da sind Sie weit von Zuhause weg. Ein Taxi kann ich Ihnen nicht rufen – um diese Tageszeit kommen die nicht hierher. Ich und mein Freund, wir wohnen oben. Ich sage ihm Bescheid, damit er runterkommt und auf den Laden aufpasst, während ich Sie nach Hause fahre.«

Abby zögerte. Es war ein großzügiges Angebot, aber sie war noch nie zu einem völlig Fremden in den Wagen gestiegen.

Sie sah ihn an und versuchte, ihn zu durchschauen. An dieser Fähigkeit hatte sie letzten Sommer bei ihrem ersten Geschworenenprozess gefeilt. Sie nahm Ernsthaftigkeit wahr, vielleicht auch etwas Unsicherheit, eine gewisse Reserviertheit. Trotzdem, er war ein Fremder.

Offenbar spürte er ihre Bedenken. »Hören Sie, eine schöne Jungfrau in Nöten treffe ich nicht jeden Tag – außerdem wäre es mir ganz recht, hier für eine Weile rauszukommen.«

Das »schöne« war bestimmt reine Freundlichkeit, denn im Moment sah sie ganz sicher nicht hübsch aus. Ihre Wimperntusche musste im ganzen Gesicht verschmiert sein.

Sie blickte ihn an. Lange, dunkle Wimpern. Sein Gesichtsausdruck hatte etwas Beruhigendes. »Ich muss die Polizei anrufen.«

»Können Sie den Mann beschreiben, der Ihre Handtasche gestohlen hat?«

Sie schüttelte den Kopf. »Ich weiß nicht.« Sie überlegte, was sie der Polizei erzählen musste – über die Leiche, die Drogen, über diese Männer. Das konnte eine Weile dauern. Womöglich gab es einen Menschenauflauf. Sie wollte einfach nur nach Hause. Monatelang hatte das Zuhausesein sie immer nur deprimiert, aber jetzt wollte sie nichts lieber, als genau dort zu sein, geborgen hinter Eingangstor, Türschloss und Alarmanlage. Sie würde in ihrem eigenen Wohnviertel mit der Polizei sprechen. Mittlerweile war es Viertel vor eins. Sie sah ihn erneut an. Er wirkte aufrichtig besorgt.

»Es wäre wohl wirklich am besten, wenn Sie mich nach Hause fahren. Dort sehe ich dann weiter.« Immerhin hatte er ihr gerade das Leben gerettet. Abby wischte sich das Gesicht ab.

»Wie heißen Sie eigentlich?«, fragte der Verkäufer, während er seinen Mantel anzog.

»Abigail.«

»Ich bin Ali«, sagte er und führte sie durch einen Hinterausgang nach draußen. »Kommen Sie.« Er schloss den Laden ab und zog am Rand der Mauer einen Ziegelstein heraus. Der Mörtel war abgebröckelt, und hinten fehlte ein Teil des Ziegels. Er legte den Schlüssel in die Höhlung und schob den Stein wieder an Ort und Stelle.

»Keine schlechte Sicherheitsanlage, was?«, fragte er lächelnd. »Mein Freund kommt gleich herunter.«

Während er seinen Wagen aufschloss, der neben der Tür parkte, versuchte sie, Konversation zu machen. »Ali also, wie in ›Muhammad Ali‹?« Was für eine dämliche Bemerkung, dachte sie unmittelbar darauf.

»Na ja, ich bin kein Boxer«, lachte er. »Mit vollem Namen heiße ich Ali Rashid.«

Abby nickte. Er wirkte harmlos und, seiner Anspielung entsprechend, nicht gerade einschüchternd – vielleicht einen Meter siebzig groß, kaum größer als Abby und schätzungsweise etwas über sechzig Kilo schwer. Sie hatte keine Angst vor ihm. »Können Sie zur Ashland Avenue fahren?«

»Kein Problem.«

»Okay. Auf der Ashland können Sie Richtung Norden bis zur Belmont Avenue fahren und dann rechts abbiegen. Danach sage ich Ihnen, wie es weitergeht.« Damit würde Ali für etliche Kilometer und wahrscheinlich zehn bis fünfzehn Minuten beschäftigt sein. Daher nahm sie die Brille ab, rieb sich die Augen, lehnte den Kopf zurück und blickte aus dem Fenster, in der Hoffnung, dass er auf der Heimfahrt kein Gespräch anfangen würde. Die Ereignisse des Abends kamen ihr bereits jetzt wie ein schlechter Traum vor. Sie musste einfach nur so tun, als wäre das alles nie passiert.

»Und was machen Sie beruflich?«, fragte Ali, nachdem er ein paar Kilometer lang geschwiegen hatte.

»Ich bin Anwältin.«

»Ah ja. Sie diskutieren also mit Richtern?«

»Manchmal.« Als Kurzform klang die Antwort interessanter, und Abby war nicht danach, ihm zu erklären, dass die meisten Anwälte viel mehr Zeit in ihren Büros verbrachten und bergeweise Unterlagen hin und her schoben, als mit Richtern zu diskutieren.

»Im Irak war ich Chemieingenieur, aber hier wollte mich niemand einstellen. Ich musste ganz von vorne anfangen.«

»Wie schade.« Sie konzentrierte sich auf Ali und seine Geschichte. Das war immer noch besser, als an das Gesicht der toten Frau zu denken, an diese Männer und ihr Gelächter, an die Drogen. Sie kniff die Augen zu und versuchte, die Bilder aus dem Kopf zu verscheuchen.

Ali redete weiter. »Ja, aber dann habe ich beschlossen, den amerikanischen Traum zu leben und Unternehmer zu werden.«

Abby schenkte ihm ein halbherziges Lächeln. Sie war völlig erledigt. Sie blickte wieder aus dem Fenster und hielt nach Anzeichen dafür Ausschau, dass sie sich ihrem Zuhause näherten.

»Und es lief ziemlich gut.« Anscheinend brauchte er sie für dieses Gespräch nicht. »Nach dem elften September ist es natürlich schwieriger geworden. Seitdem sind alle meine Landsleute potenzielle Terroristen, wissen Sie?«

Sie wandte sich ihm zu und zwang sich ein nervöses Lächeln ab. Anscheinend war er Gefahr gewohnt. Er setzte seinen Monolog fort, und sie gab kurze Antworten, damit es so aussah, als ob sie zuhörte.

Weiter vorn kamen der *Dunkin' Donuts* und *Linens'n Things* in Sicht. Ladenketten, die Wahrzeichen häuslicher Bequemlichkeit. Sie dachte an den großen Kaffee und den warmen Blaubeermuffin, den sie sich am Morgen holen würde. In etwa fünf Stunden musste sie sich für die Arbeit fertig machen.

»Sie sind wohl auch nicht aus Chicago, nehme ich an.«

»Nein.«

»Sie haben nur einen ganz schwachen Akzent … etwa wie in … sind Sie vielleicht aus dem Süden?«

Abby nickte. »Georgia.«

»Wo ist das?«

»Ziemlich weit im Osten. Von hier aus sind es ungefähr fünfzehn Stunden mit dem Auto.«

»Bestimmt vermissen Sie Ihre Familie.«

Abby blickte weiter aus dem Fenster. »Ja.«

»Ich auch.«

Sie gab Ali Anweisung, nach Norden auf die Clark Street zu fahren, und bald sah sie auf der Straße Menschen und weiter vorn ihr Lieblingsrestaurant, *Mia Francesca's*.

»Hier können Sie mich aussteigen lassen.« Sie griff bereits nach der Türmulde.

Alis Arm schnellte nach vorn und an ihr vorbei. »Einen Moment«, sagte er.

Abbys gesamter Körper verkrampfte sich.

Ali zog sich zurück und lächelte. »Sie sehen aus, als würden Sie gleich aus dem Auto springen. Wir sind immer noch auf der Clark Street. Lassen Sie sich doch von mir nach Hause bringen.«

»Eigentlich wohne ich hier in der Roscoe Street, gleich nach der nächsten Querstraße.« Abby zeigte nach Osten. »Die verläuft als Einbahnstraße nach Westen, wenn ich hier aussteige, geht es also viel schneller. Wirklich.«

»Kein Problem. Lassen Sie mich nur rechts ranfahren«, sagte er. »Man merkt Ihnen an, dass Sie erleichtert sind, zu Hause zu sein.«

»Sie haben ja keine Ahnung«, sagte sie, während er den Wagen anhielt.

Nachdem sie nun sicher war, dass er sie auf der Clark Street mit all ihren Menschen und Straßenlaternen aussteigen ließ, wurde sie von Dankbarkeit überwältigt.

»Ich kann Ihnen gar nicht genug dafür danken, dass Sie mich nach Hause gebracht haben. Bitte geben Sie mir Ihre Adresse, damit ich Ihnen das Geld für die Fahrt erstatten kann.«

»Machen Sie sich deshalb keine Gedanken.«

»Doch, wirklich. Ich bestehe darauf. Bitte.«

Er sah sich im Wagen um. »Okay, hier ist ein Flyer vom Laden«, sagte er und nahm einen Zettel vom Rücksitz. »Adresse und Telefonnummer stehen unten.«

»Prima. Ich melde mich.«

»Alles Gute, Abigail«, sagte er in einem Tonfall, als sei er überzeugt, dass er nie wieder etwas von ihr hören würde.

Sie stieg aus und beugte sich zur offenen Tür hinunter. »Noch einmal, vielen Dank.« Sie schlug die Beifahrertür zu und sah ihm nach, als er davonfuhr.

Körperlich und emotional vollkommen erschöpft, schleppte Abby sich zu dem Stadthaus, in dem sie wohnte. Sie würde bei ihrer Nachbarin, Mrs Tanor, klingeln müssen, um hineinzukommen. Inzwischen war es nach eins.

Die Türglocke war von entwaffnender Lautstärke. Abby befürchtete, dass bei allen Nachbarn sofort das Licht angehen würde, und sah zu den Fenstern der anderen Einheiten hoch. Aus dem Lautsprecher kam ein leises, krächzendes »Hallo?«

»Mrs Tanor, es tut mir schrecklich leid, dass ich Sie wecken muss. Ich bin es, Abby. Ich habe meinen Schlüssel verloren und komme nicht ins Haus.«

»Ich bin gleich unten, Liebes.« Wieder summte es, und das massive Eisentor ging auf, sodass Abby den Hof betreten konnte. Als Abby zur Haustür gelangte, kam Mrs Tanor in dem für sie typischen knöchellangen Nachthemd, dem dazu passenden

Bademantel und flauschigen Hausschuhen heraus. Es war die Uniform, die Abby vor acht Uhr morgens oder nach acht Uhr abends von ihr kannte.

»Ist alles in Ordnung, Abby?«

»Ja, schon. Ich musste nur schrecklich lange arbeiten und habe meine Handtasche verlegt.«

»Ihr Gesicht ist ja ganz nass, meine Liebe. Haben Sie geweint?«

»Nein. Ich bin in den Regen gekommen. Ich bin einfach nur durchnässt. Es tut mir wirklich leid, dass ich Sie geweckt habe, aber ich bin froh, dass Sie meinen Reserveschlüssel haben.«

»Dafür sind Nachbarn doch da. Gehen Sie schlafen, meine Liebe.« Mrs Tanor schloss Abbys Wohnungstür auf und gab ihr den Schlüssel. Sie wirkte immer noch besorgt, genau wie an dem Tag, als David ausgezogen war. Abbys kurze Erklärungen hatten sie nie zufriedengestellt. Doch aus Furcht vor den mütterlichen Ratschlägen, die mit Sicherheit gefolgt wären, hatte Abby ihr nie mehr erzählen wollen.

»Machen Sie sich keine Sorgen, Mrs Tanor. Und noch mal danke. Gute Nacht.«

Abby betrat ihre Wohnung und holte das drei Jahre alte, laminierte Infoblatt hervor, das Mrs Tanor ihr gegeben hatte, als David und sie eingezogen waren. Sie suchte die Nummer des örtlichen Polizeireviers heraus und nahm sich ein Weinglas aus dem Küchenregal. Hoffentlich würden die Polizei und der Wein sie so weit beruhigen, dass sie schlafen konnte.

Kapitel 4

Marcus beobachtete, wie immer wieder Polizisten im *Reggie's* ein und aus gingen. Auf der Straße parkten drei Streifenwagen. Die Anwohner waren aus ihren Häusern geströmt, um zu sehen, was los war, und Marcus mischte sich unter die Menschen. Ein Krankenwagen ohne Blaulicht oder Sirene kam an und parkte vor dem Lokal.

Alle sahen zu, wie zwei Sanitäter einen zugedeckten Körper heraustrugen und ihn hinten in den Wagen schoben.

Etwa zehn Minuten lang hatte er gleich neben der Tür zu dem Minimarkt gewartet, eine Zigarette geraucht und den Eingang im Auge behalten, aber das Mädchen war nicht mehr herausgekommen. Und als er nun die Szene vor dem *Reggie's* beobachtete, kam er zu dem Schluss, dass er hier auch nichts mehr erfahren würde. Er würde morgen weitersehen müssen.

»Hey, Alter!«

Marcus drehte sich um und sah Darnel, der auf ihn zukam. »Hey, Darnel.«

»Hast du dieses Mädchen vorhin noch eingeholt?«

»Nein.«

»Schade. Hätte ganz lustig werden können.«

»Ja. Was war denn hier los?« Er deutete auf das *Reggie's*.

»Wir waren zur falschen Zeit am falschen Ort, Mann. Du bist gerade noch rechtzeitig weggekommen. Wir haben die Sirenen gehört, da warst du vielleicht zwei Minuten weg. Ein paar von den Jungs sind vorne rausgerannt. Little D und ich sind hinten raus. Ein paar Minuten später war das Lokal umstellt. Sieht so aus, als wär da drin die Kacke am Dampfen.«

»Was meinst du?«

»'ne verdammte Leiche, Mann. Drogen haben sie auch gefunden, glaub ich. Hab einen Cop gesehen, der mit 'ner großen Tüte Stoff rauskam.«

»Sag bloß. Und du hattest keine Ahnung?« Marcus fühlte dem anderen nach besten Kräften wie ein großer Bruder auf den Zahn.

»Keinen Schimmer! Ich schwör! Wir waren doch gerade erst gekommen. Haben das weiße Mädel hinter der Bar gesehen und ein bisschen Scheiß gemacht.« Er lachte. »Die hat sich fast in die Hosen gemacht, Kumpel. Da bist du dann reingekommen.«

Marcus sah ihn skeptisch an.

»Ich schwör!« Darnel hob die Hand.

»Na gut. Okay, ich muss jetzt los.«

»Ja, ich auch. Nacht, Marcus.« Nach einem Handschlag trennten sie sich.

Marcus ging noch zwei Straßen weiter und dann nach Westen über die Colfax Avenue zu seiner Wohnung. Er kramte die fünf Schlüssel hervor, die er zum Betreten seines Apartments brauchte, und stieg über die Treppe zum dritten Stock hinauf.

Seine spartanische, abgewirtschaftete Wohnung begrüßte ihn mit der üblichen Stille. Er hätte Lucy mitnehmen sollen, dachte er zum hundertsten Mal. Sie war immer wie ein Hund zur Tür gekommen und hatte sich an seinen Beinen gerieben. Damals hatte er die Erinnerung nicht ertragen können. Aber er konnte kaum die Wohnung betreten, ohne an diese verdammte Katze zu denken.

Innen hatte sich seit seinem Einzug vor sieben Monaten kaum etwas verändert, abgesehen von den Stapeln aus Unterlagen und Akten, die auf dem Couchtisch verstreut lagen. Es hatte keinen Zweck, die Wohnung gemütlich zu machen. Sie würde niemals ein Zuhause sein.

Er machte den Kühlschrank auf, betrachtete kurz die Schachteln mit den Resten vom Schnellimbiss und nahm sich ein Budweiser. Er schob ein paar Unterlagen beiseite, fand einen Stift und machte sich ein paar Notizen zu dem Abend. Viel gab es nicht zu schreiben. Er lehnte sich zurück und schloss die Augen. Die Stille im Zimmer, mitunter auch die der Straße, schnürte ihm geradezu die Luft ab. In New York war es immer laut gewesen. Auf der Straße war immer etwas los gewesen. Gehupe, das Geschrei der Taxifahrer, Musik, das Zuschlagen der metallenen Mülltonnen, Hunde, selbst das Kreischen der Katzen. Hier hörte er nur die Sirenen in der Ferne und die Streitereien seiner Nachbarn.

Er zog sich aus, putzte sich die Zähne und erhaschte im Spiel einen Blick auf sich selbst. So langsam verblasste die Narbe. Sie war jetzt nicht mehr so leuchtend pink, sie heilte ab. Bei ihm dagegen ließ die Heilung auf sich warten. Auch ohne die Augen zu schließen, sah er immer noch den Rauch, die Tränen, hörte die Schreie und das ohrenbetäubende Krachen. Er berührte das blasser gewordene Narbengewebe, das ihn stets daran erinnern würde, und Tränen traten ihm in die Augen. Er kniff sie fest zu, schüttelte die Hände aus, als könnte er so die Gedanken loswerden, und ging zu Bett. Er sah fern, bis ihm die Augen zufielen.

Kapitel 5

Abby rannte die Straße entlang. Sie lief vor etwas davon, durcheinander und verängstigt. Irgendwo hörte sie ein Klingeln und sah sich um. Woher kam nur das Geräusch? Wieder klingelte es. Und dann noch einmal. Wieso hörte es denn nicht auf? Sie schlug die Augen auf. Ihr Handy klingelte. Rasch setzte sie sich auf, rieb sich die Augen und besah sich den Schaden. Auf ihrem Nachttisch stand eine halb leere Flasche Rotwein, daneben eine Schachtel Cracker. Der Fernseher lief, und Matt Lauer plauderte gerade mit den Menschen in New York City.

»Mist!« Sie schoss hoch, um den Anruf anzunehmen.

»Hallo?«

»Abby!«, flüsterte Sarah laut. »Was zum Teufel ist los? Peter war gerade hier. Er sah mächtig sauer aus. Er meinte, du hättest in ein paar Minuten einen Termin bei ihm, und er hätte dich heute noch gar nicht gesehen.«

Abby war bereits aus dem Bett gesprungen und versuchte, sich zusammenzureißen. »Verdammt. Wie spät ist es?«

»Acht Uhr. Was ist denn los?«

»Scheiße! Ich hätte die ganze Nacht arbeiten müssen.«

»Warum hast du's dann nicht gemacht?«

»O Scheiße, Scheiße, Scheiße. Ich kann dir das jetzt nicht erklären.« Ihre Gedanken überschlugen sich. Sie überlegte, wie sie die Lage unter Kontrolle bekam. Sie konnte sich nur mit Mühe konzentrieren und sprach langsam und leise, damit ihr Kopf weniger wehtat und sie sich ihre nächsten Schritte zurechtlegen konnte. »Hör zu, den Termin schaffe ich auf keinen Fall mehr. Bitte tu mir einen Gefallen. Sag Peter, dass es mir gar nicht gut geht – dass ich mich die ganze Zeit übergeben muss oder so – und dass ich mich verspäte. Aber in einer Stunde bin ich da. Der Entwurf ist im Computer, falls er ihn sich gleich ansehen möchte. Oh, verdammt!«

»Was ist?«

»Nein, das schaffe ich nicht. Ich brauche mehr Zeit. Bitte sag Neil, dass er vielleicht für mich einspringen muss.«

»Was? Wieso willst du denn Neil da hineinziehen? Das macht keinen guten Eindruck. Du willst doch nicht, dass Peter denkt, du würdest ihn versetzen.«

»Ich weiß. Es ist kompliziert. Aber erst muss ich ein paar Dinge erledigen. Das ist ein Notfall. Hör zu, ich muss auflegen. Danke, dass du angerufen hast.«

Unter dem heißen Wasserstrahl entspannte sich Abby. Sie atmete tief durch und ging im Geist durch, was heute anstand. Sie musste ihre Kreditkartengesellschaften anrufen. Die Polizeibeamten hatten ihr klargemacht, dass sie rasch handeln musste, was ihre Finanzen anging. Darüber, dass jemand sie aufspüren und sie überfallen oder töten könnte, machten sie sich anscheinend keine allzu großen Sorgen. Trotzdem, sie musste außerdem auch umgehend einen Schlüsseldienst anrufen. Solange ihre Schlüssel und ihr Führerschein sich in den Händen dieser Kriminellen befanden, fühlte sie sich nicht sicher, und als gestern Abend die Wirkung des Alkohols eingesetzt hatte, waren ihre Gedanken Amok gelaufen. Bis um mindestens vier Uhr morgens hatte sie keine Ruhe gefunden, weiter Wein getrunken und darüber gegrübelt, ob die Schläger in der Bar wohl diese Frau ermordet hatten und jetzt hinter ihr her waren, oder ob es einfach Kerle waren, die es lustig finden würden, sie aufzuspüren und zu vergewaltigen, und ob der Mann, der sie gejagt hatte, ein Drogendealer war und sie suchte.

Jetzt, mit den hämmernden Kopfschmerzen und dem heißen Wasser, das ihren Organismus in den neuen Tag katapultierte, kamen ihr einige ihrer Befürchtungen ziemlich weit hergeholt vor, und am liebsten hätte sie das alles vergessen und die Dinge an ihrer Arbeitsstelle wieder in Ordnung gebracht. Die Beamten gestern Abend waren sehr tröstlich gewesen und hatten ihr keinen Vorwurf gemacht, weil sie vor dem Anruf erst nach Hause gefahren war. Sie versicherten ihr, man werde ihre Aussage an den richtigen Bezirk weiterleiten. Wahrscheinlich werde ein anderer Beamter sie wegen einer weiteren Aussage anrufen, doch fürs Erste hatte sie alles Nötige getan.

Etwas über eine Stunde später saß Abby im Zug, sah aus dem Fenster und auf die Dächer der Viertel, die sie so gut kannte, und fragte sich, was sie Peter sagen sollte. Das war ganz schlecht. Peter war schon an guten Tagen ein Hitzkopf. Er würde ihr vorwerfen, dass sie am Vorabend gegangen war. Neil wäre wahrscheinlich die ganze Nacht geblieben. Jeder engagierte Anwalt hätte das getan, erst recht, wenn er gerade eine Teilhaberschaft in Aussicht hatte. Abby lehnte sich ans Fenster, sah hinaus und malte sich das Gespräch aus. Wie ein Trottel würde sie dastehen. Krank zu sein, klang besser. Während sie grübelte, blitzte immer wieder das Gesicht der Frau mit dem leeren Blick vor ihrem inneren Auge auf. Abby schüttelte den Kopf, um das Bild auszulöschen. Als sie zu dem braunen Diagramm über der Tür blickte, merkte sie, dass sie die Namen der Bahnhöfe nicht lesen konnte. Sie hatte ihre Brille vergessen. Nach einer Sekunde fiel es ihr wieder ein: Sie hatte sie in Alis Wagen liegen lassen.

Ohne weitere Erklärung winkte Abby der Empfangsdame zu und ging in ihr Büro. Inzwischen war es Viertel vor zehn, und ihr Leben schien wieder seinen normalen Gang zu nehmen. Als hätte die letzte Nacht sich nie ereignet. Nur ein böser Traum.

Der Postzusteller rollte den Wagen durch den Gang und blieb bei jedem Posteingang stehen, um die tägliche Stressdosis abzuliefern. Im Pausenraum standen mehrere Anwaltsgehilfen und Sekretärinnen beisammen, um Kaffee zu trinken und sich die süßen Leckereien schmecken zu lassen, die jemand anlässlich eines Geburtstags mitgebracht hatte. Als Abby sich Peters Büro an der Ecke näherte, verlangsamte sie ihren Schritt, horchte auf Stimmen und schickte ein Stoßgebet zum Himmel, dass er nicht da war. Sie hastete an dem leeren Büro vorbei, bog in den Gang nach Süden ab und erreichte ungesehen ihr Büro. Hoffentlich würde sie hier eine Nachricht vorfinden, in der Peter sie beschimpfte. Dann hatte er wenigstens schon Dampf abgelassen, und mit dem, was danach kommen würde, kam sie klar. Aber da war nichts. Keine Nachricht auf dem Anrufbeantworter, keine E-Mail, keine handschriftliche Notiz. Sie wollte den Antragsentwurf aufrufen, doch es war unmöglich. Jemand anders hatte das Dokument gerade auf seinem Computer geöffnet.

Als Abby ihre E-Mails checkte, fand sie eine Mail von Neil. Sie öffnete sie und zuckte innerlich zusammen. Es war eine Nachricht von Neil an Peter, in die er Abby als BCC eingeschlossen hatte. *Keine Sorge, Peter. Ich regle das.* Gleich die nächste Mail war von David, der wissen wollte, worum es bei ihrer Mailbox-Nachricht am Vorabend gegangen war. Sie schickte ihm eine kurze Antwort: »Nichts weiter. Sorry. Bis dann.«

Als Sarah kam, saß Abby gerade tatenlos da, blickte aus dem Fenster ihres Büros und beobachtete den Verkehr auf dem Lake Shore Drive.

Rasch trat Sarah ein und schloss die Tür hinter sich. »Also, erzählst du mir jetzt, was gestern Abend los war?« Sie nahm auf einem von Abbys Besucherstühlen Platz, bevor diese etwas erwidern konnte.

Abby musste lachen. »Was ist denn mit dir passiert?« Sarahs pechschwarzes Haar war über Nacht platinblond geworden. Abby war Sarahs modische Ausreißer gewohnt. Sie hatte es wirklich drauf, ein ansonsten langweiliges Nadelstreifenkostüm aufzupeppen, aber das hier ging erheblich weiter.

Sarah lachte. »Nach was sieht es denn aus? Ich hab mir gedacht, für die Hochzeit wäre blond ganz lustig.«

»Na klar!« Abby hätte sich nicht vorstellen können, die Haarfarbe so unbekümmert wie einen Pullover zu wechseln, aber genau deswegen hatte man mit Sarah so viel Spaß. »Du wirst aussehen wie Marilyn Monroe. Oh, und das Rot ist toll.«

Sarahs knallroter Lippenstift passte perfekt zu der roten Seidenbluse, die unter dem schwarzen Kostüm hervorblitzte. »Ja, Blondinen können mehr Rot tragen, oder?« Es war eine rhetorische Frage. »Also?« Sie beugte sich vor, augenscheinlich auf eine spannende Geschichte aus.

Abby lehnte sich zurück. »Ich werde dir schon alles erzählen, aber nicht jetzt. Ich arbeite gerade das alles ab«, sagte sie mit einem Blick auf den Arbeitsberg, der sich auf ihrem Schreibtisch türmte. Sarah würde das Drama genießen, aber sie würde schimpfen, weil Abby so spät noch gearbeitet hatte, und eine Ansprache über Abbys Prioritäten vom Stapel lassen. Sarah hätte sich den Auftrag irgendwie vom Leib halten können. Ihrer Meinung nach kamen Nachtschichten nur zustande, weil die Partner so schlecht organisiert waren, und sie fand, das daraus entstehende Chaos sollten lieber übereifrige Streber beseitigen. Solche Bemerkungen brachten sie beide unweigerlich zum Lachen, denn ihnen war klar, dass Abby selbst einer dieser übereifrigen Streber war. Doch Sarah hatte vor Abby mit ihrer Meinung nie hinter dem Berg gehalten. Für sie kam das Privatleben an erster Stelle. Eine Teilhaberschaft interessierte sie nicht. Sie war tüchtig, und ihre Mandanten waren zufrieden mit ihr, aber sie hatte kein Problem damit, Arbeit abzulehnen. Anwältinnen hatten keine große Zukunft, doch für Sarah ging es nur darum, durch den dicken Gehaltsscheck einer großen Kanzlei ihren Studienkredit zurückzuzahlen. Sie hatte nicht die Absicht, sich lebenslang zu versklaven. Abby war jetzt nicht in der Stimmung, sich maßregeln zu lassen.

»Dieser Auftrag von Peter hat mich die letzten zweiundsiebzig Stunden meines Lebens gekostet. Du weißt ja, wie sich das immer läppert«, fügte Abby hinzu und sah auf die Uhr. Inzwischen war es Essenszeit.

»Dann also kein Mittagessen?«

»Jetzt nicht. Ich muss zu Peter und irgendwie versuchen, die Sache ins Lot zu bringen.«

»Na ja, ich bin zwar wahnsinnig neugierig, aber jetzt geht es dir anscheinend ja wieder gut, also werde ich mal erwachsen sein und dir überlassen, wann du es mir erzählen willst.« Beide lachten. Bei Klatschgeschichten war Sarah wie ein Kind im Süßwarenladen, das nie genug bekommt.

Sarah wollte aufstehen, hielt jedoch inne, setzte sich wieder hin und beugte sich vor. »Hey, es ist zwar bestimmt nicht der richtige Zeitpunkt, aber ich wollte auch noch wegen etwas anderem unbedingt mit dir reden.«

»Worum geht es?«

»Ich muss dir etwas erzählen.« Sie machte eine dramatische Pause. »David und dieses Mädchen sind verlobt.«

Einen Augenblick lang versuchte Abby, cool zu bleiben, aber es ging nicht. Dafür hatte sie viel zu wenig geschlafen. Sie schwang den Stuhl zum Fenster hin, während die Tränen zu fließen begannen, wischte sich immer wieder das Gesicht ab und legte den Kopf in den Nacken, als könnte das die Tränen stoppen.

Sarah sprach weiter. »Hoffentlich bist du nicht sauer auf mich, weil ich dir das jetzt erzähle. Ich weiß, dass du viel am Hals hast, und du siehst müde aus, und ich weiß nicht mal, was gestern Nacht passiert ist. Aber ich dachte mir, dass du ihm bestimmt über den Weg laufen wirst, vor allem, wenn du vielleicht heute Nachmittag wegen dieser einstweiligen Verfügung für Peter zum Gericht musst. Ich dachte, ich warne dich lieber mal vor.«

»Das weiß ich doch. Danke, dass du es mir gesagt hast.« Immer noch blickte Abby zur Decke, als hätte sie Nasenbluten. Sie tupfte sich die Augen trocken und sah ihre Freundin verlegen an.

»Es sollte mich ja eigentlich nicht überraschen. Wir wussten schließlich genau, dass er heiraten und Kinder haben wollte. Aber es ist doch erst ein paar Monate her. Welcher Mann verlobt sich denn fünf Monate nach einer Trennung von einer anderen?«

»Ich weiß es nicht.«

»Das Traurige ist«, fing Abby mit erzwungener Leichtigkeit an, »dass ich geglaubt habe, er sei noch nicht über mich hinweg.« Sie begann, die Papiere auf ihrem Schreibtisch aufzustapeln, als wollte sie einen Schlussstrich ziehen. »So viel dazu, dass ich seine große Liebe bin.«

»Abby, ich habe keinerlei Zweifel, dass er dich immer noch liebt. Aber du hast ihm den Ring zurückgegeben. Er hat sicher gedacht, dass ihr nicht mehr zusammenkommt. Und wir werden alle nicht jünger, Süße. Er jedenfalls nicht.« Beide lächelten, und Abby tupfte sich erneut das Gesicht ab.

Ihr Telefon klingelte, und sie sah auf das Display. »Das ist Peter.«

Sarah stand auf.

»Ich gehe heute früher, wegen einer Anprobe. Morgen Mittagessen, ja?«

»Ja.«

Das Telefonat mit Peter war zwar unangenehm, kam jedoch genau zur rechten Zeit, da es Abby zwang, sich auf die Arbeit zu konzentrieren und David für diesen Nachmittag aus ihren Gedanken zu verbannen. Sie wollte alles erklären, doch bevor sie dazu kam, sagte Peter: »So etwas passiert eben.« Ihre Entschuldigung wollte er gar nicht erst hören. Er sagte, Neil habe sich der Sache angenommen, sie sei also aus dem Schneider. Nicht gerade das, was sie hätte hören wollen. Von einem Fall abgezogen zu werden, aus welchem Grund auch immer, war gar nicht gut.

Während des übrigen Nachmittags arbeitete Abby sich durch ein paar der Stapel auf ihrem Schreibtisch. Um fünf fühlte sie sich wie nach einem ganzen Arbeitstag und war völlig gerädert. Abby rieb sich die Augen. Sie brauchte unbedingt ihre Brille. Außerdem musste sie diesem Mann, Ali Rashid, sein Geld zurückgeben. Sie kramte in ihrer Handtasche, fand den Flyer und nahm den Telefonhörer ab.

»Fixmarkt. Was kann ich für Sie tun?«

»Hallo, hier ist Abigail Donovan. Spricht dort Ali Rashid?«

»Ja, hallo.« Sie konnte an seiner Stimme hören, dass er sich an sie erinnerte.

»Ich wollte mich noch einmal bei Ihnen dafür bedanken, dass Sie mich gestern Nacht nach Hause gebracht haben.«

»Keine Ursache. Aber ich bin froh, dass Sie anrufen. Sie haben Ihre Brille in meinem Auto vergessen.«

»Ich weiß. Ich habe es heute gemerkt. Ich würde sie sehr gerne abholen, aber wie Sie sich vielleicht vorstellen können, bin ich ein wenig nervös bei dem Gedanken, zu Ihnen ins Viertel zu fahren.«

Ali lachte. »Ach wissen Sie, so schlimm ist es hier gar nicht. Am helllichten Tag würden Sie wahrscheinlich merken, dass es auch nur Menschen sind. Es ist ein ziemlich armes Viertel, und Straftaten gibt es nicht zu knapp, aber größtenteils sind es nette Leute. Mit ein paar Cracksüchtigen hier und da«, fügte er locker hinzu.

Abby lachte. »Da haben Sie sicher recht. Ich bin nur ein bisschen verschreckt. Und leider komme ich irgendwie nie aus dem Büro, bevor es dunkel wird. Was halten Sie davon, wenn Sie zum Loop kommen und ich Sie zum Essen einlade?«

»Nun, ich würde sehr gerne mit Ihnen zu Mittag essen, aber dass Sie bezahlen, kommt nicht infrage.«

»Doch, bitte. Ich möchte mich unbedingt für Ihre Freundlichkeit erkenntlich zeigen.«

Einen Moment lang war es still, und Abby wartete. Hoffentlich hatte sie ihn nicht irgendwie beleidigt. Lud im Irak eine Frau einen Mann zum Essen ein? Sie hatte keine Ahnung.

»Also gut, sehr gern«, sagte Ali schließlich. »Wann?«

»Wie wäre es mit morgen?«

»Morgen habe ich leider niemanden, der mir im Laden hilft. Am Donnerstag könnte ich es einrichten.«

»Prima. Sagen wir, um halb eins im *Italian Village*. Wissen Sie, wo das ist?«

»Beim Daley Center, nicht wahr?«

»Ja.«

»Das wäre schön.«

Allein schon seine Stimme, seine Aufrichtigkeit und Förmlichkeit beruhigten sie. Sie freute sich richtig darauf, ihn unter besseren Umständen wiederzusehen.

Kapitel 6

Nach einer Nacht mit ausreichend Schlaf fand Abby zu ihrem Alltag zurück: ein ganzer Arbeitstag, an dem sie sich ihren Fällen widmete, eine kurze Pause, während der sie mit den anderen Anwälten der Kanzlei in der Cafeteria zu Abend aß, danach ein bisschen Norah Jones in ihrem Büro, während das Reinigungspersonal die Gänge saugte und Abby Mails beantwortete. Abends um halb neun holte sie sich ihren vierten Kaffee und machte sich daran, weiter für einen Fall zu recherchieren. Um zehn würde sie Schluss machen. Und ein Taxi nehmen, dachte sie.

Als das Telefon klingelte, arbeitete sie gerade konzentriert. Der Anruf kam von außerhalb.

»Abigail Donovan«, meldete sie sich geschäftsmäßig.

»Abigail? Hier ist Ali Rashid.«

»Oh, hallo … Woher haben Sie denn meine Nummer?«

»Ich hatte Ihren Anruf von gestern noch im Telefonspeicher. Tut mir leid, dass ich Sie so spät noch störe.«

»Kein Problem. Leider arbeite ich noch.«

»Eigentlich rufe ich an, weil ich wohl einen Anwalt brauche.«

»Wieso das?« Abby lehnte sich zurück. Die Ablenkung war ihr beinahe willkommen.

»Ich habe Ärger mit der Polizei. Sie wollen mein Geschäft schließen und mir das Gebäude wegnehmen.«

»Moment.« Sie beugte sich vor und griff nach Papier und Kugelschreiber. »Was ist passiert?«

»Ich weiß nicht mal, ob ich Sie hätte anrufen sollen. Wo ich herkomme, wehrt man sich nicht gegen die Polizei.« Seine Furcht war deutlich zu spüren.

»Ali, das ist schon in Ordnung. Erzählen Sie einfach von Anfang an.«

»Vor ungefähr acht Monaten hat die Polizei in meinem Laden einen Jungen wegen Drogenhandels festgenommen. Und vor zwei Monaten ist es dann wieder passiert. Der Beamte hat gesagt, er habe wieder hinter der Kaffeemaschine ein Päckchen Drogen gefunden.« Er hielt inne. »Hallo?«

»Ich bin da. Ich mache mir nur Notizen. Sprechen Sie weiter.«

»Beide Male war ich im Laden und habe nichts bemerkt. Ich habe immer mit der Polizei kooperiert, aber die mögen mich dort nicht. Einmal haben sie mich aufs Revier mitgenommen und mir Fragen über die Drogen im Laden und über meinen Rechtsstatus gestellt, und …« Er brach ab.

»Und was?«

»Sie haben ein paar Witze darüber gerissen, dass man mich ausweisen würde.«

»Sind Sie legal hier im Land?«

»Natürlich. Aber heute war wieder ein Polizeibeamter da. Er hat einen Zettel an die Tür geklebt, auf dem steht, dass das Haus bis auf Weiteres beschlagnahmt ist.«

Offenbar las er von dem Zettel ab.

»Ich habe das nicht verstanden und protestiert. Ich habe gesagt: »Das ist mein Gebäude«, und der Polizist hat nur gelächelt und gesagt: »Nicht mehr lange.«

Abby kreiste das Wort *Beschlagnahmung* in ihren Notizen ein. Ali fuhr fort: »Ich wusste nicht, wen ich anrufen sollte. Ich kenne keinen Anwalt. Ich weiß nicht, wie das hier läuft. Ich nehme keine Drogen, und ich handle auch nicht mit Drogen. Ich weiß nicht, wieso man hier welche gefunden hat, oder woher der Junge kam, den sie verhaftet haben.«

»Herr im Himmel.«

»Dürfen die das?« Ali klang von Sekunde zu Sekunde hysterischer.

Abby sprach bewusst gelassen, um ihn zu beruhigen. »Ich bin mir nicht sicher. Ich weiß nicht gerade viel über Strafrechtsfälle. Mein Gebiet ist das Handelsrecht – Vertragsstreitigkeiten, Produkthaftung. Solche Dinge.«

»Den ganzen Tag habe ich deswegen gegrübelt, und dann sind Sie mir eingefallen. Ich hoffe, das ist in Ordnung.«

Abby begann, ein paar Namen von Anwälten der Kanzlei auf einen Zettel zu kritzeln. »Also, das hier ist eine große Kanzlei. Strafrecht ist nicht unser Gebiet, aber wir haben hier ein paar ehemalige Bezirksstaatsanwälte. Morgen werde ich mich mal umhören und schauen, ob ich Ihnen jemanden empfehlen kann.«

»Vielen Dank, Abigail.«

»Nennen Sie mich Abby. Außerdem haben Sie mir das Leben gerettet. Das hier ist doch wohl das Mindeste, das ich für Sie tun kann. Treffen wir uns morgen wie geplant zum Mittagessen, dann kann ich Ihnen schon mehr sagen. Und Sie erzählen mir genau, was passiert ist.«

Abby legte auf und fragte sich, ob sie David anrufen sollte. Bei der Generalstaatsanwaltschaft bekam man bestimmt gute Empfehlungen für Strafrechtsanwälte. Doch allein schon der Gedanke an ein Gespräch mit ihm, die Vorstellung, so zu tun, als wäre alles in Ordnung, überstieg ihre Kraft.

Am Donnerstag ging Abby um Viertel nach eins ins *Italian Village*. Das Restaurant war von den üblichen Geschäftsleuten bevölkert, die dort zu Mittag aßen, und außerdem ein paar Touristen, die vom Marshall Field zur State Street gefunden hatten. Die Empfangsdame führte Abby zu dem Tisch, an dem Ali bereits wartete. Beim Näherkommen sah sie sein Gesicht nur undeutlich, doch ihr fiel erstmals auf, dass Ali auf mustergültige, geradezu streberhafte Weise gut aussah. In seinem hellblauen, gestärkten Oberhemd und der Baumwollhose wirkte er äußerst adrett. Als sie den Tisch erreichte, stand er auf. Sein Lächeln enthüllte vollkommen ebenmäßige, strahlend weiße Zähne, und in seine offenkundige Erleichterung mischte sich Befangenheit. Beim Anblick seines vertrauten Gesichts entspannte Abby sich sofort. Sie begrüßten sich höflich, Ali gab Abby ihre Brille, und sie bestellten die Getränke. Ali beugte sich vor und begann mit gedämpfter Stimme.

»Abby, ich habe das Gefühl, dass plötzlich wie aus dem Nichts das ganze Leben zerstört wird, das ich mir hier aufgebaut habe.«

Abby holte eine Visitenkarte aus der Handtasche. »Ich habe mich heute Vormittag umgehört. Einer unserer Mitarbeiter war fünf Jahre lang bei der Bezirksstaatsanwaltschaft. Von ihm habe ich den Namen eines Rechtsanwalts, der in Strafrechtskreisen bekannt ist.« Abby reichte ihm eine ihrer Visitenkarten, auf deren Rückseite sie Name und Telefonnummer des Rechtsanwalts geschrieben hatte.

»Ist er teuer?«

»Vermutlich schon.«

»Ich habe nicht viel Geld.«

»Machen Sie sich über die Bezahlung erst einmal keine Gedanken. Bei der Rechnung wird er sich bestimmt etwas einfallen lassen. Am allerwichtigsten ist jetzt, dass Sie einen guten Anwalt bekommen. Sie müssen sich mit ihm treffen und sich juristisch gut beraten lassen.«

»Ja, Sie haben recht. Vielen Dank.«

»Eigentlich habe ich gar nichts getan. Aber ich rufe ihn gerne an und sage ihm Bescheid, dass Sie sich bei ihm melden werden.«

»Okay, das wäre wunderbar.«

Abby lehnte sich zurück und schenkte ihm ein Lächeln. »Versuchen Sie, sich keine Sorgen zu machen. Das kommt schon wieder in Ordnung.« Sie hatte keine Ahnung, ob es wieder in Ordnung kommen würde, aber sie wusste nicht, was sie ihm sonst sagen sollte.

Ali nickte zustimmend, verfiel in Schweigen und überflog die Speisekarte.

Sie bestellten Pasta, und gleich darauf kam Ali wieder auf seinen Laden zu sprechen. »Abby, verstehen Sie denn dieses Gesetz? Dass man mir das Gebäude wegnehmen kann, obwohl ich nichts Falsches getan habe?«

»Ich weiß nicht so viel wie der Anwalt, den Sie anrufen sollen. Nach meinen Informationen kann die Polizei sich Eigentum auf zweierlei Arten aneignen: Beschlagnahmung infolge einer Straftat und zivile Beschlagnahmung. Im Fall einer Straftat holt man sich das Eigentum von jemandem, der strafrechtlich verurteilt worden ist. In zivilrechtlichen Fällen betrifft die Beweislage das Eigentum an sich, von daher spielt es keine Rolle, ob man dem Besitzer etwas nachweisen kann oder so. Oft wird der Betreffende zuvor nicht einmal verhaftet.«

»Aber wie ist das möglich?«

»Es klingt verrückt, ich weiß. Ich habe mich vor Jahren mal auf der Uni damit beschäftigt. Die Begründung lautet, dass das Eigentum ein Werkzeug des Verbrechens ist – im vorliegenden Fall tippe ich auf Drogenhandel –, deshalb geht es um die Schuld des Eigentums.«

Ali schüttelte voller Verwunderung den Kopf.

»Es ist merkwürdig, ich weiß.«

»Dann spielt es also keine Rolle, ob ich unschuldig bin?«

»Das kommt darauf an. Gewöhnlich gibt es in solchen Fällen eine Verteidigung für den schuldlosen Eigentümer, aber noch mal, Ali, ich bin nicht qualifiziert, Ihnen zu sagen, wie die Chancen in Ihrem Fall stehen.«

»In diesem Gebäude steckt alles Geld, was ich hatte. Wenn ich es verliere, verliere ich alles.«

»Das Gebäude gehört Ihnen?«

»Ja. Ich habe es vor ein paar Jahren gekauft. Damals war es ziemlich billig, weil es so heruntergekommen war. Aber ich habe es wieder hergerichtet. Letztes Jahr habe ich etliche Fenster ersetzt und das Dach repariert. Jetzt ist es wahrscheinlich besser in Schuss als alle anderen Häuser des Straßenzugs.«

»Und Sie haben einen Mitbewohner?«

Ali lächelte. »Ja, er heißt Miguel. Wir leben seit drei Jahren zusammen. Für mich ist er die einzige Familie, die ich in diesem Land habe.«

»Okay, machen Sie sich möglichst keine Sorgen. Ich bin zwar keine Expertin, aber ich bin mir sicher, dass der Anwalt, den Sie anrufen werden, Ihnen die Sorge nehmen kann« Abby senkte den Blick zur Karte, um ihn nicht ansehen zu müssen.

Sie war keine Spezialistin, und vielleicht hatten die Gesetze sich in den letzten sechs Jahren ja geändert, aber das, was sie wusste, beunruhigte sie. Die Beschlagnahmung von Eigentum brachte Polizeibehörden viel Geld ein, und das System war nicht darauf ausgelegt, Menschen wie Ali zu schützen. Abby beobachtete, wie er sein Brot mit Butter bestrich. Die Besorgnis war ihm deutlich anzusehen.

»Sobald ich wieder im Büro bin, rufe ich diesen Anwalt an, Ted Gottlieb, und sage ihm, dass Sie sich bei ihm melden werden. Und warten Sie nicht mit dem Anruf. Es ist wichtig, dass sich umgehend jemand der Sache annimmt.«

Ali nickte zu Ihren Anweisungen.

»Oh«, fügte er hinzu, »da ist noch etwas, das ich Ihnen sagen sollte. Dieselben Polizisten, die gestern mit dem Zettel in meinen Laden kamen, waren auch am Dienstag da und haben nach Ihnen gefragt.«

»Was?«

»Sie hatten ein Bild von Ihnen. Es sah aus wie ein Foto von einem Ausweis oder etwas Ähnlichem.«

»Tatsächlich? Was haben Sie gesagt?«

»Ich habe gelogen. Ich bin nervös geworden, weil mir aufging, dass Sie vielleicht ein Verbrechen begangen haben könnten, was bedeuten würde, dass ich Ihnen zur Flucht verholfen hätte.«

»Keine Sorge, ich habe keine Straftat begangen. Aber ich bin in einen Tatort hineingeplatzt. Und ich bin weggelaufen, weil ich Angst hatte.« Unvermittelt sah sie wieder das Gesicht der Toten vor sich. »Die Polizei muss wohl meine Handtasche gefunden haben – das wäre eine Erleichterung. Dann gibt es vermutlich keinen Grund, sich Sorgen zu machen. Ich habe ja schon ausgesagt, was ich gesehen habe.«

»Waren Sie im *Reggie's*?«

»Woher wissen Sie das?«

»Na ja, im Viertel hieß es am Tag darauf, die Polizei habe dort eine tote Prostituierte und Drogen gefunden.«

»Ja, ich habe die Frau gefunden. Ich bin hineingegangen, weil ich telefonieren wollte, aber bevor ich Hilfe rufen konnte, kam diese Gang herein, und ich bin weggelaufen.« Abby trank einen Schluck Tee und fügte sarkastisch hinzu: »Toller Abend.«

Ali lehnte sich zurück und lächelte. »Nun, für mich war es tatsächlich ein toller Abend. Ich habe diese reizende Frau kennengelernt, die, wie sich jetzt herausstellt, vielleicht mein Schutzengel ist.«

»Danke. Ich hatte ebenfalls ziemliches Glück, Sie zu treffen.«

Als Abby zur Kanzlei zurückging, war sie tief berührt von Alis Freundlichkeit, dem Glück, ihn kennengelernt zu haben, und der bizarren Verkettung der Ereignisse, die dazu geführt hatten. Auf einmal hatte sie Angst um Ali. Sie empfand für ihn wie für einen Freund. Eigentlich sogar mehr als das. Und nun war er in großen Schwierigkeiten. Sie wusste sehr gut, dass er wegen des Drogenfunds tatsächlich sein Haus verlieren könnte, und ging im Geist die Fälle durch, mit denen sie sich vor Jahren beschäftigt hatte. Sie erinnerte sich noch an alle Einzelheiten: die Frau, die ihren Wagen verloren hatte, weil ihr Mann eine Prostituierte angesprochen hatte, als er damit fuhr; das Elternpaar, dem man das Haus abgenommen hatte, weil sein Sohn auf dem Grundstück heimlich Marihuana anbaute; die Jachtgesellschaft, die ein Schiff verloren hatte, weil man an Bord bei einem Mieter einen einzigen Joint gefunden hatte. Es gab unzählige Geschichten von Unschuldigen, die ihr Eigentum verloren hatten. Veraltete Gesetze, die man in den Siebzigerjahren aus der Versenkung geholt hatte, um den Kampf gegen die Drogen zu führen. Einen Kampf, der erst richtig in Schwung kam, als den Gesetzeshütern klar wurde, wie viel Geld und Macht in den Beschlagnahmungen steckte. Damals an der Uni war sie zornig und erstaunt gewesen, dabei war es damals nur um einen Artikel für eine Zeitschrift gegangen. Nun, da sie mit einem potenziellen Opfer konfrontiert war, hatte sie beinahe Angst. Ihr Handy klingelte, und sie blieb stehen, um den Anruf anzunehmen.

»Ms Donovan?«

»Ja?«

»Hier spricht Officer Reilly. Officer Tunney vom dreiundzwanzigsten Bezirk hat mir Ihre Telefonnummer gegeben.«

»Ach ja, richtig.«

»Er hat mir den Polizeibericht über die Nacht zum Dienstag geschickt. Wir sind Ihnen dankbar für Ihre Mitarbeit und würden Ihnen gerne noch ein paar Fragen stellen. Außerdem haben wir Ihre Handtasche, glaube ich.«

Dann war das also derselbe Beamte, der Ali die Mitteilung zugestellt hatte.

»Ja, natürlich. Und ich bin wirklich froh wegen meiner Handtasche. Heißt das, dass Sie die Männer verhaftet haben, die sie gestohlen haben?«

»Wir haben die Handtasche am Tatort gefunden, Ms Donovan. Es war niemand dort.«

Etwas in seinem Tonfall irritierte sie.

»Ich habe keinerlei Bargeld darin gefunden, aber ansonsten scheint alles da zu sein. Geldbörse, Schlüssel, Ausweis. Können Sie aufs Revier kommen?«

»Selbstverständlich, aber ginge es vielleicht morgen? Ich habe den ganzen Tag zu tun und muss um fünf zu einem beruflichen Termin.«

»Nun, wir haben ja Ihre Aussage, von daher hat es Zeit bis morgen.«

»Vielen Dank. Und wo ist das Revier?«

»An der Kreuzung Pulaski Road und Division Street.«

»Dieses Viertel macht mich ein wenig nervös. Könnten wir uns vielleicht anderswo treffen?«

»Wir möchten, dass Sie sich ein paar Fotos ansehen. Vielleicht erkennen Sie ja jemanden aus jener Nacht wieder.«

»Ach so. Das klingt einleuchtend.«

»Wie wäre es, wenn ich Sie in der Kanzlei abhole und wir hierherfahren? Mit einer Polizeieskorte hätten Sie keinen Grund, nervös zu sein.«

»Ja. Es sei denn, ich würde mich als Kriminelle fühlen«, fügte sie in lässigem Tonfall hinzu und stellte sich vor, wie sie vor der Kanzlei in einen Streifenwagen einstieg.

»Nun, Ms Donovan, hier ist ein Verbrechen geschehen. Wir brauchen Ihre Mitwirkung.«

»Natürlich.«

»Soll ich Sie morgen Mittag im Büro abholen? Anschließend bringe ich Sie wieder zurück zur Kanzlei.«

»Okay, das wäre großartig.« Ob das die übliche Vorgehensweise war?

Nach dem Telefonat ging Abby etwa zwei Stunden lang die schriftliche Befragung zum Dalcon-Labor durch. Sie las die Anfragen, setzte Antworten auf, betrachtete den Bildschirm, verlor den Faden und fing von vorne an, aber es wurde nicht besser. Sie beschloss, die Sache zu vertagen und sich ihrer Korrespondenz zu widmen. Doch da war es das Gleiche. Ihre Gedanken irrten ab. Sie bekam Ali und seine neuen Probleme nicht aus dem Kopf. Zweimal wählte sie Davids Nummer bei der Arbeit, legte jedoch beide Male auf.

Als Sarah den Kopf hereinsteckte, blickte Abby gerade aus dem Fenster.

»Hey, bist du fertig?« Eine frische Schicht von dunklem Rot bedeckte Sarahs Lippen, passend zu dem tiefroten Strickpulli, der sich um ihre Kurven schmiegte. Sie sah ausgehbereit aus.

»Fertig wofür?«

»Wo hast du in letzter Zeit nur deinen Kopf, Süße? Heute Abend ist doch das Essen mit den Kollegen.«

»Ach ja, natürlich. Müssen wir schon los?«

»Ja, aber erst müssen wir dich für das Fest der Speichellecker noch ein bisschen frisch machen.«

Abby lachte. Am Ende eines Arbeitstages sah sie immer so aus, als hätte sie sich auf dem Boden herumgewälzt. Sie hatte die Gewohnheit, an ihren Haaren herumzuspielen und sich bei der Recherche die Augen zu reiben, was ihr Make-up ruinierte. Im Moment waren ihre Haare zu einem unordentlichen Knoten hochgesteckt, den ein Bleistift zusammenhielt.

»Okay.« Sie nahm ihre Handtasche und holte einen Handspiegel aus der Schublade. »Ach herrje, wie sehe ich nur aus!«

Wie eine Friseurin trat Sarah hinter sie und zog den Bleistift heraus, sodass das Haar Abby über die Schultern fiel. »Immer mit der Ruhe. Kämm dir einfach deine tollen kastanienroten Locken. Und hier, zieh dir die Lippen nach.« Sie hielt ihr den burgunderroten Lippenstift hin.

»Ach nein, das ist zu viel«, lachte Abby und wehrte ab.

»Na schön, er passt vielleicht nicht so gut zu deinem Haar. Hier.« Sarah holte einen weiteren Lippenstift aus der Tasche. »Ein hübsches Beige für die Naturschönheit.«

Dieser war perfekt. »Danke.«

»Ich habe Peter sagen hören, dass er kommt.«

»Puh. Früher war das doch mal nur für Kollegen?« Abby graute vor dem Zusammentreffen. Peter zu ignorieren wäre vermutlich schlecht, ein Gespräch mit ihm jedoch noch schlimmer.

»Herrgott, was weiß denn ich? Ich habe heute von mindestens drei Partnern gehört, dass sie kommen wollen. Die Neils werden sich gegenseitig nur so auf die Füße treten. Hoffentlich rutschen sie nicht in ihrem eigenen Schleim aus.«

Abby lachte. *Neil* war bei ihnen das Synonym für all die Streber, die sich rund um die Uhr abrackerten und einschleimten. »Na, immerhin gibt es Gratiscocktails und ein dreigängiges Abendessen«, meinte sie, schaltete den Computer aus und griff nach ihrem Mantel.

Sarah inspizierte ein letztes Mal ihren Lippenstift. »Verdammt richtig. Mir ist nach Wodka. Wie wär's mit Cosmopolitans?«

»Nein, Ma'am.« Bei beruflichen Anlässen blieb Abby stets bei Weißwein und trank auf keinen Fall mehr als zwei Gläser, aus Angst, sich vor den falschen Leuten zu blamieren. Sarah waren solche Sorgen fremd. Sie genoss es, beschwipst zu sein und allen Leuten zu sagen, was sie wirklich dachte – über die Republikaner, die Religion, die Kanzlei, Anwälte. Es machte immer Spaß, das mitzuerleben.

Sie nahmen ein Taxi zum *Bistro Marco* in der Wells Street und gingen dort zum Cocktailtrinken nach oben. Abby sah sich nach Leuten um, mit denen sie sich gerne unterhalten hätte. Früher einmal hatte es mehrere Kollegen gegeben, die Abby als Freunde bezeichnet hätte. Kurz nach dem Studium waren sie alle Anfänger in der Kanzlei gewesen, grün hinter den Ohren, die ihre Karriere gemeinsam begannen. Aber im Lauf der Jahre hatten die meisten aus ihrem Jahrgang die Kanzlei verlassen. Sie waren zu anderen Kanzleien gewechselt, hatten eine andere Laufbahn eingeschlagen oder waren aus familiären Gründen gegangen. Außer Abby waren nur noch vier von ihrem Jahrgang übrig. Jeder von ihnen arbeitete achtzig bis hundert Stunden pro Woche und blieb für sich, abgesehen von den Gesprächen beim Essen in der Cafeteria. Für Freunde schien keine Zeit mehr zu sein. Sie sah ein paar jüngere Anwälte. Die waren noch unbedarft und ganz begeistert von ihrer Arbeit. Viel zu munter. Dann gab es noch die Neils und ansonsten ein paar Quereinsteiger, die sich abseits hielten. Und Sarah. Dem Himmel sei Dank für Sarah.

Die stand gerade an der Bar und winkte Abby zu sich. Als Abby bei ihr war, reichte Sarah ihr einen Cosmopolitan und schnitt ihr das Wort ab, ehe sie protestieren konnte. »Runter damit, du Kanzleidebakel!« Sie platzte fast vor Lachen. »Okay, jetzt habe ich mich lang genug zurückgehalten. Hier ist keiner, mit dem wir unbedingt reden müssen. Erzähl mir verdammt noch mal, was in der Nacht zum Dienstag passiert ist.«

Abby lächelte und gab nach. »Erinnerst du dich noch, wie es am Montag geschüttet hat?«

»Und?«

»Und du weißt ja, dass man bei Regen nie ein Taxi bekommt?«

»Und?«

»Also, ungefähr um elf habe ich das mit der Nachtschicht aufgegeben. Ich war so fertig. Ich hatte das ganze Wochenende an diesem verdammten Schriftstück für Peter gearbeitet, und ich brauchte unbedingt ein paar Stunden Schlaf.«

»Klingt ganz vernünftig.«

»Als ich keine Taxis gesehen habe, habe ich beschlossen, die L zu nehmen.

»Okay.«

Abby erzählte weiter und fasste die Highlights zusammen. Sarah blieb der Mund offen stehen, und bei manchen Einzelheiten schnappte sie nach Luft. Abby wurde klar, wie verrückt und unglaublich das alles klang. So musste es bleiben. Sie musste so tun, als wären sie Figuren in einem Theaterstück. Nur so würde sie das Gesicht jener Frau und dieser Männer aus ihren Träumen verbannen können. Sie und Sarah stießen auf ihre Rettung an und versuchten, über die Geschichte zu witzeln.

»Hey, wer ist denn der scharfe Typ da drüben?«, fragte Sarah und deutete auf einen Mann, der sich gerade mit ein paar jüngeren Anwälten unterhielt. In den Dreißigern, groß, etwa eins fünfundachtzig, mit gewelltem, dunklen Haar und einer abgefahrenen Brille. Zumindest sah es von der Seite so aus. »Weiß ich nicht.«

»Der gefällt mir«, schnurrte Sarah. »Komm, wir machen uns mit ihm bekannt.«

»Sind wir mal wieder kokett, Miss In-einer-Woche-heirate-ich?

»Na ja, ich bin schließlich noch nicht tot, und außerdem will ich doch nur Hallo sagen, Miss Stock-im-Arsch.«

»Okay, okay«, erwiderte Abby lächelnd. Sie folgte Sarah zu dem Fremden.

Sarah scherte sich nicht um das Gespräch, das dort gerade im Gang war – schließlich waren das nur Anwälte im ersten Jahr. Sie tippte dem Mann auf die Schulter, worauf dieser sich umdrehte.

»Ja, hallo«, sagte Sarah. Von vorne sah er sogar noch besser aus. Oben war sein Haar ein wenig lang und fiel ihm über die Stirn, und die flippige, neongrüne Brille mit den eckigen Gläsern passte hervorragend zu seinen grünen Augen. Ganz Sarahs Typ. »Mein Name ist Sarah Voight. Vom Büro Chicago. Das hier ist Abigail Donovan«, sagte sie und nickte zu Abby hinüber. »Und wer sind Sie wohl?«

Forschend betrachtete der Mann Abbys Gesicht. »Abigail Donovan … Abby?«

»Ja?«

»Ich bin es, Nate. Herrje, ich glaube, wir haben uns seit …« Sein Gesicht verdunkelte sich, als es ihm einfiel. »… seit Dennys Beerdigung nicht mehr gesehen.«

Wegen seines neuen Stils war er ihr nicht bekannt vorgekommen, aber diese grünen Augen und das Grübchen in der rechten Wange – wie war es nur möglich, dass sie ihn nicht erkannt hatte?

»Nate!« Sie umarmte ihn fest. Er erwiderte die Geste, als hätte er eine verschollene Verwandte wiedergefunden.

»Na, was ist das denn für ein Wiedersehen?«, fragte Sarah.

»Sorry«, sagte Nate, löste sich aus der Umarmung und fand zu einer professionellen Haltung zurück. »Mein Name ist Nathan Walters. Ich bin praktisch in Abbys Elternhaus aufgewachsen. Abbys großer Bruder war mein bester Freund.«

»War?«

Abby blickte durch Nate hindurch. In Gedanken versunken murmelte sie: »Er ist gestorben, als er noch in der Highschool war.«

»Kurz vor seinem Abschluss«, ergänzte Nate. Er wandte sich an Abby und wechselte das Thema. »Und du bist jetzt Anwältin? Darauf wäre ich ja im Leben nicht gekommen!«

Abby lächelte. Sie wusste, dass es nicht als Kränkung gemeint war. »Ja, ich weiß, aber wir müssen ja alle mal erwachsen werden.«

Sarah mischte sich ein. »Soll das ein Witz sein? Sie ist unser Goldmädchen – eindeutig die Beste und Intelligenteste.«

Abby stieß ihre Freundin an. »Sarah, sei still.«

Nate lächelte breit. »Tatsächlich? Das ist ja großartig, Abby. Aber was ist mit deiner Musik?«

Sarah war offensichtlich verwirrt, doch Abby lenkte ihre Aufmerksamkeit wieder auf Nate. Sie hatte keine Lust, in Erinnerungen zu schwelgen, und wechselte das Thema.

»Dann bist du wohl kaum ein neuer Mitarbeiter, oder?«

»Nein, eigentlich bin ich hier, um euch allen etwas vorzustellen. Ich leite einen Rechtshilfeverein und versuche mal wieder, die Anwälte der großen, noblen Kanzleien dazu zu überreden, dass sie ein bisschen unentgeltliche Arbeit für mich leisten.«

Sarah unterbrach ihn. »Wissen Sie es denn noch nicht? Wir machen hier nicht gerade viel unentgeltlich. Beim Einstellungsgespräch hat es sich ja noch ganz gut angehört, aber wir dürfen nur fünfzig Stunden unentgeltliche Arbeit abrechnen. Vor ein paar Jahren habe ich mal eine unentgeltliche Rechtsvertretung gemacht, die mich zweihundert Stunden Arbeit gekostet hat. Ich musste die Arbeit natürlich machen, aber deswegen habe ich damals mein Zweitausendstundenziel nicht erreicht. Die Betreuer waren nicht besonders erfreut darüber. Und mittlerweile müssen wir pro Jahr zweitausendeinhundert Stunden erreichen. Von daher können sich die Anwälte hier für unentgeltliche Arbeit nicht besonders begeistern.«

»Nun, keine Sorge, Sarah. Sie heißen doch Sarah, nicht wahr?«

Sie nickte.

»Ich weiß, wie man das umgehen kann. Es geht hier um größere Rechtsstreitigkeiten und weniger um kleinere Fälle, die die Mitarbeiter eigenständig abwickeln. Ich brauche also einfach Hilfe. Leute. Sobald jemand seine fünfzig Stunden voll hat, kann ich ihn einfach auswechseln.«

Abby und Sarah nickten, bereits ein wenig angesteckt. Es klang vielversprechend.

»Und«, fügte Nate etwas lebhafter hinzu, da jetzt auch einer der jüngeren Anwälte zuhörte, »aus zuverlässiger Quelle weiß ich, dass ihr mehr Stunden aufschreiben dürft, wenn ihr dabei mit anspruchsvollen Sachen zu tun habt, wie zum Beispiel eidesstattlichen Aussagen oder Prozessvorbereitungen. Außerdem sind es wirklich interessante Fälle. Deutlich spannender und aufregender als eine Klage wegen eines durch Fahrlässigkeit verursachten Öllecks.«

»Was denn zum Beispiel?«, fragte einer der jungen Männer, die in ihrer Nähe standen.

»Zum Beispiel polizeiliche Übergriffe. Zum Beispiel Einwanderung oder sexuelle Diskriminierung.«

»Nicht schlecht«, meinte der Junge lächelnd.

Sarah mischte sich ein. »Okay, dann werden wir also vielleicht zusammenarbeiten.« Sie und Abby wussten, dass es nicht leicht war, in der Kanzlei als einfache Anwältin Erfahrung bei Gericht zu sammeln. Sie machten die ganze Vorbereitung, den interessanten Teil übernahmen dann die Partner.

»Wie auch immer, deswegen bin ich hier.« Wieder sah er Abby an. »Himmel, ich kann kaum glauben, dass ich dir nach all den Jahren über den Weg laufe. Wie geht es denn deinen Eltern?«

»Ach, denen geht es prima. Dad denkt so langsam an die Rente, und Mom versucht immer noch, die Welt zu retten.

Nate lächelte. »Deine Eltern sind großartig.«

Sarah schien fasziniert von den neuen Erkenntnissen. »Sie und Abbys Bruder waren also dicke Freunde? Heißt das, Sie kennen Abby noch aus ihrer Zeit als vorpubertärer Bücherwurm?«, fragte sie und lachte ihre Freundin an.

Nate lächelte Abby an. »Na ja, ich kannte Abby damals natürlich, aber ich hätte sie nie als Bücherwurm bezeichnet. Sie war cool. Freunde, Partys, Sängerin in einer Band.«

»Was? Abby, was ist daraus geworden?!«

Peinlich berührt schüttelte Abby den Kopf. Hoffentlich war bald Schluss mit der Beweihräucherung.

»Ja«, fügte Nate lachend hinzu. »Denny und ich waren die Streber. Wir waren geradezu lächerlich ehrgeizig.«

»Und wo sind Sie hingegangen?«, fragte Sarah.

»Aufs College nach Yale, danach zum Jurastudium an die Universität Chicago. Denny und ich wollten uns in Yale sogar ein Zimmer teilen. Eigentlich verdanke ich es Abbys Bruder, dass ich nach Yale kam.«

»Warum?«, fragten die Frauen.

»Abby, das weißt du doch.« Nate wandte sich an Sarah und erklärte: »Auf der Highschool war zunächst Denny der Ehrgeizige von uns beiden. Ich wusste nicht, was ich mit meinem Leben anfangen sollte. Er redete von Jura, einer Elite-Uni, und im Grunde war er es, der uns beide in der Spur hielt. Ich hatte Glück, dass er mein Freund war.«

Abby bekam Kopfschmerzen. Sie stürzte ihren Drink hinunter und hielt nach einem Fluchtweg Ausschau.

»Nate, es war toll, dich wiederzusehen. Aber ich muss jetzt schnell auf die Damentoilette, bevor sie uns alle zusammentrommeln. Entschuldige mich.« Sie entfernte sich, noch ehe Nate Gelegenheit hatte, etwas zu erwidern. Hinter sich hörte sie, wie Sarah hinzufügte: »Schön, Nathan, wir unterhalten uns später!«

Zu Hause kroch Abby ins Bett und nahm sich ein Buch. Es ging darin um eine dysfunktionale Familie, doch sie konnte nur an ihre eigene denken. Mom, wie sie vollkommen ruhig dasaß, mit gekreuzten Fußknöcheln und geradem Rücken, den Blick auf den Sarg gerichtet, stumm und emotionslos. Dad, wie er sich Tränen abwischte, die Abby niemals für möglich gehalten hätte. Und Nate, der um seinen besten Freund weinte. Sie wusste zwar noch, dass Hunderte von Menschen zu der Beerdigung gekommen waren, konnte sich aber sonst an keine Gesichter erinnern. Dennys Gesicht war für sie noch so lebendig wie vor vierzehn Jahren. Sein zuversichtliches Lächeln. Der Blick, den er ihr immer zuwarf, wenn sie sich über ihn lustig machte. Sie hatte nie begriffen, wie er gleichzeitig so ein Idiot und so selbstbewusst sein konnte. Sie hatte einen Kloß im Hals, und wie schon tausendmal begannen ihre Augen zu brennen. Heftig klappte Abby das Buch zu, griff nach der Fernbedienung und machte sich auf die Suche nach einer Folge *Friends* oder *Seinfeld*.

Kapitel 7

Am Freitagvormittag mühte Abby sich mit einer Aufgabe nach der anderen ab, ohne sich konzentrieren zu können. Jede halbe Stunde sah sie auf die Uhr und fragte sich, wann Officer Reilly wohl kommen würde. Hoffentlich würde dann niemand im Eingangsbereich sein. Den Tratsch konnte sie sich lebhaft ausmalen.

Um halb zwölf Uhr ließ sie die Arbeit sein und widmete sich Alis Problem. In der Westlaw-Datenbank startete sie eine Suchanfrage nach den Gesetzen zur zivilen Beschlagnahmung, sowohl in Illinois als auch auf Bundesebene. Als sie sich damals im Jahr 1997 fürs Studium mit diesen Gesetzen beschäftigt hatte, hatte der Kongressabgeordnete Henry Hyde einen Gesetzesentwurf durchzubringen versucht, der die Gesetze zur Beschlagnahmung ändern und die Rechte der Eigentümer stärken sollte. Sie fragte sich, was daraus geworden sein mochte.

Sie fand eine Bundessatzung – das Reformgesetz über die zivile Beschlagnahmung aus dem Jahr 2000 – wie auch die Version für Illinois und drückte auf *Drucken*. Vielleicht waren ja alle Gesetze geändert worden. Das Telefon klingelte, und Barbara, die Empfangsdame, teilte Abby mit, jemand habe etwas für sie abgegeben. Blumen. Lächelnd und gespannt ging Abby zur Lobby und überlegte, wer die Blumen wohl geschickt haben mochte. Im Vorbeigehen nahm sie die Ausdrucke mit. Als sie bei Barbara ankam, sprach diese gerade mit einem uniformierten Beamten, und beide drehten sich zu Abby um.

»Abby, der Officer hier sagt, dass du ihn erwartest?«

Barbaras hochgezogene Augenbrauen signalisierten Neugier. Abby ignorierte die unausgesprochene Frage und schüttelte dem Beamten die Hand.

Officer Reilly war groß, mindestens einen Meter fünfundachtzig, wirkte jedoch abgesehen von dem militärischen Haarschnitt nicht einschüchternd. Er sah aus wie ein echter Ire – strohblondes Haar, helle Haut, Sommersprossen und blaue Augen.

»Hallo, Ms Donovan. Nett, Sie kennenzulernen. Sind Sie bereit?«

Der Akzent war unverkennbar aus der Chicago South Side, genau wie der des Bürgermeisters. Eindeutig ein waschechter Chicagoer.

»Ich muss erst meine Handtasche holen. Ich wusste nicht, dass Sie hier sind. Barbara hatte am Telefon etwas von Blumen gesagt«, sagte Abby, wobei sie sich wieder dem Empfangstisch und dem kleinen Arrangement aus Margeriten und Lilien zuwandte.

»Ach ja«, meinte der Officer. »Haben Sie heute Geburtstag?«

Abby lächelte. »Nein.« Sie las die Karte, die an der Vase hing:

> *Die Begegnung mit Ihnen war wirklich ein Segen für mich. Herzlichen Dank für alles, Abigail. Mit besten Grüßen, Ali Rashid.*

Barbara brannte vor Neugier. »Ein neuer Freund, Abby?«

Abby schüttelte den Kopf und fühlte sich plötzlich beklommen. Direkt hinter ihr stand der Mann, der Ali sein Haus wegnehmen wollte. Sie nahm die Vase und drehte sich wieder zu Reilly um.

»Ich laufe nur schnell zurück in mein Büro und hole meine Tasche.« Sie ging, ehe er etwas erwidern konnte, doch nach wenigen Schritten entglitten ihr die Ausdrucke, und mehrere Blätter flatterten zu Boden.

»Kommen Sie, ich helfe Ihnen«, meinte Reilly und gesellte sich zu ihr, um die Blätter wieder einzusammeln.

»Vielen Dank. Ich hatte das noch gar nicht gelesen.«

»Recherchen?«

»Ja.«

Reilly las laut die Überschrift des Gesetzesentwurfs ab und gab ihr die Blätter zurück.

Abby sah ihn nicht an, sie wusste nicht recht, was sie sagen sollte. »Danke, ich bin gleich wieder da.«

Auf dem Weg zum Revier machten sie Small Talk. Reilly hob sich die wirklichen Fragen anscheinend für später auf. Er fragte sie, woher sie kam, redete über seine irischen Wurzeln und erwähnte, dass die besten Freunde seiner Großeltern in Irland die Donovans waren. Abbys Familie lebte zwar seit mehreren Generationen in Amerika, doch sie lachte und ging darauf ein. Er wirkte sympathisch.

Auf dem Revier baten Officer Reilly und sein Partner Officer Trask Abby, ihnen die Geschehnisse zu schildern, und sie tat es: das Missgeschick mit dem Zug, die Gang am Bahnsteig, wie sie zum *Reggie's* gekommen war, die Frau, die Drogen, die Männer, den Raubüberfall und Alis Freundlichkeit.

»Sie kennen also Mister Rashid?«

»Na ja, er hat mich heimgefahren, und erst gestern haben wir uns dann noch einmal getroffen.«

Die Polizisten wechselten einen Blick.

Abby erriet ihre Gedanken. »Er sagte mir, ein paar Polizisten seien zu ihm in den Laden gekommen und hätten ihn gefragt, ob er mein Foto wiedererkannt habe. Das waren wohl Sie?«

»Ja«, erwiderte Reilly.

Abby redete weiter. »Er war lediglich nervös. Er hatte Angst, dass ich womöglich etwas Schlimmes getan hatte und er Schwierigkeiten bekommen würde, weil er mich heimgefahren hatte. Aber eigentlich haben wir uns nur noch einmal getroffen, weil ich meine Brille bei ihm im Wagen vergessen hatte.« Sie hielt es für besser, die Rechtsberatung nicht zu erwähnen.

Die Polizisten nickten und schienen ihr die Geschichte abzunehmen.

Abby sah drei Mappen mit Polizeifotos durch, doch erfolglos. Der einzige Mann, an den sie sich wirklich erinnerte, war der Große mit der Narbe im Gesicht, vor dem sie in Alis Laden geflohen war. Und abgesehen von der Narbe konnte sie ihn nicht richtig beschreiben. Es war so dunkel gewesen, und er hatte schwarze Kleidung getragen. Über die Drogen und die Frau wusste sie nichts.

Es gab keine Abweichungen zu ihrer schriftlichen Aussage. Nach etwa einer Dreiviertelstunde bedankten sich die Polizisten für ihre Hilfe, und Officer Reilly fuhr sie zur Arbeit zurück. Abby wünschte ihm für seine Ermittlung viel Glück.

Samstagmorgen um acht ging der Wecker, und Abby drückte die Schlummertaste. Er klingelte erneut, und wieder schlummerte sie weiter. Nach drei weiteren Malen schaltete sie den Wecker schließlich aus und stieß die Decke weg, doch sie konnte nicht aufstehen. Nach einer Weile, die ihr wie eine Stunde vorkam, sah sie zur Zimmerdecke hinauf, rekapitulierte im Geist die letzte Woche und dachte über jene Nacht nach, die ihr bereits wie ein schlechter Traum vorkam; sie dachte an Ali und die ernsten Probleme, mit denen er nun zu tun hatte; an David, der diese Frau heiraten würde. An Arbeit war irgendwie gar nicht zu denken. Zum Teufel damit. Sie griff nach der Decke und drehte sich auf die Seite.

Um zehn stand Abby schließlich auf. Sie las die Zeitung von vorne bis hinten, fand jedoch keinen Bericht über die tote Frau im 1194038050 *Reggie's*. Die ganze Woche hatte nichts darüber in der Zeitung gestanden. Es gab wohl einfach zu viele Verbrechen, über die berichtet werden musste, dachte sie. Nur ein weiterer sinnloser Todesfall in jenem Stadtteil, der niemanden kümmerte.

Sie blieb den ganzen Tag im Pyjama, hörte Musik und räumte Schränke aus. Sie fand ein paar T-Shirts, Bücher und CDs von David, betrachtete das Telefon und fragte sich, ob sie wohl je den Mut aufbringen würde, ihn anzurufen. Sie verstaute seine Sachen in einer Tasche und stellte sie ins Gästezimmer.

Als der Wecker am Sonntag wieder um acht klingelte, drückte sie nur zweimal die Schlummertaste. Sie musste wirklich in die Kanzlei. Es gab so viel zu tun. Am Montag würde die eidesstattliche Aussage im Amro-Prozess stattfinden. Sie war derartig im Rückstand. Abby setzte sich auf und sah die Wand an, unfähig, sich zu erheben. Wo war nur ihre Energie geblieben? Jener Wille und jene Entschlossenheit, die ihrer Karriere so gutgetan hatten? Jene Hingabe, die sie David entfremdet hatte? Sie ließ sich nach hinten auf die Matratze sinken, als wäre sie zu schwer zum Aufstehen. Ob es daran lag, dass sie beinahe gestorben wäre, an ihrem neuen Freund Ali oder an Davids Verlobung – ihre einmalige Konzentrationsgabe versagte ihr den Dienst. Schließlich stand sie auf und ging unter die Dusche, doch als sie danach im Schlafzimmer stand, um sich etwas zum Anziehen zu holen, griff sie nach der Jogginghose.

Am Montag platzten in mehr oder weniger regelmäßigen Abständen neugierige Mitarbeiter bei ihr herein – diejenigen, die am Wochenende immer im Büro waren – und wollten wissen, was sie von der Arbeit abgehalten hatte. Es musste schließlich etwas Größeres gewesen sein – ein Todesfall oder eine Hochzeit –, und alle hofften auf eine interessante Geschichte, eine Zerstreuung und eine Ausrede, um den Wochenbeginn hinauszuzögern. Abby wimmelte alle ab und genoss die verblüfften Reaktionen, als sie sagte, sie hätte gar nichts getan.

Um etwa halb elf klingelte das Telefon. Der Anruf kam von außerhalb.

»Mrs Donovan? Hier spricht Ted Gottlieb. Sie haben Ali Rashid wegen einer Beschlagnahmung an mich überwiesen?«

Abby sah zu den Blumen hinüber, die inzwischen auf dem Schreibtisch vor sich hinwelkten. »Ja stimmt. Hallo. Was kann ich für Sie tun?« Sie lehnte sich zurück und schwang den Stuhl zum Fenster herum, fort von der Arbeit.

»Also, am Freitagvormittag habe ich mich mit Mister Rashid getroffen. Wir haben die Angelegenheit übernommen, aber ich habe Schwierigkeiten, ihn zu erreichen. Haben Sie vielleicht etwas von ihm gehört?«

»Leider nicht. Nicht mehr seit dem Mittagessen in der letzten Woche, als ich ihm Ihren Namen genannt habe.«

»Nun, die Staatsanwaltschaft hat das dingliche Verfahren vorangetrieben.«

Mist.

Mr Gottlieb fuhr fort: »Verzeihung, sind Sie mit der Materie vertraut? Ich meinte damit, dass man ihm sein Haus wegnehmen will.«

»Oh, ich weiß, was *dinglich* heißt – gegen eine Sache gerichtet. Erst vergangenes Wochenende habe ich mir den Gesetzesentwurf zur Beschlagnahmung angesehen. Da hat es ja einige juristische Fortschritte gegeben.«

»Nun ja, auf der Ebene des Bundesrechts trifft das zwar zu, aber diese Sache fällt unter das Recht von Illinois, und leider sind die Gesetze immer noch sehr polizeifreundlich. Für den Staat bedeutet das eine geringe Belastung – man braucht nur einen hinreichenden Verdacht, und für diesen genügen Zeugenaussagen, die auf Hörensagen beruhen.«

»Dann kann also jeder Straßendealer und jeder, dem selbst ein Verfahren droht, vor der Polizei etwas über Drogenhandel aussagen, und das reicht?«

»Mehr oder weniger.«

»Und was genau muss Ali dann beweisen? Dass er nichts von den Drogen wissen konnte und nichts hätte tun können, um den Drogenhandel zu verhindern?«

»So ist es. Als Eigentümer hat man es da ziemlich schwer. Wie ich Mister Rashid gesagt habe, legen nur relativ wenige Leute gegen die Konfiszierung ihres Eigentums Widerspruch ein.«

»Warum? Weil sie nicht gewinnen können?«

»Weil sie sich die Anwaltskosten nicht leisten können oder aus Angst vor strafrechtlicher Verfolgung oder davor, dass man ihre eidesstattliche Aussage bei anderen Belangen gegen sie verwendet.«

»Ali meinte zu mir, er wisse nicht genau, ob er Sie bezahlen kann.«

»Stimmt, aber wir haben eine Lösung gefunden. Tatsächlich möchte ich morgen einen Antrag einreichen, der den Staatsanwalt hoffentlich davon überzeugen wird, dass es sich nicht lohnt, die Sache weiterzuverfolgen.«

»Ich bin so froh, dass Sie sich eingeschaltet haben. Noch einmal vielen Dank dafür, dass Sie den Fall übernommen haben.«

»Keine Ursache. Ich bin recht zuversichtlich. Wir müssen die Sache nur ins Rollen bringen, damit Mister Rashid sie so schnell wie möglich vom Hals hat. Sonst kann sich so etwas ziemlich lange hinziehen.«

Abby lehnte sich bequem zurück. »Wunderbar.«

»Ja, abgesehen von der Tatsache, dass ich Mister Rashid finden muss. Ich habe ihn das ganze Wochenende über nicht erreichen können. Haben Sie vielleicht seine Handynummer? Unter der Festnetznummer, die er mir gegeben hat, meldet sich niemand.«

Reflexartig drehte Abby den Stuhl zurück zum Schreibtisch, wo alle Antworten schlummerten. Sie schob Unterlagen hin und her, als würde so auf wundersame Weise eine Telefonnummer erscheinen. »Tut mir wirklich leid, aber ich weiß nicht, wie ich Ihnen da helfen kann.« Sie brach die Suche ab und blickte erneut zu den Lilien hinüber. Ihre Lieblingsblumen. »Eigentlich kenne ich ihn kaum. Mehr als die Telefonnummer des Ladens habe ich nicht.«

»Okay, schön, falls Sie wieder von ihm hören, sagen Sie ihm bitte, dass er mich umgehend anrufen soll.«

»Das werde ich tun. Und noch einmal danke, dass sie seinen Fall übernommen haben.«

Sie legte auf und ließ die Hand auf dem Hörer ruhen. Es würde alles gut werden. Ted Gottlieb wusste anscheinend genau, was er tat. Aber was für eine Schweinerei. Es wunderte sie immer noch, dass der ganze Vorgang rechtens war. Sie konnte nur hoffen, dass Gottlieb Ali bald erreichte.

Um zehn kroch Abby ins Bett, blätterte auf der Suche nach interessanten Artikeln über ihre Lieblingsbands im *Rolling Stone* und hörte mit halbem Ohr den Lokalnachrichten im Fernsehen zu. Die Berichte waren wie immer: fünfzehn Sekunden Informationen, deprimierend und schockierend, auch wenn Nachrichten einen ja immer schockieren sollten. Eine Vergewaltigung in River West, ein Überfall auf dem Loop, ein Sattelschlepper, der auf der Schnellstraße umgekippt war, ein mutmaßlicher erweiterter Suizid im West-Garfield-Viertel. Abby reichte es. Sie griff nach der Fernbedienung und drückte die Stummschalttaste. Als ihr Blick auf den Bildschirm fiel, sah sie einen Minimarkt, der ihr bekannt vorkam, und stellte den Fernseher rasch lauter, um den Bericht zu hören. »In einem Minimarkt an der Ecke Lake Street und Pulaski Road hat man heute Morgen zwei Männer tot aufgefunden, die über dem Geschäft wohnten. Nach Aussagen der Polizei handelt es sich offenbar um erweiterten Selbstmord. Der eine der beiden Männer, Ali Rashid, wurde vor Kurzem im Zusammenhang mit einer Drogenermittlung festgenommen. Vonseiten der Regierung wurde die Beschlagnahmung des Gebäudes veranlasst. Ob es einen Zusammenhang zwischen dieser Angelegenheit und den heutigen Ereignissen gibt, ist nicht bekannt.«

Abby setzte sich auf, nahm die Brille vom Nachttisch, betrachtete den Bildschirm genauer und sah Ali. Ihr war übel. Und dann war sein Gesicht weg. Die Nachrichten wurden mit dem Wetterbericht fortgesetzt.

Kapitel 8

»Ali ist tot?« Immer wieder hallten die Worte in Abbys Kopf nach. Sie konnte es einfach nicht fassen. Ihr Magen schmerzte. Mit zitternder Hand griff sie nach dem Telefon, das neben dem Bett stand, hielt dann jedoch inne. Sie wusste nicht, wen sie hätte anrufen können. Ihr fiel nicht einmal jemand ein, mit dem sie sprechen konnte. Wie um ihren Schrei zu verhindern, presste sie automatisch die Hände auf den Mund, während sie ungläubig den Kopf schüttelte und ihr Tränen über die Wangen liefen. Wie war das möglich? Sie sah sein Gesicht vor sich, die seelenvollen Augen, das herzliche Lächeln. Es war erst eine Woche her, dass sie sich kennengelernt hatten.

Den größten Teil der Nacht warf sie sich unruhig hin und her und konnte nicht einschlafen. Sie erinnerte sich an Alis Gesicht, durchlebte erneut die Nacht in jenem Viertel und ging jedes Detail ihres gemeinsamen Mittagessens im *Italian Village* noch einmal durch. Nichts davon ergab einen Sinn.

Tags darauf war sie bei der Arbeit immer noch geistesabwesend und grübelte, ob sie angesichts dieser Neuigkeiten etwas unternehmen sollte. Sie holte Officer Reillys Visitenkarte heraus und wählte seine Nummer.

Er nahm nach dem ersten Klingeln ab.

»Officer Reilly? Hier spricht Abigail Donovan. Wir haben uns letzte Woche kennengelernt.«

»Ja, richtig. Was kann ich für Sie tun?«

»Ich habe gestern Abend die Nachrichten gesehen und vom Tod von Ali Rashid und seinem Freund erfahren.«

»Oh, ja. Wirklich schlimm.«

Augenblicklich sah Abby vor ihrem inneren Auge Alis Leiche und das Blut und hatte Mühe, weiterzusprechen.

»Entschuldigen Sie, Ms Donovan, ich weiß nicht recht, was das mit Ihnen zu tun hat.«

»Es ist nur, weil ich Ali kannte. Das hatte ich Ihnen ja erzählt. Irgendwie hatten wir uns sogar angefreundet.«

»Das hatten Sie bisher nicht erwähnt, glaube ich.«

»Nein. Tut mir leid.« Es hatte keinen Zweck, jetzt noch zu lügen. »Er hat mir alles über die Beschlagnahmung seines Ladens erzählt. Ich kann es einfach nicht fassen, was passiert ist. Können Sie mir irgendetwas sagen?«

»Nun, Ms Donovan, die Fakten sind ziemlich eindeutig. Offenbar hat Mister Rashid seinen Freund und dann sich selbst erschossen …«

»Nein!«, unterbrach Abby ihn. Sie konnte einfach nicht glauben, dass Ali jemandem wehgetan hätte – ganz zu schweigen von dem Mann, den er als Familienangehörigen betrachtete.

Reilly sprach weiter. »Möglicherweise hatte er herausbekommen, dass sein Freund mit Drogen dealte. In seinem Geschäft haben wir eine große Menge Stoff gefunden. Wir haben den Laden schon eine ganze Weile überwacht. Es war das reinste Drogenparadies, und wir wussten, dass zumindest einer der beiden damit zu tun hatte. Es tut mir leid, Ms Donovan. Die Menschen sind nicht immer das, was sie zu sein scheinen.«

Abby fand keine Worte mehr. Sie war sprachlos, konnte es einfach nicht glauben. Nichts von all dem. Sie beendeten das Telefongespräch, und sofort suchte sie Gottliebs Telefonnummer heraus, um ihm die Nachricht zu überbringen.

Gottlieb klang überrascht, jedoch leidenschaftslos. Vielleicht hatte sein Beruf als Strafverteidiger ihn so werden lassen. Er teilte Abby mit, er werde die Sache wohl nicht weiterverfolgen, schließlich habe er ja keinen Mandanten mehr. Man habe die

Beschlagnahmung bereits eingeleitet, und nachdem der Eigentümer tot war, werde niemand Widerspruch einlegen. Ohne Zweifel werde das Gericht den Besitz als beschlagnahmt erklären und versteigern lassen.

Niemanden schien die Sache zu kümmern.

Während der nächsten Stunde suchte Abby im Internet weitere Berichte über die Schießerei – alles, was die Angelegenheit begreifbar gemacht hätte, doch ohne Erfolg. Sie starrte ihre E-Mails und den Aktenstapel auf ihrem Schreibtisch an, konnte sich jedoch zu nichts aufraffen. Das ergab alles keinen Sinn. Vage hatte sie das Gefühl, dass etwas von den Ereignissen der vergangenen Woche wichtig war, so als müsste sie es sich näher ansehen. Sie blickte zu ihren gerahmten Diplomen und den Preisen hoch, die sie bei den Übungsprozessen gewonnen hatte. Sie hatte immer gewusst, dass ihr Leben eine Farce war, dass sie eine Person spielte, die sie gar nicht war. Doch jetzt fragte sie sich, ob sie vielleicht aus einem anderen Grund in dieser großen Kanzlei arbeitete. Hätte sie nicht in jenem Zug gesessen, wäre sie Ali niemals begegnet. Hätte sie nicht für die Kanzlei gearbeitet, wäre sie nie in den Zug eingestiegen. Vielleicht hatte es ja einen tieferen Sinn, dass sie plötzlich in diese beiden scheußlichen, rätselhaften Todesfälle verwickelt war.

Das Telefon klingelte – es war einer ihrer Mandanten. Sie schloss die Augen und schüttelte den Kopf, wie um ihren professionellen Tonfall anzuknipsen, hob den Hörer ab und wechselte in den Geschäftsmodus.

Am späten Nachmittag wandte Abby sich zum Fenster, um ein wenig Kraft zu schöpfen. Von ihrem Büro im neunundvierzigsten Stock hatte sie eine großartige Aussicht nach Südosten, die sie jetzt in sich aufnahm, als hätte sie das nie zuvor getan – den See, den Buckingham-Springbrunnen, das Planetarium, den Soldatenfriedhof, den Verkehr am Lake Shore Drive. Es gab eine Menge, das sich außerhalb ihrer kleinen Blase abspielte. Wo wohl all die Leute auf dem Lake Shore Drive hinfuhren? Sie hätte mit jedem von ihnen gerne getauscht.

Um halb sieben beendete Abby ihre achte Arbeitsstunde und machte Feierabend. Es waren zwar noch zehn E-Mails zu beantworten, es gab ein paar Voicemail-Nachrichten, bei denen sie zurückrufen musste, und unzählige weitere Aufgaben, aber niemand würde umkommen, wenn sie die Arbeit auf morgen vertagte. Und wenn sie weiter hierblieb, würde sie ja doch nur aus dem Fenster sehen. Sie nahm ihren Mantel, fuhr den Computer herunter und schaltete das Licht aus.

Am nächsten Morgen kam Abby um acht Uhr ins Büro und wollte gerade mit der Arbeit anfangen, als das Telefon klingelte. Auf dem Display stand J. Hadden.

»Mist.« Abby nahm den Hörer ab. »Abigail Donovan?«, meldete sie sich geschäftsmäßig.

»Abigail. Hier ist Jerry. Können Sie zu mir ins Büro kommen?«

»Klar. Wann?«

»Sofort.« Er legte auf.

Verdammt.

Sie nahm einen Notizblock und machte sich auf den Weg ins fünfzigste Stockwerk.

»Hi, Jerry. Was gibt's?« Abby lehnte in der Tür seines imposanten Eckbüros und bemühte sich, so lässig und selbstbewusst wie möglich zu wirken.

Er sah sie nicht einmal an. »Kommen Sie rein, und machen Sie bitte die Tür hinter sich zu.«

Abby tat, worum er sie gebeten hatte. Ihr freundlicher, sympathischer Kanzleipartner und beruflicher Betreuer wirkte alles andere als freundlich. Im Gegensatz zu vielen anderen Kanzleiinhabern, die ihre Mitarbeiter gern fertigmachten, um sie dann wieder aufzubauen, als befänden sie sich in einem militärischen Ausbildungslager, war Jerry ein wunderbarer Mentor. Wenn sie bei ihm hereinschaute, hatte er immer einen Witz oder eine gute Geschichte auf Lager, bei der sein dicker Bauch vor Lachen wackelte.

Doch heute lag nichts Scherzhaftes in seiner Miene.

Mit einer Handbewegung deutete er auf die Stühle, die vor seinem Schreibtisch standen. »Setzen Sie sich. Abigail, ist alles in Ordnung bei Ihnen?«

Abby folgte der Aufforderung. »Wieso fragen Sie?«

Jerry nahm die übergroße Brille ab, wobei die schmerzhaft aussehenden Einkerbungen sichtbar wurden, die sie in seiner Haut hinterließ. Er rieb sich die Nase und schien alles andere als glücklich über dieses Gespräch.

»Abby, Sie sind seit Langem eine meiner Lieblinge. Ich habe es Ihnen schon in früheren Mitarbeitergesprächen gesagt: Sie leisten hier seit Jahren brillante Arbeit und haben eine große Karriere vor sich.«

»Aber?«

»Aber auf einmal höre ich Dinge, bei denen ich mir ernsthaft Sorgen mache.«

»Was denn für Dinge?« Bereit, sich zu verteidigen, setzte Abby sich aufrechter hin. Er sollte sehen, dass sie jegliche Kritik ernst nehmen würde.

»Nun, neulich hat Peter erzählt, Sie hätten einen Auftrag nicht erledigt, und das sieht Ihnen so gar nicht ähnlich.«

»Wirklich, Jerry, es ging einfach nicht anders. Ich habe es nur deshalb nicht weiter ausgeführt, weil ich gemerkt habe, dass Peter im Stress war und keine Lust auf Erklärungen hatte.«

»Okay, das mag ja sein, aber ich habe gerade mit Steve Prince telefoniert, und er hat gesagt, er hätte Ihnen E-Mails geschickt und Ihnen letzte Woche aufs Band gesprochen, und Sie hätten sich nicht bei ihm gemeldet.«

»Es tut mir wirklich leid, Jerry. Im Moment habe ich irgendwie einfach viel am Hals und außerdem private Probleme.« Ihre Stimme begann zu zittern. Es war eine jämmerliche

Entschuldigung, das war ihr klar. »Der Anruf bei Steve stand heute ganz oben auf meiner Liste.«

»Abigail, wir stecken mitten in einem Millionen-Dollar-Prozess. Wenn der Mandant Sie anruft oder eine E-Mail schreibt, ist es mir egal, was gerade in Ihrem Privatleben oder auch in anderen Fällen los ist. Dann lassen Sie einfach alles liegen und melden sich in jedem Fall noch vor dem Abend. Das wissen Sie doch.«

Abby nickte reumütig. »Ja. Ja. Es tut mir wirklich leid.«

»Nun, falls Sie nicht auch von diesem Fall abgezogen werden wollen, was, wie Ihnen sicher klar ist, beruflicher Selbstmord wäre, schlage ich vor, dass Sie jetzt sofort anrufen, sich vielmals entschuldigen und dann Himmel und Hölle in Bewegung setzen, um Steves Vertrauen zurückzugewinnen. Sie sind bei diesem Fall die Chefverteidigerin, Herrgott noch mal.«

»Natürlich. Ich werde ihn sofort anrufen. Jerry, es tut mir wirklich leid, dass ich Sie enttäuscht habe.« Sie wollte hier raus und stand auf.

Jerry hob die Hand und hielt sie auf. »Denken Sie daran, wenn es Ihnen zu viel wird, ist es Ihre Aufgabe, Arbeit zu delegieren. Falls Sie keinen der jüngeren Anwälte bekommen können, müssen Sie mir Bescheid sagen. Wenn Sie nichts sagen, kann ich Ihnen nicht helfen.«

»Danke, Jerry. Es wird nicht wieder vorkommen.«

Abby ging die Treppe hinunter und ohrfeigte sich innerlich. Scheiße. Scheiße. Scheiße. *Reiß dich zusammen,* dachte sie. *Ganz ruhig. Verlier jetzt deswegen nicht die Nerven.*

Den Blick zu Boden gerichtet, ging sie den Gang entlang und stieß mit jemandem zusammen.

»Herrje, tut mir wirklich leid.« Abby bückte sich und griff nach den Akten, die ihr heruntergefallen waren.

»Hey, Abby. Das ist ja eine tolle Begrüßung.«

Abby blickte hoch und sah Nate, der zu ihr herunterlächelte.

»Hi, Nate. Tut mir leid. Ich war völlig in Gedanken.«

»Großer Fall?«

»Ja, schon. Was machst du denn hier?«

»Ich habe ein erstes Opfer gefunden«, sagte er und nickte in Richtung Beckys Büro. Sie war eine der Anwältinnen im ersten Jahr.

Abby steckte den Kopf zu Becky hinein und winkte.

»Hör zu, ich bin froh, dass ich dich sehe. Ich wollte gerade dein Büro suchen. Wir sollten uns wirklich mal treffen.«

»Nate, das klingt super, aber … ich, äh …«

»Du kannst nicht mit mir zu Mittag essen?«, neckte er sie.

»Es ist nur, weil …«

»Okay, ich verstehe schon. Du hast viel um die Ohren. Wie wär's mit Freitag? Falls du nicht unabkömmlich bist, dulde ich keine Absage. Abendessen. Ein frühes Abendessen. Danach muss ich nach Hause, um meiner Süßen Gute Nacht zu sagen.«

»Wie bitte?« Was für eine seltsame Art, über seine Freundin zu reden.

Er holte ein Foto heraus. »Lizzy. Sie ist unglaublich.« Abby betrachtete das Foto, auf dem ein zuckersüßes, in eine kleine rosa Decke gewickeltes Baby zu sehen war. Eines jener Krankenhausfotos, wie man sie kurz nach der Geburt macht.

»Oh! Wow! Du bist verheiratet, Nate? Und hast ein Kind?«

»Ja und ja. Also, treffen wir uns?«

Sie konnte nicht widerstehen. Essen musste sie ja schließlich. »Also gut, Freitag.«

Abby machte sich gerade wieder an die Arbeit, und ihre geistige Checkliste lief auf Hochtouren, als jemand an ihre offene Tür klopfte.

»Hallo, schöne Frau.« Neil ließ sich auf einem Stuhl in ihrem Büro nieder und machte es sich bequem, ehe sie etwas erwidern konnte. Er lehnte sich zurück und machte Anstalten, die Füße auf ihren Schreibtisch zu legen, doch Abby hinderte ihn daran.

»Hör zu, Neil, in einer Stunde sitze ich mit dem Amro-Vertreter im Konferenzzimmer, ich habe also keine Zeit …«

»Abby, Abby. Es dauert nur eine Sekunde.« Dann beugte er sich vor, als wollte er ihr ein Geheimnis anvertrauen. »Man sagt, du hättest am Freitag eine Polizeieskorte gehabt.«

Angesichts seines spitzen Gesichts fragte sie sich, wie er zu einer so attraktiven und offensichtlich normalen Freundin kam. Abby verdrehte die Augen. Das war ja abzusehen gewesen.

»Ein heißes Date? Oder warst du womöglich unartig?«, fragte er aufreizend.

»Möchtest du mit mir über irgendetwas sprechen, was die Arbeit betrifft, Neil?«

Er lehnte sich zurück und machte es sich gemütlich. »Aber natürlich, meine Liebe. Ich dachte mir, vielleicht interessiert dich ja der Status unseres Antrags auf einstweilige Verfügung.«

»Ja. Wie sieht es damit aus?«

»Man hat ihn nicht bewilligt.«

»So viel wusste ich schon.«

»Daher haben wir jetzt mit dem Beschwerdeantrag weitergemacht, der hoffentlich schnell durchgehen wird, aber diese Schweinehunde haben natürlich Widerspruch eingelegt.«

»Soweit ich mich erinnern kann, gab es doch eine gute Grundlage für einen Prozess. Meinst du, die können ihn abschmettern?«

»Nein. Das glauben sie sicher selbst nicht. Sie wollen nur Zeit schinden und die Kosten für unseren Mandanten in die Höhe treiben.«

»Klar.«

»Und jetzt die gute Nachricht. Ich komme gerade von Peter, und er sagt, du sollst den Antrag der Gegenpartei durchgehen. Nimm dir die Fälle vor, auf die er sich beruft, und finde heraus, wie wir den Einspruch in der Luft zerreißen können.«

Abby griff nach Papier und Kugelschreiber. »Okay. Bis wann?«

»Na ja, bis nächste Woche brauchen wir einen Entwurf, damit wir alles Nötige mit dem Mandanten besprechen können. Wie sieht es bei dir aus?«

»Ich hab viel zu tun, aber ich kann mir Zeit freischaufeln. Morgen sehe ich es mir an.«

»Super. Danke, Süße.« Das »Süße« ließ sie nicht einmal mehr zusammenzucken. Sie war daran gewöhnt, und im Moment war es ihr kleinstes Problem. Neil war gut darin, langweilige Arbeit auf andere abzuwälzen. Aber das spielte jetzt keine Rolle. Sie musste Peter wieder auf ihre Seite bringen.

Neil stand auf, deutete beim Hinausgehen auf die Blumen, die inzwischen in der Vase welkten, und hänselte sie wie ein Viertklässler: »Hübsche Blumen, Ms Donovan. Sind die von dem netten Polizisten?«

»Hör bloß auf. Raus hier!«

Er richtete sich zu seiner vollen Höhe von einem Meter fünfundsechzig auf, salutierte, als hätte er seine Mission erfüllt, und lachte laut, als er hinausging.

Abby sah zu den Blumen hinüber. Das Wasser verfärbte sich langsam dunkel, und ein paar Blütenblätter lagen auf ihrem Schreibtisch. Sie brachte es nicht fertig, den Strauß wegzuwerfen.

Sie wandte sich wieder dem Aktenberg und den vierzig neuen E-Mails zu und suchte Steve Prince' Telefonnummer heraus.

Drei Stunden später hatte Abby das Schriftstück für Amro fertig, mit ihrem verärgerten Mandanten gesprochen und es geschafft, ein paar Punkte auf ihrer To-do-Liste abzuhaken. Es war ein gutes Gefühl, sich in die Arbeit zu stürzen. »Hast du kurz für mich Zeit?«, fragte Sarah, die in der Tür stand.

Eigentlich wollte Abby nicht aus dem Rhythmus kommen, aber sie wusste, dies war ein großer Tag. »Für dich immer, Süße. Komm, setz dich. Na, bist du aufgeregt?«

Sarah ließ sich auf dem Stuhlrand nieder. »Soll das ein Witz sein? Ich bin am Durchdrehen. Es ist mein letzter Tag! Morgen geht's mit meiner Schwester und meiner Mom in einen Spa. Am Freitag holen wir das Kleid ab und gehen die Einzelheiten durch, und dann: Samstag! Ich habe den ganzen Vormittag nachgeschaut, was man auf der Insel alles machen kann. Ich weiß bloß nicht, ob ich je wieder zurückkomme.«

»Unbedingt. Ohne dich halte ich es hier keinen Tag aus. Dass ich zwei Wochen ohne dich verbringen muss, ist schon schlimm genug.«

»Ach komm, du meinst also, du wirst deine Lunchpartnerin nicht sofort ersetzen? Vielleicht hat ja Neil Zeit?«

»Ha, ha. Heute Vormittag hatten wir einen netten kleinen Plausch. Ich muss bei einer Sache mit ihm zusammenarbeiten – für Peter. Er redet mit mir, als wäre ich seine Angestellte. Wie auch immer, bis du wiederkommst, werde ich mein Mittagessen wohl am Schreibtisch einnehmen.«

Sarah brachte das Gespräch wieder auf die Hochzeit. »Weißt du schon, was du anziehen wirst?«

»Ich habe mich noch nicht entschieden, aber ich habe ja eine ganz gute Auswahl daheim.«

In den letzten beiden Jahren war Abby auf acht Hochzeiten gewesen. Irgendwie schienen in letzter Zeit alle ihre Bekannten zu heiraten. Allein schon bei der Erinnerung daran, weshalb sie so viele Kleider hatte, musste sie an David denken. Um auf andere Gedanken zu kommen, konzentrierte sie sich wieder auf Sarah.

»Ich freue mich so darauf, dich in deinem Kleid zu sehen, und auch auf das Fest. Das wird große Klasse. Deine Mom weiß wirklich, wie man eine Party schmeißt.«

Sarah lachte. »Sie übertreibt es ein bisschen, ich weiß, aber es ist ja hoffentlich das einzige Mal, nicht wahr?«

»Ja – ich hoffe bloß, ich kann dir wenigstens Hallo sagen. Unter vierhundert Gästen bist du sicher schwer zu finden.«

»Na, du weißt ja, mindestens zweihundert davon sind über fünfzig. Halt dich einfach an die Jüngeren. Und natürlich bin ich die in dem prächtigen weißen Kleid! Es werden ein paar coole Leute von der Kanzlei da sein, mit denen du dich unterhalten kannst.«

»Schon klar. War doch nur ein Witz. Es klingt wie ein Märchen. Ich freue mich so für euch beide.«

»Danke, Süße!« Komisch, dass das Wort sich aus Sarahs Mund so viel besser anhörte. »Du kannst dir immer noch überlegen, ob du jemanden mitbringen willst.«

Abby wollte etwas sagen, doch Sarah hob die Hand, um sich zu verteidigen. »Es wäre einfach schön, wenn du schon einen Tanzpartner dabeihättest, finde ich.«

»Das ist nicht nötig. Und wirklich, was soll ich denn machen – mir einen Begleiter mieten?«

»Das wäre der Hammer!«

»Ja, klar. Ich verspreche, dass ich keinen Nervenzusammenbruch bekomme und heule oder David und seiner Freundin eine Szene mache. Sorry – seiner Verlobten.«

Sarah lächelte. »Wirst du mit ihm reden?«

»Ich weiß nicht. Ich werde es wohl kaum darauf anlegen. Ich will sie ja nicht in Verlegenheit bringen. Aber wenn sie mich ansprechen, werde ich natürlich supernett sein.«

»Okay, zurück an die Arbeit.« Sarah stand auf. »Hast du schon gegessen?«

Abby blickte auf die Uhr. Es war ein Uhr. »Nein. Treffen wir uns doch in einer halben Stunde in der Eingangshalle.«

Jetzt noch eine halbe Stunde zu arbeiten war leichter gesagt als getan. Sie bekam das Bild von David nicht aus dem Kopf, wie er am Samstag vorne in der Kirche neben Rick stehen würde. Es war jetzt fünf Monate her, aber trotzdem fragte sie sich immer noch täglich, ob sie die Trennung hätte verhindern können. Auf diese Hochzeit freute sie sich kein bisschen.

Kapitel 9

Die Hände in den Hosentaschen und eine schwarze Strickmütze über die Ohren gezogen, ging Marcus den von Abfall übersäten Gehweg entlang, zehn Querstraßen durch beißende Kälte zu *Carter's BBQ* in der Madison Street, das nur ein paar Querstraßen westlich des United Center lag. Er freute sich auf den Schnee. Für das Wochenende waren fünfzehn bis zwanzig Zentimeter angesagt. Wenigstens würde der Schnee den Dreck und den Müll für eine Weile zudecken. Das Viertel würde sogar friedlich wirken.

Das *Carter's* war gut geeignet, um den neuesten Tratsch des Viertels zu erfahren. Hier unterhielten sich die Stammgäste wie früher in den Friseurläden. Gerade waren die üblichen Leute da und verquatschten den Tag. Marcus holte sich eine Portion Chicken Wings und setzte sich an einen freien Tisch.

»Was geht, Marcus?« Das war Darnel, der am Nebentisch saß.

»Hey, Bruder.« Marcus langte herüber, um ihn Faust an Faust zu begrüßen, wie man es von ihm erwartete.

Darnel machte eine große Geste, als wäre es seine Party. »Marcus, kennst du die Pisser hier schon?« Alle Anwesenden lächelten.

»In letzter Zeit hab ich 'ne Menge Pisser kennengelernt, aber die noch nicht«, meinte Marcus.

»Hey, ihr Pisser, das ist Marcus. Ist im letzten Frühjahr von New York hierhergezogen.« Marcos nickte nacheinander jedem kurz zu. »Das sind Rickie, Tomboy, Fat D, Mikey.« Jeder von ihnen nickte bei der Nennung seines Namens.

»Fat D, hm?«, meinte Marcus lächelnd. Der Mann war ungefähr einen Meter achtzig groß und wog siebzig Kilo.

»Ist ironisch gemeint«, meinte Darnel und nickte stolz, als wäre es seine eigene Erfindung.

»Also, Marcus«, fing Tomboy an, »ich hab in New York einen Cousin. Wo hast du gewohnt?«

»Queens.«

»Oh. Mein Cousin, Tyron, wohnt in Harlem. Dann kennst du ihn wohl nicht.«

»Doch, klar, Tyron. Super Kerl!«

»Verarschst du mich?«

Marcus hob einen Finger, um den Chicken Wing aufzuessen. Jetzt hatte er sie am Haken. Er ließ die Knochen auf den Teller fallen. »Ja, klar.« Alle brachen in lautes Gelächter aus, und Marcus leckte sich die Finger ab.

Darnel warf seine Serviette nach Tomboy. »Du Blödmann. Natürlich kennt er deinen Cousin nicht. New York ist verdammt riesig.«

»Wieso bist du nach Chicago gekommen, Marcus?«, fragte Rickie.

»Ich wollte einfach ne Veränderung.« Er konzentrierte sich auf sein Essen.

Darnel klärte sie nur zu gern auf. »Er war dabei, als die Türme eingestürzt sind.«

Fat D ergriff das Wort. »Ohne Scheiß. Da warst du dabei, Marcus?«

»Jepp.« Marcus erzählte nichts weiter, und sie ließen ihn in Ruhe.

Die Türglocke erklang, als die Eingangstür aufging. Ein Weißer Ende dreißig, der Businesskleidung trug, kam herein und inspizierte selbstbewusst den Raum. Er ging zum Tresen, sprach den Mann am Herd mit Namen an, als wären sie alte Freunde, und bestellte sich etwas zum Mitnehmen.

Darnel blickte Marcus an, nickte zu dem Mann hinüber und formte mit den Lippen lautlos das Wort *Cop*.

Marcus sah zu ihm hinüber. Die Ausstrahlung stimmte – furchtlos, großspuriger Gang, aber die Klamotten entsprachen nicht dem typischen Undercover-Look. Zu geleckt.

Im Raum wurde es still, und alle warteten darauf, dass der Weiße ging. Der Mann lächelte, nickte ihnen zu und ging.

»Vor dem musst du dich in Acht nehmen, Marcus«, fing Darnel an.

Marcus drehte sich um und beobachtete den Mann durch die Frontscheibe. Er stieg in einen Mercedes, der vor dem Lokal im Parkverbot stand.

»Aha, und warum?«

Mikey stimmte ihm sofort zu. »So korrupt wie nur was, hab ich gehört.«

Tomboy stopfte sich eine Handvoll Fritten in den Mund und sagte undeutlich: »Johnny hat mir erzählt, dass er vor zwei Wochen auf ihn losgegangen ist.« Er musste ungefähr dreißig Fritten im Mund haben. Es war ekelhaft. Er hob kurz den Zeigefinger, kaute, wischte sich das Gesicht ab und sprach weiter. »Hat die Knarre gezogen und so getan, als würde er ihn verhaften wollen. Johnny hatte an dem Tag 'ne Menge Stoff dabei. Er wollte gerade rüber zu Darnel.«

»Scheiße«, murmelten die anderen bedeutungsvoll.

Tomboy fuhr fort: »Hat ihm die ganze Kohle und den Stoff abgenommen. Fünf Riesen und drei Pfund.«

»Fünfhundert Dollar?«, fragte Fat D.

»Nein, du Blödmann. Fünftausend.«

»Wegen der Cops muss ich hier also auch aufpassen, was?«, meinte Marcus.

Alle murmelten etwas Bestätigendes.

Ricky redete weiter. »Manche von denen benehmen sich, als wären wir ihre Bankautomaten, verdammt. Sie durchsuchen dich, nehmen dir die Kohle ab und verschwinden wieder. Wer hält die mal auf?«

Marcus erwiderte nichts.

Fat D trug ebenfalls etwas bei. »Jenny hat gesagt, sie hätte den Kerl mal mit Delia gesehen.«

»Wer ist Delia?«, fragte Marcus.

»Weißt du noch, wie sie letzten Montag im *Reggie's* eine Leiche gefunden haben?«

Marcus nickte.

»Das war Delia.«

Als Nate am Freitagvormittag anrief, um das gemeinsame Abendessen zu bestätigen, schlug Abby vor, sich um sechs in der Clark Street im *Mia Francesca's* zu treffen. Da es schneien sollte, wollte sie in der Nähe ihres Zuhauses bleiben. Außerdem hatte sie zu arbeiten. Der Prozess gegen Prince Industries kam langsam in Gang. Sie musste sich für die Aussagen der nächsten Wochen vorbereiten und sich mit den Ermittlungen im Fall des Dalcon-Labors befassen.

Sie bestellten Cocktails und Vorspeisen, und Abby erfuhr, dass Nate erst vor zwei Jahren eine Kollegin geheiratet hatte, die er während des gemeinsamen Studiums kennengelernt hatte. Seine Frau befand sich gerade für sechs Monate in Elternzeit. Er zeigte ihr ein Foto aus seiner Geldbörse. Sie sah wie das Mädchen von nebenan aus: glattes, schulterlanges braunes Haar, ein T-Shirt von Abercrombie, ein nettes Lächeln und keine Spur von Leid oder Sarkasmus. Sie passte perfekt zu ihm. Abby konnte es nicht fassen. Sie und Nate waren nur zwei Jahre auseinander, aber er wirkte so erwachsen. Es klang, als wäre sein Leben ganz nach Plan verlaufen: tolles Studium, toller Job, tolle Frau und nun ein süßes Baby. Hätte er sie nicht zu sehr an Denny erinnert, hätte sie ihn gehasst.

Nate griff nach dem Brot und tunkte es in das Olivenöl und den Parmesan. »Nicht zu glauben, dass wir all die Jahre beide in Chicago waren. Alle beide Anwälte, und wir haben uns nie getroffen.«

Abby lächelte nur und nickte zustimmend.

»Wenn ich gewusst hätte, dass du in Chicago wohnst, Abby, hättest du auf jeden Fall zur Hochzeit kommen müssen.«

»Da wäre ich gerne dabei gewesen.« Dann sah sie hinunter auf die Speisekarte und hoffte, er würde ihre Unaufrichtigkeit nicht wahrnehmen. Bisher war Chicago eine großartige Möglichkeit gewesen, allen Erinnerungen an ihre Kindheit zu entfliehen.

Das Abendessen war durchweg erfreulich, und sie fragte Nate über sein Leben aus. Sie erfuhr, dass er oben am North Shore in Wilmette lebte, in einem alten, 1927 erbauten Haus mit Blick auf den See. Angesichts der Tatsache, dass er sich ehrenamtlicher Arbeit widmete, lachte sie über die gehobene Adresse, und er witzelte, es sei schön, eine reiche Frau zu haben. Tatsächlich, erklärte er, hatte sie sich wie Abby für eine große Kanzlei entschieden, aber außerdem hatte sie vor ein paar Jahren ihre Eltern verloren, und diese hätten ihr etwas Geld hinterlassen.

Sie beobachtete, wie er an seinem Martini nippte, und beide genossen das kleine Wiedersehen. Doch dann drehte er den Spieß um. »Was ist mit dir?«

»Aufs College nach Brown, Jurastudium in DePaul, und jetzt arbeite ich bei *Simon & Dunn*. Viel mehr gibt es da nicht zu erzählen.«

»Ich kann immer noch nicht richtig glauben, dass du das überhaupt gemacht hast. Ich weiß, es ist lange her, aber ich hätte gedacht, du würdest nach New York gehen oder nach L. A. oder so – in eine große Stadt.«

»Das hier ist doch eine große Stadt!«, rechtfertigte Abby sich lächelnd.

»Oh, ich weiß.« Er bohrte weiter, stellte laut Überlegungen über ihr Studium an, ihr Hauptfach, weshalb sie sich für eine große Kanzlei entschieden hatte, welche Kanzleien sie in Betracht gezogen hatte, ihr Fachgebiet. Und natürlich fragte er nach ihrem Liebesleben, von dem nur noch Asche übrig war.

Irgendwie kam es Abby armselig vor, dass sie nichts zu berichten hatte, daher erzählte sie ihm von David, davon, wie sie sich beim Jurastudium kennengelernt hatten, und von ihrer heißen Affäre, die beinahe zufällig begonnen hatte. Sie hatte sich eine Studiengruppe ausgesucht, die ihr besonders fleißig erschienen war und aus älteren Studenten bestand, und dort hatte sie David getroffen. Sie hatte geglaubt, es würde eine kurze Affäre werden, doch schließlich hatte die Beziehung jahrelang gehalten.

Es machte Spaß, so über ihn zu reden. Er war der beste Mensch, den sie kannte. Also erzählte sie Nate von einigen Highlights, davon, wie anders als die anderen Jungen im Jurastudium er gewesen war. In ihrem ersten Studienjahr war David siebenundzwanzig gewesen. Er war jahrelang Musiker gewesen – Akustikgitarre und Saxofon. Er hatte davon leben wollen, doch nach fünf Jahren, zwei Bands und sechs Kellnerjobs hatte er sich der Welt der Erwachsenen gefügt, wie er gerne scherzte. Er war sich nicht sicher gewesen, was er tun sollte, aber er war intelligent und in der Schule stets gut gewesen. Er las und schrieb gerne und hoffte auf einen intellektuell erfüllenden Beruf, nachdem es mit dem kreativen nicht geklappt hatte.

Nate nickte, lachte und hatte seinen Spaß, während sie erzählte. Abby las ihm seine Gedanken vom Gesicht ab: Dieser Typ schien perfekt für die kleine Abby. Sie musste ihn aufklären.

»Aber wir haben uns vor einer Weile getrennt, und jetzt ist er mit jemand anderem verlobt. Morgen Abend treffe ich ihn und seine zukünftige Braut bei einer Hochzeit.«

»Ach, herrje. Abby, es tut mir so leid. So, wie du gerade von ihm gesprochen hast, dachte ich, ihr würdet demnächst heiraten.«

»Na ja, Timing ist eben alles, und irgendwie hat es nicht geklappt.«

Das redete sie sich jetzt schon seit Monaten ein. Natürlich war es Unsinn, und irgendwie schien Nate das zu spüren.

Als Nate anfing, in Erinnerungen an Denny und »die guten alten Zeiten in der Highschool« zu schwelgen, wusste Abby, dass es Zeit zum Gehen war. Es hatte begonnen zu schneien, und als sie das Lokal verließen, bedeckten zwei Zentimeter Neuschnee den Boden. Draußen umarmten sie sich, versprachen beide, sich bald zu mailen und in Kontakt zu bleiben, und Abby ging zu

Fuß die Straße entlang zu ihrer Wohnung, während Nate darauf wartete, dass der Parkplatzboy ihm seinen Wagen brachte.

Während der nächsten beiden Stunden setzte Abby Fragen für die eidesstattliche Aussage auf. Um etwa zehn Uhr brauchte sie eine Pause. Sie blickte hinaus auf die Bäume, deren Äste inzwischen schneebedeckt waren. Sie stülpte sich eine Baseball-Kappe über, zog einen dicken Mantel über ihre Jogginghose und lief um die Ecke zum Spirituosenladen, wo man Kleinigkeiten zu essen und auch Eis kaufen konnte. Irgendwie war es jämmerlich, um diese Zeit und bei diesem Wetter und noch dazu an einem Freitagabend loszurennen, um Eis zu holen. Die Straßen waren voller Menschen, und anscheinend trafen sich alle mit jemandem, waren mit Freunden unterwegs oder hatten eine Verabredung – wie das bei Menschen zwischen zwanzig und dreißig eben war. Abgesehen von den Jahren mit David hatte Abby diese Jahre zum größten Teil genauso verbracht. Im Moment hatte sie nur noch Eis im Sinn. Sie entschied sich für Ben & Jerry's – Chunky Monkey natürlich. Das morgige Kleid hatte eine hoch angesetzte Taille im Empire Stil, sie konnte also etwas vertragen.

Als sie aus dem Laden kam, warf sie kurz einen Blick zu dem Polizeiwagen auf der anderen Straßenseite und überlegte kurz, ob sie den Polizisten darin kannte – in letzter Zeit hatte sie eine Menge Polizisten getroffen. Die Tür von *Johnny O'Hagans* ging auf, und ein Händchen haltendes Paar kam heraus. Die beiden blieben kurz unter der Straßenlaterne stehen, bevor sie nach Süden die Clark Street hinuntergingen. Beide hatten blondes Haar, das zum Pferdeschwanz gebunden war. Wie gleich aussehende Barbiepuppen.

Der Wind wurde stärker, und Abby zog ihren Mantel fester um sich und ging nach Hause.

Sie machte es sich mit dem Eis auf der Couch gemütlich und blickte in den laternenbeschienenen Hof hinunter, während der Schnee weiter fiel. Sie ertrank in den Bildern, die sie überfluteten – David und seine Verlobte, Nate und das, wofür er stand, Ali, eine tote Frau –, und dann war sie auf einmal wieder dort, spürte ihre Angst, lief die Straße entlang, stieß mit jener Hure zusammen, lief zurück zur Bar und sah, wie der Blonde herauskam.

»Dieser Mann!« Abby richtete sich auf, als wäre jemand im Zimmer, der ihr zuhörte. Sie stand auf, ging im Zimmer auf und ab und sortierte die Bilder. Von diesem Detail hatte sie der Polizei nichts erzählt. Sie lief zu ihrer Handtasche, holte den Zettel mit Officer Reillys Nummer heraus und wählte.

Nach dreimaligem Klingeln nahm er ab. »Hier Officer Reilly.«

»Hallo. Ich weiß nicht, ob Sie sich an mich erinnern. Hier spricht Abigail Donovan. Wir sind uns vor einer Woche begegnet.«

»Ach ja, ich erinnere mich. Was kann ich für Sie tun?«

»Ich habe gerade über diese Nacht nachgedacht, die Nacht, als der Mord im *Reggie's* passiert ist. Und ich habe mich an etwas erinnert. Als ich in die Straße zum *Reggie's* eingebogen bin, habe ich gesehen, wie ein Mann aus der Bar kam.«

»Wirklich? Konnten Sie ihn gut erkennen?«

»Eigentlich nicht. Er war etwa einen Block weit weg. Aber es war jedenfalls ein Weißer, er hatte nämlich helles, gewelltes Haar.«

»Sind Sie sicher, dass es ein Mann war?«

»Ja. Er war kräftig gebaut. Er ging wie ein Mann. Ich bin mir ganz sicher, dass es einer war. Ungefähr eins achtzig groß, glaube ich. Das ist nur eine Schätzung. Aber auf jeden Fall größer als eine Frau.«

»Okay, gut, ich werde das in die Akte aufnehmen. Danke für Ihren Anruf, Ms Donovan.«

»Moment, da ist noch etwas. Ein paar Minuten zuvor war ich auf der Straße mit einer Prostituierten zusammengestoßen. Ich weiß gar nicht, warum es mir nicht schon früher eingefallen ist, aber es war die Frau, die ich im Waschraum gefunden habe. Ich bin mir ganz sicher. Ich erinnere mich an den Rock und an die Netzstrumpfhose. An diese roten Stöckelschuhe. Als ich mit ihr zusammenprallte, ist mir ihre Kleidung aufgefallen, deswegen wusste ich, dass es eine Prostituierte war. Der Mann, den ich gesehen habe, muss also entweder gesehen haben, was passiert ist, oder er war der Mörder, nicht wahr?«

»Nun, das ist vielleicht ein bisschen weit hergeholt. Aber ich werde es in der Akte notieren. Ich bin Ihnen wirklich dankbar, dass Sie das gemeldet haben, Ms Donovan. Bei vielen Verbrechen sind wir auf die Aufmerksamkeit der Mitbürger angewiesen.«

»Ich kann einfach nicht fassen, dass ich nicht früher daran gedacht habe, es Ihnen zu sagen.«

»Das ist nicht ungewöhnlich. Es ist ganz normal, das einem manches erst Tage oder Wochen nach einem Ereignis einfällt. Wenn der Schock nachlässt. Hören Sie, ich bin hier gerade beschäftigt, aber noch mal danke. Falls Ihnen noch etwas einfällt, rufen Sie bitte an.«

Abby legte auf. »Das ist weit hergeholt?«, fragte sie sich laut. »Der Typ ist rausgekommen, und ein paar Minuten später habe ich eine Leiche gefunden. Sonst war niemand da. Das ist nicht weit hergeholt!« Ihr Magen krampfte sich zusammen, doch sie wusste nicht, ob es von dem Eis kam oder von der Vorstellung, einem Mörder so nahe gekommen zu sein.

Kapitel 10

Trip zahlte, trank seinen Martini aus und blickte auf die Uhr. Es wurde Zeit. Heute würde er nach Englewood fahren, wo sich immer viele Jugendliche in den Straßen herumdrückten. Von der City fuhr er über die Halsted Street ein paar Kilometer bis zur dreiundsechzigsten Straße, bog rechts ab und drosselte sein Tempo. Der Scheibenwischer war auf langsam eingestellt und bewegte sich gerade schnell genug, um die riesigen Schneeflocken wegzuwischen, die sich schnell darum sammelten. Der Schnee auf dem Boden warf das Licht der Straßenlaternen zurück und zauberte so eine leuchtende Aura. Er beobachtete das Treiben auf der Straße. Der sanfte Lichtschein und die Schneedecke bewirkten keineswegs, dass es auf der Straße ruhiger wurde. Es war elf Uhr abends, und die kleinen Scheißer waren gut dabei. Perfektes Timing.

Neben einem Grüppchen an der Straßenecke fuhr er rechts ran, ließ das Fenster der Beifahrerseite herunter und wartete. Er kannte die Zeichen und sie ebenso. Er beobachtete, wie die Jungs seinen Wagen musterten, die getönten Scheiben. Ein solches Auto bedeutete stets eines von zwei Dingen: Besuch von einem Boss oder von einem guten Kunden. Nach einem kurzen Augenblick näherte sich der Junge, der anscheinend der Anführer war, und beugte sich zum Fenster herunter. Er konnte nicht älter als fünfzehn sein, machte das aber mit seinem Gehabe wett.

Der Junge bückte sich und blickte durchs Fenster. »Nette Karre.«

Trip lächelte. Ein Mercedes kam eben immer gut an. »Danke.«

»Kann ich etwas für Sie tun, Mister?«

»Ganz bestimmt«, antwortete Trip.

»Was hätten Sie denn gern?«

»Koks. Wie viel hast du?«

»Wie viel brauchen Sie?«

»Eine ganze Menge mehr, als du dabeihast.«

»Wie wär's, wenn ich Ihnen eine kleine Kostprobe verkaufe, und wenn Sie mit dem Stoff zufrieden sind, machen wir weiter?«

»Du bist ein guter Geschäftsmann. Das gefällt mir.« Trip nahm eine Jacke vom Beifahrersitz. »Steig ein.«

Unsicher sah der Junge sich um.

Trip redete weiter: »Hier auf der Straße ist zu viel los. Lass uns das Geschäft anderswo machen. Ich fahr dort um die Ecke und kauf dir eine Kostprobe ab.«

Das genügte dem Jungen. Er stieg ein und zog die schwarze Kapuze ab, wobei seitlich an seinem Hals eine Tätowierung sichtbar wurde – die Buchstaben B und D, dazu ein sechseckiger Stern. *Black Disciples*. Trip schmunzelte über die unterschwellige Botschaft.

Beim Wegfahren beobachtete Trip, wie die Freunde des Jungen erfolglos versuchten, in den Wagen hineinzusehen. Er fuhr ein paar Blocks weiter, bog rechts in eine Querstraße ab und fuhr rechts ran. Hier gab es lauter heruntergekommene Einfamilienhäuser.

Der Junge holte eine Ziptüte von der Größe eines Sandwiches heraus, in der sich mehrere kleine Tütchen befanden.

»Das ist alles?« Trip musste lachen.

»Was soll ich sagen? Heute war eben viel los.«

»Wie viel?«

»Fünfzig.«

»Lass mich erst mal probieren.« Trip steckte den kleinen Finger in die Tüte, kratzte mit dem Nagel eine winzige Menge heraus und schnupfte.

»Guter Stoff, was?«

»Ja, nicht übel. Okay, hier sind hundert Dollar. Woher hast du den Stoff?«

Der Junge geriet ins Stottern.

»Ich brauche eine Menge, das habe ich dir doch gesagt.« Ganz kurz zeigte er dem Jungen ein Bündel Hundertdollarnoten, das so aussah, als wären es Tausende. »Jetzt bring mich zu deinem Zulieferer, dann kriegst du noch mal hundert. Und von ihm nach diesem Geschäft wahrscheinlich eine Beförderung.« Beide grinsten.

Trip fuhr nach den Anweisungen des Jungen über die sechzigste Straße nach Norden, bog links ab und hielt vor einem Mietshaus. Dann folgte er dem Jungen hinauf in den zweiten Stock und durch einen ausgetretenen Gang.

Der Junge klopfte an der Tür mit der Nummer 212 und schrie: »Ich bin's, Billy! Komm schon, lass mich rein!«

Jemand nahm die Kette von der Tür und öffnete sie langsam. Im Hintergrund lief gerade *Glücksrad* im Fernsehen.

Der Junge stand zwischen Trip und dem Mann. »Hey, Kumpel, ich bring dir hier einen Kunden.«

Der Mann, etwa zweiundzwanzig und in Boxershorts und Unterhemd, packte den Jungen am Kopf und zog ihn herein. Auf seinem nackten Arm prangte ebenfalls ein *B-und-D*-Tattoo, dazu der sechszackige Stern.

»Komm weg von dem verdammten Korridor.«

Trip trat uneingeladen ein und schloss die Tür hinter sich.

»Was soll der Scheiß?« Der Mann deutete auf Trip, sah dabei aber weiter Billy an.

Trip blickte sich im Zimmer um, das, wie üblich in diesem Stadtteil, einen neuen Anstrich, etliche Reparaturen und einen Lufterfrischer dringend nötig hatte.

»Darf ich? Ihr junger Mitarbeiter hier hat mir ein bisschen Kokain verkauft, und wie ich ihm schon gesagt habe, brauche ich noch sehr viel mehr. Offenbar sind Sie derjenige, an den ich mich dabei wenden muss.« Trip griff in die Innentasche seines

Mantels, doch der Mann packte ihn am Arm und verdrehte ihn hinter seinem Rücken.

Billy mischte sich ein, um das Geschäft zu retten. »Ist schon okay, Jack. Er ist kein Cop oder so. Ich hab seinen Wagen gesehen – ein aufgebohrter Mercedes. Er hat 'ne Menge Kohle. Los, zeigen Sie ihm das Geld.« Der Mann hielt Trips Arm ganz fest, und Billy wartete darauf, dass Trip Vertrauen schuf.

Trip blieb ganz ruhig und gelassen. »Billy hat recht.« Er streckte dem Mann seine freie Hand hin. »Ich heiße übrigens Trip.«

Der Mann sah Trip an und ignorierte seine Hand, doch der lächelte einfach und redete weiter. Er wusste, was er sagen musste, um das Blatt zu wenden. »Hören Sie, ich verkaufe am North Shore. Lauter reiche Highschoolkids. Ein riesiger Absatzmarkt. Meine bisherige Quelle ist ausgefallen, und als ich den Jungen da gesehen habe, dachte ich, der könnte mich zu einem Entscheider führen. Zu jemandem, mit dem ich vielleicht zusammenarbeiten kann.«

Der Mann rührte sich nicht vom Fleck. »Ich hab keine Ahnung, wovon zum Teufel Sie reden.«

Trip fuhr fort: »Ich hab Bargeld, gleich hier bei mir. Sie können mich jetzt ausrauben und rausschmeißen, oder wir kommen doch noch ins Geschäft.«

Der Mann ließ ihn los. »Wie viel?«

Wieder griff Trip langsam in die Tasche, zog ein Bündel Hunderter heraus und reichte es dem Mann. Dieser blätterte das Bündel durch, um sich zu überzeugen.

Endlich machte Trip Fortschritte. »Für den Anfang brauche ich ein paar Pfund. Geht das?«

»Gut, gut, gut!« Der Tonfall des Mannes hatte sich verändert. »Einen Moment.« Er drehte Trip zur Haustür um und drückte ihm die Hände gegen die Wand. »Ich will mich nur vergewissern.« Er tastete Trip an Brust, Hose und Schritt ab.

Trip wand sich und kicherte leicht, als würde er gekitzelt. »Jetzt aber! Bleiben wir beim Geschäft.«

Der Mann ließ von ihm ab und schubste Trip zur Couch hinüber. »Setzen Sie sich.« Er warf das Geldscheinbündel auf den Tisch und stellte den Fernseher stumm. »Schauen wir mal, was sich machen lässt.«

Trip und Billy sahen einander an und lächelten. Beide setzten sich auf die Couch. Der Junge wandte seine Aufmerksamkeit dem stumm geschalteten *Glücksrad* zu und begann, mitzuraten.

Der Mann ging in die Küche und rief über die Schulter nach hinten: »Koks wollen Sie, oder?«

»Ja.«

Töpfe und Pfannen klapperten, dann wurde eine Schranktür zugeschlagen. Der Mann kam ins Wohnzimmer zurück und ließ eine mittelgroße Tüte Kokain auf den Tisch fallen.

»Das sind etwa zwei Pfund. Und kosten wird es Sie ungefähr fünftausend. Ist das okay für Sie?«

Trip lächelte. »Ja.« Er beugte sich zum Tisch vor und blätterte durch die Banknoten. »Ah, das reicht nicht ganz.« Er stand auf und griff wieder in den Mantel, während der Mann sich entspannte und neben Billy Platz nahm.

Trip bückte sich, zog einen Revolver aus dem Knöchelholster und richtete ihn auf den Kopf des Mannes.

Der Mann geriet aus der Fassung und wich zurück. »Scheiße. Billy, du bist so gut wie tot.«

Billy hörte seinen Namen, sah vom Fernseher herüber und erstarrte, als er Trip mit der Waffe sah.

»Also, unser kleiner Billy hier hat sich geirrt. Ich bin Polizeibeamter, und wie Sie bestimmt wissen«, sagte Trip und nahm den Beutel Kokain, »ist das hier genug Koks, um Sie wegen Drogenhandel hochgehen zu lassen und für lange Zeit hinter Gitter zu bringen. Da ich Ihr Zuhause mit Ihrer Erlaubnis betreten habe und nun hinreichender Verdacht besteht, stehen Sie bitte auf.«

»Was soll die Scheiße?« Der Mann ließ die Hände auf die Oberschenkel fallen und rührte sich nicht vom Fleck.

Trip trat vor und zog dem Mann den Pistolenknauf über den Kopf.

Der Mann kippte vorn über und griff sich an den Kopf. Aus der klaffenden Wunde quoll Blut. »Ich hör nicht auf dich, du Wichser.«

Trip bückte sich, spannte den Revolver und senkte seine Stimme. »Wir haben uns wohl nicht richtig verstanden, mein Freund. Ich knalle dich über den Haufen. Mir ist es scheißegal, ob du stirbst oder nicht. Wo ist jetzt das gottverdammte Geld?«

Der Junge begann zu heulen.

Trip deutete auf das schluchzende Kind und fuhr fort: »Den Jungen mache ich ebenfalls kalt. Aber wenn Sie sich kooperativ zeigen, lasse ich Sie laufen. Ich werde Sie nicht mal verhaften. Aber Ihre Geheimvorräte nehme ich mit, mit oder ohne Ihre Hilfe.«

Der Mann stand auf. »Du auch!«, befahl Trip dem Jungen.

Sie gingen in die Küche, und Trip folgte ihnen.

Der Mann bückte sich und griff in den Küchenschrank.

»Einen Moment«, bremste Trip ihn. »Lassen Sie das den Jungen machen.«

Der Junge beugte sich vor, zog eine Geldkassette heraus, stellte sie auf den Tresen und öffnete sie.

Trip griff hinein, nahm die Pistole, die sich darin befand, und verstaute sie im Holster an seinem Fußknöchel.

»Also, dann schauen wir mal. Sieht nach ungefähr zwanzigtausend aus. Nicht schlecht.« Er ließ die kleinen Drogentüten liegen und trieb Billy und den Mann zurück zur Couch.

»Hinsetzen.« Trip nahm die Koksttüte und das Geld vom Tisch und ging rückwärts zur Tür, während die beiden ihn beobachteten und Vanna White aus dem Fernseher lächelte.

Trip griff nach der Türklinke. »Sorry, Jungs. Ihr solltet vielleicht von vorne anfangen und es mal mit was anderem versuchen!«, meinte er mit sarkastischem Lächeln.

Voller Genugtuung über das gute Ergebnis für eine halbe Stunde Arbeit fuhr Trip los. Das war eine nette Anzahlung. Er hörte die Mailbox seines Handys ab, wo er zwei Nachrichten vorfand. Eine von seiner Mutter, die wollte, dass er am Montag zum Abendessen nach Hause kam. Und eine von Mike, der in Panik in den Hörer schrie: »Sie hat dich gesehen! Diese Frau aus dem *Reggie's* hat gesagt, sie hätte dich aus der Bar kommen sehen! Was zum Teufel machen wir denn jetzt? Ruf mich an!«

Trip schlug mit dem Telefon auf das Lenkrad. Blödsinn. Mike sollte sich mal wieder einkriegen, verdammt. Nie und nimmer hatte ihn jemand gesehen. Es war dunkel gewesen. Keiner in der Nähe. Aber er musste der Sache nachgehen. Und dann lächelte er, als ihm der Ausweis aus der Handtasche einfiel, den Mike ihm gezeigt hatte. Er schmunzelte seinem Spiegelbild im Rückspiegel zu. »Das könnte sogar ganz spaßig werden.«

Kapitel 11

Abby saß in einer Bank neben dem Mittelgang, um möglichst viel zu sehen. Während sie darauf wartete, dass die Trauung begann, betrachtete sie die Architektur, um jeden zufälligen Blickkontakt mit David zu meiden, der ein paar Leute zu ihren Plätzen führte. Die Vierte Presbyterianerkirche stand inmitten der Shoppingmeile der North Michigan Avenue, und Abby war bereits Hunderte von Malen hier vorbeigekommen, ohne jemals hineinzugehen. Das Kalksteingebäude musste wohl an die zwölf Meter hoch sein. Sie zählte vierzehn Engelstatuen, jede von ihnen mindestens zwei Meter hoch, die auf Pfeilern rings um den Altar standen. Gebogene, hölzerne Stützpfosten, die ebenfalls mit Engeln bemalt waren, schmückten die Decke, von der Hängeleuchten im gotischen Stil herabhingen. Als die Orgelmusik einsetzte, richteten sich alle Blicke nach hinten. Die untergehende Sonne warf ihr Licht durch die Buntglasfenster und tauchte die Szene am Altar in ein vielfarbiges Licht. Abby konzentrierte sich auf David, der neben Rick stand, ernst und ganz dem Moment hingegeben. David kleidete sich sonst immer lässig, aber wenn sie zusammen auf Hochzeiten gegangen waren, hatte sie ihn immer gern im Anzug gesehen, und jetzt im Frack raubte er ihr beinahe den Atem. Sein wie immer etwas zerzaustes Haar, länger inzwischen und mit der leichten Naturwelle in den Spitzen, hatte er gezähmt, wie es dem Anlass angemessen war. Und als der Priester Sarah und Rick aufforderte, sich zu küssen, applaudierte David als Erster und wischte sich die Augen. Er war schon immer sentimental gewesen, und Tränen waren ihm nicht peinlich. Sie erinnerte sich noch gut an ihrer beider Tränen an dem Abend, an dem sie endlich Ja gesagt hatte. Sie sah sich zwischen den Bankreihen um und überlegte, wer wohl ihren Platz in seinem Leben eingenommen hatte.

Als die Cocktails gereicht wurden, hatten die Mutmaßungen ein Ende.

David und die anderen, die zum Brautpaar gehörten, waren zwar in einer Pferdekutsche von der Kirche zum *Drake-Hotel* gefahren, doch Abby und die anderen Gäste waren gemeinsam zwei Querstraßen weit zum Empfang geeilt, wo man sie am Eingang des großen Ballsaals mit Champagner begrüßt hatte. Ein paar Minuten, nachdem sie den Raum betreten hatte – erstaunt über die etwa vierzig festlichen Tische, den erhöhten Balkon rund um den Raum und die mehrere Hundert bereits anwesenden Gäste –, hatte Abby sich eingeredet, dass sie in dieser Menschenmenge David und ihre Neubesetzung vielleicht gar nicht bemerken würde. Doch als die Hochzeitsgesellschaft hereinkam, stachen sie aus allen anderen heraus. Irgendwie wirkten sie größer, und als sie einen Trauzeugen erkannte, sah sie auch bald die anderen.

David begleitete seine zukünftige Frau zur Bar, wo sie Getränke bestellten. Sie gingen eng umschlungen und schienen glücklich zu sein. Die Frau war hübsch und sah Abby überhaupt nicht ähnlich. Olivbraune Haut, dunkles Haar, größer als Abby. Eine Lateinamerikanerin oder Italienerin vielleicht oder sonst etwas Exotisches. Plötzlich kam Abby ihr Kleid wie ein Zelt vor, und ihre Frisur fühlte sich wie Lockenwickler unter einem Kopftuch an. Ihr Magen schmerzte, und sie hatte schrecklichen Durst.

Von dem Tablett eines Kellners, der gerade vorbeikam, nahm sie sich ein Glas Champagner und ging zum Ausgang. Sie ließ sich neben dem Flügel im Zwischengeschoss in einen großen Sessel fallen, befreite unter der Ottomane, die direkt vor ihr stand, heimlich die Füße aus den Folterwerkzeugen ihrer Schuhe und trank einen Schluck Champagner. Schon jetzt war sie erschöpft von all dem Small Talk, ihren hohen Absätzen und von Davids Anblick. Es ging immer noch nicht in ihren Kopf hinein, dass er eine andere Frau heiraten würde.

»Heirate mich«, hatte er vor so langer Zeit zu ihr gesagt.

Sie hatte gerade ein pikantes Thunfischbrötchen gegessen und bei seinen Worten angefangen zu husten. Bei der Erinnerung an diesen lächerlichen Augenblick lächelte sie. Sie hatten gerade über die Arbeit geredet. Abby hatte gerade ein paar Geschichten über diesen Speichellecker Neil zum Besten gegeben, der zu ihrem Unglück beim Golf ein hervorragendes Handicap hatte; obwohl er erst Anwalt im ersten Jahr war, standen die Partner stets Schlange, um am Wochenende mit ihm zu spielen. Sie hatte erwartet, dass David ihre Geschichte kommentieren würde. Stattdessen hatte er gesagt: »Heirate mich.«

Glücklicherweise hatte er begriffen, wie offenkundig absurd der Moment war, und sie hatten beide gelacht. Aber ihm war es ernst gewesen. Bei jenem Abendessen hatten sie ihren ersten Jahrestag gefeiert, und David hatte einen Tisch im *Le Colonial* reserviert. Natürlich hatte Abby wegen Arbeitsüberlastung angerufen und vorgeschlagen, sich später bei ihm zu treffen und ins *Kamehachi's* in der Wells Street zu gehen.

»Lass uns erst mal zusammenleben«, hatte Abby vorgeschlagen.

»Tun wir das nicht jetzt schon?«

»Aber nicht richtig. Wir können es offiziell machen.«

David hatte gelächelt. »Okay, ich werde mit dir zusammenleben. Aber irgendwann wirst du mich heiraten müssen, weißt du.«

»Natürlich.« Abby liebte ihn wirklich. Sie wollte ihn nicht verlieren.

Das war vor fünf Jahren gewesen.

Abby atmete tief ein und richtete sich im Sessel auf. Sie konnte nicht ewig in der Lobby bleiben. Sie zog die Schuhe wieder an und sah sich nach einem Waschraum um, wo sie schnell ihr Aussehen überprüfen konnte.

Ein Mann, der an der Bar stand, fiel ihr auf. Er war groß, blond – ein bisschen wie Matthew McConaughey –, leicht unrasiert und trug Jeans, einen schwarzen Rollkragenpullover und einen kamelfarbenen Wildledermantel. Lecker. Er lehnte an der Bar, schaute in die Menge und rauchte eine Zigarette. Als er Abby sah, blieb sein Blick an ihr hängen. Es fühlte sich gut an, so angesehen zu werden.

Sie quittierte das stumme Kompliment, indem sie ihm zulächelte.

Er lächelte ebenfalls und winkte, und sie winkte zurück.

Er klopfte auf den Barhocker neben sich.

Die drei Drinks, die sie bereits hinuntergestürzt hatte, machten sie etwas mutiger. Vielleicht können Sie ja mein Begleiter sein, Mister Marlboro Man, dachte sie. Als sie auf ihn zuging, kicherte sie immer noch in sich hinein.

»Haben Sie noch so eine?«, fragte Abby und erklomm den Barhocker neben dem Fremden. Er rauchte eine Marlboro Light, ihre frühere Marke. Das musste Fügung sein.

»Klar. Brauchen Sie auch Feuer?«

»Ja, bitte.« Es war sechs Jahre her, aber die Idee erschien ihr großartig. Sie wandte sich zum Barkeeper und bestellte noch ein Glas Champagner. Der Mann bestand darauf, sie einzuladen, und sie bedankte sich.

»Ich heiße Trip.«

»Trip? Ist das ein Spitzname?«, fragte sie.

»Meine Freunde nennen mich so.«

»Ist das irgendeine Abkürzung?«

»Irgendwie schon.« Er lächelte.

»Ja und? Wollen Sie es mir nicht erzählen?«

»Irgendwann vielleicht.«

Das irritierte sie, aber andererseits sah er wirklich gut aus. Sie nahm die Zigarette zwischen die Lippen und ließ sich Feuer geben.

»Und Sie heißen?«

»Abigail.«

»Sie sehen fantastisch aus, Abigail. Sind Sie alleine hier?«

Genau, was sie jetzt brauchte. »Ich bin auf einem Hochzeitsempfang. Da drüben.« Sie deutete auf die Tür zum Ballsaal.

»Warum sind Sie dann hier draußen?«

»Ach, ich wollte nur mal kurz raus aus der Menge.«

»Ich verstehe.« Er musterte sie von oben bis unten.

Sein intensiver Blick enervierte sie. Während sie sich an der Bar umsah, spürte sie, wie er sie betrachtete.

»Und was führt Sie heute Abend hierher?«, fragte sie.

Er zog an seiner Zigarette und blickte sich um. »Geschäfte.«

»Ach, sind Sie von außerhalb?«

»Gewissermaßen.«

Sie wartete darauf, dass er weitersprach, doch er schmunzelte nur.

»Ihrer Aussprache nach sind Sie aus … Memphis, kann das sein?«, fragte er.

»Georgia, aber ich dachte eigentlich, ich hätte den Akzent nicht mehr.«

»Nur noch ein ganz kleines bisschen.« Er sah ihr in die Augen. »Eine Südstaatenschönheit. Ich habe vielleicht ein Glück.«

Sie zuckte die Achseln. »Danke«, sagte sie und konzentrierte sich auf die Zigarette. Sie schmeckte nicht, aber sie schaffte es nicht, ihn anzusehen.

Er nahm einen letzten Zug und drückte die Zigarette aus. »Hey, vielleicht möchten Sie ja weg hier?«

Abby war verdutzt. Das ging jetzt ein bisschen zu schnell. »Vielen Dank für das Angebot, aber ich kann nicht. Eine gute Freundin von mir hat heute ihren großen Tag.« Sie drückte ihre Zigarette aus und stand auf.

Auch er erhob sich. »Warten Sie. Ich wollte Sie nicht verschrecken. Ich bin nur ein ziemlich direkter Typ. Genau wie im Beruf. Wenn ich etwas sehe, das ich haben will, fackele ich nicht lange. Ich mache nicht viel Gerede. Und Sie sind reizend.« Er sah ihr tief in die Augen, direkt in sie hinein. Sie fühlte sich von ihm angezogen. Seine Augen waren intensiv eisblau und von langen Wimpern umkränzt. Er war leicht gebräunt, hatte Grübchen und ein umwerfendes Lächeln. Vermutlich war er ein erstklassiger Verkäufer.

Er legte seine Hand auf ihre, und es war schwer, ihm zu widerstehen. Sie malte sich aus, wie sie ihre Finger durch dieses Haar gleiten ließ. Doch dann meldete sich der Teil ihres Gehirns, der noch nicht von Champagner überflutet war, und sie riss sich aus der Trance. »Ich fühle mich geschmeichelt, aber ich kann hier leider nicht weg.«

»Wir könnten ja hierbleiben?«, fragte er hoffnungsvoll. »Und noch etwas trinken?«

»Nein, ich muss wirklich wieder zurück.«

»Okay, nun, falls Sie mal mit mir ausgehen möchten – es wäre mir eine Ehre.« Er nahm einen Stift von der Bar, schrieb seine Nummer auf eine Cocktailserviette und gab sie ihr.

»Danke. Es war nett, Sie kennenzulernen.«

Als sie sich dem Eingang zum Ballsaal näherte, hörte sie die Band *At Last* spielen, jenen alten, bluesigen Etta-James-Song, den sie so liebte. Jenes Lied, das einzige Lied, das sie jemals für David gesungen hatte. Sie lächelte, als sie an den Abend vor all den Jahren dachte.

Doch als sie zum Eingang kam, sah sie David – auf der Tanzfläche, mit ihrer Neubesetzung im Arm. Sie umklammerte den Türstock, um nicht das Gleichgewicht zu verlieren. Ihr war übel. Vielleicht lag es an der Zigarette oder dem Alkohol. Aber ihr war eher so, als würde sie jedes Mal, wenn sie ihn ansah, einen Faustschlag in den Magen bekommen.

Abby blickte zu der Cocktailserviette herunter, die sie gerade bekommen hatte. Der Marlboro Man konnte sie von David ablenken. Zumindest heute Abend. Sie schaute zur Bar an der Lobby zurück, wo er immer noch saß. Sie betrachtete ihn einen Moment lang. Vielleicht sollte sie es einfach tun. Sich auf ein Abenteuer einlassen. Sich mit diesem schönen Mann zwischen den Laken wälzen und alles vergessen. Er drehte sich um, sah sie, prostete ihr zu, und sie winkte. *Tu es einfach.* Sie ging in den

Ballsaal, um ihren Mantel zu holen. Genau das hier brauchte sie jetzt.

»Abby!« Sarah rauschte mit ausgebreiteten Armen auf sie zu.

Das brachte Abby abrupt zum Stehen. Sarahs Anblick trieb ihr die Tränen in die Augen. Überraschend wurde ihr die Kehle eng. Sie flüsterte: »Du siehst wunderschön aus« und umarmte ihre Freundin.

Erfreut über das Kompliment drehte Sarah sich stolz um sich selbst und ließ den Rock wirbeln. »Hast du Spaß?«

Abby setzte ein breites Lächeln auf und log voller Enthusiasmus. »Natürlich! Sarah, dieses Kleid – es ist einfach toll. Du strahlst richtig. Und das alles hier – meine Güte! Heißt du Rockefeller?« Beide lachten.

Sarah sah sich im Raum um und nickte zu ihrem frisch gebackenen Ehemann hinüber. »Hast du Rick bei der Trauung gesehen? Ich hab gedacht, er würde ohnmächtig werden! Man hätte glauben können, er steht vor Gericht und wartet auf seinen Urteilsspruch. Zum Totlachen!«

Abby lachte. »Ich habe ihn noch nie so sprachlos gesehen.« Sie sah, dass er gerade unter seinen Freunden Hof hielt. »Anscheinend geht es ihm inzwischen besser.«

»Ja, nach der Trauung haben wir beide einen Martini getrunken. Das hat ihn entspannt.«

»Ach, ich freue mich so für euch beide. Ihr seid ein tolles Paar.«

»Na hoffentlich!«, sagte Sarah, die das Gespräch bereits beendete. »Ich sehe zu, dass ich dich später noch mal finde. Ich muss zweihundert Pseudofreunden von meinen Eltern Guten Tag sagen.«

»Viel Spaß!« Noch ehe Abby einen Gedanken fassen konnte, wurde das Licht gedämpft, da man nun das Essen servierte. Abby nahm ihre Tischkarte und blickte zu Tisch acht hinüber. Dort saßen bereits zwei junge Anwälte im zweiten Jahr, die in der Kanzlei arbeiteten, und ein paar Leute, die sie nicht kannte. Der Single-Tisch. Wieder blickte sie zum Ausgang. Wenn sie gehen wollte, war jetzt der richtige Augenblick. Ein Kellner mit einem Tablett voller Weißweingläser kam an ihr vorbei. Abby nahm sich ein Glas und zerknüllte die Tischkarte in der Hand.

Trip gab dem Barkeeper ein Zeichen, ihm die Rechnung zu bringen. Der Ausflug hatte ihn beruhigt. Es gab nichts, weswegen er sich Sorgen machen musste. Vielleicht würde sie sogar anrufen. Mit solchen Frauen sollte er sich abgeben. Schön, intelligent. Mom würde sie gefallen. Schluss mit den Huren. Seine Gedanken schweiften zu der letzten Frau, die er gefickt hatte. »Wertlos«, murmelte er. Er sah sich in der eleganten Lobby um. Dies war die Umgebung, in die er gehörte. Er wandte sich zum Gehen. Abby kam direkt auf ihn zu.

»Ja, hallo!« Er lächelte.

Sie nahm neben ihm Platz. »Ich hoffe doch, Sie gehen noch nicht?«

»Nein. Nein. Setzen Sie sich! Wollen wir noch etwas trinken?« Er winkte bereits den Barkeeper zu sich heran.

»Ja, bitte.« Sie stellte das beinahe leere Weinglas ab. »Ich kann jetzt keinen Wein mehr trinken. Wie wäre es mit …?« Sie lächelte und legte den Finger an die vollen Lippen, während sie überlegte. »Einen Cosmopolitan, bitte.«

»Gern.« Trip wandte sich zum Barkeeper, der inzwischen auf die Bestellung wartete. »Sie nimmt einen Cosmo und ich einen sehr trockenen Stoli Martini ohne Eis, mit drei Gorgonzola-Oliven.«

»Oh, lecker! Ich liebe Gorgonzola-Oliven.«

»Machen Sie daraus sechs schwarze Gorgonzola-Oliven!«, ordnete Trip an.

Er lächelte Abby an. Die Dinge entwickelten sich immer besser.

Sie nahm sich noch eine seiner Zigaretten und machte es sich bequem. »Also …«

Auch Trip lehnte sich zurück. »Also.« Er hatte sie am Haken.

Kapitel 12

Durch die halb offenen Jalousien fiel Sonnenlicht und malte Streifen auf das Bett. Ein breiter Lichtstreifen auf Abbys Gesicht holte sie aus dem Schlaf. Ihr Schädel hämmerte, ihre Zunge fühlte sich an wie mit Asche bedeckt, und ihr Kopf war leer. Sie drehte sich auf den Rücken, fühlte das Laken auf der Haut und sah an ihrem nackten Körper runter. »Scheiße«, sagte sie leise, während sie sich auf den Ellbogen stützte und versuchte, sich darüber klar zu werden, was passiert war. Sie sah sich im Zimmer um. Ihr Kleid lag zusammengeknüllt auf dem Fußboden. Sie war allein. Sie zählte die Gläser, die sie getrunken hatte – Champagner, Wein, noch mehr Wein. Nach draußen zur Bar. Mit Trip. Trip wer? Hatte er überhaupt einen Nachnamen genannt? Cocktails. Viele Cocktails. Kein Abendessen. Sie erinnerte sich daran, dass sie ihn zum Tanzen in den Ballsaal gezogen hatte. Sie wusste noch, wie sie bei einer Drehung gestolpert war, worauf er sie aufgefangen hatte, und dass sie gelacht hatten. Hatte David das gesehen? Hatte sie noch mehr getrunken? Sie erinnerte sich an Bier. Und an Wodka-Martini mit Zitrone. Als sie die Augen schloss, fiel ihr ein Kuss ein. Sie waren in der Lobby gewesen. Es war leidenschaftlich gewesen. Sie wusste noch, wie sie sein Haar berührt hatte. *O Gott!* An mehr konnte sie sich nicht erinnern. Nicht mehr daran, wie sie nach Hause gekommen war. Oder warum sie nackt war.

Abby zog einen Morgenmantel über, ging ins Badezimmer und nahm die Kontaktlinsen aus den Augen. Sie blickte in ihr von

Wimperntusche verschmiertes Gesicht und überlegte, ob sie wohl allein war. Sie ging in die Küche hinunter, halb in Erwartung, Trip Kaffee trinkend am Tisch vorzufinden, doch es war nichts von ihm zu sehen. Sie stand an der Kücheninsel und forschte in ihrem Kopf nach den Einzelheiten. Wenn sie nur eine Freundin hätte, mit der sie darüber reden könnte, die vielleicht etwas gesehen hätte und ihr auf die Sprünge helfen würde, damit ihr alles wieder einfiel. Aber es gab niemanden. Sie sah auf die Uhr. Sarah stieg wahrscheinlich gerade in den Flieger. Und David. Gott, hoffentlich hatte er sie nicht miteinander gesehen. Andererseits, warum nicht? Er hatte einen Schlussstrich gezogen. Er liebte eine andere Frau. Diese wunderschöne Amazone. Aber es würde ihm wehtun. Sie hatte ihm schon genug wehgetan.

Mrs Tanor war gerade im Hof und holte die Zeitung herein, als Abby die Haustür öffnete, um das Gleiche zu tun.

Die kalte Luft fuhr ihr in die Glieder. »Morgen«, sagte Abby so freundlich, wie es ihr möglich war.

»Hallo, meine Liebe. Wie geht es Ihnen?«

»Na ja, es ging mir schon besser.« Sie hob die Zeitung auf.

»Wie war die Hochzeit?«

»Schön. Ich bin nur sehr müde.« Abby hatte bereits wieder einen Fuß in der Wohnung.

»Sie sehen gar nicht gut aus, meine Liebe. Ist alles in Ordnung?«

»Natürlich, Mrs Tanor. Ich bin nur ziemlich spät nach Hause gekommen.« Sie wandte sich ab, um hineinzugehen.

»Abby, gibt es einen neuen Galan, von dem ich wissen sollte?« Mrs Tanors Blick war schalkhaft.

»Wie bitte?«

»Nun, dieser gut aussehende Mann.«

O Gott! Sie musste ihn mit nach Hause gebracht haben.

»Er war gestern hier und wollte zu Ihnen. Ich habe ihm gesagt, Sie seien schon ins *Drake* gegangen.«

Was? Abby hatte Kopfschmerzen, und Mrs Tanor zuzuhören war noch ermüdender als sonst. »Ich weiß nicht, wer das war,

Mrs Tanor. Ich kenne nicht so viele gut aussehende Männer«, meinte sie lächelnd.

»Schade. Nun, vielleicht kommt er wieder.«

»Vielleicht.« Abby schloss die Tür.

Am Montag machte Abby sich um neun Uhr morgens an die Arbeit und las sich durch die zwanzig neuen E-Mails. Am Sonntag hatte sie ein paar Bürostunden eingeschoben, lag mit ihrer Arbeit jedoch immer noch zurück. Ein Anruf von außerhalb kam herein.

»Abigail Donovan.«

»Hi. Ms Donovan? Hier spricht Detective Henton.«

Abby schwang sich von ihrem Computer weg. »Verzeihung?«

»Detective Henton, Ma'am. Ms Donovan, ich bin mit einer Sache befasst, die in Zusammenhang mit dem Mord in der *Reggie's Bar* steht. Sie waren vor ein paar Wochen dort, glaube ich?«

»Oh. Arbeiten Sie mit Officer Reilly zusammen?«

»Nein. Es ist ein wenig kompliziert. Ich arbeite an einem anderen Fall. Wäre es möglich, dass wir uns heute treffen? Ich würde Ihnen gern ein paar Fragen stellen.«

»Ich verstehe nicht. Ich habe der Polizei schon alles gesagt. Mehr kann ich wirklich nicht tun.« Sie sah sich um und zu ihrem wachsenden Arbeitsberg hinüber. »Ich würde Ihnen ja gerne helfen, aber ich versinke hier in Arbeit.«

»Ms Donovan, es tut mir leid, dass ich Sie behelligen muss. Aber ich rufe an, weil Sie sich am Freitag bei Officer Reilly mit weiteren Informationen über diese Nacht gemeldet haben.«

Also hatte vielleicht doch jemand ihren Informationen Bedeutung beigemessen. Sie wandte dem Schreibtisch den Rücken zu und blickte aus dem Fenster. »Ja. Ich habe mich erinnert, einen Mann gesehen zu haben.«

»Richtig. Ich würde Ihnen gern ein paar Fotos zeigen. Vielleicht sind Sie ja in der Lage, den Mann zu identifizieren.«

»Okay. Officer Reilly schien von meiner Beschreibung nicht viel zu halten.«

»Nun, ich sehe das anders. Hätten Sie etwas dagegen, dass ich zu Ihnen in die Kanzlei komme?«

Das hatte ihr gerade noch gefehlt – noch mehr Polizei an ihrem Arbeitsplatz. Aber immer noch besser, als noch einmal zum Polizeirevier zu fahren. Rasch überflog sie die anstehenden Termine. »Ja, das wäre in Ordnung. Wie wäre es um vier Uhr?«

»Großartig. Bis dann.«

Es ging schon auf fünf Uhr zu, als das Telefon auf einer internen Leitung klingelte. Abby nahm ab.

»Abby, hier ist Barbara. Sie haben Besuch. Ein Marcus Henton?«

»Oh, danke, Barbara. Ich komme gleich.«

Sie ging in die Lobby, wo Barbara zum Wartebereich am Fenster deutete. Ein großer Afroamerikaner in Kakihosen und schwarzer Lederjacke blickte aus dem Fenster zum Park und zum See hinunter. Sie war erleichtert, dass er keine Uniform trug.

Sie ging auf den Mann zu. »Hallo, Detective?«

Der Mann drehte sich um. Abby blieb die Luft weg, ihr Herz hämmerte.

Sie brachte kein Wort heraus, als sie ihm ins Gesicht sah. Auf die Narbe.

Der Mann lächelte. »Sie erinnern sich an mich?«

Abby sah sich um. Anwälte kamen vorbei; Barbara saß immer noch am Schreibtisch. Sie konnte nicht in Gefahr sein.

Anscheinend spürte er ihre Furcht. »Keine Angst.« Er streckte ihr die Hand hin. »Ich bin Detective Henton. Als Sie mich gesehen haben, war ich gerade bei einer verdeckten Ermittlung.« Er sah ganz anders aus, nicht Angst einflößend. Seine Kleidung hätte aus dem nächstbesten Bekleidungsgeschäft sein können.

Abby reichte ihm zögernd die Hand. »Ich verstehe nicht recht. Sie haben mich doch verfolgt.«

»Mir ist klar, dass es für Sie so ausgesehen hat. Aber eigentlich bin ich Ihnen gefolgt, weil ich in Sorge war. Ich wollte herausfinden, was im *Reggie's* passiert war, und sichergehen, dass diese Jungs Ihnen nicht nachgingen.«

Abby setzte sich auf einen der Lobbystühle und legte den Kopf in die Hände. Der Detective nahm auf dem Stuhl neben ihr Platz und senkte die Stimme. »Ich ermittle seit sieben Monaten verdeckt in diesem Viertel. Langsam lerne ich die Jungs und die Banden kennen und habe einiges Vertrauen aufgebaut. Ich durfte nicht einfach dort hereinplatzen und die Jungs festnehmen, weil sie Sie belästigt hatten.«

Sie wusste nicht, was sie empfinden sollte. Erleichterung? Zorn?

Sie entschied sich für Zorn. »Warum erzählen Sie mir das? Weshalb sind Sie hier?«

Er sah sich um. Inzwischen waren mehrere Leute in der Lobby. »Können wir in Ihr Büro gehen?«

Abby dachte darüber nach. »Können Sie sich irgendwie ausweisen?«

Er lächelte und lehnte sich zurück. »Natürlich.« Er zeigte ihr Ausweis und Polizeimarke.

Sorgfältig studierte Abby das Foto und sah den Mann dann noch einmal an. Er war es eindeutig, auch wenn das Bild älter zu sein schien und er darauf keine Narbe hatte.

Sie stand auf. In der Kanzlei fühlte sie sich sicher. »Gut, kommen Sie mit.«

Sie ging ihm durch den langen Flur voran und bog am südlichen Gang nach rechts ab. Ihre Tür stand offen, und sie deutete auf die beiden Besucherstühle. »Nehmen Sie Platz.« Abby setzte sich hinter ihren Schreibtisch. Sie war froh darüber, dass der Tisch zwischen ihnen war und sie sich auf ihrem eigenen Terrain befand. »Also, worum geht es?«

»Sie sagten, Sie hätten gesehen, wie ein Mann den Tatort verließ.« Der Detective griff in die Innentasche seiner Jacke und holte ein Foto heraus. »Ich hatte gehofft, dass Sie ihn vielleicht genauer beschreiben können. Kommt Ihnen dieser Mann bekannt vor?« Es war ein blonder Mann in Jeans und schwarzer Lederjacke, der gerade aus einem Geschäft kam und in sein Handy sprach. Das Foto war anscheinend von der anderen Straßenseite aus geschossen worden, und der Mann schien nicht zu wissen, dass er fotografiert wurde. Das Bild war körnig, und eine Sonnenbrille verdeckte teilweise sein Gesicht.

Abby nahm das Foto und studierte es. »Ich weiß nicht. Ich glaube nicht.«

Henton wirkte enttäuscht. »Mir ist klar, dass es nicht besonders scharf ist. Können Sie mir noch einmal erzählen, wen Sie beim Verlassen des *Reggie's* meinen gesehen zu haben?«

»Nun, es war dunkel, aber wie ich Officer Reilly schon gesagt habe, bin ich ganz sicher, dass es ein Mann war, und zwar ein Weißer, mit welligem, hellem Haar. Blond, dunkelblond – nicht weiß. Vor dem Eingang steht eine Straßenlaterne, er ging die Straße hinauf, und ich habe das blonde Haar gesehen. Deswegen weiß ich, dass es ein Weißer war. Er trug dunkle Kleidung, viel kann ich Ihnen also nicht sagen. Sein Gesicht habe ich nicht gesehen.«

»Aber diesen Mann hier erkennen Sie nicht?« Er deutete auf das Bild.

Sie betrachtete es noch einmal. »Kann ich nicht behaupten.«

»Würden Sie den Mann als groß oder klein bezeichnen?«

»Weder noch. Er war ziemlich weit weg.« Sie deutete auf das Bild. »Wer ist das?«

»Dieser Mann«, sagte er mit einer Kopfbewegung zu dem Foto, »wurde mit der Frau gesehen, die man tot aufgefunden hat. Ich hatte gehofft, Sie würden ihn vielleicht wiedererkennen.«

Abby zuckte die Schultern. »Tut mir leid.«

»Okay. Nun, danke, dass Sie sich die Zeit genommen haben, Ms Donovan.« Er stand auf und wandte sich zum Gehen, drehte sich dann jedoch noch einmal um. »Oh, und Ms Donovan, es wäre mir lieb, wenn Sie unser Treffen nicht gegenüber Officer Reilly erwähnen würden, falls Sie noch einmal mit ihm sprechen.«

Abby stand auf. Sie fühlte sich unbehaglich. »Warum? Er war der Beamte, der mich aufs Revier gefahren hat.«

Der Detective setzte sich wieder. Er nahm sich einen Moment Zeit, als wüsste er nicht recht, was er sagen sollte. »Ms Donovan, ich ermittle verdeckt. Es ist wichtig, dass niemand erfährt, dass ich Polizeibeamter bin.«

Es war einfach seltsam. Die kleinen Härchen in Abbys Nacken begannen zu kribbeln. »Nun, wenn Sie tatsächlich Polizeibeamter sind, dann kennen die anderen Beamten Sie doch.«

»Genau genommen nicht. Ich bin im letzten Frühjahr von New York hierhergekommen. Man könnte gewissermaßen sagen, dass ich an einem Sonderauftrag arbeite. Officer Reilly ist … nun, wir sind uns noch nie begegnet. Deswegen bin ich heute zu Ihnen gekommen. Ich war noch nie bei ihm auf dem Revier.«

Die Geschichte klang verrückt, und Abby wusste nicht recht, ob sie sie glauben sollte. »Entschuldigen Sie, aber woher soll ich wissen, dass sie nicht einfach mit einer falschen Dienstmarke und einem falschen Ausweis hierhergekommen sind? Vielleicht sind Sie ja derjenige, den ich beim Verlassen des *Reggie's* gesehen habe. Vielleicht sollte ich jetzt gleich Officer Reilly anrufen.« Ihr war klar, dass das völlig unlogisch war, aber jetzt war ihr die Sache nicht mehr geheuer. Sie griff nach dem Telefonhörer.

Der Mann streckte die Hand aus und legte sie auf ihre. Sie sah zu ihm hoch.

»Zunächst mal, Sie haben gesagt, es war ein Weißer. Sehe ich für Sie wie ein Weißer aus?« Ganz offensichtlich eine rhetorische Frage. »Hören Sie, ich sage Ihnen die Wahrheit. Ich wurde direkt von Robert Duvane beauftragt. Er ist der stellvertretende Superintendent der Dienstaufsichtsbehörde. Wenn Sie meinen, Sie könnten mir nicht vertrauen, können Sie ihn anrufen.« Er griff in seine Brieftasche und gab ihr eine Visitenkarte. »Ich sage ihm Bescheid, dass Sie sich möglicherweise bei ihm melden. Aber sonst weiß niemand über mich Bescheid. Es ist wichtig, dass das so bleibt.«

»Dienstaufsichtsbehörde? Dann ermitteln Sie also gegen Polizeibeamte.«

»Ja.«

Abbys Interesse war geweckt. Alle möglichen Fragen wirbelten ihr durch den Kopf, und sie wusste nicht, wo sie anfangen sollte. Beinah war es, als würde der Detective das spüren, denn er erhob sich rasch.

»Wie auch immer, vielen Dank, dass Sie sich die Zeit genommen haben, Ms Donovan. Und ich kann mich darauf verlassen, dass dieses Gespräch unter uns bleibt?«

»Natürlich. Oh, warten Sie.« Sie nahm das Foto des Mannes vom Schreibtisch auf und betrachtete es erneut. »Dieser Mann ist also Polizist?« Etwas an ihm kam ihr bekannt vor, aber sie konnte es nicht genau benennen.

»Möglicherweise. Das überprüfe ich noch.« Er nahm das Foto. »Nun, vielen Dank, Ms Donovan. Und bitte rufen Sie mich an, falls Ihnen noch etwas zu dem Mann einfällt, den Sie beim Verlassen des *Reggie's* gesehen haben.«

»Das werde ich tun.«

Nachdem der Detective gegangen war, schwirrte Abby der Kopf vor lauter unbeantworteter Fragen. War Reilly ein korrupter Bulle? Warum hatte dieser Detective kurz gestockt, als die Sprache auf ihn gekommen war? Wieso hatte Reilly sich nicht für ihre Beschreibung eines Mannes interessiert? Ermittelte dieser Detective gegen ihn? Reilly war ein Weißer. Er war derjenige, der wegen Alis Laden ermittelte. Vielleicht hätte sie dem Detective davon erzählen sollen. Aber Reilly hatte einen Bürstenhaarschnitt. Sie fragte sich, wem sie wohl trauen konnte.

Sie blickte zu den Blumen auf ihrem Schreibtisch. Inzwischen war das Wasser vollkommen braun, die Blütenblätter trocken und spröde. Ali. So freundlich, so voller Angst. Nichts an diesem Fall und an seinem Tod fühlte sich richtig an.

Sie holte die Ergebnisse ihrer Recherche aus der Schublade, Ergebnisse, die sie nach dem Treffen mit Jerry weggelegt hatte.

Erneut las sie die Landesgesetze über Handel und Beschlagnahmung und studierte dann die Website einer Gruppe, die sich *Stiftung gegen die Gefährdung amerikanischer Rechte durch Beschlagnahmung*, abgekürzt *SGB*, nannte. Ein paar der Fakten, die die *SGB* anführte, hatte Abby unterstrichen, und wieder zogen sie ihre Aufmerksamkeit auf sich:

> *Achtzig Prozent des Eigentums, das in den letzten zehn Jahren von den Vereinigten Staaten beschlagnahmt wurde, stammt von Menschen, denen nicht einmal ein Verbrechen vorgeworfen wurde … Durch die Gesetze zur Beschlagnahmung ziviler Güter kann allein schon der Besitz von Bargeld als Hinweis auf kriminelle Aktivitäten angesehen werden, ohne dass notwendigerweise Drogen oder andere illegale Tauschwaren im Spiel sind.*

Sie wandte sich einem Artikel der *Internationalen Gesellschaft für die Freiheit des Individuums* zu. Hier ging es um eine Frau, die man am Flughafen aufgehalten hatte, weil ein Drogenhund an ihrem Gepäck gekratzt hatte. Die Ermittler hatten neununddreißigtausend Dollar Bargeld gefunden, Geld, das aus der Ausschüttung einer Versicherung und ihren Ersparnissen stammte. Obwohl sie nachwies, woher sie das Geld hatte, und obwohl ihr nie ein Verbrechen zur Last gelegt worden war, hatte die Polizei das Geld einbehalten, und vier Jahre später kämpfte sie immer noch darum, es zurückzubekommen.

Sie stieß auf einen Artikel in der *USA Today* über die Polizei in Washington, D. C., die in Armenvierteln Afroamerikaner auf der Straße anhielt und ihnen routinemäßig kleine Geldbeträge und Schmuck abnahm. Das meiste davon wurde niemals in den Polizeibehörden dokumentiert. In dem Artikel war von dem fortgesetzten Anreiz zur Beschlagnahmung die Rede, denn die Polizeireviere profitierten von den Gütern, indem sie sie für

»dienstliche Angelegenheiten« einbehielten oder einen Teil des Gewinns aus den Auktionen für sich beanspruchten.

Und jetzt würde Alis Eigentum an den Höchstbietenden verschachert werden, kaum dass seine Leiche erkaltet war. Sie überflog die örtlichen Immobilienangebote. Es waren zwanzig Versteigerungen von Immobilien angekündigt. Keine Beschreibungen, nur die Adressen und Fotos. Und dann sah sie es. *Fixmarkt.* Was? Wie konnte der Laden denn jetzt schon verkauft werden? Ali war doch gerade erst unter der Erde. Die Versteigerung war für Dienstag, den zehnten Februar, um elf Uhr vormittags angesetzt. Morgen. Und zwar an Ort und Stelle.

Kapitel 13

Um sechs Uhr fünfundvierzig verließ Trip die Stadt mit den letzten Pendlern und fuhr über die Sheridan Road zum Lake Forest hinauf. Auf der Schnellstraße wäre er schneller gewesen, aber er liebte die Fahrt am Ufer des Michigansees entlang, unter den Kronen der Eichen, die die Sheridan Road in weiten Teilen säumten. Es lagen gut fünfzehn Zentimeter Schnee, und der Schnee hing auch in den Ästen, als hätte ein Künstler ihn mit seinem Pinsel dorthin getupft. Entlang der Straße lagen schöne alte Häuser, größtenteils in den frühen Jahren des zwanzigsten Jahrhunderts erbaut. »Bald«, murmelte er.

Bei der Fahrt durch Wilmette sah er ein Gerüst an einem alten Haus auf der Ostseite und im Vorgarten ein Schild mit der Aufschrift 657165327 *Weber Design*. Natürlich. Anscheinend hatte man hinten angebaut. Der Anbau passte perfekt zu der Kalksteinfassade und dem Schieferdach des ursprünglichen Gebäudes.

Am Nordufer entlang fuhr er weiter durch Glencoe, Kenilworth und Highland Park und dann rechts nach Lake Forest. An der Deerpath Road bog er automatisch rechts zum See ab und fuhr um die viereinhalb Meter hohen Hecken herum, die die großen Häuser von den Blicken abschirmten. An vielen davon hing noch weihnachtlicher Lichterschmuck, der unter dem Schnee sanft leuchtete. Trip bog nach links auf die lange Kieseinfahrt ab und parkte vor dem Eingang. Er sah auf die Uhr: neunzehn Uhr fünfunddreißig. Nun ja.

Er läutete und wartete. Sein Vater kam zur Tür, und Trip lächelte über die rote Hose, in der sein Vater mit seinem riesigen Bauch wie der Weihnachtsmann aussah. Sogar seine Wangen waren rot. Aber natürlich lag keinerlei Fröhlichkeit in seinem Gesicht. Und die dunklen Augen sowie der beinahe kahle Schädel machten jede mögliche Verwechslung mit dem weltberühmten Kindheitshelden zunichte.

»Hi, Dad.« Trip streckte ihm die Hand hin.

Sein Vater ergriff sie nicht. »Du kommst spät.«

»Tut mir leid, ich hatte viel zu tun. Du weißt ja, wie das ist.«

»Neuer Wagen?« Sein Vater blickte an Trip vorbei zur Einfahrt.

»Ja«, sagte Trip äußerst zufrieden. »Wie findest du ihn?«

»Bisschen protzig, was?«

Trip lachte. Der Wagen hatte diese selbstdrehenden Radkappen; sie waren auch nicht ganz nach Trips Geschmack, aber er war noch nicht dazu gekommen, sie zu wechseln. Er hatte den Wagen erst vor Kurzem gekauft.

»Mein Baby!« Mit ausgestreckten Armen kam Trips Mutter durch die Eingangshalle auf die beiden Männer zu, um ihr jüngstes Kind zu umarmen. »Ich habe dich vermisst. Oh, schau sich einer meinen hübschen Jungen an!«, sagte sie und umfasste sein Gesicht mit den Händen.

»Danke, Mom. Du siehst sehr hübsch aus, wie immer.« Eine weitere Botoxbehandlung bewahrte sie davor, dass man ihr das wahre Alter ansah. Ihr Haar war immer noch goldblond, ohne auch nur eine Spur von Grau, und sie war leicht gebräunt.

»Oh, du lieber Junge, wie gern ich das höre. Dein Vater und ich sind gerade aus Florida zurückgekommen. Ich musste einfach eine Weile heraus aus dieser Kälte. Jetzt komm herein, komm herein! Lasst uns essen.« Sie hakte ihn unter, und sie gingen ins Esszimmer. »Cassie hat ein wunderbares Abendessen für uns zubereitet.«

Der Tisch war mit Porzellangeschirr und Kristallgläsern für sieben Personen gedeckt.

»Du kannst sitzen, wo du willst, mein Lieber. Deine Schwester hat gerade angerufen, und die Kinder sind krank, sie werden also nicht kommen.«

Umso besser. Diese kleinen Scheißer waren die reinsten Nervensägen.

»Also, erzähl, wie läuft es bei der Arbeit?«

»Oh, bestens, Mom. Wirklich bestens.«

Seine Mutter ließ die Gabel sinken und legte sich die Hände aufs Herz. »Ich bin so froh, dass du kein Polizeibeamter mehr bist, Trip. Das war so gefährlich.«

Trip seufzte. Das hatte er jetzt schon so oft gehört. »Ich weiß, Mutter.«

Sein Vater mischte sich ein. »Ja, Margaret. Alle hier am Tisch wissen, was du und ich von dieser Berufswahl halten.«

Trip blickte seine Mutter an, der es anscheinend bereits leidtat, davon angefangen zu haben.

Sein Vater fuhr fort: »Mehr Geld hätten wir nun wirklich nicht zum Fenster hinauswerfen können, selbst wenn wir es darauf angelegt hätten, nicht wahr, Trip?« Er wartete die Antwort nicht ab und sprach, an seine Frau gewandt, weiter: »Aus einigen der besten Schulen des Landes ist der Junge rausgeflogen.«

Trip hatte sich schon so sehr an die Beleidigungen gewöhnt, dass sie ihn nicht mehr aus der Fassung brachten. Und natürlich hatte sein Vater keine Ahnung, wie sehr ihm sein früherer Job als Cop zugutekam.

»Nun, Dad, du hast mir gesagt, ich soll verdammt noch mal auf eigenen Füßen stehen, und das tue ich jetzt schon eine ganze Weile. Könntest du jetzt mal damit aufhören?«

Sein Vater ignorierte die Frage und wandte sich an seine Frau. »Sieht so aus, als wäre er endlich auf Erfolgskurs, Margaret. Der Junge ist in einem knallroten Porsche hergekommen.«

»Ach du meine Güte!«, erwiderte Trips Mutter mit übertriebener Anerkennung. »Bist du letzten Monat nicht in einem Mercedes hergekommen?«

»Ja.« Er schwieg, aß noch etwas Salat und kostete den Moment aus. »Hey, Mom, auf der Herfahrt habe ich in Wilmette ein neues Projekt von dir gesehen. Sieht nach einem großen Auftrag aus.«

»Ach ja, das Walters-Haus in der Sheridan Road. Es ist reizend. Wunderbare Architektur, aber so altmodisch. Ich habe viel Spaß damit.«

»Ich hätte vielleicht ein neues Projekt für dich, falls du bereit wärst, dafür in die Stadt zu kommen.«

»Aber natürlich. Wo ist es?«

»Nicht weit vom United Center.«

»Aber mein Lieber, das ist keine gute Gegend. Meiner Erinnerung nach liegt das United Center in einem verarmten Stadtteil. Ein gutes Stück westlich der Interstate 94, nicht wahr, Thomas?« Hilfe suchend sah sie ihren Ehemann an.

»Das ändert sich gerade, Mom. Die Gegend ist im Kommen.«

Sein Vater stieß ein leises Lachen aus und ergriff das Wort. »Klingt riskant, Trip. Du weißt doch, wie das bei Immobilien ist. Die Lage ist alles. Und ich habe gerade erst gelesen, dass ein paar Börsenexperten eine massive Wirtschaftsflaute vorhersagen. Nach Ansicht einiger Leute ist das eine Blase, die bald platzen wird.« Er warf Trips Mutter diesen Blick zu. Diesen Blick, den Trip jetzt schon seit dreißig Jahren kannte. Diesen Blick, der besagte: *Trip ist ein Idiot.*

Trip ließ die Gabel fallen. »Bitte, Dad. Ich weiß, was ich tue. Ich mache enorme Gewinne.«

Wieder schaltete Trips Mutter sich ein, hilfreicher diesmal. »Wunderbar, mein Lieber. Lass uns nächste Woche darüber reden. Ich würde mir sehr gerne ansehen, was du mit deiner Firma vorhast.« Sie lächelte unbeirrbar, bis sie zu Trips Vater hinsah und ihm einen Blick zuwarf, der ihm zu verstehen gab, es gut sein zu lassen.

Cassie servierte das Abendessen, und Trips Mutter erzählte das Neueste von seiner Schwester, den Kindern, seinem Schwager, seiner Tante, den Nachbarn, alten Freunden – den monatlichen Klatsch eben. Als sein Handy klingelte, neigte die Mahlzeit sich gerade dem Ende zu. Trip entschuldigte sich, ging in die Eingangshalle und schaute auf das Display: M. R.

Trip ging durch die Küche, trat ins Solarium und setzte sich auf die Liege seiner Mutter, die zwischen ihren Blumen stand, und nahm den Anruf an. »Was gibt's?« Er wusste bereits, dass Mike Panik schieben würde.

»Du hast mich nicht zurückgerufen. Hast du meine Nachricht vom Freitag bekommen? Diese Frau hat dich gesehen.«

»Beruhig dich erst einmal. Sie hat mich nicht gesehen.«

»Sie hat einen Weißen mit hellen Haaren beschrieben, der vom Tatort weggegangen ist.«

»Wohl eher kein Grund zur Panik, wie ich inzwischen weiß. Sie kann mich nicht identifizieren.«

»Woher weißt du das?«

Trip zögerte. Er fragte sich, ob er es Mike überhaupt sagen sollte. Der schien der Sache nicht recht gewachsen zu sein. »Ich weiß es eben. Also, was hast du sonst noch für mich?«

»Nichts. Hör zu, ich glaube, ich kann das nicht.«

Trip verdrehte die Augen und begann mit dem Verkaufsgespräch. »Mike, du klingst angespannt. Es gibt nichts, worüber du dir Sorgen machen müsstest. Ich will nichts von dir, was du nicht schon früher getan hast.«

»Die Dinge liegen jetzt anders.«

»Inwiefern?«

»Inzwischen sind Leichen aufgetaucht.«

Trip war verärgert, aber er hütete sich, an dem verdammten Handy über Mord zu reden. »Mike, du klingst hysterisch. Zwischen uns und den Dingen, die da passiert sind, gibt es keinerlei Verbindung.«

Mike antwortete nicht.

»Hey, Mike, du kannst auf mich zählen. Komm schon, ich weiß, dass du das Geld brauchst. Es ist das letzte Mal, das schwöre ich.«

»Wirklich?«

»Ja. Ich bin sowieso fast durch damit. Ich brauche diesen Stress nicht. Die kleine Firma hat ihre Schuldigkeit getan, und ich bin beinah so weit, in Zukunft werde ich dir also nicht helfen können. Weißt du was? Wie wär's, wenn ich dir diesmal fünf Prozent vom Gewinn abgebe?«

»Das wäre toll.«

Zufrieden entspannte sich Trip. »Wie läuft die Ermittlung bei dem Haus an der Madison Street?

»Wir haben die Besitzrechte überprüft. Der Eigentümer hat eine Hypothek über zehntausend Dollar aufgenommen. Der Besitz ist wohl hundertzwanzigtausend wert.«

»Sehr erfreulich. Hör zu, mach doch aus der Zehn in den Unterlagen eine Hundert, okay? Nur ein kleiner Tippfehler, damit die Mitbieter abgeschreckt werden.«

»Okay.«

»So ist es brav. Und was ist mit dem Eigentümer?«

»Er ist illegal hier.«

»Perfekt. Eine todsichere Sache. Ich habe große Pläne mit dem Haus. Sehen wir zu, dass die Sache ins Rollen kommt.«

»Klingt gut.«

Trip beendete den Anruf und lächelte. Er war der geborene Verkäufer.

Er ging zurück ins Esszimmer, wo seine Eltern inzwischen Kaffee tranken.

Abby beobachtete, wie der Zug sich in den Fenstern der Gebäude an der Lake Street spiegelte, während er nach Westen durch den Loop fuhr. Sobald der Zug die Schnellstraße überquert hatte, veränderte die Szenerie sich rasch. Schon bald sah sie schäbige, mit Brettern verbarrikadierte Häuser. Als sie sich ihrer Haltestelle näherte, mehrten sich die verlassenen Gebäude, die Graffiti, die zugemüllten Gärten, die Stacheldrahtzäune und ausgebrannten Autos. Doch Ali hatte recht gehabt. Bei Tageslicht wirkte das Viertel eigentlich nicht Furcht einflößend, sondern eher traurig.

An der Haltestelle Pulaski Road stieg sie zusammen mit ein paar anderen Fahrgästen aus. Der Wind peitschte über den Bahnsteig, und rasch zog sie sich den Schal um den Kopf.

Beim Umsehen staunte sie, wie anders das Viertel tagsüber wirkte. Es machte gar nicht mehr den Eindruck einer Geisterstadt, sondern war laut und lebhaft. Die Jugendlichen auf der Straße sahen zwar zu abgebrüht für ihr Alter aus, aber auch nicht wie Kriminelle. Eine Querstraße weiter hörte sie Kinder spielen, und mit unermüdlicher Energie floss der Verkehr über die Lake Street.

Wahrscheinlich war es Zeitverschwendung, und sie würde dafür ihre Mittagspause überziehen, aber Ali hatte schwer für dieses Gebäude gearbeitet, für das Leben, das er sich hier aufgebaut hatte, und nun waren sein Leben wie auch das seines Freundes und all seine Träume dahin. Sie wollte sich überzeugen, dass sich jemand an seiner Stelle des Hauses annahm.

Sie öffnete die Tür und hörte die vertraute Glocke, die gegen Glas und Türrahmen stieß. Sie nahm den Schal ab, knöpfte ihren Mantel auf und blickte zu der Ladentheke hinüber, wo er in jener Nacht, erst vor zwei Wochen, gesessen und sein Buch gelesen hatte. Jetzt war der Raum still und leer.

In diesem Moment kamen zwei Männer und eine Frau aus dem Hinterzimmer auf Abby zu, und der Wortführer stellte sich vor und bat sie, sich anzumelden. Abby kam der Aufforderung stumm nach und betrachtete die potenziellen Bieter. Eine junge Weiße, etwa vierundzwanzig, mit langem, braunem Haar, das unter ihrer Wollmütze hervorquoll, machte sich Notizen und schaffte es, dabei elegant auszusehen. Der andere Bieter schien um die vierzig zu sein. Er hatte einen ähnlichen Akzent wie Ali.

Der Auktionator führte alle durch die Geschäftsräume und ins Obergeschoss. Die Räume waren noch nicht einmal entrümpelt. Abby fragte nach, und der Auktionator, der sich angesichts ihrer Bemerkung ein wenig ungehalten zeigte, las ihren Namen förmlich vom Anmeldebogen ab und wies sie auf die Inventarliste hin, aus der hervorging, dass man den Wert der Gegenstände ermittelt hatte. Selbstverständlich gehörten sie zur Versteigerung. Abby fühlte sich angemessen gemaßregelt und ging mit den anderen nach hinten. Sie beobachtete die Frau. Sie konnte sich nicht vorstellen, dass eine Frau in ihrem Alter beruflich in Immobilien investierte, besonders nicht in diesem Viertel.

Sie besichtigten die Wohnung. Persönliche Gegenstände gab es dort nicht mehr, aber es standen immer noch Möbel da, die im Kaufpreis inbegriffen waren. Es war eine hübsche Zweizimmerwohnung. Die Küche war modernisiert, und überall lag Parkettboden. Der Auktionator wollte wissen, ob jemand Fragen hatte. Abby fühlte sich nicht befugt, das Wort zu ergreifen. Schließlich hätte sie eigentlich gar nicht hier sein dürfen. Der Mann aus Nahost stellte ein paar Fragen über das Alter des Gebäudes, das Dach und die Sanitäranlagen. Die Versteigerung begann bei sechzigtausend Dollar. Beide Bieter gingen mit. Fünfundsechzig wurden geboten, dann siebzig. Bei fünfundsiebzig stieg der Mann aus, und die Frau bekam das Gebäude zugeschlagen. Sie händigte dem Auktionator die Anzahlung aus und erfuhr, dass sie am kommenden Freitag in die City zur Chicagoer Treuhändergesellschaft in der LaSalle Street kommen solle, um die Transaktion abzuschließen. Normalerweise dauerten solcherlei Dinge dreißig Tage, erläuterte der Mann, doch da das Haus weder verschuldet noch verpfändet sei und die Besitzverhältnisse eindeutig seien, könne man den Vorgang beschleunigen.

Abby hatte keine Ahnung von den Immobilienpreisen in diesem Teil der Stadt, aber ihrer Vermutung nach lag der Preis beträchtlich unter dem Marktwert.

Marcus saß am Fenster und wartete auf seinen Chef. Duvane hatte ihn gebeten, am Dienstag im *Erik's Deli* in der Oak Park Avenue mit ihm zu Mittag zu essen. Das Lokal lag kaum fünfzehn Meter vom Bahnhof der Green Line entfernt, und Marcus hatte die rote Markise ohne Probleme gefunden.

Die Leute auf der Straße hatten sich mit langen Mänteln, Mützen und Handschuhen vermummt, sodass von ihren

Gesichtern nur noch Augen und Nase zu sehen waren. Der Wind peitschte über die Straße, und man musste sich seitlich gegen ihn stemmen, um voranzukommen. Mit Kälte war Marcus vertraut, mit diesem Wind jedoch nicht. Er legte die Hände um den Kaffeebecher, genoss die Wärme und staunte, wie anders die Szenerie nur zwei Bahnhöfe jenseits der Chicagoer Stadtgrenze war. An der Ecke tollten Kinder in einem herrlichen Park herum, warfen Schneebälle und bauten Schneemänner. Eine große Bibliothek, eine Bäckerei, Restaurants, Cafés, ein Popcornladen und ein Antiquitätengeschäft belebten die breite Straße. Es war, als hätte er eine andere Welt betreten.

Er entdeckte Duvane, der gerade zur Tür hereinkam.

Duvane nahm den Hut ab und klopfte sich den Schnee ab, bevor er seinen schweren Mantel auszog. »Ich sehe, du hast das Lokal gefunden.« Sie schüttelten sich die Hände. Duvanes Hand war ebenso breit wie die von Henton, auch wenn ihre Massigkeit nicht auf Krafttraining zurückging, sondern eher auf Kuchen.

»Ja, es war nicht schwer. Aber warum sind wir heute woanders?«

»Wir können uns nicht mehr in der Stadt treffen. Neulich war ich in dem Café, wo wir uns sonst getroffen haben, und vier Polizisten sind hereingekommen. Das geht nicht.« Duvane schlug Marcus auf den Rücken und ging ihm voran zur Bar, wo sie Sandwiches bestellten. Sie fanden einen Tisch abseits der Tür und der kalten Luft, die jeder neue Gast mit hereinbrachte.

»Und, wie lief es die letzten Tage? Hast du was Neues für mich?«

»Na ja, so langsam kenne ich die wichtigen Leute, und ich hab ein paar redselige Jungs kennengelernt, die gern den Klatsch aus dem Viertel weitertragen.«

»Das klingt vielversprechend, aber denk daran, ich will keinen Klatsch. Ich brauche Augenzeugenberichte.«

Marcus nickte. »Im Moment beobachte ich zwei Cops. Michael Reilly, er arbeitet im elften Bezirk.«

»Klingt nach einem Weißen.«

Beide lachten. »Klar.«

»Wie weit bist du?«

»Ich weiß noch nicht. Erinnerst du dich noch an die Verhaftung wegen Mord und Drogenhandel im *Reggie's*, über die wir gesprochen haben? Anscheinend war er der erste Bulle, der am Tatort war. Ich kenne ein paar von den Jungs, die im *Reggie's* waren, als die Sache hochgegangen ist. Ich weiß nicht genau, wieso er dort war. Außerdem hat er angeblich Drogen in diesem Fixmarkt gefunden, von dem die Kids in der Gegend sagen, dass es nie welche gegeben hätte. Und dann, eine Woche nachdem die Beschlagnahmung des Gebäudes veranlasst wurde, werden die Eigentümer tot aufgefunden. Er hat die Leichen entdeckt. Ich weiß nicht, es ist irgendwie merkwürdig. Aber bisher habe ich nichts Handfestes.«

»Okay. Hast du ihn im Computer überprüft?«

»Blitzsauber. Er ist noch ziemlich jung. Acht Jahre bei der Polizei.«

»Was noch?«

»Ich habe Geschichten über diesen anderen Cop gehört, der ab und zu vorbeikommt. Mischt ein paar Straßenjungs auf, nimmt ihnen Drogen und Geld ab, verhaftet aber niemanden.«

»Wer ist er?«

»Weiß ich noch nicht. Ich hab den Computer Fotos von den Cops in diesem und den angrenzenden Bezirken ausspucken lassen. Er gehört nicht dazu. Aber ein Junge hat gesagt, er hätte ihn ein paarmal mit dieser Prostituierten gesehen, derjenigen, die man tot im *Reggie's* gefunden hat. Hier, ich habe einen Schnappschuss von ihm.«

Duvane betrachtete das Foto, während Marcus weitersprach.

»Gestern habe ich mich mit der Frau getroffen, die an dem Abend im 1194038048 *Reggie's* war. Am Freitag hat sie Reilly angerufen und ihm gesagt, sie hätte sich an einen Weißen erinnert, der gerade gegangen ist, als sie in der Nähe war. Aber diesen Typen hat sie nicht erkannt«, sagte er, auf das Foto tippend.

»Es ist ein schlechtes Bild. Eigentlich sieht man sein Gesicht gar nicht.«

»Ich weiß, aber ich habe ihn aus der Nähe gesehen. Da konnte ich nur kein Foto machen. Wer immer er auch ist – ich glaube, wir sollten ihn uns mal näher ansehen. Ein Junge hat mir gesagt, er hätte vor ein paar Wochen in der Straße einen Drogendeal hochgehen lassen. Er hat ein Päckchen Heroin und fünftausend Dollar mitgenommen und den Jungen laufen lassen.«

Befriedigt schlug Duvane mit der Faust auf den Tisch. »Genau so was meine ich. Ich will wissen, wer das ist.«

»Ich auch.«

»Okay, als Erstes brauchen wir ein besseres Foto.«

»Ich bin dran.«

»Weiß ich doch. Und natürlich bin ich dir sehr dankbar, dass du schon ein paar schwarze Schafe für mich gefunden hast.«

»Na ja, die sind mir ja einfach in den Schoß gefallen. Immerhin haben sie ja ein paar arme Schweine zusammengeschlagen, direkt vor meiner Nase und völlig grundlos.«

»Ja.« Duvane lächelte. »Deswegen mag ich ja auch unser kleines Manöver. Meine kleine Geheimwaffe.«

»Na ja, als klein würde ich mich jetzt nicht bezeichnen, aber geheim bleibt die Sache jedenfalls.«

Duvane aß seinen Burger auf und salzte seine Pommes zum dritten Mal. »Mich kann nichts mehr überraschen, Marcus. Ich meine, wir haben in Chicago achtundsechzig aktive Straßenbanden mit über fünfhundert Fraktionen. Habe ich das schon mal gesagt?«

Marcus nickte. Er hatte so ziemlich alles über diese Stadt, die Polizei, die Skandale und die Verbrechen gelesen, was ihm in die Finger gekommen war.

»Es gibt geschätzte achtundsechzigtausend Bandenmitglieder. Das sind fünfmal so viele wie Polizisten in der Behörde. Da draußen tobt ein Krieg. Und ich verstehe das. Ein bisschen Machtmissbrauch gehört bei der Polizei wohl irgendwie dazu. Ab und zu muss man schließlich einfach mal jemanden vermöbeln.

Aber ich sag dir, für ein paar von diesen Kerlen ist die Unmenschlichkeit eine Art Sport. Da laufen ein paar richtig rassistische Arschlöcher in Uniform herum. Ich habe Berichte über Beamte gelesen, die aus ihren Lautsprechern ›Nigger‹, ›Affen‹ und ›Dorfschlampen‹ brüllen.«

Angewidert schüttelte Marcus den Kopf.

»Dass ich auf diesen Posten versetzt worden bin, ist ein kleines Wunder. Vielleicht ist da oben ja jemandem bewusst, dass es einen Schwarzen braucht, um diese Scheißkerle fertigzumachen.«

Marcus hob seine Cola light und prostete ihm zu.

»So langsam glaube ich, dass ein paar von unseren Leuten genauso schlimm sind wie die Bandenmitglieder. Vielleicht noch schlimmer. Ich meine, was könnte gefährlicher sein als ein Verbrecher mit völliger Immunität?«

Marcus lehnte sich zurück, schob seinen leeren Teller beiseite und hörte zu.

»Ich hab dir doch von diesem Beamten erzählt, den sie letztes Jahr wegen einem Drogenring drangekriegt haben? Verdammt, sie haben Drogen in seinem Spind gefunden. Dreist, ich sag's dir. Diese Typen glauben, sie stehen über dem Gesetz.«

»Und wenn es auch nur ein bisschen so wie in New York ist, kommt es nicht oft zu einer Anzeige. In New York werden Informanten eingeschüchtert.«

»Ganz genau. Diese Cops kennen das System und wissen, wo die Schlupflöcher sind. Es ist ein Desaster. Ich muss von allen Seiten dagegen vorgehen. Deswegen brauche ich dich auf der Straße. Die Leute hier sind keine zuverlässigen Zeugen. Zu viele Vorstrafen, zu viel Angst. Sie sind zu angreifbar. Aber ich räume hier auf, mein Freund, und du wirst mir helfen, ein paar von diesen Arschlöchern zu erwischen.«

Marcus lächelte.

»Und wenn wir mit den Bezirken in der West Side erst mal fertig sind, will ich, dass du nach Chicago Süd gehst und da weitermachst. Falls du dazu bereit bist.«

Marcus merkte, dass es eine Frage sein sollte, doch er war noch nicht bereit, sie zu beantworten. Es fiel ihm schwer, über die Zukunft nachzudenken. Er brachte immer nur den jeweiligen Tag hinter sich. Aber er verstand, warum sein früherer Chef mit diesem Mann befreundet war. Beide waren im Kern gute Männer, beide sagten gern *Arschlöcher*, und beide aßen offensichtlich für ihr Leben gern.

Duvane wischte sich den Ketchup aus dem Mundwinkel, nahm einen Umschlag aus der Innentasche seiner Jacke und blätterte in den Banknoten, während er weitersprach. »Also, es gibt da noch einen Fall. Eine Frau, die in einem der Wohnprojekte am Cellular Field wohnt, hat gemeldet, dass vor ein paar Wochen vier weiße Beamte in Zivil sie überfallen haben. So wie es aussah, trugen sie kugelsichere Westen. Die Frau musste den Kerlen sagen, wo sie wohnte, sie sind mit ihr in ihre Wohnung gegangen, haben ihr eine Pistole an den Kopf gehalten und die Wohnung nach Drogen durchsucht. Sie hat eine Beschwerde beim OPS eingereicht, aber zwei Wochen später kamen sie wieder und wollten mehr.«

»Was ist der OPS?«

»Die Behörde für polizeiliche Standards. Dort können die Bürger sich über polizeiliche Übergriffe beschweren. Aber in meinem Buch kommt die Behörde nicht gut weg. Hier steht ...« – Duvane blickte wieder in die Notizen –, »›zwischen 2001 und 2003 gingen beim OPS mehr als siebentausendsechshundert Beschwerden über polizeiliche Übergriffe ein‹. Und was glaubst du: Wie viele von diesen Beschwerden endeten mit Disziplinarverfahren gegen Polizisten?«

Marcus zuckte mit den Schultern.

»Dreizehn.«

»Scheiße.«

»Klar, es gibt bestimmt ein paar fingierte Beschwerden, aber überleg mal. Genau da liegt das Problem, Marcus. Die Beamten wissen, dass das Risiko der Suspendierung weniger als eins zu tausend beträgt. Und ehrlich gesagt, glaube ich, dass wir beide womöglich die Einzigen bei der Chicagoer Polizei sind, die sich darum scheren.«

»Nur gut, dass du die Stelle bekommen hast.«

Duvane lehnte sich zurück, trank seine Cola und wischte sich den Mund ab. »Na ja, ohne diesen Prozess im letzten Frühjahr wäre es nie dazu gekommen. Wenn eine aus zehn Personen bestehende Jury die Stadt Chicago für schuldig befindet, systematisch kriminelle Gewaltverbrechen ihrer Beamten vertuscht zu haben, rollen eben Köpfe. Und du hast unseren Bürgermeister ja gesehen. Dir war klar, dass er der Polizei Druck machen würde – damit sich zumindest die öffentliche Wahrnehmung verbessert.«

»Zum Beispiel, indem er einen Afroamerikaner zum Leiter der Dienstaufsichtsbehörde macht.«

»Prost!« Duvane erhob sein Glas. »Also, diese Frau hat die Polizeibehörde verklagt und drei der beteiligten Polizisten identifiziert. Die drei sind fürs Erste suspendiert worden. Drei Drecksäcke weniger, über die ich mir Gedanken machen muss. Aber ich brauche den Namen des Vierten. Sieh zu, was du herausfinden kannst. Wenn es stimmt, was diese Frau behauptet, ist das genau die Art Scheiße, um die ich mich zuallererst kümmern muss. Anscheinend terrorisieren die Cops die Anwohner, die etwas mit dem Bauvorhaben zu tun haben. Sie deponieren Drogen, sie stehlen Geld. Manche kommen am Ersten und Fünfzehnten jeden Monats.«

»Zahltag«, meinte Marcus.

»Genau. Ich will gegen alle von denen etwas in der Hand haben. Die Botschaft muss sein, dass wir diesen Mist nicht tolerieren.«

»Alles klar.«

Kapitel 14

Trip sah zur Stadtkarte hoch, einer stark vergrößerten Version der West Side, die sich einen Meter breit über die Backsteinwand hinter seinem Schreibtisch aus massivem Glas erstreckte. Mit kleinen Stecknadeln, die oben entweder mit einem Fähnchen oder einem kleinen Kreis endeten und in den verschiedenen Immobilien steckten, konnte er leicht die von ihm erworbenen und noch angepeilten Besitztümer überblicken. Zehn Gebäude hatte er bereits an andere Bauunternehmer verkauft, die mehr oder weniger das Gleiche taten wie Trip. Schnelle Erträge hatte er als zusätzliches Kapital für weitere Käufe angelegt. Inzwischen gehörten ihm sieben Immobilien sowohl in der Nähe des United Center wie auch am Cellular Field. Gegen mindestens zehn weitere liefen Ermittlungen, und er wirtschaftete endlich mit seinen Gewinnen. Alles lief gut. Er brauchte nur noch das *Reggie's* und das Madison-Gebäude, dann hatte er die nötige Vielfalt. Ein paar Geschäftsgebäude, ein paar Häuser mit gemischter Nutzung, ein paar mit Wohnungen – alle mit großem Potenzial in neu entstehenden Vierteln.

»Wer sagt denn, dass man Geld braucht, um ein Unternehmen zu gründen?«, sagte Trip mit zufriedenem Lächeln zu sich selbst und sah sich in seinem Loft um, das mit moderner Eleganz eingerichtet war, wie seine Mutter das nannte.

Die Wohnungstür ging auf. »Morgen!«, sagte Lisa mit dieser sexy Stimme, die unter anderem der Grund war, weshalb er sie eingestellt hatte. Er blickte zur Tür hinüber, wo die

Vierundzwanzigjährige sich gerade den Schnee abklopfte und Hut und Mantel auszog. Darunter kamen ein eng anliegender Kaschmirpulli mit V-Ausschnitt – ein Weihnachtsgeschenk von Trip – und ein Wildledermini zum Vorschein, in denen sie ihm einen optimalen Anblick bieten würde, wenn sie erst einmal an ihrem Schreibtisch saß. Sie schüttelte ihr Haar aus und ließ es offen auf den Rücken fallen, genau wie Trip verlangt hatte. »Alle Männer mögen langes Haar«, hatte er ihr beim Vorstellungsgespräch gesagt. »Verstecken Sie es nicht.« Sie hatte geschmeichelt gewirkt und das Haar seither immer offen getragen. Nachdem sie ihre Ugg Boots gegen Stöckelschuhe mit zehn Zentimeter hohen Absätzen getauscht hatte, ging sie in die Küche und fragte: »Kaffee?«

»Ja, bitte!« Mit ihr hatte er einen guten Griff getan – direkt vom College, intelligent genug für den Job, eifrig und doch naiv. Eine tolle Kombination.

Lisa legte eine Serviette auf seinen Schreibtisch und reichte ihm den Kaffee.

»Danke. Und, wie lief die Aktion gestern? Haben wir das Gebäude bekommen?«

»Aber natürlich. Fünfundsiebzigtausend.«

»Schön. Irgendwelche Mitbewerber?«

»Eigentlich nicht. Wir waren nur zu dritt, und eine Frau hat nicht mal geboten. Der Mann ist bei siebzig ausgestiegen.«

»Frau?« Das klang irgendwie falsch. Wer zu einer Versteigerung ging, informierte sich vorab über die Immobilie. Potenzielle Käufer brachten gleich den Scheck mit. Niemand ging dorthin, wenn er nicht interessiert war.

»Ja. Eine Rothaarige. Etwa neunundzwanzig oder dreißig, würde ich sagen. Hübsch. Sie hat nach den Sachen gefragt. Kannte sich mit dem Prozedere nicht aus.«

»Wissen Sie ihren Namen?«

»Irgendetwas mit D, glaube ich, und es klang irisch … Donolley vielleicht?«

Trip nippte an seinem Kaffee.

Lisa ging zu ihrem Schreibtisch und rief dann über die Schulter zurück: »Nein, Donovan. So hieß sie.«

Beinahe hätte Trip sich verschluckt. »Abigail Donovan?«

Lisa saß inzwischen an ihrem kleineren Schreibtisch aus Glas, der kaum sechs Meter von seinem entfernt stand, und rief ihre E-Mails auf. »Ja, ich glaube schon. Kennen Sie sie?«

»Ja, allerdings«, sagte Trip mehr zu sich selbst. Wieder sah er zu der Stadtkarte hoch. Er nahm die Nadel mit dem Kreis, die in der Ecke Pulaski Road und Lake Street gesteckt hatte – im Fixmarkt-Gebäude –, und wechselte sie gegen eine Nadel mit Fähnchen aus. Was hatte sie auf dieser Versteigerung gewollt? Er dachte an jenen Abend zurück. Er hatte so große Hoffnungen in sie gesetzt, aber sie hatte sich bereits als Enttäuschung erwiesen. Allein schon der Gedanke daran verstimmte ihn. Er sah zu der Kreisstecknadel im Gebäude von *Reggie's Bar & Grill* hinüber. »Du hast dort nichts zu suchen, Abby.«

Schweigend saß Trip da, sein Hirn arbeitete auf Hochtouren. Er machte sich eine Notiz, später würde er Patrick anrufen. Nur zur Vorsicht. »Versau mir das nicht, Abby.«

Das Telefon klingelte, und Trip riss sich aus den Gedanken. Er war zuversichtlich, dass sich dieses neuerliche Ärgernis aus der Welt schaffen ließ. Es war seine Mutter.

»Hey, Mom, dann kommst du also heute, um dir meine Immobilie anzusehen?«

»Genau deshalb rufe ich an, mein Lieber. Ich hatte ja gesagt, ich würde heute in die Stadt kommen, aber heute Morgen ist mein Wagen nicht angesprungen. Dein Vater hat mich bei meiner Baustelle in Wilmette abgesetzt, und ich habe hier noch etwa eine Dreiviertelstunde zu tun. Ich dachte, du könntest mich vielleicht abholen und wir könnten in der Stadt zusammen zu Mittag essen. Bring ein paar Fotos von dem Grundstück mit, dann können wir über das sprechen, was du vorhast.«

»Kein Problem. Das ist in der Sheridan Road, stimmt's?«

»Ja, Nummer 1014. Kalksteinfassade, Schieferdach, am See.«

»Ja, ich erinnere mich. Ich bin in einer Dreiviertelstunde dort.«

Abby saß am Konferenztisch und sah zur Uhr hinüber. Die eidesstattliche Aussage von *Prince Industries* war für neun Uhr angesetzt. Am Dienstag hatte sie bis spät in die Nacht gearbeitet, um die Zeit wieder hereinzuholen, die sie bei dem zweistündigen Ausflug zum Fixmarkt verloren hatte, und die Nacht hindurch hatte sie sich die meiste Zeit ruhelos im Bett herumgeworfen. Furcht, Zweifel und Niedergeschlagenheit angesichts der Erkenntnis, dass es niemanden gab, mit dem sie hätte reden können, hatten ihr zugesetzt. Sie war übermüdet.

Kurz nach neun rief der Anwalt der Gegenpartei an und bat wegen eines Notfalls um Vertagung. Abby atmete erleichtert auf und kehrte an ihren Schreibtisch zurück. Unentschlossenheit und Zerstreutheit lähmten sie. Sie hatte ihren Rhythmus verloren und kam einfach nicht in die Spur.

Nachdem sie zehn Minuten lang die Telefonnummer angestarrt hatte, die vor ihr lag, beschloss sie schließlich anzurufen.

Eine halbe Stunde später nahm sie ihren Mantel und machte sich auf den Weg zum *Starbucks*. Es war wunderbar, nach draußen zu kommen und ein bisschen frische Luft zu schnappen. Zum ersten Mal seit Wochen kam die Sonne heraus, und Abby musste einfach ihre Wärme auf dem Gesicht spüren, auch wenn die Temperatur knapp unter dem Gefrierpunkt lag.

Ein Mann stellte sich im *Starbucks* hinter Abby an, und sie drehte sich rasch zu ihm um. Nur ein Fremder. Beide lächelten peinlich berührt. Litt sie bereits unter Verfolgungswahn? Sie kam sich schreckhaft vor. Warum bloß benahm sie sich so merkwürdig?

Sie nahm ihren Latte, setzte sich ans Fenster, wo sie die Passanten draußen und die Kunden im Inneren gut im Blick hatte, und wartete.

Detective Henton kam etwa eine Viertelstunde später. Er sah kein bisschen mehr so aus wie in der Nacht, als sie ihn zum ersten Mal gesehen hatte, wenn man mal die Narbe außer Acht ließ. Es fiel Abby schwer, sie nicht anzustarren. Nun, da er da war, fühlte sie sich nervös. Würde er wegen des leichtfertigen Treffens verärgert sein?

Er lächelte, und sie entspannte sich. »Hallo, Ms Donovan«, sagte er und streckte ihr die Hand hin. »Soll ich mich setzen?«

»Bitte, ja – vielen Dank, dass Sie gekommen sind. Es kommt mir ein bisschen töricht vor, dass ich Sie angerufen habe. Ich wollte einfach über die Sache reden, und ich wusste wirklich nicht, wen ich sonst hätte anrufen sollen.«

»Ich bin froh, dass Sie angerufen haben. Ich hole mir nur eben einen Kaffee.«

Abby beobachtete, wie er zur Kasse ging. Er war sehr groß und breitschultrig. Anscheinend trieb er Sport, etwas, wozu sie selbst nie die Zeit fand. Sie nippte an ihrem Latte und lächelte nervös, als er sich neben sie setzte.

»Und, ist Ihnen noch etwas zu dem Mann eingefallen, den Sie im *Reggie's* gesehen haben?«

»Nein, das nicht. Es tut mir leid, ich habe nur … Also, es ist wohl so …« Sie zögerte und überlegte, womit sich dieses Treffen eigentlich begründen ließ. »Ich will einfach sicher sein, dass jemand Ali Rashids Tod nachgeht. Und natürlich dem dieser Frau, die ich gefunden habe … an die muss ich ebenfalls denken. Es ist einfach unglaublich … nur durch Zufall habe ich meine kleine Blase verlassen, und da sitze ich nun.«

»Was meinen Sie damit?«

»Ich grüble über eine tote Prostituierte, habe Albträume von Gangsterbanden, die hinter mir her sind, lerne einen sympathischen Mann wie Ali kennen und höre dann, dass er ein Mörder und möglicherweise ein Drogendealer ist. Und dann erzählen Sie mir auf einmal, dass Sie gegen Polizeibeamte ermitteln und ich unser Gespräch gegenüber Officer Reilly nicht erwähnen darf. Und mittlerweile bin ich völlig paranoid. Ich meine, ist Officer Reilly …?« Sie hoffte, dass er den Satz beenden würde.

Der Detective trank einen Schluck Kaffee.

Vielleicht dachte er gerade über eine Antwort nach, aber sie wartete sie nicht ab. »Es ist alles so verrückt. Ich bin Senioranwältin in einer großen Kanzlei, und eigentlich müsste sich mein Leben um die Vertretung meiner Mandanten drehen. Um ihre Angelegenheiten und darum, ihnen absurd hohe Rechnungen zu stellen«, sagte sie und verdrehte die Augen. »Aber ich kann nicht. Mir unterlaufen Fehler bei der Arbeit. Ich kann mich nicht konzentrieren. Ich bin geistesabwesend. Ich muss immer wieder an dieser Sache denken.«

»Ms Donovan ...«

»Bitte nennen Sie mich Abby.«

»Hören Sie, Abby. Es tut mir wirklich leid, dass Ihnen das passiert ist. Aber Sie müssen wieder einen freien Kopf bekommen.«

Ja, klar. »Ich bin gestern zu der Versteigerung gegangen.«

»Welche Versteigerung?«

»Die Versteigerung von dem Gebäude, in dem Alis Fixmarkt war. Sie wissen doch, dass die Regierung es beschlagnahmt hat, oder?«

»Ja, aber es überrascht mich, dass es so schnell versteigert worden ist. Warum sind Sie hingegangen?«

»Ich war über das Tempo ebenfalls erstaunt. Normalerweise hätte es Monate dauern müssen, selbst wenn niemand Widerspruch einlegt.«

»Aber wieso sind Sie hingegangen?«

Es schien töricht und schwer zu erklären. Sie nahm einen Schluck Kaffee, um ihre Gedanken zu ordnen. »Ich wollte wohl gerne sehen, dass jemand sich um das Haus kümmert. Die Polizei ist dort sozusagen eingefallen und hat ihm den Laden weggenommen – und er hatte nicht einmal Gelegenheit, sich zu wehren. Und dann ist er auf rätselhafte Weise gestorben, und niemanden hat es gekümmert. Ich hatte ihm einen Anwalt besorgt, wissen Sie.«

Der Detective war verblüfft.

»Ja. Ted Gottlieb, einen erstklassigen Strafverteidiger. Und er hätte die Anklage der Staatsanwaltschaft auseinandergenommen. Aber jetzt …« Sie senkte ihre Stimme, als ihr auf einmal bewusst wurde, dass sie in der Öffentlichkeit über Drogen und Mord sprach. »… ist Ali tot, sein bester Freund ist tot, und ihr Laden gehört irgendeinem dummen kleinen Mädchen!«

»Was?«

Verlegen lächelte Abby. Ihre Formulierung klang eigenartig. »Als ich bei der Versteigerung ankam, waren nur zwei Bieter anwesend: ein Mann aus dem Nahen Osten, wie Ali, und ein Mädchen. Wirklich, sie kann nicht älter als fünfundzwanzig sein. Weiß, gut angezogen, aber wirklich modisch gekleidet – jung. Ich kann mir nicht vorstellen, was sie dort getan hat oder warum sie dieses Gebäude wollte.«

Der Detective stellte seinen Kaffee hin und lehnte sich zurück. »Wieso bezeichnen Sie seinen Tod als rätselhaft?«

»Angeblich war es ein erweiterter Selbstmord. Tut mir leid, aber das glaube ich einfach nicht. Ich kenne zwar nicht die Beweislage, aber er war nicht suizidgefährdet. Wir hatten kurz zuvor zusammen zu Mittag gegessen. Und er sprach mit so viel Zuneigung von seinem Freund. Ich glaube einfach nicht, dass er ihn umgebracht hat.«

»Entschuldigen Sie, ich bin verwirrt. Ich dachte, Sie hätten Mister Rashid kaum gekannt.«

»Nun ja, ein wenig kannte ich ihn schon. Er hat mich in jener Nacht heimgefahren. Wir haben uns die ganze Zeit unterhalten; wir haben uns zum Mittagessen getroffen, damit er mir meine Brille zurückgeben konnte; er rief mich an und bat mich um Hilfe. Ich habe die Furcht in seinen Augen gesehen, Detective. Ich habe ein Gefühl für ihn bekommen. Er war ein guter Mensch.« Sie wollte, dass er verstand.

Henton beugte sich vor und senkte die Stimme. »Bitte nennen Sie mich Marcus«, bat er lächelnd. »Das ist sicherer.« Er hatte ein wunderbares Lächeln.

»Ach ja, richtig.« Abby sah sich um. Was war das nur für eine merkwürdige Welt, in der sie lebte.

Marcus sprach weiter: »In meinen Augen wirft Mister Rashids Fall ebenfalls Fragen auf. Er ist ungewöhnlich, aber wert, untersucht zu werden. Und da ich Officer Reilly mit dem Vorfall in der *Reggie's Bar* in Verbindung bringen konnte, wo man ebenfalls Drogen gefunden hat, bin ich es, der den Fall untersucht. Über Ihren Freund weiß ich nichts, aber falls ich etwas herausbekomme, sage ich Ihnen Bescheid.« Er lehnte sich zurück und trank einen Schluck Kaffee.

»Wirklich? Ich gehöre ja nicht zur Familie, und niemand ist verpflichtet, mir etwas zu erzählen. Aber ich wäre Ihnen so dankbar, wenn Sie mich in dieser Sache auf dem Laufenden halten würden.«

»Das werde ich.«

Er war aufrichtig, das spürte Abby. In ihrer Wohnung war sie Polizisten begegnet – und Officer Reilly und Trask –, aber der einzige Cop, bei dem sie das Gefühl hatte, dass sie ihm trauen konnte, war derjenige, den sie vor zwei Wochen verdächtigt hatte, sie umbringen zu wollen.

Sie erwartete halb, dass er nach der letzten Bemerkung aufstehen und das Gespräch beenden würde. Doch er nippte weiter an seinem Kaffee. Sie hatte jetzt keinen Kopf für die Arbeit, also entschloss sie sich, noch etwas weiterzubohren. »Hat man denn schon herausgefunden, wer diese Frau umgebracht hat … die Prostituierte?«

»Laut dem Polizeibericht war es ein Unfall mit einem Freier. Abgesehen von dem Mann, den Sie beim Verlassen des *Reggie's* gesehen haben, gibt es keine Spur.«

»Nun, wenn sie Sex hatten, sollten sich doch Spuren an ihrer Leiche finden lassen, oder?«

Marcus lächelte. »Ich weiß nicht, wie weit die Pathologie inzwischen ist. Bis Sie letzten Freitag mit dieser Personenbeschreibung angerufen haben, hatte ich diese Angelegenheit eigentlich nicht weiterverfolgt. Mein Gebiet sind Cops. Ich kann mich nicht um alle Verbrechen in dieser Gegend kümmern. In Chicago gab es letztes Jahr sechshundert Morde, etliche davon in einem Radius von drei Kilometern um den Tatort herum.«

»Kennen Sie den Stand der Dinge in dem Fall?«

»Nun, meines Wissens wurde der Barkeeper wegen Drogenhandels verhaftet. Ich glaube nicht, dass man ihn mit einem Mord in Verbindung gebracht hat. Das Grundstück wurde beschlagnahmt.«

Fassungslos stellte Abby die Tasse hin. »Was? Wieso?«

»Abby, wenn es an einem bestimmten Ort wiederholt zu Drogendelikten kommt, gilt das Anwesen als Tatwerkzeug. Eine solche Immobilie den Drogendealern wegzunehmen, ist für die Polizei ein Mittel, um das Problem zu bekämpfen.«

»War der Barkeeper der Eigentümer?«

»Ich weiß es nicht. Ich habe die Sache nicht überprüft.« Anscheinend fand er nichts weiter dabei.

»Wissen Sie, damals auf der Uni habe ich über viele solche Fälle gelesen. Wegen dieser Gesetze kommen viele unschuldige Menschen unter die Räder.«

»Nun, wegen dieser Gesetze verlieren auch eine Menge Bandenmitglieder ihre BMWs und ihre Crackküchen. Und Immobilienbesitzer sind für illegale Aktivitäten auf ihrem Anwesen verantwortlich.«

Langsam erwachte die Verteidigerin in ihr. Sie wurde wütend. »Ich habe von Polizeirevieren gelesen, die Drogenfestnahmen bewusst in wertvollen Häusern vorgenommen haben, um die Anwesen beschlagnahmen zu können. Und die schuldlosen Eigentümer haben keinerlei Recht auf anwaltlichen Beistand. Die Beweislast für die Schuldlosigkeit ihres Anwesens liegt allein bei den Besitzern. Alles nur, damit die Cops sich bereichern können.«

Marcus wollte antworten, doch sie schnitt ihm das Wort ab. »Und ich habe von einer Frau gelesen, deren Wagen im Wert von achtzehntausend Dollar als Fluchtwagen beschlagnahmt wurde, nachdem sie einen Pulli im Wert von fünfundzwanzig Dollar gestohlen hat. Wenn das keine Bereicherung durch die Polizei ist, was dann?«

»Hören Sie, Abby, ich habe keine Ahnung von diesen Dingen. Nach allem, was ich weiß, ist Beschlagnahmung ein nützliches Werkzeug im Kampf gegen Drogenschieberei.«

Abby schwieg. Marcus war nicht derjenige, mit dem sie deswegen streiten sollte. Er würde seine Meinung revidieren, da war sie sich sicher. Sie dachte an Ali. »Dann ist das also heutzutage ganz normal, gegen das Eigentum vorzugehen, wenn jemand verhaftet wird?«

»Natürlich nicht. Es kommt ganz darauf an.«

Möglicherweise war es bei der *Reggie's Bar* ja gerechtfertigt gewesen. Es hätte Abby nicht überrascht, wenn diese verwahrloste Bar eine Oase des Drogenhandels wäre. Sie kannte schließlich nicht alle Fakten.

»Was ist denn passiert, nachdem ich an jenem Abend vom *Reggie's* weggelaufen bin und Sie mich verfolgt haben?«

Marcus hob die Hand, um sie zu unterbrechen, und stellte seine Kaffeetasse ab. »Ich bin einer von den Guten, wissen Sie noch?«

Abby lächelte. »Ja. Ich frage mich nur gerade, was diese Rowdys gemacht haben. Die sind ja wohl kaum in die Damentoilette gegangen und haben dort die Tote gefunden, und falls sie die Drogen gefunden haben, würde es mich wundern, wenn sie die Cops gerufen hätten. Ich würde einfach gerne wissen, was sich da abgespielt hat.«

»Eigentlich weiß ich es nicht. Das ist einer der Gründe, weshalb ich Reilly jetzt überprüfe. Sein Bericht ist ein bisschen komisch.«

»Was meinen Sie damit?«

»Als ich letzte Woche zu Ihnen kam, hatten Sie Ihren Worten zufolge Reilly gesagt, Sie hätten einen Weißen mit welligem blonden Haar gesehen, der das Gebäude verließ. In dem Bericht schrieb er aber lediglich, Sie hätten einen Mann gesehen. In der Akte steht: ›ohne nähere Personenbeschreibung‹. Und kurz nachdem ich Ihnen gefolgt bin, habe ich Sirenen gehört, aber ich weiß nicht, wer die Cops gerufen hat. Als ich zurückkam, war der Laden umstellt.«

Abby nickte zustimmend. »Ja, als diese Jungs hereinkamen, wollte ich gerade 911 wählen, aber ich bin nur bis zur Neun gekommen. Wir müssen die Sache näher untersuchen.«

»Wir?«

Verlegen lächelte sie. »Oder Sie. Es klingt einfach seltsam, finde ich. Und wenn ich Ihnen helfen kann, würde ich das wirklich gern tun. Sie sind in dieser Sache eigentlich auf sich gestellt, nicht wahr?«

»Ich arbeite allein. Aber ich halte meinen Chef auf dem Laufenden.«

»Nun, falls Sie eine Anwältin oder vielleicht ein bisschen Recherche brauchen oder einfach jemanden zum Meinungsaustausch – ich bin eine gute Zuhörerin.« Hoffentlich ließ er sie mitmachen. Jedenfalls war es schön, jemanden zu haben, mit dem sie über alles reden konnte.

Nachdem Abby gegangen war, ging Marcus zu Fuß zur Chicago Public Library beim Congress-Plaza-Hotel. Er fuhr nach oben zum Computerraum, ging online und holte aus seiner Brieftasche die Zugangscodes für das Intranet der Polizeibehörde. Nach ein paar Minuten hatte er die internen Polizeiakten auf dem Bildschirm. Wieder rief er Reillys Akte auf. Seit acht Jahren bei der Polizei. Seit fünf Jahren bei der Vermögensbeschlagnahmung; davor beim Einsatzkommando gegen Bandenkriminalität. Sechs Beschwerden wegen unzulässiger Ausübung von Polizeigewalt bei der Inhaftierung, aber es waren keine Disziplinarmaßnahmen eingeleitet worden. Das Übliche. Drei Beförderungsgesuche. Jedes Mal waren sie übergangen worden. Die lapidare Begründung lautete: *Aus Budgetgründen.* Ein Antrag auf Beurlaubung wegen vorübergehender Arbeitsunfähigkeit. Abgelehnt. Der Akte war zu entnehmen, dass Reilly den Antrag eingereicht hatte, um sich um seine pflegebedürftige Mutter zu kümmern. Das gab alles nicht viel her. Er klickte die Personalakten weg und wandte sich der aktuellen Verbrecherdatenbank zu.

Eine Suche nach Rashid, Ali brachte ihn zu dem Polizeibericht vom Tatort:

> *Ein Nachbar meldete »lautstarke Streitereien«. Als niemand die Tür öffnete, verschaffte sich die Polizei gewaltsam Zutritt. Zwei Männer mit Schussverletzungen, bei dem einen in der Brust, bei dem anderen im Kopf. Beide tot. Neben dem Toten mit der Kopfverletzung wurde eine Pistole des Kalibers .38 gesichert.*

Er las den zugehörigen Bericht des Pathologen:

> *Die Schussverletzungen in der Brust stammen von einer Waffe des Kalibers.38, die aus circa zwei Metern Entfernung abgefeuert wurde. Der Kopfschuss wurde von einer Waffe des Kalibers .38 aus unmittelbarer Nähe verursacht.*
> *Schlussfolgerung: Der Kopfschuss wurde vom Opfer selbst abgefeuert.*

Marcus überflog das Dokument weiter; er suchte nach dem Bericht über die Tatwaffe. Eigentlich hätte hier die ballistische Untersuchung stehen müssen, aus der hervorging, dass aus der Waffe unmittelbar vor dem Tod des Opfers Schüsse abgefeuert worden waren und dass Fingerabdrücke und Schmauchspuren den Gebrauch der Waffe bestätigten. Aber da war kein Bericht. Marcus konnte sich nicht vorstellen, dass es keine Untersuchung gegeben hatte. Er notierte sich den Namen des Arztes, der den gerichtsmedizinischen Bericht unterschrieben hatte: Dr. Roberts. Und er würde mit dem Nachbarn reden müssen, der die Polizei angerufen hatte. Er suchte in dem Bericht nach dem Namen, doch es wurde keiner genannt. Seltsam.

Marcus klickte das Dokument weg und suchte nach *Reggie's Bar & Grill.* Dann las er den Polizeibericht vom Tatort des 26. 1194052791 Januars:

> *Anruf eines Anwohners, der den Schrei einer Frau in der Bar meldete. Ankunft in der Bar um 0.40 Uhr. Niemanden angetroffen. Im Waschraum eine Frau aufgefunden. Tot. Keinerlei Wunden. Kleidung: karierter Rock, ein Netzstrumpf, keine Unterwäsche, rotes Oberteil (vollständig aufgeknöpft), roter BH. Rote Schuhe mit hohen Absätzen. Großer Bluterguss am Hals. An der Bar wurden zwei Kilo Kokain gefunden.*

Der beigefügte Bericht des Gerichtsmediziners lautete auf *Tod durch Erwürgen.* Der Tod hatte zwischen halb elf und halb ein Uhr nachts stattgefunden. Keine Gewebepartikel unter den Nägeln, keine sonstigen Körperflüssigkeiten. Marcus las den Bericht noch einmal. *Ein Netzstrumpf.* Wo war dann der andere? Es klang ganz so, als wäre das eine gute Möglichkeit, jemanden zu erwürgen. *Anruf eines Anwohners, der meldete, in der Bar habe eine Frau geschrien.* Beim Betreten der Bar hatte Marcus Abby nicht schreien hören. Er machte sich eine Notiz, Abby danach zu fragen, ob sie sich erinnerte, geschrien zu haben, als sie die Leiche gefunden hatte oder die Jungs auf sie losgegangen waren. Als Marcus das Gebäude verlassen hatte, war die Polizei bereits unterwegs gewesen. Die Frau musste zu diesem Zeitpunkt bereits tot gewesen sein.

Er musste mit dem Anrufer reden, der die Schreie gemeldet hatte. Wieder suchte er in dem Dokument nach dem Namen, aber wieder wurde keiner genannt. Wie konnte es sein, dass die Polizei diesen Namen nicht aufgenommen hatte? Man hatte doch sicher vorgehabt, die Nachbarn zu befragen, um herauszufinden, was diese gesehen oder gehört hatten. Die Berichte waren mager. Zu mager. Es musste doch einen Notruf gegeben haben, dachte er.

Er schloss die Datei und ging die registrierten Notrufe durch. Eins musste man Chicago lassen: die elektronische Organisation der städtischen Unterlagen machte es ihm jedenfalls leichter, außerhalb des Reviers zu ermitteln. Zuerst suchte er rund um das Datum des zwanzigsten Januar dieses Jahres, der Nacht, in der sich der Mord in der *Reggie's Bar* ereignet hatte. Er ging die Liste der Anrufe zwischen Mitternacht und zwanzig Minuten vor eins durch, als die Polizei eingetroffen war. Aus der ganzen Stadt waren dreizehn Anrufe gekommen. Er lebte zwar noch nicht einmal ein Jahr in Chicago, konnte jedoch anhand der jeweiligen Adressen mehrere Anrufer aussortieren. Die acht verbliebenen Adressen notierte er sich und überprüfte sie rasch auf einer Straßenkarte im Internet. Zwei Anrufe waren aus der Gegend gekommen, doch keine der Adressen befand sich weniger als vier Querstraßen vom *Reggie's* entfernt. Auf keinen Fall konnte es bei einem Anruf von diesen Adressen um Schreie im *Reggie's* gegangen sein. Einen Notruf gab es nicht.

Bei dem Vorfall im Fixmarkt ging er genauso vor. Dieser hatte sich am zweiten Februar ereignet. Dem Polizeibericht zufolge hatten die Nachbarn Schreie und einen Kampf gehört. Eine Uhrzeit war nicht verzeichnet. Die Polizei war um sechs Uhr morgens dort angekommen. Marcus überprüfte die Notrufe, die an jenem Tag zwischen fünf und sechs Uhr morgens eingegangen waren. In dieser Zeitspanne waren zweiundzwanzig Notrufe abgesetzt worden. Aber auch hier passten die Adressen nicht. Kein einziger Anruf aus einem Umkreis von vier Querstraßen um das Gebäude. Und auch hier war Reilly wieder der erste Cop am Tatort gewesen.

Abby verbrachte den ganzen Nachmittag mit der Suche nach Mitarbeitern, die sie entlasten würden. Sie konnte die Arbeit nicht weiter ignorieren, aber sie schaffte nicht alles allein. Sie fand zwei

Anwälte im zweiten Jahr, Kevin und Eileen, die sich gerade neben dem Kopierer unterhielten, und engagierte sie für den nächsten Tag, um mit ihr zusammen in Milwaukee die Unterlagen aus dem Dalcon-Labor zu holen. Anschließend halste sie einem Anwalt im dritten Jahr etliche Aufgaben im Amro-Fall auf. Sie würde die Ergebnisse dann später überprüfen.

All diese Rechtsstreitigkeiten – in vielen Fällen ging es um Forderungen von mehreren Millionen Dollar – erschienen ihr so belanglos. Ali war tot. Jene Frau war tot. Sie fühlte sich ihnen verbunden. Sie nahm Marcus‹ Visitenkarte zur Hand und betrachtete seinen Namen. Gut, dass er angerufen hatte. Er hatte etwas an sich, eine Art Leere, eine Traurigkeit, die ihr vertraut war. Sie kannten sich erst seit zwei Tagen, aber inzwischen war er der einzige Mensch auf der Welt, mit dem sie reden wollte. Sie hätte ihn gern nach der Narbe gefragt – die sah nicht so alt aus. Ob sie es wohl jemals schaffen würde, das Thema anzuschneiden?

Um acht Uhr abends fuhr sie mit großem Appetit auf Thai-Hühnchen nach Hause.

Zwanzig Minuten nach ihrer telefonischen Bestellung klingelte es an der Tür, und sie lief mit ihrer Geldbörse hinunter. Doch anstelle des Lieferjungen stand Mrs Tanor in Morgenmantel und Schlappen vor der Haustür.

»Hi, Mrs Tanor. Ich dachte, der Junge vom Lieferdienst wäre da. Was ist los?«

»Entschuldigen Sie, meine Liebe. Ich wollte Sie nur etwas fragen. Haben Sie einen Cousin?«

»Nein.« Komische Frage. Aber inzwischen war es eiskalt. Abby ließ sie eintreten und schloss die Tür. »Was gibt es denn?«

Mrs Tanor zögerte und sah sich um, als würde sie nach etwas suchen. Vielleicht nach den richtigen Worten.

»Wissen Sie, besonders überrascht bin ich nicht. Er kam mir ja tatsächlich verdächtig vor, aber ich wollte ihn nicht vorverurteilen.«

»Mrs Tanor, ich verstehe kein Wort. Wovon sprechen Sie?«

»Nun, heute Nachmittag, etwa um drei war mehrmals ein junger Mann am Tor und hat bei Ihnen geläutet.«

»Ich war bei der Arbeit.«

»Natürlich, meine Liebe. Ich wusste ja, dass Sie nicht zu Hause waren. Ich war draußen und habe den Weihnachtsschmuck abgenommen. Er schien ungefähr zweiundzwanzig zu sein. Er wirkte müde.«

»Zweiundzwanzig? Sind Sie sicher, dass er zu mir wollte?«

»Oh, ja.«

»Und wie sah er aus?«

»Er hatte braune Haare. Ein bisschen verfilzt. Er war unrasiert, und seine Kleidung war schmutzig.«

»Seltsam.«

»Nun ja, zuerst habe ich ihn nicht weiter beachtet. Aber er hat mehrmals geklingelt, und schließlich rief er zu mir herüber. Ich habe ihn gefragt, ob er ein Freund von Ihnen ist.«

»Was hat er gesagt?«

»Er sagte, Sie würden ihn erwarten. Dann sagte er, er sei Ihr Cousin und bat mich, ihn hineinzulassen. Irgendwie hatte ich kein gutes Gefühl bei ihm. Er war zu … angespannt. Ich habe ihm gesagt, das könne ich nicht tun, und ging zurück ins Haus.«

»Seltsam. Nun, ich bin froh, dass Sie ihn nicht hineingelassen haben. Hoffen wir, dass es nur ein Versehen war. Bitte sagen Sie mir Bescheid, falls Sie ihn noch einmal sehen.«

»Gut, meine Liebe. Gute Nacht.«

Kapitel 15

Am Donnerstag fuhren Abby und die beiden anderen Anwälte nach Milwaukee, um im Lager des Dalcon-Labors Unterlagen und Laborutensilien zusammenzustellen. Nach sieben Stunden machten sie Schluss. Es hatte zwar keinen besonderen Spaß gemacht, aber es war schön, einmal aus der Kanzlei herauszukommen, und Abby genoss die Pause von ihrem inneren Zwiegespräch und hörte beim Abendessen Kevin und Eileen zu, die von Verabredungen und Restaurants und ausgelassenen Abenden erzählten.

Am Freitagvormittag packten sie zusammen, beluden den Mietwagen mit Kartons voller Unterlagen und Instrumentenmustern für ihren Produkthaftungsprozess und fuhren zurück zur Kanzlei. Gegen Mittag saß Abby an ihrem Schreibtisch und ging ihre Mails und Telefonnachrichten durch. Bei der letzten Nachricht auf dem Anrufbeantworter lächelte sie. Sie war von Nate. Sosehr ihr auch die Erinnerungen widerstrebten, es war schön, wieder Kontakt mit ihm zu haben. Es fühlte sich nach Zuhause an.

Die Sonne schien, Schnee bedeckte den größten Teil des Millennium-Parks, und Abby schirmte die Augen mit der Hand vor dem gleißenden Sonnenlicht ab. Mindestens dreißig Leute waren auf dem Eis, als Abby sich dem *Parkcafé* näherte. Das imposante Gelände mit dem Restaurant und Amphitheater, das erst im vorigen Sommer fertiggestellt worden war, zog als attraktiver neuer

Treffpunkt auf der South Michigan Avenue bereits Scharen von Touristen und Einheimischen an. Beim Lachen und Kreischen der Eisläufer zuckte Abby zusammen. Gott, was war nur mit ihr los? Wann hatte sie zum letzten Mal richtig gelacht? Oder sich amüsiert?

Sie wusste, wann das gewesen war. Sie vermisste David immer noch so sehr.

Nate saß da und winkte sie zum Tisch. Bei seiner herzlichen Umarmung hob sich ihre Stimmung, und sie dankte ihm für die Verabredung zum Mittagessen.

»Abby, eigentlich ist das hier eine geschäftliche Verabredung. Ich habe einen Fall, bei dem ich wirklich gern mit dir zusammenarbeiten möchte.«

»Nate, ich versinke in Arbeit. Ich weiß kaum, wo mir der Kopf steht. Ich bin gerade erst zurückgekommen. Am Mittwoch musste ich erst ein paar jüngeren Anwälten einen Haufen Arbeit aufhalsen.«

»Aber genau das ist doch deine Aufgabe. Hör zu, der Fall ist gut. Interessant, und er wird dir einiges an Erfahrung bringen.«

Sie würde ihn reden lassen, auch wenn es zwecklos war. Sie bestellten Salat und Eistee.

»Okay, worum geht es?«

Nate stellte sein Glas hin und beugte sich vor, als hätte er vor, eine schlüpfrige Geschichte zu erzählen. »Meine Mandantin ist eine Frau aus einem der Neubauviertel im Süden. Sie ist wiederholt von Chicagoer Polizisten drangsaliert worden.«

Die Erwähnung korrupter Polizisten weckte sofort Abbys Aufmerksamkeit.

»Abby, sie erzählt schlimme Dinge. In ihrem Viertel wird viel mit Drogen gehandelt, und anscheinend handeln die Cops auf eigene Faust. Sie missachten die Bürgerrechte und brechen überall Gesetze. Meine Mandantin hat bei der Polizei Beschwerde eingereicht, aber ohne Erfolg. Wir verklagen die Cops, die Polizeibehörde von Chicago und die Stadtverwaltung. Verletzung der

Bürgerrechte, ungerechtfertigte Verhaftungen, Körperverletzung, psychische Gewalt – alles, was mir einfällt.«

»Nun, ich muss sagen, das klingt spannend.« Es hörte sich nach einer Aufgabe an, die sie nach den letzten paar Wochen bei der Stange halten konnte.

»Um ehrlich zu sein, wünsche ich mir deine Mitarbeit aus mehreren Gründen.« Er trank einen Schluck, und Abby aß das Stück Brot auf, das sie sich gerade genommen hatte.

»Ja?«

»Okay, zuallererst: Ich freue mich, dass wir uns nach all den Jahren wieder über den Weg gelaufen sind, und eine Ausrede für weitere Treffen wäre mir sehr willkommen.«

Lächelnd legte Abby eine Hand aufs Herz und nahm die Freundlichkeit zur Kenntnis. Sein Gesichtsausdruck veränderte sich, und sie spürte, dass es noch einen weiteren Grund gab, bei dem sie sich nicht ganz sicher war, ob sie ihn hören wollte. »Und außerdem?«

»Ich habe das Gefühl, dass du nicht glücklich bist, Abby. Nach meinem Eindruck bist du unzufrieden mit deinem Job. Vielleicht auch mit deinem Leben.«

Seine Unverblümtheit brachte sie aus der Fassung. Er hätte nicht richtiger liegen können, aber sie ertrug es nicht, darüber zu reden. Sie senkte den Blick.

»Schau, ich will dir ja nicht sagen, was du tun sollst. Ich will einfach nur ein bisschen Zeit mit dir verbringen. Die Arbeit ist nicht besonders spektakulär, aber interessant. Manchmal ist sie traurig, aber irgendwie immer wichtig. Und sie gibt mir ein Ziel. Ich glaube, du würdest es auch so sehen.«

Sie fühlte sich bloßgestellt. Es war, als hätte Nate ihre Scharade auf den ersten Blick durchschaut. »Ich weiß nicht.« Er hatte keine Ahnung, worum er sie da bat. Sie hätte gerne Ja gesagt. Zumindest dieses eine Mal. Aber sie konnte doch nicht einfach ihren Lebensplan ändern. Sie folgte einem bestimmten Pfad, und an diesen musste sie sich halten. Er hatte ja keine Ahnung.

Nate legte seine Hand auf ihre. »Abby, denk erst mal darüber nach. Am Montag um neun bin ich in dieser Angelegenheit im Dirksen-Gebäude bei Richter Coreus. Danach treffe ich mich mit meiner Mandantin. Wenn du Zeit hast, komm ebenfalls. Dann kannst du sie kennenlernen. Ich werde dir eine Kopie ihrer Aussage geben, und danach kannst du dich entscheiden.«

Abby öffnete den Mund, um etwas zu sagen, aber Nate unterbrach sie.

»Denk einfach darüber nach.« Wie aufs Stichwort kamen ihre Salate. »Nun denn – lass uns essen.«

Auf dem Weg zurück zur Kanzlei ging Abby durch den Park, um etwas von dem Lachen und der Freude der Eisläufer mitzunehmen. Nate kannte sie so gut. Es war beinahe, als hätte sie Denny wieder. Er hatte auch immer auf sie aufgepasst. Immer noch sah sie ihn vor ihrem inneren Auge, sah seinen Gesichtsausdruck, wenn sie etwas in den Sand setzte. Seinen Gesichtsausdruck in jener Nacht. Seine Verärgerung über ihre Dummheiten.

Sie ging die Stufen zu dem imposanten, spiegelnden Gebilde hinauf, das alle Einwohner liebevoll »die Bohne« nannten, weil es wie eine riesige Kidneybohne aussah, in der sich Licht, der Himmel, die Gebäude der Michigan Avenue und die fröhlich darum herum rennenden Kinder spiegelten. Immer näher ging sie darauf zu, suchte nach ihrem eigenen Spiegelbild und betrachtete das Zerrbild. Wie in einem Zirkusspiegel. Ihr großartiger Plan löste sich immer mehr in Wohlgefallen auf. Es war, als hätte alles, was sie in den letzten Wochen beängstigt, traurig gemacht und erschüttert hatte, sie dazu gezwungen, ihren Lauf im Hamsterrad zu unterbrechen. Ihr Plan erschien ihr langsam sinnlos, ja sogar töricht.

Als sie wieder in der Kanzlei war, holte Abby sich einen Kaffee und begann, ihre Unterlagen zu sortieren. Es klopfte an der Tür, und ehe sie auch nur den Kopf heben konnte, kamen Peter und Neil herein und nahmen ihr gegenüber Platz.

»Hallo, ihr beiden. Was gibt es denn?«

Peter ergriff das Wort: »Abby, du scheinst sehr beschäftigt zu sein. Hast du eine Minute Zeit?«

Sie lehnte sich zurück und legte den Stift hin. »Aber natürlich. Was kann ich für dich tun?«

»Also, Neil und ich sind gerade den ADP-Fall durchgegangen. Unser Entwurf für die Antwort auf den Antrag auf Klageabweisung macht ja einen guten Eindruck. Neil sagt, du hättest ihm dabei geholfen.«

»Ja.« Ich hab das ganze verdammte Ding schließlich geschrieben, dachte sie.

»Ich dachte, ich lasse dich am besten mal einen Blick auf die von mir eingebrachten Änderungen werfen. Ich bräuchte mehr Präzedenzfälle. Da du vermutlich noch die Ergebnisse deiner Recherche hast, glaube ich, dass du da vermutlich schneller fündig wirst als Neil. Und er hat im Moment alle Hände voll zu tun.«

Lächelnd saß Neil da und sonnte sich in seiner schier unendlichen Fähigkeit, Arbeit auf andere abzuwälzen. Nie im Leben hatte er mehr zu tun als sie.

»Klar, ich habe die Ergebnisse noch. Bis wann brauchst du das Dokument?«

»Montag.«

»Schön«, meinte sie lässig, »dann mache ich mich wohl besser an die Arbeit.« Es war ein Test, das spürte sie. Peter wollte sehen, ob ihr kürzliches Versagen ein einmaliger Ausreißer gewesen war.

Peter stand auf. »Prima. Lass es bis Montagmorgen um neun an Neil zurückgehen, damit wir es gemeinsam durchsprechen und optimieren können.«

Abby hatte das Gefühl, ein Déjà-vu zu erleben. Ihr reichte es. »Ach, Peter, warte. Ich habe gerade einen neuen Fall angenommen. Am Montagvormittag muss ich zum Gericht, also werde ich Neil die Unterlagen am Samstagabend auf den Schreibtisch legen.« Sie blickte zu Neil hinüber, dessen zufriedenes Grinsen wie ausradiert war. Gutes Timing, Nate.

Peter schien es gleich zu sein. »Okay.« Er wandte sich an Neil. »Komm dann auf jeden Fall am Sonntag rein, damit du die Sache übernehmen kannst, falls Abby noch etwas von dir braucht.« Abby bemühte sich, ihr Lächeln zu verbergen.

Nachdem die beiden gegangen waren, stützte sie den Kopf in die Hände und las die Änderungen durch, die Peter in dem Schriftstück gemacht hatte. Die Fälle, die sie herausgesucht hatte, würden das, was er geltend machte, nicht untermauern. Hier ging es um Beweisführung, nicht um Gesetze. Sie musste ganz von vorne anfangen, und Neil wusste das genau.

Um halb sechs ging Abby in die Küche, um sich etwas zum Abendessen zu holen. Es würde mal wieder eine lange Nacht werden, und sie hoffte, einer der riesigen Schokoladenkekse, die der Lieferdienst am Freitag immer brachte, würde sie aufmuntern. Neil stand in der Schlange und legte sich gerade eine Truthahnrolle auf den Teller.

»Hi, danke für die Hilfe vorhin, Süße.«

»Keine Ursache.« *Arschloch.*

»Ich mag es, dich unter mir zu haben«, fügte er mit einem Lächeln hinzu.

»Eigentlich habe ich heute Peter einen Gefallen getan, Neil.«

»Ich weiß nicht recht. Ich hatte eher das Gefühl, dass du für mich arbeitest.« Es war sein übliches Geplänkel, seine Art, Köder auszuwerfen und sie zum Spielen herauszufordern.

Sie lächelte, nahm sich ein belegtes Brötchen, ein wenig Salat und einen großen Cookie und suchte sich einen Tisch.

Er setzte sich zu ihr. »Was ist los, Süße? Du wirkst niedergeschlagen.«

»Ich hab einfach nur viel um die Ohren.«

»Vielleicht gehen wir beide nach der Arbeit mal zusammen ins *Miller* etwas trinken. Ein bisschen entspannen.« Sie hatte den Eindruck, dass er gleich nachlegen würde, und warf ihm ihren wissenden Blick zu.

»Ernsthaft, du siehst aus, als könntest du einen Drink gebrauchen.« Diesmal war es keine Masche. In den letzten sechs Jahren hatte sie ihn selten so aufrichtig erlebt.

»Danke, Neil, aber ich habe heute Abend noch viel zu tun. Lieber nicht.«

Ein paar weitere Anwälte setzten sich zu ihnen an den Tisch, und Abby aß schweigend, während die anderen sich unterhielten und die Pause genossen. Sie vermisste Sarah.

Um halb acht raffte sie ihre Unterlagen zusammen und ging nach Hause.

Als Abby das große Hoftor öffnete, kam Mrs Tanor sofort heraus, um sie zu begrüßen. Sie musste hinter dem Fenster auf ihre Ankunft gelauert haben.

»Hi, Mrs Tanor, was ist denn?«

»Abby, dieser Junge war wieder da.«

»Wer?«

»Dieser junge Mann.«

»Haben Sie mit ihm gesprochen?«

»Ich wusste nicht, was ich tun sollte. Er hat bei Ihnen geklingelt, immer wieder. Es war klar, dass Sie nicht zu Hause waren. Er fing an zu schreien: »Hi, Abby! Abby, lässt du mich rein?« Ich wollte die Polizei rufen, aber als ich am Telefon war, war er schon wieder weg.«

Abby kannte keine Jungen. Ganz gewiss fiel ihr keiner ein, auf den Mrs Tanors Beschreibung passte.

»Mrs Tanor, das alles tut mir wirklich leid. Ich habe keine Ahnung, was das soll. Ich weiß einfach nicht, wer das sein kann.«

»Nun, ich fühle mich nicht sicher. Er sieht aus wie ein Verbrecher.«

Abby hörte den unterschwelligen Vorwurf heraus.

»Ich kann Ihnen lediglich sagen, wenn Sie ihn noch einmal sehen, rufen Sie die Polizei.«

»Das werde ich tun. Gute Nacht.« Mrs Tanor schloss die Tür, und Abby hörte, wie sie die Kette vorlegte.

»Was habe ich denn getan?«, fragte sich Abby angesichts Mrs Tanors Ärger laut.

Marcus überprüfte sein Outfit. Er trug seine goldene Kette mit dem Anhänger, die überweiten Jeans und offene Schnürstiefel. Es war eiskalt, und er hatte keine Lust auf die verschneiten Straßen, aber genau da würde er die Jungs nun mal antreffen. Er stülpte sich die schwarze Strickmütze über, probte ein paar Machogesten vor dem Spiegel und ging dann hinaus in die Nacht.

Er brauchte nicht lange, um die Gang zu finden. Es gab nur ein paar Stammplätze, und an zwei davon war er schon vorbeigekommen, ohne viel zu sehen. Als er zu *JJ's*, dem Spirituosenladen an der Ecke Cicero Avenue und Division Street kam, stieß er auf Darnel und ein paar andere aus dem Viertel, die vor dem Geschäft zusammenstanden.

»Hi, Marcus!« Darnel war immer der Erste, der grüßte. Marcus hatte gut daran getan, Darnel als Eisbrecher auszuwählen. Einen ganzen Sommertag hatte er vor Darnels Haus verbracht und ihm erfundene Geschichten über das Bandenleben in New York und seine Zeit im Knast aufgetischt. Das hatte ihm Respekt eingebracht und auch einen sofortigen Ruf als Kumpel, dem man vertrauen konnte. Und wegen seiner wahren Lebensgeschichte war er damit durchgekommen, nicht allzu viel zu erzählen. Am elften September war die ganze Welt traumatisiert worden, und dass Marcus dabei gewesen war, nicht darüber reden wollte und New York deswegen verlassen hatte, war okay für Darnel. Marcus gehörte mit seinen dreiunddreißig zu den Älteren, er verdiente Respekt, und Darnel hatte ihn im Viertel wie einen verloren geglaubten Verwandten eingeführt.

Er tauschte mit allen Faust-an-Faust-Begrüßungen aus, mit Darnel und Fat D angedeutete Umarmungen.

»Was geht?« Er wusste noch nicht genau, wie er die Sache angehen sollte.

»Jeden Tag der gleiche Mist, Marcus.«

»Scheißkalt, was? Den Wind bin ich immer noch nicht gewöhnt.«

»In New York kann's doch nicht viel anders gewesen sein, oder?«, fragte Darnel.

»Na ja, es war schon kalt. Aber irgendwie hatten wir in solchen Nächten mehr Plätze, wo wir hinkonnten. Da gab es diese eine Bar – der Besitzer war cool. Wir haben einfach unser eigenes Zeug mitgebracht und uns reingesetzt. Ihm war es egal.«

»Genau wie das *Reggie's*«, sagte Fat D. Mehrere Jungen nickten zustimmend.

Perfekt. »Cool, dann gehen wir doch da hin. Ich bin seit Wochen nicht mehr da gewesen.«

Darnel hielt ihn rasch auf. »Hast du's nicht gehört? Sie haben den Laden dichtgemacht.«

»Was soll der Scheiß? Nur wegen dieser toten Schlampe?«

»Du weißt doch, wie so etwas läuft«, antwortete Darnel. »Wenn sie Drogen finden, nehmen sie einem das Gebäude weg. An dem Abend damals haben sie eine Menge davon gefunden.«

Marcus mimte weiter den Ahnungslosen. »Ich war nur ein paarmal da. Ich hab nie was gesehen.«

Ein großer Kerl mit einem kleinen, schwarzen Diamanten-Tattoo an der Halsseite mischte sich ein. »Weil es da nichts gab. Das ist totaler Quatsch.« Marcus erkannte ihn nicht, aber dem Tattoo nach gehörte er zu den *Four Corner Hustlers*.

Jetzt hatte er sie zum Reden gebracht. »Was meinst du damit?«

Der Große sprach weiter: »Freddy hatte einen Deal mit Leon, dem Barkeeper. Freddy hielt den Stoff aus dem Laden raus, und Leon drückte bei allem anderen ein Auge zu.«

Marcus kannte Freddy zwar nicht, begriff aber, was gemeint war.

Er spielte seine Rolle weiter. »Und was ist mit Leon passiert? Ist der aufgeflogen?«

Jetzt antwortete Darnel. »Scheiße, ja! Und dabei war der Sack nicht mal da!« Alle lachten.

Ein weiterer Junge dachte laut nach: »Wieso war er nicht da? Es war doch offen. Außerdem arbeitet da nur Leon … ohne Angestellte.«

Darnel griff das Stichwort auf. »Er sagt, er wäre wegen irgendwas weggeschickt worden.«

»Was heißt das?«, fragte Marcus.

»An dem Abend ist irgendein Cop reingekommen. Leon hat gesagt, er hat ihn wegen Oliven oder sonst einem Quatsch weggeschickt.«

»Oliven?« Alle Jungen lachten.

Darnel redete weiter. »Kein Scheiß. Ein Cop ist reingekommen, hat ihm gesagt, er soll irgendwas holen, und Leon ist los. Er ist ungefähr vier Querstraßen weit gefahren. Dann haben sie ihn angehalten, weil er über eine rote Ampel gefahren ist, ihn ungefähr zwanzig Minuten lang schikaniert und dann laufen lassen. Als er zurückgekommen ist, hatten sie den Laden umzingelt und haben ihn verhaftet.«

Fat D hatte den gleichen Gedanken wie Marcus. »Wieso hat er den Cop im Laden allein gelassen?«

»Weil er den Kerl kannte. Leon hat gesagt, es war der gleiche Kerl, der schon ein paar Wochen früher da war.«

Mit Reden ließ sich die Zeit gut totschlagen. Marcus und die anderen hatten sich in einem Kreis zusammengestellt, der die Kälte aussperrte.

»Wo hast du das alles gehört?«, fragte Marcus Darnel.

»Leon ist auf Kaution rausgekommen. Er wohnt jetzt bei Ricky und wartet auf seine Anhörung vor der Grand Jury. Ich hab gestern eine Tüte mit ihm geraucht.«

Marcus hätte sich gern mit Leon unterhalten.

»Na ja, er ist am Arsch. Zwei Verhaftungen wegen Drogen in zwei Wochen. Er hat keine Chance.«

»Zwei Verhaftungen?« Vielleicht war Leon ja ein Dealer, und die Festnahmen waren gerechtfertigt.

Fat D mischte sich ein. »Ja, beim ersten Mal war mein Bruder mit ihm zusammen, da sind diese verdammten Psychobullen ins *Reggie's* gekommen. Keine Uniform, aber alle in kugelsicheren Westen. Nur der eine nicht. Jedenfalls haben sie Zeug herumgeschmissen, ein paar Stühle kaputt gemacht, Bierflaschen zerbrochen, das Foto von Malcolm X durch den Raum geworfen. Sie haben Leon und meinem Bruder die Knarre an den Kopf gehalten, sie auf den Boden gedrückt und herumgetönt, dass sie Drogen finden wollten.«

»Und, haben sie welche gefunden?«

»Der eine ist nach hinten gegangen und mit einem großen Paket Koks in der Hand wiedergekommen. Danach haben sie Leon wegen Drogendealerei festgenommen.«

Ein weiterer Junge mischte sich ein: »Ich kenne Leon schon lange. Der Kerl raucht jeden Tag Pot, aber er würde niemals dealen.«

Ein weiterer ergänzte: »Dafür müsste er ja rechnen können.«

Alle lachten. Noch mehr Witze auf Leons Kosten wurden gerissen, während Marcus die Informationen verarbeitete. Er würde sich so bald wie möglich die Akte über die Festnahme holen. Er musste herausfinden, wer diese Cops waren.

Er brauchte noch ein bisschen mehr Informationen. »Na hoffentlich laufe ich diesen Cops nicht so bald über den Weg. Wie sehen sie denn aus?«

»Mein Bruder hat gesagt, es waren Nazi-Arschlöcher. Weiß, Bürstenschnitt, helle Haare. Nur der eine nicht. Der hatte so wellige, blonde Haare.«

Marcus schaltete sofort. Er drehte sich zu Fat D und Darnel um. »Hey, wisst ihr noch letzte Woche, als wir im *Carter's* waren und dieser weiße Cop reingekommen ist? Der, bei dem du gemeint hast, er wäre übel. Er hatte welliges Haar. War der das?«

Keiner konnte ihm Auskunft geben. Alle Informationen stammten aus zweiter Hand, und niemand von ihnen war an einem der fraglichen Abende mit Leon zusammen gewesen.

Mehrere Jungen drückten ihre Zigaretten aus. Der Große sagte, sie würden ins *Suga' Ray* in der North Street gehen, um etwas zu essen. Darnel und Fat D schlossen sich an. Marcus meinte, er brauche ein Bier, verabschiedete sich und machte sich auf den Heimweg.

Kapitel 16

Den Samstag und den Sonntag verbrachte Abby in der Kanzlei. Am Samstagabend stellte sie Neils Entwurf fertig, brauchte jedoch fast den ganzen Sonntag, um die Unterlagen aus dem Dalcon-Labor durchzugehen. Um vier Uhr nachmittags wurde es langsam dunkel, und sie fuhr nach Hause.

Auf dem Gehweg war der Schnee geschmolzen, und nur noch die riesigen Schneehaufen der Schneepflüge lagen am Straßenrand. Am Minimarkt an der Ecke hielt Abby an und besorgte ein paar Lebensmittel, die sie dringend benötigte, und als sie um die Ecke der *Texas Star Fajita Bar* kam, sah sie einen Jungen, der vor ihrem Tor stand. Er sah ganz so aus wie der Junge, den Mrs. Tanor beschrieben hatte. In dem Gebäude wohnten keine Männer um die zwanzig.

»He!« Mühsam hastete Abby auf das Tor zu, wobei sie Einkäufe und Aktentasche in den Armen balancierte.

Der Junge sah zu Abby hin und rannte in die andere Richtung.

»Halt! Wer sind Sie? Was wollen Sie?«, brüllte sie und rannte, so schnell sie konnte, doch der Junge war schneller. Im Nu war er verschwunden.

Abby blieb vor dem Tor stehen und konnte gerade noch die Milchflasche auffangen, die unten aus der Einkaufstüte herausfiel.

Sie läutete bei Mrs Tanor, neugierig, ob sie ihn wohl gesehen und die Polizei gerufen hatte, aber es kam niemand an die Tür. Sie wühlte nach ihren Schlüsseln, wodurch das empfindliche

Gleichgewicht ihrer Einkaufstüten gestört wurde, und die Eier zerplatzten auf dem Asphalt.

»Verdammt noch mal!« Das war nicht ihr Tag. 2004 war wohl auch nicht ihr Jahr, dachte sie.

Am Montagmorgen stand Abby vor der Sicherheitskontrolle im Hauptgebäude des Dirksen-Gebäudes und leerte gerade ihre Taschen für den Metalldetektor aus.

»Ms Donovan?«

Abby drehte sich zu der Stimme hinter ihr rum.

»Ja?« Abby kannte den kleinen, grau werdenden Mann in dem blauen Anzug nicht, der jetzt lächelnd hinter ihr stand.

Er streckte ihr die Hand hin. »Hallo. Ich bin Ted Gottlieb. Sie hatten vor ein paar Wochen diese Beschlagnahmungssache an mich überwiesen.«

»Ach ja, natürlich. Hallo.« Abby schüttelte ihm die Hand. »Aber woher wussten Sie, wer ich bin?«

»Ich hatte gerade flüchtig den Namen auf Ihrer Aktentasche gesehen.«

»Ach so«, sagte Abby lächelnd, drehte sich wieder um und schloss sich der Schlange an.

Gottlieb fuhr fort: »Ms Donovan, ich bin froh, dass wir uns über den Weg laufen.«

Abby drehte sich wieder zu ihm um. »Wieso?«

»Ich habe noch ein paar persönliche Dinge von Mister Rashid. Ich weiß, dass Sie ihn nicht besonders gut gekannt haben, aber doch zumindest besser als ich. Gibt es vielleicht jemanden, den ich anrufen sollte?«

»Was haben Sie denn von ihm?« Soweit sie sich erinnerte, waren Gottlieb und Ali einander nur einmal begegnet.

»Nun, Mister Rashid hat mir ein paar Bänder von der Überwachungskamera in seinem Laden vorbeigebracht.«

»Oh.« Abby überlegte. »Hatte er Aufzeichnungen von den Festnahmen wegen Drogenhandels?«

»Ja.«

»Die hätte ich wirklich gern. Mit ein paar Aspekten in diesem Fall habe ich immer noch zu tun.« Eine komplette Lüge war das nicht.

»Gern.« Gottlieb gab ihr seine Visitenkarte. »Rufen Sie einfach meine Sekretärin an, sie schickt dann später einen Kurier zu Ihrer Kanzlei.«

»Wunderbar. Es war wirklich nett, Sie kennenzulernen. Und falls ich mal wieder höre, dass jemand einen Strafverteidiger braucht, werde ich Sie empfehlen.«

»Das würde mich freuen.«

Beide stellten ihre Aktentaschen auf das Band, passierten den Sicherheitsbereich und verabschiedeten sich vor dem Aufzug voneinander. Abby, die zu Richter Coreus' Gerichtssaal wollte, drückte die Vier.

Im Saal hielten sich etwa fünfzehn Personen auf – hauptsächlich Anwälte, die darauf warteten, bis sie mit ihren Anträgen an der Reihe waren. Der Richter betrat den Saal gerade, als Abby eintrat, daher nahm sie hinten Platz. Glücklicherweise wurde Nates Fall als Erster aufgerufen: Ramirez gegen Chicago et al. Nate stellte seinen Antrag, und der Anwalt der Gegenpartei erhob sich, um Widerspruch einzulegen. Nate beantragte mehr Zeit für seine Ermittlungen, da die Verteidigung ihm nicht alle gewünschten Unterlagen hatte zukommen lassen und er daher nicht alle schriftlichen Aussagen hatte einreichen können. Sofort präsentierte die Verteidigung Verfügungen über die geltenden Fristen, und Nate konterte, die Verteidigung habe abgeblockt und es versäumt, ihm zu antworten. Der Richter unterbrach sie rasch und bombardierte beide Anwälte mit Fragen. Er ordnete eine Vertagung des Prozesses an, damit die Parteien für weitere sechzig Tage mit den Ermittlungen fortfahren konnten, und stieß ein paar diffuse Warnungen über die Pflicht zur völligen Offenlegung und Kooperation aus.

Als Nate sich zu seiner Mandantin umdrehte, wirkte er zufrieden. Abby fing seinen Blick auf und winkte. Nate nickte und führte seine Mandantin zum Ausgang, und Abby folgte ihnen.

»Abby!«, lächelte Nate sie draußen herzlich und vielsagend an. »Isabel, das ist Abigail Donovan. Sie wird ebenfalls mit uns zusammenarbeiten.«

Abby, die sich bisher noch gar nicht einverstanden erklärt hatte, warf Nate einen Blick zu, aber der grinste nur. Abby streckte der Frau, die sie um ein paar Zentimeter überragte, die Hand hin, und diese lächelte zögernd und schüttelte Abby leicht die Hand. Sie trug einen orangefarbenen Anorak, ein züchtiges, strahlend weißes Polyesterkleid und klobige Stiefel.

Nate wandte sich wieder seiner Mandantin zu. »Das ist gut gelaufen. Vielen Dank, dass Sie gekommen sind. Ich rufe Sie in ein paar Tagen an und gebe Ihnen Bescheid. Ruhen Sie sich aus.«

Die Frau lächelte. »Danke, Mister Walters.«

Er hielt sie auf. »Isabel, bitte. Wenn ich Sie Isabel nennen soll, müssen Sie Nate zu mir sagen.«

»Also schön, Nate. Es war nett, Sie kennenzulernen, Ms Donovan.«

Abby lächelte. »Gleichfalls. Und bitte nennen Sie mich Abby.«

Zögerlich ging Isabel zum Aufzug und wäre wegen der anderen Menschen im Gang beinahe zurückgeschreckt.

Nate wandte sich zu Abby. »Du bist also gekommen!«

»Ja, schon – also, worum geht es bei der Sache?«

»Hier.« Nate zog ein Blatt Papier aus seiner Aktentasche. »Das hier hat sie ganz zu Beginn ausgesagt. Lies es dir durch. Es wird dich in Rage bringen.«

Abby nahm das Blatt. »Warum ist sie heute hier?«

»Sie ist im Moment arbeitslos, und zu Hause hat sie Angst. Ich glaube, es gibt ihr ein Gefühl der Sicherheit, wenn sie sich mit mir trifft und sieht, dass es mit dem Prozess weitergeht. Auch wenn wir im Moment noch bei der Voruntersuchung sind.

Abby konnte das gut verstehen. Sie gingen zum Aufzug.

»Außerdem möchte ich, dass der Richter und der Anwalt der Gegenpartei sich an das Gesicht dieses Falles erinnern. Irgendwann geht es bei anderen nur noch um Taktik und Strategie. Ich will, dass sie immer das Gesicht dieser Frau sehen.«

»Und was jetzt?«, fragte Abby. Sie gingen zurück zu der Menschenmenge im Erdgeschoss.

»Jetzt gehe ich wegen einer anderen Angelegenheit zu Richter Moore ins Richterzimmer.« Er sah auf die Uhr. »Ich sollte mich wohl besser beeilen.

»Gut, in Ordnung. Einen schönen Tag noch, Nate. Ich rufe dich später an.«

»Na, hoffentlich.« Er war bereits halb die Treppe hinuntergegangen. »Willkommen an Bord.«

Ein wenig ungläubig darüber, dass sie überhaupt hier war, schüttelte Abby den Kopf. Sie folgte der Menschenmenge, die vom Aufzug zum Ausgang strömte. Inzwischen reichte die Schlange vor den Metalldetektoren bis zur Eingangstür. Officer Reilly kam herein. Er trug Uniform und war in Gesellschaft eines anderen Beamten. Ihr Magen zog sich zusammen. Wahrscheinlich war er hier, um bei einem Prozess auszusagen, aber sie hatte Angst. Er war stets freundlich zu ihr gewesen, doch jetzt kam sie ins Grübeln. War er ein korrupter Polizist? Sie hielt sich hinter den anderen Menschen, die zum Ausgang gingen, und gab sich Mühe, mit der Menge zu verschmelzen. Als sie durch die Drehtür ging, blickte sie zurück. Er unterhielt sich gerade beiläufig mit einem anderen Polizisten.

Abby trat ins Freie, setzte ihre Sonnenbrille auf und versuchte, sich zu entspannen, während die Menschen auf sie und das Gerichtsgebäude zuströmten. Und dann sah sie ihn. Er war kaum zu übersehen. Sein Gang war selbstbewusst, und das wellige, blonde Haar funkelte beinahe in der Sonne. Sofort blickte sie zu Boden und fragte sich, ob er sie wohl erkennen würde, warum er nie angerufen hatte, ob er sie wohl nackt gesehen hatte. Was, wenn sie miteinander geschlafen hatten? Nur ein schäbiger One-Night-Stand. Natürlich hatte er nicht angerufen. Wahrscheinlich war er gleich danach gegangen.

Was machte er hier? Er kam genau auf sie zu. Sag einfach Hallo, befahl sie sich stumm. Sei selbstbewusst und frag ihn, ob er sich mit dir treffen will. Sie griff nach ihrer Sonnenbrille, um sie abzunehmen, und öffnete den Mund, doch dann blieb sie stehen, von Unsicherheit überwältigt. Was, wenn er sich nicht an sie erinnerte? Was, wenn er sie abblitzen ließ? Das würde ihr Ego nicht aushalten. Schnell sah sie weg und beugte sich vor, als müsste sie etwas aus ihrer Tasche holen. Hoffentlich sah er sie nicht.

Er ging direkt an ihr vorbei und durch die Drehtür. »Ob ich ihn anrufen soll?« Sie versuchte, sich daran zu erinnern, was sie mit jener Cocktailserviette gemacht hatte.

Trip zog den Mantel aus und machte sich für den Metalldetektor bereit. Während er in der Schlange mit den anderen Zivilisten wartete, blickte er zu den Polizisten und Anwälten hinüber, die ihre eigene Sicherheitskontrolle mit der kürzeren Schlange passierten. Das war wirklich das Einzige, was er vermisste. Er sah ein paar vertraute Gesichter und sagte Hallo, dann entdeckte er Mike, der bei den Aufzügen an der Wand lehnte. Trip drückte den Knopf, und beide warteten schweigend. Die Tür ging auf, sie betraten die Kabine mit mehreren anderen Leuten, und Mike betätigte den Knopf zum dritten Stock. Trip folgte Mike zum ersten Gerichtssaal. Er war leer, und sie setzten sich in die hinterste Reihe, gleich neben der Tür.

Mike wandte sich zu Trip. »Der Richter wird in einer Viertelstunde hier sein.«

Trip zog den Umschlag aus der Gesäßtasche und sagte: »Zweitausend.«

In dem riesigen Gerichtssaal hallte seine Stimme wider. Mike antwortete gedämpft. »Du hattest doch was von vier gesagt.«

»Das hier ist nur für den Fixmarkt. Ich hatte gehofft, wir würden inzwischen mit dem *Reggie's* durch sein. Wann ist die Versteigerung?«

Mike sah sich um und steckte das Geld weg. »Wieso treffen wir uns überhaupt hier? Ich glaube nicht, dass man uns zusammen sehen sollte.«

»Erstens, wir sind hier, weil du heute Vormittag hier sein musstest, oder? Und ich muss mir ein paar Gebäude in der Umgebung anschauen. Und der Saal ist leer. Außerdem, was macht es schon, wenn jemand uns sieht? Wir waren bei der Polizei befreundet, und jetzt sind wir es immer noch. Das ist doch kein Verbrechen.«

»Die Sache ist jetzt wesentlich ernster, Trip, und du weißt das.«

»Mike, du hast nichts getan. Du hast ein paar Leute festgenommen. Hast ein paar Beschlagnahmungen veranlasst. Das ist dein Job. Was ist schon dabei?«

Mike sah Trip an. Er wollte es nicht laut sagen, aber Trip merkte, es war wegen der Morde. Wegen einer wertlosen Nutte und ein paar beschissener Terroristen. Es gab keinen Grund zur Panik.

»Was, wenn jemand diese Fälle miteinander in Zusammenhang bringt?«

»Wer denn? Ehrlich, wovor hast du Angst? Du hast einen Haufen Drogen sichergestellt und ein paar Gebäude beschlagnahmt, und die Polizei wird einen netten Gewinn einfahren. Kaum ein Anlass zur Ermittlung.«

»Aber dieser Barkeeper im *Reggie's* – wie wahrscheinlich ist es, dass die Sache zur Anklage kommt? Es gibt keine früheren Verurteilungen. Keine Augenzeugen dafür, dass er mit Drogen gehandelt hat. Wir reden hier nur über Besitz.«

»Erstens, wen kümmert es, ob das zur Anklage kommt? Du weißt doch, dass das an der Sachlage nichts ändert. Zudem ist es bei Leon mehr als Drogenbesitz. Es war eine Menge Koks. Das ist Drogenbesitz mit Handelsabsicht. Und drei Cops werden aussagen, dass sie vor ein paar Wochen Drogen bei ihm gefunden haben. Kann man sich eine bessere Zeugenaussage vorstellen?«

»Wann war das?«

»Zerbrich dir deshalb nicht den Kopf. Du hast doch nicht etwa geglaubt, dass du der einzige Cop bist, auf den ich mich verlasse, oder? Das ist hier keine kleine Sache. Ich habe alle möglichen Freunde. Und wir wissen doch beide, dass Cops nicht genug verdienen.«

Mike blickte weiter zur Tür und rutschte hin und her.

»Komm schon, Mike. Entspann dich. Wie läuft es mit dem Madison-Anwesen? Hast du schon irgendwelche verdächtigen Aktivitäten gemeldet?«

»Noch nicht.«

»Bis März muss die Spur gelegt sein. Wenn ich im Sommer dort reinkann, ist die Sache bis Herbst durch.«

Er sah Mike an und wurde ungeduldig, als dessen Zustimmung ausblieb. »Mike, geht's deiner Mutter inzwischen besser?«

»Warum?«

»Ich weiß, dass du das Geld gebrauchen kannst, das ist alles. Jetzt reiß dich zusammen. Machen wir das *Reggie's* und diese nächste Sache klar. Das wird bei ihren Arztrechnungen bestimmt hilfreich sein.«

»Ich weiß nicht mal, wann du das *Reggie's* kriegst. Die Eigentümer haben die Beschlagnahmung angefochten.«

»Leon kann die Beschlagnahmung nicht anfechten. Wir haben ihn wegen Drogenhandel drangekriegt.«

»Anscheinend ist Leons Vater der Eigentümer.«

Trip ließ die Faust auf die Bank vor ihm heruntersausen. »Verdammt noch mal! Du hast den Grundbucheintrag doch überprüft! Wie konntest du das nicht wissen?«

»Sie haben den gleichen Nachnamen. Ich hab's nicht gemerkt.«

»Himmelherrgott noch mal.«

»Tut mir leid, Trip. Es war ein Versehen, ehrlich. Das Anwesen ist trotzdem ein Tatwerkzeug. Der Besitzer wird beweisen müssen, dass er nichts davon wissen konnte. Er wird verlieren. Es dauert eben nur ein bisschen länger.«

Jetzt war es Trip, der nicht mehr still sitzen konnte. Er sprach gleichermaßen zu sich selbst wie zu Mike: »Das macht meinen Plänen einen Strich durch die Rechnung. Ich hatte mit dem Anwesen gerechnet. Ich hab schon Geld und Zeit investiert.« Er blickte Mike an. »Ich hoffe doch sehr, dass ich das Gebäude kriege.«

Mike wandte den Blick ab. Der Gerichtssaal begann sich zu füllen.

Trip schüttelte ungläubig den Kopf und stand auf. »Ich melde mich.«

Mike beugte sich vor. »He, bist du ganz sicher, dass wir uns wegen dieser Abigail Donovan keine Sorgen machen müssen?«

Trip war sich bei nichts mehr ganz sicher; deshalb hatte er, was sie anging, Maßnahmen eingeleitet. Nur für alle Fälle. »Warum?«

»Vor ein paar Minuten habe ich sie unten gesehen, deshalb.«

Trip setzte sich wieder hin. »Na ja, sie ist schließlich Anwältin, Mike.«

»Ich weiß. Es ist nur, weil …«

»Was?«

»Sie hat mich gesehen und hat weggeschaut. Sie wirkte irgendwie nervös.«

»Mike, warum soll sie auch nicht wegschauen? Hast du gedacht, sie kommt rüber, um mit dir zu plaudern? Das klingt nicht nach einem Problem.« Er redete Blödsinn, weil er es sich nicht leisten konnte, dass Mike noch nervöser wurde. Doch Trip machte sich wegen Abigail Donovan bereits Sorgen, seit er gehört hatte, dass sie bei der Fixmarkt-Versteigerung gewesen war. Irgendwie schien sie herumzuschnüffeln. Und er würde nicht zulassen, dass sie ihm auf die Schliche kam.

»Als ich sie vor ein paar Wochen abgeholt habe, hat sie gerade die Gesetze zur Beschlagnahmung recherchiert.«

»Was? Woher weißt du das?«

»Als ich dort ankam, hielt sie die Unterlagen gerade in der Hand. Hat sie direkt vor mir fallen lassen.«

»Aber du warst doch bei ihr in der Kanzlei, oder? In Uniform?«

»Ja.«

»Gut.« Trip überlegte ein wenig. »Hör zu, ich möchte, dass du sie diese Woche ein paarmal anrufst. Wenn sie rangeht, frag sie einfach, ob ihr noch etwas eingefallen ist. Wenn sie nicht rangeht, hinterlass ihr eine Nachricht bei der Sekretärin. Sprich ihr nicht aufs Band.«

»Warum?«

»Mach dir darüber keine Gedanken. Tu es einfach. Und ich sehe zu, was ich herausfinden kann.«

»Ich hab sie gerade zusammen mit Nate Walters gesehen.«

»Wer ist das?«

»Er ist der Anwalt, der die Polizeibehörde und mehrere Cops wegen allem Möglichem verklagt hat. Alle laufen Sturm deswegen.«

»Auf welcher Grundlage?«

»Irgendeine Frau, die in einem der letzten Bauvorhaben am Cellular Field wohnt. Sie sagt, sie ist mehrmals von Cops schikaniert worden.«

»Davon weiß ich nichts.«

Der Gerichtssaal füllte sich inzwischen schnell.

Trip stand auf und beugte sich vor. »Keine Sorge. Ich kümmere mich um Abigail Donovan. Nur zur Vorsicht.«

Mike sah zu ihm hoch und öffnete den Mund, sagte jedoch nichts.

Trip gab ihm einen freundschaftlichen Klaps auf den Kopf. »Bis dann.«

Kapitel 17

Abby saß im Besprechungszimmer und starrte auf das Standbild des Fernsehers. In Panik rief sie Marcus an. Beim dritten Läuten nahm er ab und klang erfreut, von ihr zu hören. »Detective, es ist etwas passiert.«

»Was ist los, Abby?«

»Irgendetwas ist hier im Gang. Ich weiß einfach nicht, was ich davon halten soll.«

»Fangen Sie einfach ganz von vorne an.«

»Gerade bin ich Ali Rashids Anwalt über den Weg gelaufen. Der, den ich für ihn gefunden hatte. Wir waren beide bei Gericht. Jedenfalls sagte er, Ali habe ihm Bänder von der Überwachungskamera aus seinem Laden gebracht. In dem Film sieht man, wie Officer Reilly hereinkommt und einen Kaffee bestellt, dann Drogen findet und diesen Jungen verhaftet.«

»Okay.«

»Ich habe den Jungen erkannt! Er war bei mir vor dem Haus. Dreimal schon. Ich weiß nicht, wer er ist und was er will. Er kommt immer, wenn ich nicht zu Hause bin. Er brüllt meinen Namen. Es ist einfach seltsam. Er wollte meine Nachbarin überreden, ihn hereinzulassen, indem er behauptet hat, er sei mein Cousin. Als ich gestern nach Hause kam, habe ich ihn gesehen und diesmal brüllte ich zu ihm hinüber, aber er ist weggelaufen.«

»Warum haben Sie mich nicht angerufen?«

»Es kam mir nicht in den Sinn. Ich meine, ich bin nie auf die Idee gekommen, dass er etwas mit Ali zu tun haben könnte.

Ich weiß nicht, was ich denken soll. Ich dachte, es wäre nur ein Herumtreiber.«

»Wo sind Sie jetzt?«

»In der Kanzlei.«

»Ich will diese Bänder sehen.«

»Können Sie gleich herkommen? Ich habe im Besprechungsraum einen Monitor und ein Abspielgerät aufgebaut. Ich bin im fünfzigsten Stock.« Sie hatte Raum und Geräte für den ganzen Nachmittag beantragt, angeblich um Aussagen auf Video durchzugehen. »Hier sind wir unter uns.«

»Im Moment sehe ich nicht gerade so aus, dass ich bei Ihnen in der Kanzlei aufkreuzen könnte. Ich hab meine Bandenkleidung an.«

Abby hatte ihren Spaß bei der Bemerkung. Sie konnte es sich lebhaft vorstellen. Die Verwandlung war ziemlich beeindruckend, obwohl dabei nur weite Kleidung und eine Menge Goldschmuck im Spiel waren.

»Nehmen Sie einfach diesen riesigen Anhänger ab. Hier oben sieht Sie sowieso niemand. Es gibt keinen Empfangsbereich. Der Besprechungsraum liegt gleich rechts neben den Aufzügen. Sie sehen mich dann schon.«

»Okay. Ich bin unterwegs.«

Marcus und Abby sahen sich die Videoaufnahme an: Es war derselbe Junge. Zwei Verhaftungen, und kurz nachdem er von der Kamera gefilmt worden war, hatte man bei der Kaffeemaschine Drogen gefunden.

»Wenn dieser Junge in Alis Laden Drogen deponiert hat, wieso ist er dann zu Ihrer Wohnung gekommen? Woher weiß er von Ihnen?«

»Keine Ahnung. Was mache ich, wenn er zurückkommt?«

»Dann rufen Sie die Cops. Ich würde ja sagen, rufen Sie mich an, aber die örtliche Polizei ist viel schneller bei Ihnen.«

»Haben Sie irgendetwas herausgefunden?«

»Nur dass der Barkeeper im *Reggie's* behauptet, man hätte ihn hereingelegt. Die Jungs aus der Umgebung sagen, er sei kein Drogendealer. Anscheinend sind schon Wochen vor jenem Abend Polizisten bei ihm hereingekommen, haben ihn und die Stammkunden drangsaliert und angeblich Drogen gefunden. Jetzt werden ihm zwei Vergehen zur Last gelegt. Er meint, er hätte keine Chance. Da könnte er recht haben.«

Abby saß mit Stift und Notizblock da und schrieb mit, während sie redeten. »Wir haben also drei Tote. Alle drei wurden von Reilly gefunden. Beide Tatorte standen angeblich in Zusammenhang mit Drogenhandel. Beide Immobilien wurden beschlagnahmt.«

»Und in beiden Fällen haben wir Grund, daran zu zweifeln, dass es dort tatsächlich Drogenhandel gab.«

»Was, wenn es hier um Immobilien geht?«, fragte Abby. »Ich meine, beide Geschäfte wurden beschlagnahmt, und zwar beide Male wegen Drogen, die möglicherweise absichtlich dort deponiert wurden.«

»Aber was ist das Motiv? Vielleicht verdient die Polizeibehörde ja ein bisschen am Verkauf der Immobilien ... aber inwiefern hilft das dem Cop auf der Straße?«

»Die Beschlagnahmung von Immobilien bringt eine Menge Geld ein. Nach dem Gesetz fallen fünfundsechzig Prozent des Gewinns aus dem Immobilienverkauf an die ermittelnde Behörde zurück. Meinen Sie nicht, dass das ein Anreiz ist? Ich will damit nicht sagen, dass die Polizeibehörde dazu aufruft, Beweise zu platzieren, aber was, wenn ein Anreiz für die Beamten existiert – vielleicht sogar Weihnachtsgratifikationen? Es wurden schon aus geringeren Anlässen Verbrechen begangen.«

»Ich weiß nicht. Ich werde mal mit Duvane darüber reden und abwarten, was er herausfindet. Ich halte das für ziemlich unwahrscheinlich.«

»Nun, vielleicht sollten wir uns mal ansehen, ob Reilly im letzten Jahr weitere Verhaftungen durchgeführt hat, die zur Beschlagnahmung von Immobilien geführt haben. Und vielleicht sollten wir ja herausfinden, was aus diesen Gebäuden geworden ist.«

»Sie werden mir weiter dabei helfen, nicht wahr?«

Abby lächelte. »Warum auch nicht?«

»Abby, ich mache mir Sorgen wegen dieses Jungen, der vor Ihrer Wohnung war. Ich will herausfinden, wer das ist.«

»Ich auch.« Bisher hatte sie ihn einfach nur für nervig gehalten. »Aber wenn er etwas mit Alis Verhaftung zu tun hatte und Ali am Ende gestorben ist ...« Es war schwer, den Gedanken zu Ende zu führen. »Ich wüsste gern, ob es noch mehr Videoaufzeichnungen im Laden gibt. Vielleicht gibt es ja eine von dem Tag, an dem der Mord stattgefunden hat!«

Marcus nahm das Band heraus. »Ich nehme das hier an mich, okay?«

Abby stand auf, der Gedanke machte sie unruhig. »Ja, klar. He, wieso gehen Sie nicht jetzt gleich zum Fixmarkt? Wahrscheinlich ist dort immer noch alles beim Alten. Die Versteigerung war erst letzte Woche, die neuen Eigentümer werden den Laden also nicht vor Freitag schließen.«

Marcus zog den Mantel an. »Langsam, Abby. Ich weiß nicht recht, ob ein Einbruch im Fixmarkt das Richtige ist. Ich muss aufpassen, damit ich nicht selbst verhaftet werde. Lassen Sie mich mit Duvane reden. Vielleicht kann er ja einen Polizisten dort einschleusen, der die Videokamera überprüft.«

Abby dachte kurz darüber nach. »Sie müssen nicht einbrechen. Gehen Sie zur Hintertür, da gibt es einen losen Ziegelstein. Ungefähr dreißig Zentimeter über der Türklinke. Wenn Sie den Ziegelstein herausziehen, finden Sie vielleicht einen Schlüssel. Es klingt albern, ich weiß, aber bevor Ali mich heimgefahren hat, hat er den Schlüssel dort für seinen Freund hinterlegt. Die Stelle war ziemlich unauffällig. Vielleicht haben die beiden ja immer füreinander Schlüssel hinterlegt.«

Marcus überlegte noch.

»Bitte, einen Versuch ist es wert. Gehen Sie jetzt!« Sie drängte ihn aus dem Zimmer. Er lachte über ihr Ungestüm, und auch sie musste lächeln.

Nach nur einer Woche fühlte sie sich ihm verbunden. Es war schön, wieder jemanden zum Reden zu haben.

Marcus verließ Abby und stieg in die Green Line. Er holte seinen goldenen Anhänger heraus, legte ihn sich um, und wie durch Zauberhand verschmolz er wieder mit seiner Umgebung. Am Bahnhof Pulaski Road stieg er aus und gelangte am Fuß der Treppe zum Fixmarkt an der Ecke. Inzwischen waren die Fenster des Ladens mit braunem Papier abgeklebt, sodass er nicht hineinsehen konnte, das Schild hing jedoch noch dort. Er ging um den Laden herum, fand die Hintertür und auch den losen Ziegelstein. Er zog ihn heraus und entdeckte tatsächlich einen Schlüssel.

Innen inspizierte Marcus rasch seine Umgebung. Wie Abby vermutet hatte, waren die Regale immer noch mit Lebensmitteln und anderen Artikeln gefüllt, doch alle Kühlschränke an der rückwärtigen Wand waren ausgeschaltet und leer. Er ging nach vorne zur Kasse. Auf dem Bord gleich unterhalb des Tresens standen ein Videorekorder und ein Monitor, doch das Gerät war leer. Er durchsuchte die umstehenden Schränke und Kisten nach Bändern.

Die Türglocke erklang, und er fuhr zusammen. Als er aufsah, erblickte er direkt hinter der Eingangstür einen Schatten. Anscheinend hatte jemand versucht hereinzukommen. Marcus erstarrte und wartete. Draußen hörte er jemanden – eine Frau, die telefonierte. Er reichte über die Kasse zum Fenster neben der Tür und zog das braune Papier etwas zur Seite. Er sah langes Haar und ein Stück eines flauschigen, weißen Mantels.

»Ja, es ist abgeschlossen. Keine Sorge.« Sie war nicht schwer zu verstehen. Sie standen nur etwa einen halben Meter voneinander entfernt, und die Scheibe konnte nicht besonders dick sein, denn als Marcus sich vorbeugte, spürte er die kalte Luft.

»Ich habe das Schild aufgehängt. Okay, mach ich.« Die Frau klappte das Handy zu und entfernte sich zur Straße. Abby hatte gesagt, dass eine junge Frau das Gebäude ersteigert hatte. Das musste sie wohl sein, auch wenn es so klang, als würde sie für jemanden arbeiten.

Sie stieg in einen roten Porsche, der vor dem Laden geparkt war. Marcus griff nach einem Kugelschreiber neben der Kasse und schrieb sich das Kennzeichen auf die Handfläche, während sie davonfuhr.

Er holte sein Handy heraus, rief Duvane an und hinterließ ihm eine Nachricht: »Hier ist Henton. Jemand muss ein Kennzeichen aus Illinois für mich überprüfen: CVR190. Sagst du bitte deinem Assistenten, er soll das machen und mir den Fahrzeughalter in die Wohnung faxen? Danke. Ich halt dich auf dem Laufenden.«

Trip ließ Mike am Gerichtsgebäude zurück und rief Jason vom Wagen aus an. Der Walters-Prozess, den Mike erwähnt hatte, kam ihm ein bisschen zu bekannt vor. Jason nahm nach dem dritten Läuten ab.

»Hey, Jason, hier ist T. Hör zu, ich hab ein Geschenk für dich. Wo bist du?«

»Ich bin zu Hause.«

»Warum?« Am Montag hatte Jason immer Frühdienst.

»Ich bin suspendiert.«

»Was ist passiert?« Er befürchtete, die Antwort bereits zu kennen.

»Erinnerst du dich noch an die kleinen Hausbesuche, die wir letzten November gemacht haben?«

»Du musst schon ein bisschen genauer werden.«

»Diese Frau in den Gardens.«

»Die im siebten Stock?«

»Genau die. Sie hat sich einen Anwalt genommen. Sie verklagt die Polizeibehörde und hat mich, Darrel und Joe identifiziert.

Wir sind alle suspendiert. Die Stadt gibt natürlich Kontra, aber sie bleibt standhaft. Wir sitzen in der Scheiße.«

»Verdammt.«

»Allerdings. Du hast wirklich ein Schweineglück. Ich glaube, keiner ist darauf gekommen, wer du warst. In der Beschwerde steht zwar deine Beschreibung, aber nicht dein Name.«

»Werdet ihr mich verpfeifen?«

»Komm schon, T. Du müsstest uns doch besser kennen. Wir leugnen alle drei, dass wir je dort gewesen sind. Unser Anwalt recherchiert die Vergangenheit der Frau, bezeichnet sie als verrückt, drogensüchtig … was immer du willst. Wir können dich nicht verpfeifen, sonst würden wir zugeben, dass wir dort waren. Du bist aus dem Schneider.«

Trip atmete tief auf. Er hatte den Bogen überspannt. Zwei Jahre war er jetzt weg von der Polizei. Keinerlei Probleme. Er war gerade dabei, alles zu bekommen, was er wollte. Er durfte jetzt keine Risiken mehr eingehen. Die Sache wurde ihm zu heiß. »Tut mir echt leid, Mann. He, wie heißt der Anwalt der Frau?«

»Nathan Walters.«

Dann arbeitete Abigail Donovan also mit Nathan Walters zusammen. *Wer ist diese verdammte Schlampe, und wieso mischt sie sich dauernd in meine Angelegenheiten*, dachte Trip. »Hör zu, ich wollte dir nur deinen Anteil zukommen lassen«, sagte er.

»Schick mir einen Scheck. Einen Barscheck.«

»Mache ich. Sag Darrel und Joe, für sie tue ich das Gleiche. Und hör mal, ich hoffe, die Sache wird fallen gelassen. Sag Bescheid, falls du etwas brauchst.«

»Klar.«

Damit war die Sache besiegelt. »Nichts dauert ewig«, sagte Trip laut. Jetzt musste er nur dafür sorgen, dass niemand ihn erwischte. Was die letzten Monate anging, hatte er ein ganz gutes Gefühl. Und die meisten seiner Deals waren inzwischen schon Jahre her, zu lange, um sie zurückzuverfolgen oder sich deswegen Sorgen zu machen. Dieser Prozess war ein bisschen zu heiß, als dass er sich hätte entspannen können, aber es sah so aus, als ob er sich keine Sorgen machen musste. Aber wenn Leon oder einer dieser Wichser aus dem *Reggie's* ihn mit Jason, Darrel und Joe in Verbindung brachte, dann hatte er ein Problem. Er konnte nicht einfach dasitzen und Däumchen drehen. Er musste sich dieses Risiko ein für alle Mal vom Hals schaffen.

Abby ging an diesem Abend um fünf nach Hause, erpicht darauf, aus der Kanzlei herauszukommen und sich zu Hause am offenen Kamin zu wärmen. Den ganzen Tag über waren ihre Gedanken von ihrer Arbeit zu Ali, dem Jungen auf dem Überwachungsband und jetzt zu Isabel Ramirez abgeschweift.

Eine Tasse heißer Schokolade in der Hand, saß sie im Sessel neben dem Kamin und las Ramirez' Aussage über die Ereignisse, die zu der Klage geführt hatten.

> *Am 6. November 2003 um etwa 15.30 Uhr wurde ich von vier Männern festgehalten, als ich gerade mein Wohngebäude verließ. Alle trugen kugelsichere Westen. Sie gaben sich nicht als Polizisten zu erkennen, aber ich wusste, dass sie welche waren. Fünf Meter weiter parkte ein Zivilwagen, ein blauer Ford. Sie waren bewaffnet. Der eine packte mich fest am Arm, hielt mir eine Pistole an den Kopf und nahm mir die Schlüssel ab. [Ms Ramirez identifizierte diesen Mann später als Officer Jason O'Brien.] Sie brachten mich zurück ins Haus und verlangten Zutritt zu meiner Wohnung. Drinnen brüllten sie herum, dass sie Drogen finden wollten. Ich besitze keine Drogen und hatte keine Ahnung, weshalb sie mich schikanierten. Sie warfen Sachen in der Wohnung herum und suchten nach Drogen. Sie warfen mein gerahmtes Bild von Jesus Christus durchs Zimmer, sodass das Glas zerbrach. Sie*

beschimpften mich. Ich weinte und flehte sie an, zu gehen. Ein weiterer Polizist [den Ms Ramirez später als Officer Joe Mackenzie identifizierte] zerrte mich in ein Zimmer und befahl mir, ich solle meine Kleider aufknöpfen und ihm die Drogen zeigen. Ich weinte und flehte um Gnade, während ich Bluse und Hose öffnete. Danach schubste der Polizist mich weg. Alle durchsuchten weiter meine Wohnung. Sie beschimpften mich unaufhörlich – Nigger, Schlampe, Nutte – und kündigten an, sie würden zurückkommen und mich erschießen, falls sie herausbekamen, dass ich etwas versteckte. Ein paar meiner Nachbarn hörten den Tumult und kamen herüber, um nach mir zu sehen. Die Polizisten packten sie am Arm und zogen sie mit gezogener Waffe in meine Wohnung, stießen sie zu Boden und befahlen ihnen, sich ruhig zu verhalten. Etwa zehn Minuten später hatten die Polizisten die Wohnung verwüstet und waren endlich bereit, damit aufzuhören. Einer von ihnen [Ms Ramirez identifizierte ihn später als Officer Darrel Miller] befahl den Jungs auf dem Boden, sie sollten sich gegenseitig zusammenschlagen, sonst würden sie es für sie tun. Ich habe die ganze Zeit nur geweint. Die Jungs schauten zu ihnen hoch, als hielten sie sie für verrückt. Aber einer von den Polizisten trat sie in den Rücken wie Tiere in einer Show. Die Jungen begannen, aufeinander einzuschlagen. Die Polizisten grölten und applaudierten. Ich habe sie beim OPS [Dienstaufsichtsbehörde] gemeldet. Bei drei Polizisten fand ich heraus, wer sie waren. Der Vierte war weiß und hatte blondes Haar. Die anderen Polizisten nannten ihn »T.«

> *Der OPS half mir kein bisschen. Zwei Wochen später kamen die Cops wieder und richteten noch mehr Schaden an. Seit das passiert ist, habe ich keine Nacht mehr durchgeschlafen.*

Abby wischte sich die Augen und dachte an die Frau, die sie am Vormittag kennengelernt hatte. Sie klappte die Akte zu und nahm den Hörer ab. Bei Nate ging der Anrufbeantworter ran.

»Nate, hier ist Abby. Ich habe gerade die Unterlagen gelesen, die du mir gegeben hast. Ich bin dabei.«

Kapitel 18

Die Woche verging wie im Flug. Der Junge hatte sich die ganze Zeit über nicht blicken lassen und die Arbeit Abby vollkommen in Beschlag genommen. Nach den Ereignissen der letzten Zeit war ihr das ganz recht. Mehrmals arbeitete sie vierzehn Stunden am Stück, und am Freitag durchströmte sie so etwas wie Erleichterung, Frieden und Erschöpfung. Wie immer gab es noch mehr zu tun, doch diese Woche hatte sie genug ausgelaugt. Ihre wichtigsten Fälle hatte sie aufgearbeitet, daher lag sie im Bett und genoss den friedlichen Augenblick. Seit Wochen litt sie unter ständiger Anspannung. Eigentlich schon seit Monaten. Sie überlegte, wann sie zum letzten Mal Spaß gehabt hatte. Das war mindestens sechs Monate her. Im Grunde war sie abgesehen von Sarahs Hochzeit seit der Trennung kaum ausgegangen. Sie hätte gerne mal wieder gelacht.

David hatte sie zum Lachen gebracht. Er war der Einzige, der ihren ständigen Tatendrang bremsen konnte. Aber selbst er hatte nur kurzzeitig Erfolg gehabt. Irgendetwas trieb sie immer wieder zurück, zwang sie wieder zur Arbeit, dazu, das Ziel im Blick zu behalten. Und jetzt musste sie sich obendrein auch noch über Mord und Drogen und korrupte Polizisten den Kopf zerbrechen.

Sie sah sich im Fernsehen die *Today Show* an und las die *Tribune*, wobei sie sich Zeit für die Freitagsbeilage nahm, um zu sehen, wer in der *Green Mill* spielte. Sie und David waren immer schrecklich gern dorthin gegangen und hatten sich die verschiedenen Bands angehört. Sie sah sich *Oprah* an, dann hörte sie Musik. Um halb elf befand sie schließlich, dass sie ins Büro musste.

Abby stand gerade unter der Dusche und sang laut zu Sheryl Crow, deren Musik aus dem Schlafzimmer dröhnte, als sie ein leises Summen hörte. Als sie sich unterbrach, hörte sie es erneut. Sie stellte das Wasser ab, wickelte sich in ein Handtuch, lief zum Schlafzimmerfenster und schaute in den Hof hinunter. Hinter dem Gartentor stand ein junger Kerl. Es war wieder dieser Junge. Wieder ging der Summer. Er klingelte bei ihr, ging vor dem Tor auf und ab und schlug die Hände zusammen. Sie konnte seinen Atem sehen; draußen hatte es ungefähr minus zehn Grad. Sie beobachtete ihn und wusste nicht recht, was sie tun sollte. Er sah sich um, dann begann er am Tor zu rütteln wie ein Affe im Käfig und schrie: »Hey, Abby. Komm raus. Wo bist du? Ich muss mit dir reden!« Sie verbarg sich hinter dem Vorhang. Wer zum Teufel war dieser Kerl?

Sie nahm das Telefon, das neben dem Bett lag, und ging zurück zum Fenster. Draußen blinkte ein Scheinwerfer. Jenseits der Bäume legte ein Mann dem Jungen gerade Handschellen an. Er verfrachtete den Jungen auf den Rücksitz seines Autos – eines unauffälligen blauen Wagens, an dessen Dach gleich über der Fahrertür ein Blaulicht angebracht war. Rasch durchwühlte Abby den Haufen frischer Wäsche auf dem Fußboden nach Unterwäsche, setzte ihre Brille auf, die neben dem Bett lag, und spähte aus dem Fenster. Mrs Tanor ging gerade zu dem Mann hinüber. Natürlich. Vermutlich hatte Mrs Tanor ebenfalls aus dem Fenster geschaut, von dem hartnäckigen Besucher in Angst und Schrecken versetzt. Mrs Tanor und der Polizist standen jetzt hinter dem Eingangstor, und die Bäume versperrten Abby die Sicht. Sie kniete sich hin, um zu sehen, was dort vor sich ging. Sie musste hinunter. Sie legte das Telefon hin, wühlte nach einem T-Shirt und einer Hose und warf einen weiteren Blick aus dem Fenster, bevor sie ins Erdgeschoss hinuntergingen. Mrs Tanor und der Polizist betraten gerade den Hof.

Sie sah sein Haar, und gleichzeitig hob er den Blick zu Abbys Fenster. Sie schnappte nach Luft und versteckte sich hinter dem Vorhang. Wie vor den Kopf geschlagen saß sie da, krallte eine Hand um ihren Mund und starrte vor sich hin. Übelkeit stieg in ihr auf. Sie sah die Digitalkamera, die auf der Kommode lag, nahm sie und kroch zurück zum Fenster. Hinter dem Vorhang zoomte sie auf sein Gesicht und betätigte den Auslöser. Dann beobachtete sie, wie der Mann Mrs Tanor die Hand schüttelte und ging.

Mrs Tanor kam zurück zum Haus, blieb stehen und blickte zu Abbys Fenster hinauf. Abby duckte sich, um nicht gesehen zu werden. Mrs Tanor wirkte erstaunt. Sie schüttelte den Kopf und ging ins Haus. Abby hatte das Gefühl, etwas falsch gemacht zu haben, aber sie hatte keine Ahnung, was es war.

Marcus kam zwanzig Minuten später. Er trug sein Straßenbanden-Outfit, was Abby allerdings nicht mehr aus der Fassung brachte. Sie hatte ihn angerufen, sobald Mrs Tanor im Haus gewesen war, und er hatte ihr gesagt, sie solle bleiben, wo sie war. Seit sie das Telefon hingelegt hatte, war sie nicht von der Stelle gewichen.

Er hatte kaum die Wohnung betreten, als Abby ihm auch schon die Kamera in die Hand drückte. »Ich kenne diesen Kerl! Er heißt Trip.« Sie lief die Treppe hinauf. Küche und Wohnzimmer befanden sich im ersten Stock, doch sie ging noch weiter hinauf. »Laden wir die Bilder auf den Computer, dann siehst du mehr. Mein Büro ist im Gästezimmer.« Im zweiten Stock luden sie die Bilder auf den Computer. Gleich darauf hatte Abby das Bild auf dem Monitor.

»Das ist er, ganz sicher.« Das Foto füllte den ganzen Bildschirm aus.

Marcus betrachtete das Bild. »Du kennst ihn, sagst du?«

»Vor zwei Wochen bin ich ins *Drake* auf eine Hochzeit gegangen. Es war der Samstag, bevor wir beide uns getroffen haben. Ich habe ihn an der Bar in der Lobby kennengelernt. Er hat mich zu einem Drink eingeladen. Er war nett, ein bisschen dreist. Er sagte, er sei Geschäftsmann.«

»In welcher Branche?«

»Hat er nicht gesagt. Ich weiß es nicht mehr. Er hat mir nicht viel erzählt. Er wollte mich überreden, mit ihm wegzugehen. Er sagte, sein Name sei Trip.« Sollte sie hinzufügen, dass sie vielleicht sogar mit ihm geschlafen hatte, sich jedoch nicht daran erinnern konnte? »Das ist er. Ich bin mir ganz sicher. Am Montag habe ich ihn sogar noch einmal gesehen. Er hat gerade das Gerichtsgebäude betreten, als ich herauskam.«

»Hast du mit ihm geredet?«

»Nein. Er hat mich nicht gesehen. Aber Mrs Tanor hat gerade mit ihm gesprochen. Komm.« Abby sprang vom Computer hoch und zog Marcus durch den Gang ins Schlafzimmer. »Schau aus dem Fenster. Von hier aus habe ich einen guten Blick auf den Hof. Vielleicht sollten wir Mrs Tanor fragen, was er gesagt hat.«

»Warte.«

»Wieso? Sie hat doch mit ihm gesprochen!« Abby wollte zur Tür, doch Marcus ergriff sie am Arm und hielt sie auf.

»Abby, warte. Dieser Junge war mehrmals vor deinem Haus. Möglicherweise hat genau dieser Junge Drogen im Fixmarkt deponiert. Und der Mann, der hier war und ihn festgenommen hat, hat dich im *Drake* gesucht.«

»Und? Was denkst du?«

Er ließ ihren Arm los und setzte sich auf den Bettrand, als müsste er erst überlegen. »Ich glaube, ich weiß, wer das ist.«

»Wer?«

»Vor ein paar Wochen haben ein paar Jungs mich auf ihn aufmerksam gemacht und gesagt, er sei ein korrupter Cop. Jemand, dem man besser aus dem Weg gehen sollte.«

»Wieso sollte er es auf mich abgesehen haben? Was ist hier los?« Sie durchquerte den Raum, sank rückwärts gegen die Wand und ließ sich zu Boden gleiten. »Er sah gar nicht wie ein Cop aus.«

Marcus ging vor Abby in der Hocke und legte die Hand auf ihren Kopf, der jetzt auf ihren Knien ruhte.

»Abby, das war doch der Samstagabend, bevor wir uns kennengelernt haben, nicht wahr?«

»Ja.«

»Am Abend davor hast du Officer Reilly angerufen und ihm einen Mann beschrieben, der aus dem *Reggie's* kam.«

Abby sprach seinen Gedanken zu Ende. »Ein Weißer mit hellem Haar.« Und dann dämmerte es ihr. »Er ist ein blonder Weißer.« Entsetzt schlug sie die Hände vor den Mund. »Dann ist das also der Mann, den ich aus dem *Reggie's* habe kommen sehen?«

»Okay, lass uns erst mal nachdenken.« Marcus ging auf und ab.

»Glaubst du, er ist hinter mir her?«

»Moment.« Er trat ans Fenster und musterte forschend den Hof, als wäre die Antwort dort zu finden. »Wenn das der Mann ist, den du gesehen hast, als er aus dem *Reggie's* kam, und wenn er im *Drake* aufgetaucht ist, nachdem du seine Beschreibung durchgegeben hattest …«

»Dann wollte er mich umbringen?«

»Vielleicht wollte er einfach nur sehen, ob du ihn erkennst. Ob er sich Sorgen machen muss.«

»Nun, offensichtlich habe ich ihn nicht erkannt. Aber trotzdem ist er hier. Was hat das also zu bedeuten?«

»Dass ich herausfinden muss, wer dieser Kerl ist und was er vorhat. Ich gehe lieber nicht zu Mrs Tanor – ich würde gern hören, was sie dir über die Sache erzählt. Erzähl ihr möglichst nichts über mich und die ganze Sache.«

»Warum?«

Marcus antwortete nicht gleich.

»Wäre sie dadurch in Gefahr?«

Marcus' Blick begegnete dem von Abby und wich ihm dann aus.

»Was?«

»Abby, es ist nur, weil … Meiner Erfahrung nach, wenn ein Cop korrupt ist, dann …«

»… ist er gefährlich.«

Wieder ging Marcus vor ihr in die Hocke. »Jetzt schau nicht so verängstigt. Er tätschelte ihr das Knie, richtete sich auf, streckte ihr die Hand hin und half ihr auf. Dann führte er sie aus dem Schlafzimmer in den Gang. »Schauen wir einfach mal, was Mrs Tanor dir erzählt. Ohne dass ich dabei bin und alles noch mehr durcheinanderbringe. Warte, bis sie auf dich zukommt. Das wird sie doch tun, oder?«

»Na ja, jedenfalls hat sie es schon tausendmal gemacht. Und sie ist besorgt wegen dieses Jungen. Im Moment glaubt sie, ich wäre bei der Arbeit. Ich wette, sie kommt heute Abend vorbei, um mir alles zu erzählen.«

»Okay.«

Abby blieb stehen. Sie fühlte sich wie gelähmt.

Marcus zog sie in seine Arme, und sie vergrub den Kopf an seinem weiten Ledermantel.

»Ich bin hier, Abby. Und was diesen Cop angeht … eigentlich müsste ich ziemlich schnell dahinterkommen, wer er ist. Falls er diesen Jungen gerade festgenommen hat, sollte ich binnen einer Stunde in der Lage sein, den Bericht über die Festnahme einzusehen und den Namen des Jungen und des Beamten in Erfahrung zu bringen. Er weiß nichts über mich oder meine Ermittlung. Wir kommen der Sache schon auf den Grund.«

Abby löste sich von Marcus und sah zu ihm hoch. »Aber wenn das der Mann aus dem *Reggie's* ist, dann habe ich mit einem Mörder an der Bar gesessen. Und er weiß, wo ich wohne, und …« Die Worte blieben ihr im Hals stecken, bevor sie den Satz beenden konnte.

Marcus hob die Hand. »Okay, okay. Wir werden die Sache aufklären, Abby.« Und dann trat ein Lächeln in sein Gesicht. »Hey, du hast immerhin einen knallharten Cop an deiner Seite«, meinte er und stieß sie in die Seite. Abby lächelte und atmete tief ein. »Du bist wirklich ganz schön bullig, was?«, meinte sie mit einem schwachen Lächeln, griff nach seinem Bizeps, und beide lachten. Er war äußerst muskulös, und sie fühlte sich tatsächlich etwas sicherer.

»Wo ist nun diese Kamera?«

Abby ging zurück in das Gästezimmer, und Marcus folgte ihr. Er nahm die Speicherkarte aus dem Gerät. »Das hier nehme ich mit, okay?«

Abby nickte zustimmend.

Sie gingen durch den Flur über die Treppe nach unten. Marcus blieb stehen und sah zu der Stiege über seinem Kopf hoch. »He, was ist das denn?«

»Die führt zu unserer Dachterrasse.«

»Unserer?«

»Meiner. Ich wollte sagen, zu meiner Dachterrasse.«

»Wow, tolle Wohnung.«

»Ja.« Sie sah keinen Sinn darin, ihm sämtliche Einzelheiten zu erzählen. »Aber ich werde sie wohl verkaufen.« Sie konnte mit all den Erinnerungen nicht weiter hier wohnen. »Und diese Treppe ist schrecklich. Sie ist so steil, und man bekommt richtig Angst, wenn man auf dem Dach ist und wieder hinunterwill. Es ist, als würde man eine Leiter hochklettern – nicht gerade optimal, wenn man Essen mit nach oben nehmen und grillen will.«

Eigentlich waren sie und David früher immer schrecklich gern zum Dach hochgestiegen. Es hatte sich immer angefühlt, als würden sie zu ihrem Baumhaus hinaufklettern. Und sie hatten da oben gesessen und zu den Leuten auf der Clark Street hinuntergeschaut und über ihr Leben und ihre Taten fantasiert und gelacht. Wenn die *Cubs* spielten, hatten sie immer hier oben gesessen und dem Geschrei der Fans auf den Tribünen zugehört.

Er ging weiter hinunter. »Trotzdem, eine Dachterrasse ist schon ziemlich cool.«

»Ja«, stimmte sie mit wenig Überzeugung zu.

»Abby, ich sehe mir die Akten an, und anschließend rede ich über alles mit Duvane.«

Inzwischen standen sie wieder an der Tür zum ersten Stock. Abby griff nach der Türklinke, hielt jedoch inne. »Okay, und jetzt? Wie soll ich denn jetzt zur Arbeit gehen und so tun, als wäre alles in Ordnung?«

»Wieso bist du eigentlich nicht bei der Arbeit?«

»Es war eine lange Woche. Ich habe mir den Vormittag freigenommen. Aber ich wollte gerade gehen, als das alles passiert ist.«

»Dann solltest du jetzt vielleicht los.«

»Soll das ein Witz sein? Bei mir stand gerade ein korrupter Cop vor der Tür, der deinen Worten zufolge ein Mörder ist. Er weiß, wo ich wohne. Ich kann nicht zur Arbeit gehen.«

»Abby, es wäre mir lieber, wenn du das tun würdest. Was für ein Sicherheitssystem hast du hier überhaupt?«

»Über das Tor kommt keiner, man braucht einen Schlüssel dafür, und ich habe eine Alarmanlage.«

»Gut.« Er setzte die Mütze auf.

Bei der Erwähnung der Alarmanlage wusste sie, dass sie es ihm sagen musste. »Marcus.«

»Was?«

»Ich habe mit ihm getrunken. Ich habe mit ihm getanzt, ich …« Sie wandte den Blick ab. »Ich habe ihn geküsst.«

Marcus ließ sich auf der Sofalehne nieder, als wüsste er, dass da noch mehr kam.

»Ich habe mich auf dieser Hochzeit schrecklich betrunken. Ich habe meinen Exfreund gesehen. Ich war niedergeschlagen, und dieser Typ flirtete und sah gut aus, und …«

»Und?«

Abby flüsterte beinahe. »Ich weiß es nicht mehr.« Sie sah zu Marcus hoch. »Wir waren fast den ganzen Abend zusammen, das weiß ich. Ich weiß noch, dass ich mich draußen an ihn gelehnt habe. Wir standen vor dem Hotel. Aber es ist nur eine bruchstückhafte Erinnerung. Am Morgen bin ich hier aufgewacht. Allein.« Musste sie wirklich dazusagen, dass sie nackt gewesen war? Vielleicht hatte sie sich ja, betrunken, wie sie war, nur ausgezogen und war ins Bett gekrochen.

»Glaubst du, dass er hier bei dir war?«

Sie verkrampfte sich angesichts dieser Vorstellung. »Ich weiß es nicht. Als ich aufgewacht bin, war hier nirgendwo eine Spur von ihm. Aber er hat mich nicht angerufen. Herrgott. Marcus, so etwas mache ich normalerweise nicht. Ich bringe keine Fremden nach Hause und schlafe mit ihnen. Es ist nur …« Sie sprach nicht zu Ende und schlug die Hände vor das Gesicht.

Er stand auf, legte ihr die Hände auf die Schultern und brachte sie dazu, ihn anzusehen. »Abby, ich verurteile dich nicht.«

Sie atmete tief ein. »Aber er hat nicht angerufen. Irgendwie bin ich davon ausgegangen, dass ich es wohl getan habe. Mit ihm geschlafen, meine ich. Wie bei einem One-Night-Stand. Und vielleicht habe ich ja deswegen nichts mehr von ihm gehört.«

»Vielleicht. Oder du hast ihn abgewiesen, und deshalb hat er nicht angerufen. Ich vermute Folgendes: Als dieser Trip ins *Drake* gekommen ist, wollte er sehen, ob du ihn wiedererkennen würdest. Du hast ihn nicht wiedererkannt. Du bist eine attraktive Frau. Ihr hattet Spaß. Wenn er dir etwas hätte antun wollen, hätte er es schon getan. Es klingt ganz danach, als hätte er Gelegenheit dazu gehabt.«

Abby hielt Marcus seine Handschuhe hin. Das hier brachte keinen von ihnen weiter. »Hast du seit dem letzten Mal etwas herausgefunden? Seit Montag hast du mich nicht mehr angerufen. Du bist wohl nicht in den Fixmarkt reingekommen?«

»Doch, bin ich. Der Schlüssel war da, genau, wie du gesagt hattest. Aber keinerlei Videos.«

»Mist.«

»Aber ich habe herausbekommen, wer das Gebäude gekauft hat. Eine Gesellschaft namens Weber Immobilien.«

»Sagt dir das etwas?«

»Bisher noch nicht, aber ich habe die Grundstückseinträge der Firma überprüft. Sie besitzt mehrere Gebäude im Süden und im Westen der Stadt. Es ist keine Kapitalgesellschaft, meine Anfrage beim Handelsregister war also erfolglos. Bisher habe ich sonst nichts weiter herausfinden können, abgesehen von der Tatsache, dass sechs der zehn Gebäude, die die Firma aktuell besitzt, bei Versteigerungen erworben wurden. Es existiert eine Geschäftsadresse. Ich wollte sie heute überprüfen, aber jetzt kümmere ich mich wohl lieber erst mal um diesen Kerl. Hör zu, Abby, ich möchte, dass du die Alarmanlage rund um die Uhr eingeschaltet lässt. Und ändere den Code.«

Sie erriet seine Gedanken. Wenn Trip hier gewesen war, hatte er vielleicht zugesehen, wie sie die Anlage entsicherte.

»Ich muss los.«

»Weißt du, nicht in einer Million Jahren wäre ich darauf gekommen, dass er ein Cop ist.«

»Wieso?«

»Einfach wegen seiner Kleidung und seines Auftretens. Er trug ziemlich teure, maßgeschneiderte Klamotten. Ich will dir nicht zu nahe treten, es entspricht einfach nur nicht dem Klischee, das ich im Kopf habe«

Marcus lächelte. »Na ja, schau mich an«, sagte er und warf sich in seinem Schlägeroutfit in Pose. »Bei mir hast du auch nicht gedacht, dass ich ein Cop bin.«

Abby fiel etwas ein, und sie machte abrupt kehrt. »Moment!«

Marcus hielt inne.

»Ich habe seine Telefonnummer.« Sie lief zum Garderobenschrank und holte die Cocktailserviette heraus, die zusammengefaltet immer noch in ihrem langen Mantel steckte. »Das hier hat er geschrieben.«

»Perfekt. Danke, Abby. Ich melde mich später. Fahr jetzt zur Arbeit.«

Marcus saß in seiner Wohnung und blickte mit brennenden Augen auf den Laptop. Er telefonierte gerade mit Duvane.

»In den letzten beiden Stunden ist keine Verhaftung registriert, was diesen Jungen vor Abbys Haus angeht, weder im ersten noch im neunzehnten noch im dreiundzwanzigsten Bezirk. Wenn er einen Jungen festgenommen hätte, wäre es in einem dieser Bezirke gewesen. Es müsste inzwischen im Computer sein.«

»Hast du den dreizehnten Bezirk überprüft, dort, wo du diesen Cop zum ersten Mal gesehen hast?«

»Nichts.«

»Okay, was ist mit den internen Unterlagen? Hast du schon alle Fotos der Cops durch?«

»Ich habe in allen Bezirken nach dem Namen Trip gesucht. Ich bin die Fotos von allen Cops in den beiden Bezirken durchgegangen, wo ich ihn gesehen habe, und auch in den Bezirken der Umgebung. Der Typ ist ein Phantom. Entweder ist er kein Cop, oder er heißt nicht Trip.«

»Oder beides. Das gefällt mir nicht. Marcus, ich weiß, dass es bei der Polizei zwölftausend Cops gibt, aber ich will diesen Kerl finden.«

Marcus hatte bereits Hunderte von Dienstfotos überprüft. Er wollte sich gar nicht ausmalen, wie lange es dauern würde, alle durchzusehen.

Duvane ahnte wohl seine Gedanken. »Keine Angst, Marcus. Ich erwarte nicht von dir, dass du das alleine machst. Ich setze ein paar Leute darauf an.«

»Okay. Außerdem sollte ich mich wohl Reilly an die Fersen heften. Er ist in die Sache verwickelt. Letztes Jahr hat er diesen Jungen zweimal im Fixmarkt festgenommen. Wir haben das Überwachungsband von dem Laden gesehen.«

»Schwebt gegen den Jungen noch ein Gerichtsverfahren?«

»Nein, die Anklage wurde fallen gelassen. Mangel an Beweisen.«

»Das ergibt keinen Sinn. Reilly hat im Moment Dienst.« Duvane war offenbar ebenfalls im Computer eingeloggt. »Um fünf hat er Dienstschluss. Lass dein Handy an. Ich frage bei der Zentrale nach, ob sie ihn ausfindig machen können.«

»Super, danke.«

»Und Marcus …«

»Ja?«

»Behalte Ms Donovan im Auge. Wenn wir hier über einen Mordfall reden, will ich nicht, dass unserer Zeugin etwas zustößt.«

»Verstanden.« Letzteres hätte Duvane gar nicht erst sagen müssen. Abby war Marcus ans Herz gewachsen. Er wollte nicht schon wieder jemanden verlieren, der ihm etwas bedeutete.

»Und Marcus: Finde diesen Jungen.«

Abby hatte gerade hinter dem Schreibtisch Platz genommen und ging ihre dreißig neuen E-Mails durch, als ihre Sekretärin Mary in ihr Büro platzte.

»Hey, Abby, wo waren Sie denn?« Inzwischen war es zwei Uhr nachmittags. Marcus hatte Abbys Wohnung um halb zwölf verlassen, aber sie hatte es nicht eilig gehabt, zur Arbeit zu kommen.

»Es war eine lange Woche, Mary. Ich habe mir den Vormittag freigenommen.«

Marys Überraschung stand ihr ins Gesicht geschrieben.

»Nun, Jerry war hier und hat Sie gesucht.«

Nicht schon wieder. »Was haben Sie ihm gesagt?«

»Ich habe gesagt, Sie seien beim Zahnarzt. Er hat Ihnen dies hier dagelassen.« Mary hielt einen großen Umschlag in der Hand.

Abby nahm ihn. »Danke, Mary. Sehr nett von Ihnen.«

Abby wartete, bis Mary gegangen war, bevor sie den Umschlag öffnete. Sie rechnete halb mit einer schriftliche Verwarnung, weil sie nachgelassen hatte. Es war die Wahrheit, das wusste sie. Diese Woche hatte sie viel gearbeitet, aber die zwei Wochen davor waren geradezu lächerlich gewesen. Wann immer es möglich gewesen war, war sie nachmittags um fünf gegangen, morgens um neun gekommen und hatte neue Mandate abgelehnt. Sie hatte so viel Arbeit wie möglich delegiert, damit die Mandanten versorgt waren. Sie selbst schien irgendwie nur zu wenig Arbeit imstande zu sein. Und es war nur eine Frage der Zeit, bevor ein neuer Fehler ihren mangelnden Eifer bloßstellte.

Doch es war keine Verwarnung von Jerry. Es war ein vertrauliches Memo an die sieben Anwälte, die man für eine Teilhaberschaft in Betracht zog. Laut dem Memo sollten die Anwälte sich die Zeit nehmen, um ihre Vergangenheit bei der Kanzlei zu umreißen: die größten Fälle, bei denen sie beteiligt gewesen waren, die Partner, für die sie gearbeitet hatten, die Verfahren, die sie inzwischen beherrschten, und die Kenntnisse, die sie erworben hatten. Anschließend sollten sie zusammenfassen, inwiefern sie sich während der vergangenen sieben Jahre als Anwälte weiterentwickelt und welchen derzeitigen und zukünftigen Mandanten sie verbunden waren. In Abbys Fall handelte es sich natürlich nur um sechs Jahre, doch Jerry hatte ihr immer gesagt, dass sie auf der Überholspur war. Es wurde vorausgesetzt, dass die Anwälte sich einige Zeit für die eigene Evaluation nahmen, um den Partnern die Auswahl zu erleichtern. Bis Montagvormittag musste der Bericht fertig sein.

Das war es. Jetzt galt es, zu glänzen. Genau dafür hatte sie während der letzten sechs Jahre gearbeitet – oder eigentlich noch länger. Nichts und niemand war ihr jemals so wichtig gewesen, wie dieses Ziel zu erreichen, und doch dieses Memo jetzt, heute … als sie es las, fühlte sie sich innerlich leer. Sie fragte sich, ob wirklich alles gut wurde, wenn sie Teilhaber wurde. Mit einem Mal erschien ihr diese Vorstellung töricht. Und doch war sie jahrelang überzeugt gewesen, dass sie genau das anstrebte.

Nach einer Minute ließ sie die Nabelschau sein. Es war jetzt zu spät, ihr ganzes Leben zu hinterfragen. Es würde lange dauern, die Akten und ihr Gedächtnis nach all den Dingen zu durchforsten, die sie in den letzten sechs Jahren getan hatte, also würde sie sich am Wochenende die Zeit dafür nehmen. Sie steckte das Memo in die Aktentasche und widmete sich wieder ihrer Arbeit.

Marcus ging die Cicero Street in Richtung Lake Street. Es war später Nachmittag, der Himmel verdunkelte sich, und die Temperatur sank. Mit etwas Glück traf er Darnel und die Jungs, die am Freitag bestimmt alle unterwegs waren. Vielleicht hatten die Jungs aus der Gegend ja eine Meinung zu Reilly.

Sein Handy klingelte. Es war Duvane. »Reilly ist an der Ecke Lake Street und Kildare Avenue.«

»Alles klar.« Marcus machte sich auf den Weg.

Abby schob die Arbeit beiseite und rief Marcus an. Inzwischen hätte er sie eigentlich anrufen müssen, um zu berichten, wie die Dinge standen. Er meldete sich mit gedämpfter Stimme.

»Marcus? Hier ist Abby.«

»Oh, hi, Abby. Was ist denn?«

»Hast du diesen Cop und den Jungen gefunden? Bitte sag mir, dass die Sache vorbei ist.«

»Nun, nein, habe ich nicht.«

»Aber ich habe dir doch einen Namen genannt und ein Foto und eine Telefonnummer gegeben.«

»Abby, es muss ein falscher Name sein. Im Computer findet sich kein Trip. Ich bin Hunderte Polizeifotos durchgegangen. Ich kann ihn nicht finden. Ich werde die Telefonnummer überprüfen, aber wenn es keine Festnetznummer ist, wird es schwierig, sie zurückzuverfolgen. Es könnte ein paar Tage dauern, bevor wir einen Namen haben.«

»Aber er hat doch eine Verhaftung vorgenommen, oder nicht? Was ist damit?«

»Na ja, in den Aufzeichnungen steht nichts über einen Jungen, der vor deinem Haus verhaftet wurde. Ich vermute, es war inszeniert.«

»Was? Warum?«

»Ich habe noch nicht alle Antworten, Abby, aber ich arbeite daran. Ich habe mich hier umgehört und ein bisschen mehr über diesen Trip herausgefunden. Möglicherweise kann ich ihn mit dem *Reggie's* in Verbindung bringen.«

»In der Nacht, als ich dort war?«

»Möglicherweise. Ich habe mit Leon, dem Barkeeper, geredet. Er wurde an dem betreffenden Abend wegen Drogenhandel festgenommen und ist jetzt auf Kaution draußen. Er hat einen Cop beschrieben, der in der gleichen Nacht hereinkam, als du da warst. Die Beschreibung passt auf unseren Mann.«

»Reicht das denn nicht? Ich habe einen Weißen mit blondem Haar vom Tatort weggehen sehen. Der Barkeeper erwähnt dir gegenüber denselben Mann. Und man hat eine tote Frau gefunden!«

»Nun, zuerst einmal müssen wir ihn finden. Anscheinend denken alle, dass er ein Cop ist, aber ich bin mir nicht so sicher. Und zweitens ist Leon kein glaubwürdiger Zeuge. Ihm wird Drogenhandel vorgeworfen. Seine Aussage ist so gut wie wertlos. Abby, da ist irgendetwas im Busch. Mehr als Mord, und ich muss herausfinden, worum es geht.«

»Aber, er …«

»Oh, einen Moment. Ich rufe dich gleich zurück.«

Die Verbindung wurde getrennt, und unfähig, aufzulegen, lauschte Abby in die Stille.

Kapitel 19

Marcus stand im Garten neben einem heruntergekommenen Wohnhaus mit vernagelten Fenstern und behielt das *Kildare's* auf der anderen Straßenseite im Blick, eine Bar, die von den Cops des elften Bezirks frequentiert wurde, zu dem auch Officer Reilly gehörte. Es tat ihm leid, das Gespräch mit Abby abgewürgt zu haben, doch als er die Scheinwerfer bemerkt hatte, hatte er handeln müssen.

Ein schwarzer Mercedes hielt vor der Kieseinfahrt des Gebäudes. Ein Mann stieg aus und verriegelte den Wagen mit einem Klick auf den Schlüsselanhänger. Marcus trat zurück, verbarg sich hinter einem Busch und beobachtete weiter. Der Fahrer – weiß, mit gewelltem, blondem Haar, genau wie bei dem Mann damals im *Carter's* – näherte sich der Eingangstür. Marcus schoss ein Foto. Der Blitz wurde ausgelöst, doch der Mann merkte es nicht. Sobald er in der Bar verschwunden war, trabte Marcus über die Straße, zoomte auf das Kennzeichen und knipste noch einmal.

Gleich darauf hörte er das Stimmengewirr aus der Bar, als dort die Tür aufging. Er rannte auf die andere Seite des Hauses, bis er außer Sichtweite war, und beobachtete, wie Reilly und Trip in den Mercedes stiegen und wegfuhren. Er lief zu seinem Wagen, stieg ein und folgte ihnen.

Nachdem Marcus aufgelegt hatte, war Abby nicht imstande gewesen zu arbeiten. Inzwischen war es fast halb sechs. Zeit zum Abendessen. Sie konnte sich zwar jetzt nicht mehr auf die Arbeit konzentrieren, wollte jedoch nicht nach Hause. Sie machte sich auf zur Cafeteria.

Vor den Aufzügen stand eine Gruppe von acht Anwälten, hauptsächlich im ersten und zweiten Jahr, die Mäntel über dem Arm.

»Hi, Abby!«, rief Josh. Er war der junge Anwalt im ersten Jahr, den sie betreuen sollte. Er war ein netter Junge. Eifrig, enthusiastisch und recht intelligent, und Abby hatte ein schlechtes Gewissen, weil sie sich in diesem Jahr nicht mehr Zeit für ihn genommen hatte. Ihr Mentor war mit ihr öfter etwas trinken gegangen und hatte ihr gezeigt (oder zumindest so getan), dass die Arbeit in der Kanzlei durchaus Spaß machen konnte.

Abby lächelte und blieb bei der Gruppe stehen. »Wo geht ihr denn hin?«

»Zur Happy Hour! Zu *Timothy O'Toole's* in der Clark Street. Komm doch mit, Abby. Na los – wir waren schon seit September nicht mehr zusammen weg.«

Abby öffnete den Mund, um zu sagen, sie sei zu beschäftigt. »Ich … Okay, gern.« Sie war über die Worte selbst überrascht.

»Wirklich? Großartig!« George und die anderen Anwälte freuten sich, eine weitere Kollegin zu dem Abenteuer überredet zu haben. Unwillkürlich musste Abby lachen. Nichts erschien ihr jetzt besser, als den ganzen Irrsinn einfach zu vergessen.

Die ersten Biere waren im Nu getrunken. Einer der Männer wollte ein *Yard Black and Tan* bestellen – ein riesiges Glas Bass Ale, über dem Guinness eingeschenkt wurde. Ein paar andere wollten dasselbe, und ein paar Minuten später entschieden sie sich, Yards für alle zu bestellen, obwohl Abby für Weißbier plädiert hatte. Ehe sie es sich versah, drückte sie ein Stück Zitrone über ihrem meterhohen Glas aus und stand auf, um es vorsichtig an die Lippen zu heben. Die jüngeren Anwälte plauderten lebhaft über die bisherige Arbeit in der Kanzlei. Es war ein großartiger Zeitvertreib. Als die Rede auf einige der Teilhaber kam und spekuliert wurde, ob deren Ruf ganz der Wahrheit entsprach, klinkte Abby sich ins Gespräch ein. Sie erhofften sich ein paar tolle Geschichten von ihr, und Abby gab sich Mühe, sie nicht zu enttäuschen.

Eine Stunde später hörte man jedes Mal laute Musik, wenn die Tür aufging. Die Musik kam anscheinend von der Bar gegenüber, dem *Blue Note*. Abby sah aus dem Fenster und beobachtete den Eingang zur Bar. Sie fragte sich, ob sie ihn wohl sehen würde – oder vielleicht sogar beide. Am Freitag hatte er hier oft noch einen späten Auftritt. Still trank sie ihr Bier, blendete die Gespräche aus und versank in den Erinnerungen an David und seine Band, die dort über die Jahre so oft gespielt hatten. Sie war sein Groupie gewesen, hatte ihm glückselig zugehört, sich der Musik hingegeben. Es war so, als würde sie selbst wieder auf der Bühne stehen. Jetzt, so wurde ihr klar, hörte ihm jemand anders zu, bewunderte ihn, liebte ihn. Es tat immer noch weh.

Einer aus der Gruppe schlug vor, hinüberzugehen, wo die Musik spielte. Josh stupste sie an.

»Na, wie wär's? Hast du Lust?«

Abby sah auf die Uhr. Es war kurz nach acht. Sie hatte nicht die Absicht, die Gruppe zu verlassen und nach Hause zu gehen. »Klar.«

Drüben schob die Gruppe in der Bar vor der leeren Bühne ein paar Tische zusammen. Vielleicht würde später noch eine Band auftreten, doch im Moment kam die laute Musik aus den Lautsprechern an der Decke. Wieder wurde Bier bestellt, dazu ein paar Nachos, Käsesticks und Chicken Wings für die ganze Truppe. Als das Essen kam, stürzten sich alle begeistert darauf, und Abby, die sich ein bisschen als Oldie fühlte, lehnte sich zurück und ließ den Kindern den Vortritt. Nur ein trauriger, vor Käse triefender Chip und ein einsamer Chicken Wing blieben liegen, und sie aß die Reste. Als nach einer weiteren Stunde die Trinkspiele begannen und die Kellnerin mehrere Runden Schnaps serviert hatte, ging es mit den Mutproben los. Auf der Bühne stand eine Karaokemaschine, und die Stammgäste machten sich abwechselnd zum Affen. Susan, ebenfalls Anwältin im ersten Jahr, ermunterte Josh, auf die Bühne zu gehen, und er meinte, er werde es tun, falls Abby mitmachte. »Ein Duett, gnädige Frau!«, schlug er vor.

Abby lachte und schüttelte abwehrend den Kopf. Doch die Gruppe ließ nicht locker und feuerte sie mit Sprechchören an. Bevor sie sich wehren konnte, wurde sie auf die Bühne gezerrt. Dort ging Josh zur Maschine hinüber, um ihren Song zu programmieren.

Abby nahm an, dass es wie üblich auf *I got you Babe* von Sonny und Cher hinauslaufen würde. Die Musik setzte ein, und sie sah zu Josh hinüber, verwirrt über seine Wahl. Er lächelte und flüsterte ihr ins Ohr: »Ich kann nicht singen. Aber du vielleicht, wie ich gehört habe.« Er drückte ihr das Mikrofon in die Hand, sprang von der Bühne und ging zurück zu den anderen.

Abby blieb nicht einmal Zeit zum Protestieren. Die Leute klatschten bereits in Vorfreude auf den bekannten Song: Melissa Etheridges *I'm the only one*. Sie kannte ihn gut. Eigentlich hätte sie wütend sein müssen. Sie kam sich töricht vor, so schutzlos vor ihren Kollegen zu stehen. Sarah war eine solche Klatschbase! Linkisch stand sie auf der Bühne und sah in ihrem Kostüm und mit ihrer Brille keineswegs wie eine Frau aus, die gleich einen Song von Melissa Etheridge schmettern würde. Doch die Leute jubelten ihrem Auftritt entgegen. Sie umklammerte das Mikrofon, lachte verlegen, schloss die Augen, was sie für einen Moment zum Schwanken brachte, und begann zögerlich zu singen. Sie blickte auf den Boden, dann zur Seite – überallhin, nur nicht zu ihren Freunden – und schaffte die erste Strophe.

Das Klatschen und Johlen vom Tisch ihrer Gruppe brachte sie zum Lachen. Lächelnd zeigte sie auf Josh und begann die zweite Strophe mit stärkerem Selbstvertrauen.

Josh stand auf und pfiff, und das Publikum feuerte sie an. Die Leute klatschten mit. Als Abby so auf der Bühne stand und die Menge spürte, den Rausch, den sie früher so gut gekannt hatte, ließ sie es geschehen. Mit einer theatralischen Geste nahm sie die Brille ab, löste ihr Haar und schüttelte es, bis es offen herabfiel.

Es war unglaublich lustig, und sie genoss es von Herzen. Und die Menge ebenfalls.

Sie schmetterte den Refrain, ließ ihre Stimme rau und voll klingen. Die Worte strömten ihr über die Lippen, sie musste nicht einmal auf den Bildschirm sehen. Es war wunderbar. Ihre Stimme hatte Spannkraft und Vibrato. Das Publikum war aufgesprungen. Und Abby bewegte sich auf der Bühne, als würde sie ganz allein ihr gehören.

Als das Lied zu Ende war, erntete sie tosenden Applaus. Abby setzte die Brille wieder auf und bahnte sich den Weg zurück zu ihrer Gruppe.

»Heiliger Strohsack, Abby!« Josh war ganz offensichtlich beeindruckt.

Alle überschlugen sich vor Lob: »Das war super! Es hat ausgesehen, als würdest du das schon ein ganzes Leben lang machen!«

Sie lächelte über die Freundlichkeiten. »Inzwischen nicht mehr.«

Alle unterhielten sich jetzt wieder lebhaft und witzelten darüber, wer wohl als Nächste gehen würde. Niemand wollte ihr Nachfolger sein. Abby lehnte sich zurück, trank ihr Bier und lachte. Sie konnte einfach nicht aufhören zu lächeln. Das alles hatte sie vor so langer Zeit hinter sich gelassen, und nie hatte sie vor Leuten aus der Kanzlei ihr wahres Ich gezeigt. Niemals. Und jetzt hatte sie beides gleichzeitig getan. Sie fühlte sich wie nach einer irrwitzigen Achterbahnfahrt. Ihr war ein bisschen schwindlig. Und ein wenig übel.

Abby ließ dreimal die Schlüssel fallen, als sie versuchte, ihre Wohnungstür aufzuschließen. Endlich gelang es ihr, und sie stolperte hinein. Sie ließ sich auf das kleine Sofa neben der Tür fallen, schloss die Augen und dachte daran, wie sie auf der Bühne gestanden und die Menge zum Toben gebracht hatte. Wie der Text des Songs sie erfüllt hatte. Endlich mal wieder eine schöne Erinnerung. Das Zimmer drehte sich um sie. Sie richtete sich auf. Sie brauchte frische Luft.

Unter einer dicken Decke lag Abby auf einer Liege oben auf ihrer Dachterrasse, blickte hinauf zu den Sternen und knabberte Brezeln. Es war nach zehn Uhr abends. Morgen würde sie an ihrem Memo wegen der Teilhaberschaft arbeiten müssen, und sie spürte bereits jetzt den Beginn eines heftigen Katers. Doch es war schön, die kühle Luft einzuatmen. Inzwischen lag die Temperatur bei milden zwei Grad über null. Eine Warmfront war im Anzug.

Seit jenem Abend mit David war sie nicht mehr hier oben gewesen. Ein perfekter Augustabend. Es hatte gerade erst angefangen, kühler zu werden. Keine Moskitos, eine leichte Brise. Doch als sie nach Hause kam, hatte er bereits seit zwei Stunden hier oben gesessen. Um ihn herum standen heruntergebrannte Kerzen, kalt gewordenes Essen und noch mehr verschwendete Mühe. Und er war es leid. Leid, zu warten. Leid, die zweite Geige zu spielen. Und er war davon überzeugt, dass sie ihn nicht liebte. Seine Stimme klang zornig, doch in seinem Gesicht lag nichts als Traurigkeit. Tränen waren ihm über die Wangen gelaufen. »Wer bleibt denn zwei Jahre lang verlobt!«, hatte er geschrien. »Wieso können wir nicht den nächsten Schritt machen?«

Zweifellos hatten Mrs Tanor und die anderen Nachbarn jedes Wort gehört. Aber Abby hatte keine Antwort für ihn gehabt. Sie war wie gelähmt gewesen und hatte ihn einfach ziehen lassen. Und dann hatte sie stundenlang hier oben gesessen, zu den Sternen hinaufgesehen und geweint. Die Tränen hatten wegen David eingesetzt, weitergeflossen waren sie dann jedoch wegen Denny. Tags darauf war David ausgezogen.

Und jetzt begann sie wieder zu weinen. »Es tut mir so leid«, murmelte sie. Sie hätte es so gern ungeschehen gemacht. Hätte einen Hochzeitstermin festgesetzt, alles getan, was David wollte. Doch sie wusste, es ging nicht. Sie hatte nicht das Recht dazu. Leise weinte sie vor sich hin und durchlebte noch einmal den Abend, an dem alles angefangen hatte.

Sie hörte ein Summen, richtete sich auf und lauschte. Da. Schon wieder. Es war ihre Türglocke. Die Dachluke stand offen, und rasch kletterte sie die Leiter hinunter und drückte den Knopf auf der Sprechanlage. »Wer ist da?«

»Ich bin es, Marcus Henton.«

Abby ließ ihn ein und lief die Treppe hinunter.

Er trug sein Straßengang-Outfit. Sie warf einen Blick in den Vorgarten und zog ihn ins Haus.

Marcus wirkte sehr besorgt. »Wo warst du? Ich habe dich angerufen.«

Abby war verwirrt. »Du hast doch aufgelegt!«

»Ja, tut mir leid. Aber ich habe den ganzen Abend versucht, dich zu erreichen. Du bist nie ans Handy gegangen.«

»Ach so, dann habe ich es wohl nicht gehört. Ich war den ganzen Abend in einer Bar. Komm rein.« Sie ging die Treppe zur Küche hinauf. »Möchtest du etwas trinken? Ich brauche einen Schluck Wasser.«

Marcus folgte ihr nach oben.

Bei ein paar Stufen kam sie ins Stolpern.

»Alles in Ordnung?«

»Ja, schon«, meinte Abby. »Nur ein bisschen Bier.«

»Aha.«

Er hatte diesen brüderlichen Tonfall an sich, an den sie sich noch gut erinnerte.

»Okay, vielleicht war es auch viel Bier. Aber ich drehe hier sonst noch durch!«

Mittlerweile standen sie in der Küche.

Sie lehnte sich an die Kücheninsel und knabberte an einem Chip. »Wieso bist du überhaupt hier?«

Marcus zog den Mantel aus und warf ihn über den Sessel. »Ich hoffe, es ist nicht zu spät.«

»Nein. Ich bin erst vorhin nach Hause gekommen.«

»Abby, wenn es dir recht ist, würde ich heute Nacht gerne hierbleiben.«

»Was? Warum?« Jetzt bekam sie es mit der Angst zu tun.

»Heute Abend habe ich Reilly und diesen Trip zusammen gesehen. Deswegen habe ich am Telefon aufgelegt. Ich musste ihnen folgen.«

»Und, was ist passiert? Wo sind sie hin?«

»Zum Loop hinunter in eine Bar an der Ecke Chicago Street und Racine Street. Dort haben sie sich mit einem anderen getroffen. Und etwas getrunken. Dann haben sie sich alle getrennt, und ich bin Trip gefolgt. Er ist in Richtung Norden zum Rogers-Park gefahren, aber da war eine Unfallstelle, und ich habe ihn aus den Augen verloren.«

»Und was ist nun mit diesem dritten Mann? Irgendwelche Vermutungen?«

»Na ja, ich habe ihn fotografiert. Ich kann also im Computer überprüfen, ob er ebenfalls ein Cop ist.«

»Kann ich mal sehen?« Sie nahm die Kamera und zoomte das Bild größer. »Wow. Er kommt mir tatsächlich bekannt vor. Ich kann sein Gesicht nur nicht einordnen.«

»Bist du sicher?«

»Moment … Ich erinnere mich. Oh, das ist ein Arschloch! Schwer zu vergessen.«

»Woher kennst du ihn?«

»Ich habe ihn mal auf einer Party kennengelernt, auf der ich mit David war. Es war Davids Weihnachtsfeier.«

»Dann arbeitet dieser Kerl also mit deinem Exfreund zusammen?«

Abby nickte. »Er ist Staatsanwalt wie David, aber sie arbeiten in verschiedenen Abteilungen. David kannte ihn nicht. Es gibt dort Hunderte von Anwälten. Aber dieser Kerl war besoffen, ekelhaft, ein richtiger Widerling. Er hat sich vorgestellt. Ich kann mich nur nicht an den Namen erinnern.«

»Interessant.« Marcus machte sich eine Notiz. »Außerdem habe ich auch das Foto von dem Nummernschild des schwarzen Mercedes, den Trip gefahren hat. Als Fahrzeughalter ist TWC Industries registriert. Und rate mal, wem der Wagen vorher gehört hat?«

»Wem?«

»Der Polizeibehörde von Chicago.«

»Was?«

»Irgendwas ist da im Busch, und offenbar bist du darin verwickelt. Aber dieser Typ ist kein Cop. Wir haben die Akten aller Polizisten überprüft. Er steht nicht darin. Wenn es dir recht ist, schlafe ich bei dir auf der Couch.«

Abby stand auf und atmete tief durch. Die Benommenheit durch das Bier war verflogen. »Natürlich. Ich bin froh, dass du hier bist.«

Sie gingen ins Wohnzimmer.

»Gut. Ich auch.«

Aus dem TV-Schrank nahm sie eine Decke und ein Kissen, schaltete den Gaskamin an und gab Marcus die Fernbedienung. »Mach es dir bequem. Nimm dir alles aus der Küche, was du brauchst.«

Marcus setzte sich aufs Sofa und legte seine Waffe auf den Couchtisch.

»Danke, Abby.« Dann sah er sie wieder an, als wäre er ihr großer Bruder. »Und du geh jetzt schlafen, junge Dame. Ich bin hier.«

Abby lächelte. »Mach ich. Gute Nacht.« Abby legte sich ins Bett und grübelte über Reilly und Trip nach. Es ging ihr einfach nicht in den Kopf, dass sich irgendjemand um sie scherte.

Marcus schlief ein paar Stunden und wurde dann von einem Schrei wach. Er schoss hoch und griff nach seiner Waffe. Der Fernseher lief noch, es war ein alter Horrorfilm. Er stand auf, schaltete ihn aus und ging in die Küche, um sich ein Glas Wasser zu holen.

Es war schön hier. Es fühlte sich wie ein Zuhause an. Nicht wie das Apartment, in dem er wohnte. Aber er würde sich nicht beschweren. Er war mit all dem einverstanden gewesen. Und es war immer noch besser, als in New York zu sein.

Er ging zurück zum Sofa und blickte aus dem Fenster in die Dunkelheit. Er schlief nie gut. Seit Jahren hatte er nicht mehr durchgeschlafen. Auf der Treppe knarrte es, und er drehte sich um. Erst sah er nur ihre Füße, dann ihre Knie, als sie in die Hocke ging, und schließlich, als sie sich vorbeugte, um etwas zu sehen, ihr Gesicht.

»Hallo, Abby.«

»Oh, entschuldige. Ich dachte, du schläfst.«

»Nein. Aber wieso schläfst du denn nicht?«

Sie kam ins Zimmer und setzte sich ihm gegenüber vor dem Kamin auf den Fußboden. »Ich schlafe auch nicht mehr so gut.«

»Mit so viel Alkohol im Blut schläft man normalerweise wie ein Stein«, bemerkte er grinsend.

»Ja, sollte man meinen, oder?« Beide saßen schweigend da und lauschten auf das Zischen des Gaskamins.

Nach einer Minute brach Abby das Schweigen. »Marcus, woher hast du deine Narbe?«

Seine Augenbrauen zuckten in die Höhe, ein wenig verblüfft über die Frage.

»Es tut mir leid. Wenn du es mir nicht erzählen möchtest …«

»Nein, ist schon okay.« Er hatte das Gefühl, Abby alles erzählen zu können. Dennoch schwieg er zunächst und wusste nicht recht, wo er anfangen sollte. Er rutschte auf dem Sofa nach vorn.

Abby bohrte weiter. »Warum bist du überhaupt aus New York hergekommen?«

»Ich war am elften September dabei. Am Tatort. Ich war sogar als einer der Ersten im Nordturm.« Die Überraschung war ihr deutlich anzusehen. Er sprach weiter, den Blick auf den gläsernen Couchtisch gerichtet. »Wir waren mehrere und brachten die Leute durch das Treppenhaus hinunter. Als wir gerade im Erdgeschoss angekommen waren, hörten wir das Knacken. Und dann das Grollen. Wir spürten die Vibrationen. Wir waren etwa zu zehnt. Und wir sind gerannt. Wir schafften es nach draußen und rannten und rannten und spürten, wie hinter uns alles einstürzte. Den Ruß, das Papier und den Schutt, der durch die Luft flog.« Er berührte die Narbe und wandte sich ihr zu. »So bin ich wohl zu dem hier gekommen.«

»Du weißt es nicht?«

»Ich glaube nicht, dass ich überhaupt etwas gefühlt habe. Da war so viel Adrenalin. So etwas hatte ich noch nie erlebt. Erst ein paar Minuten später bin ich zum Gebäude zurückgegangen, um meine Männer zu finden. Jemand sagte zu mir, dass ich blutete.« Er lehnte sich zurück und entspannte sich. Er hatte es geschafft. Ohne zu weinen.

»Du hattest sehr viel Glück.«

Doch dann versagte ihm die Stimme. »Ich weiß nicht, ob man das so sagen kann.«

»Du hast das Schlimmste erlebt, was ich mir vorstellen kann.«

Er trank einen Schluck Wasser und blickte Abby in die müden Augen. Er hatte so lange mit niemandem mehr darüber gesprochen. Er wusste noch, wie die psychologischen Berater und seine Eltern versucht hatten, mit ihm zu reden. Er hatte es nie geschafft. Mit Abby fühlte er sich verwandt. Sie war eine einsame Seele, genau wie er.

»Bist du deswegen aus New York weggegangen?«

Er ignorierte die Frage und sprach weiter, den Blick auf den Tisch geheftet, und bemühte sich, nicht zu blinzeln. Die Fassung zu bewahren. »Ich habe zu Hause angerufen. Ich wusste, dass meine Frau die Nachrichten gesehen haben musste und nervös sein würde.«

»Du bist verheiratet?«

Mit Tränen in den Augen sah er Abby an. Er wandte sich zum Fenster und sprach weiter. »Aber niemand ist ans Telefon gegangen. Ich habe sechsmal angerufen. Sobald mein Chef mir sagte, ich solle verschwinden, bin ich nach Hause gefahren. Aber sie waren nicht da.«

»Sie?«

»Meine Frau. Mein Baby, mein kleines Mädchen. Erst sechs Wochen alt.« Eine einzelne Träne rann über die unebene Fläche der violetten Narbe.

»O Gott, Marcus.«

Er antwortete nicht.

»Du musst nicht darüber sprechen. Es geht mich nichts an.«

Er wischte sich über das Gesicht. »Ich habe die beiden nie gefunden. Ich habe gesucht und Vermisstenmeldungen aufgegeben. In der ganzen Stadt habe ich Fotos verteilt, wie alle anderen auch.«

»Sie waren also im Gebäude?«

Er wandte sich ihr zu. »Ich vermute, ja.« Er sah ihre Verwirrung. »Ich werde es niemals sicher wissen. An jenem Morgen habe ich beiden einen Abschiedskuss gegeben. Ich war spät dran. Ich habe meine Frau nicht gefragt, was sie an dem Tag vorhatte. Sie war in Elternzeit. Aber die beiden Gebäude sind eingestürzt, und Tausende von Menschen sind gestorben, und ich habe sie nie gefunden.«

Er stand auf, ging zum Regal hinüber und betrachtete ihre Fotos. »Sie hatte eine gute Freundin, die im hundertsten Stockwerk arbeitete. Ich vermute, sie wollte ihrer Freundin Madeleine zeigen.«

»Und die Freundin?«

Er starrte weiter auf ihre Fotos. »Sie ist tot.«

»Hat man denn keine …« Sie hielt inne, unsicher, wie sie es formulieren sollte.«

Er sah sie an und bemerkte ihre Beklemmung. »Ob man Leichenteile gefunden hat?«

Ganz leise sagte sie: »Ja.«

Er kehrte zurück zur Couch, trank noch einen Schluck Wasser und setzte sich. »Es ist zweieinhalb Jahre her, Abby. Zweieinhalb Jahre. Es konnten nur zwölfhundert Menschen identifiziert werden. Man vermutet, dass beinahe zweitausendachthundert Menschen gestorben sind. Der ganze Ruß, der an dem Tag durch die Luft geflogen ist – der war nicht nur von den Gebäuden. Es waren Menschen, von denen nur noch Staub übrig war.«

»O mein Gott.«

»Ja.« Marcus wischte sich das Gesicht ab und schaute wieder aus dem Fenster. »Ich habe versucht, dort zu bleiben. Ich habe versucht, meine Arbeit zu machen. Sie brauchten Cops – wir hatten fast die Hälfte meiner Einheit verloren. Aber ich konnte dort nicht bleiben. Ich konnte nicht nach Hause. Ceelies Eltern wünschten sich ein Begräbnis. Ich wollte die beiden nicht für tot erklären lassen. Für mich galten sie immer noch als vermisst.«

»Es tut mir so leid.«

»Ja. Aber nach anderthalb Jahren als Zombie, der auf den Anruf wartete, darauf, dass ein Gerichtsmediziner ihm sagen würde, er hätte sie gefunden, habe ich aufgegeben.« Er sah Abby an. »Ich bin zu meinem Chef gegangen und habe gekündigt. Zuerst wollte ich einfach nur weg. Auf die Bahamas oder so. An der Bar arbeiten. Einfach nur fort von allem. Aber dann hat er mich ein paar Tage später angerufen und mir von seinem Kumpel Duvane erzählt. Er sagte mir, worüber sie gesprochen hatten. Dass ich als verdeckter Ermittler für die Chicagoer Polizei arbeiten sollte.«

»Und das hat dich dann zu mir geführt.« Abby lächelte.

»Jepp.« Er lehnte sich zurück und atmete tief ein. Es fühlte sich gut an, es ihr zu erzählen; wieder eine Beziehung zu jemandem zu spüren. »Und was ist deine Geschichte, Abby? Du hast doch bestimmt eine Geschichte.«

Sie wich seinem Blick aus. »Eigentlich nicht.«

Er legte die Füße hoch, um dem Moment die Spannung zu nehmen. »Komm schon. Wieso wohnst du hier ganz allein? Warst du nie verheiratet?«

Sie lächelte. »Nein.«

»Möchtest du denn irgendwann heiraten?«

»Ach, ich weiß nicht.« Sie stand auf. »Wir sollten beide ein bisschen schlafen.«

Sie war eine harte Nuss, aber er würde nicht aufgeben. Vielleicht war jetzt ja nicht der richtige Zeitpunkt. Sie mussten wirklich beide schlafen.

Abby streckte ihm die Hand hin. Er ergriff sie, blickte ihr in die Augen und sah die Traurigkeit darin. Sie sagten einander Gute Nacht.

Kapitel 20

Als Abby aufwachte, war sie benommen. Ihr Kopf hämmerte, und ihre Blase flehte um Erleichterung. Sie warf einen Blick auf die Uhr – zwanzig Minuten nach acht.

Am anderen Ende des Ganges saß Marcus im Gästezimmer am Computer.

»Hey.«

Er wandte sich zur Tür um. »Guten Morgen, Abby. Ich hoffe, es macht dir nichts aus. Ich muss ein bisschen arbeiten.«

»Kein Problem.« Sie gähnte. »Ich brauche Kaffee. Willst du auch welchen?«

»Das wäre toll.«

Sie machte sich auf den Weg nach unten.

»Wie fühlst du dich?«, rief Marcus ihr nach.

»Schrecklich.«

Ganz vorsichtig ging sie die Treppe hinunter, um das Hämmern in ihrem Kopf zu minimieren. Ihr Vorhaben war simpel: ein gigantisches Glas Wasser, mehrere Aspirin, Kaffee. Den Kopf in die Hände gestützt, saß sie am Tisch und wartete darauf, dass die Schmerzen nachließen. Sie musste sich auf das Memo wegen der Teilhaberschaft konzentrieren, doch das schien kaum machbar zu sein.

Sie brachte Marcus Kaffee, kauerte sich auf den großen Sessel im Zimmer und sah ihm beim Arbeiten zu.

»Marcus, hast du die Umstände der Beschlagnahmungen überprüft?«

»Welcher Beschlagnahmungen?«

»Ich habe letzte Nacht darüber nachgedacht. Du hast gesagt, Weber Immobilien habe viele seiner Häuser ersteigert. Wir wissen, dass sie den Fixmarkt ersteigert haben, und wir wissen, dass das Verbrechen, das zur Beschlagnahmung des Gebäudes geführt hat, zweifelhaft ist. Und wir wissen, dass Reilly für die Razzia bei Ali verantwortlich war und dass dieser Junge, der gestern hier war, vielleicht an dem abgekarteten Spiel gegen Ali beteiligt war. Deshalb – vielleicht war Reilly ja ebenfalls in ein paar dieser Fälle verwickelt? Das wäre dann doch wohl mehr als ein Zufall, oder?«

Marcus hielt inne und dachte darüber nach. Sie hatte seine Aufmerksamkeit.

»Und du hast gesagt, Reilly und dieser Trip kennen einander. Was, wenn es dieser Kerl ist, der hinter Weber Immobilien steckt? Mir hat er gesagt, dass er Geschäftsmann ist. Vielleicht ist er ja in der Immobilienbranche?«

Sie sah Marcus an, dass sein Gehirn auf Hochtouren arbeitete.

»Okay, ich lass dich mal weitermachen.« Auch sie hatte zu tun.

Ein paar Stunden später kam Abby ins Zimmer und ließ sich wieder auf den Stuhl fallen. Sie hatte im Wohnzimmer gesessen und versucht, alles, was sie bislang für die Kanzlei getan hatte, noch einmal neu zu beschreiben, um damit den übrigen Teilhabern klar zu vermitteln, dass sie ihre Ziele erreicht hatte. Jeder sollte das sehen können. Marcus schaute immer noch auf den Monitor, neben ihm lag ein vollgekritzelter Block.

»Und, was hast du herausgefunden?«

Marcus drehte sich zu ihr um. »Also, das hier ist interessant. Weber Immobilien besitzt sechs Liegenschaften, die im Lauf des letzten Jahres bei Versteigerungen gekauft wurden. Außerdem wird die Firma als Verkäufer von fünfzehn weiteren Immobilien aufgeführt, die in den letzten drei Jahren verkauft wurden.«

Abby zog die Füße hoch, um es sich bequem zu machen, und hörte gespannt zu.

»Bis jetzt habe ich nur die Immobilien überprüft, die die Firma im Moment besitzt. Was den Fixmarkt angeht, wissen wir Bescheid, aber bei den anderen …« Marcus wandte sich wieder zum Monitor und las laut vor: »Also, hier: ein Gebäude an der Ecke Cicero Street und Madison Street. Anscheinend befand sich im Erdgeschoss ein Geschäft und darüber eine Wohnung.«

»Genau wie bei Alis Haus.«

»Ja. Die Besitzerin, Gloria Washington, und ihr Sohn wurden beide verhaftet.«

»Von Officer Reilly?«

»Ja.« Er macht eine dramatische Pause. »Angeblich wegen Drogenhandels. Das Gebäude wurde beschlagnahmt.«

»Wann war das?«

»Im Mai 2003.«

»Und?«

»Beide wurden vor zwei Monaten verurteilt.«

»Das klingt unverdächtig, oder?«

»Im Grunde schon. Aber Weber Immobilien hat das Haus für zweiundachtzigtausend ersteigert. Vor Beginn der Auktion war von Bauschäden die Rede.«

»Und?«

»Nun, bei der Auktion im November hat es den Besitzer gewechselt, und jetzt steht es für zweihundertfünfzigtausend zum Verkauf. Ich weiß ja nicht, was da in drei Monaten gemacht worden ist, aber das ist ein ganz hübscher Gewinn.

Hier ist noch so ein Fall. Ein dreistöckiges Mietshaus am Davis Boulevard. Das ist in der Nähe von Cellular Field. Im vergangenen Frühjahr wurde das Anwesen im Rahmen einer Verhaftung wegen Drogenbesitz beschlagnahmt. In einer der Wohnungen wurden Bargeld und eine große Menge Drogen sichergestellt. Die Mieter wurden verhaftet.«

»Wer war der festnehmende Polizeibeamte?«

»J. O'Brien und D. Miller.«

»Oh. Okay, was ist mit dem Eigentümer? Du hast gesagt, dass die Mieter verhaftet wurden?«

»Ja. Der Eigentümer war Juan Domenz.«

»Hat er um das Gebäude gekämpft?«

»Nein.«

»Warum nicht?«

»Er ist verschwunden. Am ersten Juni wurde er als vermisst gemeldet. Der Fall ist bisher ungeklärt.«

Abby wusste nicht, was sie davon halten sollte.

»Es hat also niemand verhindert, dass dieses Gebäude zur Auktion freigegeben wurde?«

»Ganz genau. Das Ganze spielte sich innerhalb von ein paar Monaten ab. Bei der Versteigerung ging das Gebäude für hundertsiebzigtausend weg. Jetzt werden die Wohnungen einzeln verkauft, jede für hundertfünfzigtausend.«

»Das ist ja unglaublich.«

»Hier ist noch ein Fall. Ein Spirituosengeschäft in der California Avenue. Das ist am United Center. Der Besitzer des Ladens, Jimmy Robinson, wurde im August wegen Drogenhandels verhaftet. Er wurde letzten Monat verurteilt und sitzt eine Gefängnisstrafe von fünfzehn Jahren ab.«

»Nun, das klingt nicht allzu verdächtig. Wer hat ihn verhaftet?«

»M. Reilly.«

»Officer Reilly.«

»Ja. Beim vierten Anwesen ist die Geschichte ähnlich. Drogenhandel. Verhaftungen, Verurteilungen. Und der für die Festnahme verantwortliche Beamte war J. Mackenzie.«

»Und der letzte Fall?«

»Wieder eine Verhaftung durch Reilly.«

»Dann ist Reilly also nicht der einzige Polizist, der hinter diesen Gebäuden steckt.«

»Nein, aber über diese anderen Polizisten weiß ich Bescheid. Denen ist nicht zu trauen.«

»Welche meinst du?«

»J. O'Brien, D. Miller, J. Mackenzie. Im Moment sind sie alle suspendiert. Ihnen droht ein Gerichtsverfahren.«

»Moment, diese Namen kenne ich ebenfalls.« Abby sprang vom Stuhl auf, lief über die Treppe ins Wohnzimmer hinunter und kehrte kurz darauf mit der Aussage von Mrs Ramirez zurück. »Diesen Fall hier habe ich gerade unentgeltlich übernommen.« Rasch überflog sie das Dokument. »Das sind die Namen von drei Beamten, die offenbar diese Frau in der Nähe von Stateway Gardens überfallen und schikaniert haben.«

»Ja, Duvane hat mir von dem Fall erzählt. Ich sollte ihn mir vornehmen und sehen, ob ich vielleicht den Namen des vierten Cops liefern kann – der, dessen Name in der Beschwerde nicht auftaucht.«

Abby las immer noch in den Unterlagen. »Die identifizierten Polizisten trugen alle einen Bürstenschnitt. Der Vierte war blond.«

»Und weißt du, wer ebenfalls drei Cops mit Bürstenhaarschnitt und einen vierten mit blondem Haar beschrieben hat?«

»Wer?«

»Leon. Der Barkeeper im *Reggie's*. Und er schwört Stein und Bein, dass man ihn hereingelegt hat, um ihn wegen Drogenhandels ins Gefängnis zu bringen.«

»Und das Gebäude wurde beschlagnahmt.«

»Jepp.«

Abby sprach weiter: »Wir müssen herausfinden, wer hinter Weber Immobilien steckt. Und vielleicht sollten wir uns mal diesen Vermisstenfall ansehen – wie hieß er noch gleich?«

Marcus überprüfte seine Notizen. »Juan Domenz.« Er sah wieder zu Abby hoch. »Aber hör zu, die Ermittlungen mache ich. Ich bin hier, um dich zu beschützen.«

»Ich weiß. Ich wollte mich auch nicht als bewaffneter Handlanger anbieten.« Sie stand auf. »Mach du nur hier weiter. Ich habe ohnehin zu tun.« Abby ging in ihr Zimmer, schlüpfte in eine Jeans und ging nach unten ins Wohnzimmer. Sie klappte ihren

Laptop auf, ging auf Google und tippte *Juan Domenz Chicago vermisst 2003* ein. Dann wartete sie.

Marcus suchte sich die Adresse der Firma Weber Immobilien heraus und rief Duvane an.

»Hi, hier ist Henton. Hör zu, dieser Trip, der geheimnisvolle Cop, hat eine Verbindung zu Reilly. Und ich glaube, irgendetwas ist faul an diesen Weber Immobilien, denen jetzt der Fixmarkt gehört.«

Duvane unterbrach ihn. »Ich weiß, wer er ist. Ich wollte dich gerade anrufen, Marcus.«

»Und?«

»Sein Name ist Thomas A. Callahan der Dritte. Als du mir gestern aufs Band gesprochen hast, dass er zu keinem Eintrag in den Akten passt, bin ich auf die Idee gekommen, Beamte zu überprüfen, die nicht mehr bei der Polizei sind. Thomas Callahan war von 1994 bis 2002 Polizist. Seine Akte ist sauber. Er war allgemein beliebt. Er war im vierundzwanzigsten Bezirk unterwegs, das ist am Rogers Park. In der Zeit seiner Anstellung gehörte er verschiedenen Einheiten an. Erst Öffentlichkeitsarbeit, ein bisschen Sondereinsatzkommando und dann die Güterbeschlagnahmung. Keinerlei Probleme.«

Marcus schrieb mit. »Ein ehrgeiziger Cop, der seinen Job mit wie viel Jahren aufgibt – mit vierunddreißig? Wer macht denn so etwas?« Marcus selbst hatte zwar genau das getan, aber er wusste, dass es beispiellos war.

»Genau.«

Marcus sah auf seine Notizen herunter und kreiste die Namen von Callahan, Reilly, Mackenzie und den anderen ein. »Unserer Meinung nach geht es da möglicherweise um Immobilien. Sämtliche Anwesen von Weber Immobilien, die ich überprüft habe, wurden von einem der Cops beschlagnahmt, gegen die wir ermitteln. Und bei mindestens zwei Immobilien gibt es eine Beziehung zu Callahan. Außerdem steht er mit all diesen Cops in Verbindung. Vielleicht ist es Beschlagnahmungsbetrug?«

»Wie meinst du das?«

»Weber Immobilien kauft billige Liegenschaften auf und verscherbelt sie für märchenhafte Gewinne.«

»Schau dir den Markt an. So läuft das im Moment.«

»Callahan fährt in einem Mercedes herum, der einer Firma namens *TWC Industries* gehört. Und der Fahrzeugbrief wurde von der Polizeibehörde Chicago übertragen.«

»Ebenfalls bei einer Versteigerung erworben?«

»Ich glaube nicht. Anscheinend versteigert die Polizei von Illinois beschlagnahmte Fahrzeuge. Wenn die Polizei von Chicago der Eigentümer wäre, hätte sie den Wagen nach der Beschlagnahmung für ›offizielle Belange‹ einbehalten. Die Eigentumsrechte gingen im Dezember 2002 an *TWC Industries* über. Und hast du nicht gerade gesagt, Callahan sei im Jahr 2002 aus dem Polizeidienst ausgeschieden? Wann genau?«

»Augenblick. Im Dezember.«

»Und er hat Freunde bei der Polizei. Er kennt sich aus. Er war bei der Beschlagnahmungseinheit. Reilly ist immer noch dabei.«

»Interessant.«

»Wirst du ihn festnehmen?«

»Noch nicht.«

»Er hat möglicherweise diese Frau im *Reggie's* ermordet. Vermutlich kann der Barkeeper ihn mit Bezug auf den Tatort identifizieren.«

»Aber Ms Donovan kann das nicht. Und der Barkeeper steht unter Anklage.«

»Nun, dann kriegen wir ihn eben wegen Amtsanmaßung dran.«

»Das ist gar nichts, Marcus. Ich will der Sache auf den Grund gehen. Wenn die Chicagoer Polizei irgendwie darin verwickelt ist, sollten wir lieber vorsichtig sein. Die Beschlagnahmungseinheit bringt der Behörde viel Geld ein. Wenn wir Anschuldigungen erheben, ohne handfeste Beweise in der Tasche zu haben, gibt es Riesenärger. Ich will Reilly, wenn er etwas tut, und wenn es noch mehr Cops gibt, die in Callahans Machenschaften verwickelt sind, will ich sie alle.«

»Okay. Es gibt möglicherweise auch eine Verbindung zur Staatsanwaltschaft. Gestern Abend habe ich Reilly und Callahan mit einem Mann gesehen, in dem Abby einen Staatsanwalt erkannt hat.«

»Scheiße. Marcus, wir gehen der Sache nach.«

Abby kam in Jeans und Sweatshirt ins Zimmer zurück. Selbst ohne jegliches Make-up sah sie wie ein Engel aus. Ein wirklich müder Engel.

Marcus beendete das Gespräch mit Duvane und stand auf. »Abby, ich muss los.«

»Wo gehst du hin?«

»Ich muss mir die Geschäftsräume von Weber Immobilien ansehen, und danach schaue ich mir ein paar ihrer Häuser an.«

»Ich komme mit.«

»Auf keinen Fall, Abby.«

»Hast du nicht gesagt, dass du mich beschützen willst?« Sie wartete die Antwort nicht ab. »Dieser Kerl hat womöglich eine Frau ermordet, und er ist hinter mir her. Wenn du letzte Nacht der Meinung warst, dass du hier übernachten musst, dann solltest du mich jetzt nicht allein lassen.«

»Abby …«

Wieder schnitt sie ihm das Wort ab. »Hast du nicht gesagt, Weber Immobilien hätten ihren Sitz in River North? Das ist nicht gerade der Westen von Chicago. Ich will einfach nur mitfahren. Ich bleibe im Wagen sitzen. Ich will nicht hierbleiben, Marcus.«

Marcus war sich der Sache nicht sicher, aber andererseits wollte er sie in seiner Nähe behalten. Er sah keine andere Möglichkeit, sie zu beschützen. »Gut, gehen wir.«

Nachdem Marcus auf den Lake Shore Drive abgebogen war, blickte Abby aus dem Fenster zu dem kalten See hinüber. Zu ihrer Verblüffung joggten Leute am Ufer entlang. Die Temperatur lag bei zwei Grad Celsius, und anscheinend war die ganze Stadt dankbar für die Pause von den eisigen Temperaturen. Am Ufer trieben Eisschollen. Marcus fuhr nach Süden, wodurch sie einen großartigen Blick auf die Skyline und das *Drake-Hotel* hatte, das am Ufer lag. Sarahs Hochzeit. Die schien inzwischen Jahre her zu sein. Sie vermisste Sarah.

Abby lehnte den Kopf an die Kopfstütze und wandte sich zu Marcus um. »Ich habe noch ein bisschen weiter im Internet recherchiert.«

»Abby, ich dachte, du wolltest die Ermittlung mir überlassen.«

Sie antwortete nicht.

»Was hast du herausgefunden?«

»Zweierlei. Erstens habe ich nach Juan Domenz gesucht und einen Artikel der *Sun-Times* gefunden, aus der Zeit, als er verschwunden ist. Man hat damals Nachbarn und Verwandte befragt. Eigentlich habe ich nicht viel herausgefunden. Es war ein kurzer Artikel. Und sonst gab es da keinerlei Storys.«

»Aber da ist doch etwas, das merke ich.«

»Ja.« Sie wandte sich ihm zu. »Wir haben mindestens drei korrupte Cops – möglicherweise vier, falls Reilly sich ebenfalls als korrupt entpuppt –, die mit Beschlagnahmungen von Gebäuden zu tun haben, die schließlich bei Weber Immobilien enden. Und dieser Mann, den ich kennengelernt habe, der gestern vor meinem Haus aufgetaucht ist …«

»Thomas Callahan.«

»Was?«

»Duvane hat es mir gerade gesagt. Er ist ein ehemaliger Cop, und sein Name ist Thomas A. Callahan der Dritte.«

Abby nickte. »Nun, das klingt plausibel. Was ich gerade sagen wollte, ich habe den Namen Trip im Internet nachgeschlagen, weil mir eingefallen ist, dass wir über diesen Namen gewitzelt hatten. Ich hatte den Eindruck, dass es ein Spitzname ist. *Trip* ist anscheinend die Kurzform von Triple und wird oft als Spitzname für Jungen mit dem Zusatz ›der Dritte‹ verwendet. Ich wollte dir sagen, dass du nach Cops mit dieser Art Namen suchen solltest.

»Jedenfalls, Trip« – sie korrigierte sich –, »Callahan steht mit all diesen Männern in Beziehung, und wahrscheinlich habe ich ihn gesehen, als er die *Reggie's Bar* verlassen hat.«

»Ja.«

»Scheint, als sollte jeder beseitigt werden, der sich gegen diese Beschlagnahmungen wehren könnte. Und er ist hinter mir her.«

Marcus legte Abby die Hand auf den Arm und drückte ihn kurz. Sie sah ihn an.

»Hey, hör auf damit. Callahan denkt nicht, dass du ihn vor dem *Reggie's* gesehen hast.«

»Aber warum hat er dann …«

Marcus unterbrach sie. »Komm, hören wir auf zu spekulieren. Eins nach dem anderen.« Sie fuhren auf den Wacker Drive ab. »Fahren wir erst einmal zu Weber Immobilien.« Er folgte der Straße nach Westen und bog nach rechts auf die Lake Street ab.

Das Rattern der L über ihren Köpfen katapultierte Abby zurück in die Nacht vor wenigen Wochen, als das alles begonnen hatte. Sie sah zu Marcus hinüber, zu seiner Narbe, in sein Gesicht und diese Kleidung, die ihr einmal Angst eingejagt hatte. Er hatte sich als angenehme Überraschung entpuppt. Sie blickte wieder aus dem Fenster und fragte ihn, wonach sie suchten.

Marcus überprüfte seine Notizen. »Die Adresse ist 452 Fulton Street. Wir müssen nach Westen zur Union Station. Danach müsste es nach ein paar Querstraßen auf der rechten Seite sein.«

Abby machte ihn auf das Schild der Union Station aufmerksam, und sie bogen gleich nach *Einstein Bagels* rechts ab.

Es war eine alte Straße, unter deren Asphalt stellenweise hundert Jahre altes Pflaster hervorlugte. Hier gab es viele Gewerbegebäude, ein paar heruntergekommene Häuser und ein paar Neubauten. Sie fanden die Adresse, ein altes Lagerhaus. Der Backstein schien Jahrhunderte alt zu sein, verblasst und leicht beschädigt, doch die Fenster waren neu, und eine imposante Tür aus Stahl und Glas schmückte den Eingang. Morsche Efeuranken klammerten sich an die Südmauer. Marcus hielt am Straßenrand, gleich südlich der Einfahrt, die zum hinteren Teil des

Gebäudes führte. Er sprang aus dem Wagen, lief zu dem kleinen Schild neben der Tür und überflog die Namen der Büros, die dort untergebracht waren.

»Hier ist es. Suite 404.« Er saß wieder auf dem Fahrersitz, blickte an dem Gebäude hoch und zählte die Stockwerke. »Das ist ganz oben. Ich gehe rein.«

Abby hielt ihn auf. »Glaubst du denn, dass sie geöffnet haben? Heute ist Samstag.«

»Nun, da hinten auf dem Parkplatz stehen mehrere Autos.« Er nickte zu dem rückwärtigen Teil des Gebäudes hinüber. »Und es ist ein Immobilienunternehmen. Bei denen wird am Wochenende gearbeitet, soviel ich weiß.«

»Moment.« Abby hielt ihn am Mantel fest. »Wie ist dein Plan?«

»Ich werde einfach nachschauen, ob jemand da ist. Falls es Callahan ist, weiß er nicht, wer ich bin. Ich werde einfach als Interessent auftreten und mich ein wenig umsehen. Und wenn er nicht da ist, bezirze ich die Empfangsdame«, sagte er mit bedeutungsvoll hochgezogenen Augenbrauen.

»Marcus, schau dich doch mal an. Du siehst aus wie ein Gangster. Wenn ich am Empfang arbeiten würde, würdest du mir eine Heidenangst einjagen.«

»Ach ja, richtig.« Er nahm die Kette mit dem großen Anhänger ab und griff sich einen Pullover vom Rücksitz.

Abby holte ihr Handy hervor und wählte. »Mal sehen, wer Erster ist.« Dann sprach sie ins Telefon. »Chicago, Illinois. Weber Immobilien in der Fulton Street.«

Sie blickte zu Marcus hinüber. »Es klingelt.« Eine Frau meldete sich. »Hallo. Ich bin gerade bei einer Ihrer Immobilien vorbeigekommen. Das Gebäude in der Lake Street. Ich wollte fragen, ob vielleicht jemand da ist, mit dem ich über die Einzelheiten sprechen kann?«

»Tut mir leid, mein Chef ist da der Einzige, mit dem Sie sprechen können, und er ist gerade auf unseren Grundstücken unterwegs. Kann ich mir vielleicht Ihren Namen und Ihre Nummer notieren?«

»Ach, ich werde einfach noch einmal anrufen. Danke.« Rasch legte Abby auf.

»Und?« Marcus hatte sich inzwischen umgezogen.

»Wer auch immer dort das Sagen hat, ist gerade unterwegs und sieht sich Häuser an.«

Er streckte die Hand nach dem Türgriff aus. »Okay, ich gehe rein.«

»Warte!«

»Abby, schließ einfach die Tür ab. Die Scheiben sind getönt. Hier drinnen sieht dich niemand.« Mittlerweile klang er ungeduldig.

»Moment.« Sie sah zum Gebäude hinüber und gab ihm ein Zeichen. Eine Frau in den Zwanzigern, mit langem Haar und flauschigem weißem Mantel, verließ gerade das Gebäude. Das Mädchen von der Versteigerung. »Das ist sie.«

Er blickte auf die Uhr. Es war Viertel vor eins. »Sie wird wohl zum Mittagessen gehen. Bleib hier, ich sehe mir das mal an.«

Ehe sie protestieren konnte, war er draußen und lief zur Tür.

Abby betrachtete die Straße und nahm ihre Vielfalt in sich auf. Sie befand sich eindeutig in den letzten Wehen städtischer Erneuerung, ein Begriff, über den sie in der Immobilienbranche gelesen hatte. Gefühlte Stunden saß sie dort, obwohl es sich eigentlich nur um eine Viertelstunde handeln konnte. Ihr Magen knurrte. Sie hatte heute noch gar nichts gegessen, Marcus ebenfalls nicht. Das *Einstein* lag nur eine Querstraße hinter ihnen. Sie sah rasch in ihrem Geldbeutel nach, fand eine Zwanzigdollarnote, einen Stift und einen alten Kassenzettel. Ihrer Schätzung nach würde sie in zehn Minuten wieder zurück sein. Sie schrieb: »Ich bin ins *Einstein* gegangen, um uns ein paar Sandwiches zu kaufen. Hol mich dort ab!« Sie fasste gerade nach dem Türgriff, als ein Wagen auf den Parkplatz fuhr. Durch seine getönten Fenster war nichts zu erkennen. Ein roter Porsche mit selbst drehenden Radkappen. Als er vorbeifuhr, bemerkte Abby das strassbesetzte

Nummernschild. Es war so albern. Als würde man in einer riesigen Goldkette herumfahren. Der Wagen kurvte um das Gebäude herum und fuhr außer Sichtweite. Abby sprang aus dem Auto und lief zum Bagel-Shop hinüber.

Das vierte Stockwerk des Gebäudes beherbergte mehrere Firmen. Rasch fand Marcus den Eingang zu Weber Immobilien, doch das Schloss war neu, und er brauchte eine Weile dafür. Langsam und leise trat er ein, lauschte auf Geräusche, auf ein Geräusch, auf einen Hinweis, dass jemand hier war. Das Büro war geräumig, etwa hundertvierzig Quadratmeter groß. Die Räume waren mindestens sechs Meter hoch, mit nackten Rohren, Strahlern und riesigen Dachluken. Seitlich gab es keine Fenster, doch das Licht von oben durchflutete den Raum. Gegenüber entdeckte er eine weitere Tür, die ganz nach einem weiteren Ausgang aussah. Auf der linken Seite hingen an der kahlen Backsteinmauer gerahmte Fotografien, auf denen verschiedene städtische Gebäude zu sehen waren. Es mussten wohl an die zwanzig sein. Er trat ein und betrachtete jedes Foto genau. Allesamt schön sanierte Bauten. Mehrere dreistöckige Wohnhäuser und etliche alte Gebäude mit Gewerberäumen im Erdgeschoss und Wohnräumen darüber. Es standen keinerlei Adressen dabei.

Nachdem er sich die Fotografien angesehen hatte, wandte er sich wieder zur Eingangstür. Gleich einen Meter rechts davon stand ein Schreibtisch mit Glasoberfläche. Wohl der Schreibtisch der Sekretärin. Auf dem dunklen Parkettfußboden lag ein riesiger Orientteppich. Ein Raumteiler aus Milchglas bildete mitten im Raum ein T, und von der westlichen Mauer in die Mitte erstreckte sich eine weitere Zwischenwand. Marcus sah sich um. Hinter der mittleren Wand befanden sich eine Kaffeemaschine und eine Toilette, auf der anderen Seite ein großer, dunkler Holztisch, übersät von Architektenskizzen. Als er sich zur rechten Unterteilung wandte, fand er auf der anderen Seite einen größeren Schreibtisch mit Glasoberfläche vor. Hinter dem Schreibtisch hing an der Ziegelmauer eine riesige Karte mit den westlichen und südlichen Chicagoer Stadtteilen. Das United Center und das Cellular Field sah er sofort. Überall steckten kleine Nadeln daran. Fähnchen und Kreise. Es mussten wohl dreißig sein. Hauptsächlich Fähnchen. Er trat näher heran und erkannte die Straßenecke Lake Street und Pulaski – dort war der Fixmarkt. Ein Fähnchen markierte die betreffende Stelle.

Der Schreibtisch war übersät mit Zeitungen, Zetteln und Akten. Und dann sah er es: eine Akte mit der Aufschrift *Reggie's*. Die Bar war zwar beschlagnahmt worden. Doch die rechtlichen Schritte zur Beschlagnahmung des Gebäudes hatten gerade erst begonnen. Er schaute zurück zu der riesigen Karte und fand dort die Straßen, an denen das *Reggie's* lag – eine Stecknadel mit Kreis markierte die Stelle. Er holte seine Kamera heraus, fotografierte die Karte und zoomte auf einen weiteren Standort mit Kreisstecknadel. Er musste mehr darüber erfahren, was sich dort befand.

Die Eingangstür ging auf.

Schnell sah Marcus sich zur Tür um. Er war es. Callahan.

Er duckte sich, doch der Glastisch bot keinerlei Versteck. Callahan blickte auf den Fußboden, las etwas, die Post vielleicht, und ging zu der Zwischenwand hinüber. Marcus hörte Papier zu Boden fallen, dann Schritte und schließlich das Klirren von Flaschen, als ein Kühlschrank geöffnet wurde. Er kroch nach hinten, in der Hoffnung, irgendwie zur Hintertür zu gelangen. Die Milchglaswände schirmten ihn ab, doch auf der anderen Seite sah er Callahans Umriss, daher wusste er, dass Callahan ihn ebenfalls sehen würde, falls er in seine Richtung schaute. Er kroch unter den Holztisch in der Raummitte. Das Telefon klingelte.

Callahan ging zum Schreibtisch der Sekretärin zurück, und Marcus kroch weiter um die Mitte des Raumes herum. Jetzt befand er sich hinter der Toilettenwand.

»Hey. Ja. Ich komme gerade von dort. Ich sehe gerade die Post durch. Okay. Lass mich nur erst ein Sandwich holen.«

Marcus spähte um die Wand herum. Callahan schaute in die andere Richtung. Marcus schlich auf die Tür zu und achtete sorgfältig darauf, dass das Knarren des Holzbodens ihn nicht verriet. Genau in dem Moment, in dem Callahan auflegte, griff er nach der Tür. »Okay. Wir treffen uns in einer Viertelstunde dort.« Marcus war draußen. Er nahm die vier Treppen hinunter ins Erdgeschoss und stieß die riesige Stahltür auf. Jetzt stand er auf dem Parkplatz hinter dem Gebäude, und direkt vor ihm parkte ein roter Porsche. Er rannte hinten um das Gebäude herum zur Straße und zu seinem Auto.

Kurz bevor Marcus in Sichtweite kam, ging die Eingangstür des Gebäudes auf. Er blieb stocksteif stehen. Verstecken konnte er sich nirgends. Er lehnte sich an das Gebäude und schaute auf den Boden. Callahan ging direkt an ihm vorbei zu seinem Wagen, während er auf seinem Handy herumtippte.

Marcus ging weiter auf seinen Wagen zu und beobachtete, wie Callahan seinen Weg zur Lake Street fortsetzte. Rasch zog er die Wagentür auf und schlüpfte hinein. »Hast du das gesehen?«

Er sah sich um, doch das Auto war leer.

Abby nahm von dem Jungen hinter der Theke Tüten und Wechselgeld entgegen, als die Türglocke ging. Sie hatte sich gerade von der seitlichen Bar Servietten und Strohhalme genommen und sortierte im Gehen ihre Einkäufe, da fiel ihr eine Fünfdollarnote aus der Hand. Sie stellte das Essen auf den nächsten Tisch und bückte sich. Jemand anders tat das Gleiche und hob den Geldschein auf, bevor sie die Gelegenheit dazu hatte.

»Hier, bitte!«

Abby sah zu der freundlichen Stimme hinüber und streckte die Hand nach dem Schein aus. Ihr Blick traf den des Fremden. Sie erstarrte. Es war, als wären auf einmal sämtliche Geräusche verstummt.

Er sah sie neugierig an, als könnte er sie nicht einordnen. Regungslos wartete Abby, in der Hoffnung, es würde ihm nicht einfallen. Dann lächelte er. »Hallo! Abigail, nicht wahr? Ich habe mich schon gefragt, ob ich dich wohl je wiedersehen würde.«

Sie wusste nicht, was sie tun sollte, und sah ihn nur an.

Er richtete sich auf und zog sie mit sich hoch. »Erinnerst du dich an mich?«

Sie nickte vorsichtig.

»Na hoffentlich. Sonst wäre ich nämlich wirklich beleidigt.« Wieder lächelte er. Als hätten sie etwas gemeinsam. Ihr Herz klopfte so laut, dass sie sich fragte, ob er es wohl hörte. Sie wusste, dass sie etwas sagen sollte, brachte jedoch kein Wort heraus.

»Du hast mich ja gar nicht angerufen«, zog er sie auf.

Abbys Magen krampfte sich zusammen, und Galle stieg ihr in den Mund. Sie sah sich um. Es waren etliche Leute anwesend.

Sie zwang sich zu einem Lächeln. »Tut mir wirklich leid, ich muss gehen!« Ohne sich umzusehen, ging sie zum Ausgang, und die Türglocke klingelte laut, als sie die Tür aufriss.

Marcus hatte den Wagen inzwischen vor dem Gebäude geparkt. Hastig stieg Abby ein. »Schnell, fahr los!«

Er fuhr auf die Lake Street. »Abby, du hattest mir doch versprochen, im Wagen zu bleiben«

Sie war in Panik. »Er hat mich gesehen. Er hat mit mir gesprochen. Er hat mich Abigail genannt.«

»Was hast du gesagt?«

»Nichts! Ich wusste nicht, was ich tun sollte! Ich hab die Beine in die Hand genommen.«

Er versuchte, sie zu beruhigen. »Es ist schon gut. Mich hat er auch beinahe gesehen, aber ich bin ihm entwischt. Komm. Fahren wir zurück zu dir. Ich will ein paar Sachen im Internet nachschlagen.«

»Oh, Scheiße!«

»Was?«

»Ich hab das Essen stehen lassen. Ich bin mit ihm zusammengeprallt und habe es einfach auf dem Tisch liegen lassen! Jetzt ist ihm sicher klar, dass ich Angst hatte. Er …«

»Abby. Hör auf. Ich lasse dich jetzt nicht mehr allein. Die ganze Angelegenheit wird bald vorüber sein. Ich spüre es. Auf Callahans Schreibtisch lag eine Akte über die *Reggie's Bar*. Er ist zusammen mit der Polizei in diese Beschlagnahmungen verwickelt. Da bin ich mir sicher.«

Trip stand am Fenster und beobachtete, wie Abby in einen Wagen stieg und wegfuhr. Der Fahrer war nicht zu sehen. Er drehte sich um und bemerkte die Tüte mit dem Essen, die auf dem Tisch stand. Diesen Blick kannte er. Mit Angst kannte er sich aus. Was wusste sie? Er musste dem Ganzen ein Ende machen.

Trip setzte sich an den Tisch und öffnete Abbys Tüten. Zwei Vollkornsandwiches mit Truthahn und Frischkäse. »Danke, Abby«, murmelte er, während er eines der Sandwiches aß. Dann zog er einen Kugelschreiber aus der Brusttasche und begann mit einer Liste von Dingen, die er zu erledigen hatte.

Patrick anrufen – er soll am Montag hingehen. Gleich vor der Arbeit.
Dominik anrufen.
Von Tanor den Schlüssel holen.

So einfach war das nämlich.

Kapitel 21

»Abby, komm mal her!«, rief Marcus ihr aus dem Gästezimmer zu. Er saß schon seit Stunden am Computer. Abby unterbrach die Arbeit an ihrem Memo, obwohl sie gerade erst angefangen hatte, und nahm je zwei Treppenstufen auf einmal.

»Sieh dir das an.«

Der Bildschirm wurde von dem Foto eines Jungen ausgefüllt, der nicht älter als fünfzehn zu sein schien.

»Wer ist das?«

»Patrick Ellis. Das ist der, der im Fixmarkt vorgeblich wegen Drogenhandels verhaftet wurde. Also der Kerl, der auch hier war.«

»Woher stammt dieses Bild? Er sieht so jung aus.«

»Aus seinem Jugendstrafregister. Ich habe mir Callahans Akte aus seiner Zeit bei der Polizei etwas genauer angesehen. Wir haben ihn zusammen mit dem Jungen vor deiner Wohnung gesehen, und wir wissen, dass er ihn nicht festgenommen hat, also muss er ihn kennen. Ich habe ein bisschen recherchiert. Anscheinend ist Callahan eines von zwei Geschwistern. Die Eltern leben oben in Lake Forest. Seinem Vater gehört die *Callahan-Baugesellschaft*.«

»Das ist ja Wahnsinn.«

»Ja. Anscheinend kommt er aus wohlhabenden Verhältnissen. Die Mutter hat ein Architekturbüro – Weber Designs, LLC.«

»Weber Designs. Wie in Weber Immobilien.«

»Genau. Der Mädchennamen der Mutter lautet Weber. Er hat eine Schwester. Sie ist sechsunddreißig, wohnt in Glencoe. Zwei kleine Kinder.«

»Dann ist er also offenbar nicht mit diesem Jungen verwandt, den ich gesehen habe.«

»Richtig. Und ich versuche gerade, die Verbindung zwischen den beiden aufzudecken. Um zu sehen, ob dann alles zusammenpasst. Anscheinend hat Callahan Patrick Ellis im Jahr 1999 bei drei verschiedenen Gelegenheiten festgenommen. Diebstahl, Raubüberfall, Drogenhandel. Der Junge hat einige Zeit in der Jugendstrafanstalt verbracht. Eigentlich hätte er bis zu seinem achtzehnten Geburtstag dort bleiben müssen.«

»Wann wurde er dann also entlassen? Letztes Jahr?«

»Anscheinend ist er früher rausgekommen. Ich habe mir die Akte des Jungen aus seiner Zeit im Jugendgefängnis geholt.«

»Ich dachte, die Akten von Minderjährigen wären unter Verschluss?«

»Sind sie auch. Aber ich bin ja nicht im Internet. Ich bin im internen Intranet der Chicagoer Vollzugsanstalt. Alle hohen Tiere der Behörde haben Zugang zum Computersystem der Vollzugsanstalt. Duvane hat mir den Code gegeben.«

Er drehte sich wieder zum Bildschirm um. »Jedenfalls hat dieser Junge in seinem ersten Jahr dort nie irgendwelche Besucher gehabt. Dann, im Jahr 2000, gab es drei Besuche. Der Betreffende hat sich als TWC Industries eingetragen. Der Firma TWC Industries gehört dieser Mercedes, in dem ich Callahan gestern gesehen habe.« Marcus sah Abby an.

Abby ging nach hinten zu dem großen Sessel, um die Information zu verdauen.

Marcus fuhr fort: »Und jetzt kommt der Clou. Der Junge ist ein Jahr früher rausgekommen. Entlassung im Jahr 2001, dank der …« – er las von dem Dokument ab – »*der Aussage des festnehmenden Beamten, nach dessen Ansicht er rehabilitiert ist.*«

»Dann hat Callahan den Jungen also vor drei Jahren herausgeholt. Und jetzt steht der Junge in seiner Schuld? Arbeitet für ihn?«

»Morgen werde ich diesen Jungen aufstöbern. Ich habe die Adresse des Übergangswohnheims, in das man ihn geschickt hat.

Da fange ich an. Wenn ich ihn finde, ist die Sache geritzt, denke ich. Wir bringen ihn dazu, gegen Callahan auszusagen, und vielleicht kann er uns sogar die Namen von anderen Cops nennen.«

Abby ließ ihn nicht ausreden. »Aber heute Nacht bleibst du doch wieder hier?«

Seit Freitagabend übernachtete er immer bei ihr, was Abby deutlich mehr beruhigte als ihre Alarmanlage.

Marcus lächelte. »Ja. Und morgen, Abby, gehst du zur Arbeit. Du bleibst dort, und wenn du bis abends nichts von mir gehört hast, rufst du mich an. Ich hoffe, ich kann mit dem Jungen reden und so viel herausfinden, dass ich Callahan bis zum Abend verhaften lassen kann. Aber ich will nicht, dass du allein nach Hause gehst. Und falls irgendetwas passiert und du mich nicht erreichen kannst, ruf Duvane an. Du hast doch noch seine Karte?«

»Ja.«

»Er weiß alles über dich, Abby. Wir passen beide auf dich auf.«

Um sieben waren Abby und Marcus beide auf. Marcus kam in voller Montur in die Küche und stellte seine leere Kaffeetasse hin. Abby holte gerade Frühstücksflocken und Schüsseln für sie beide aus dem Schrank.

»Nein, danke«, sagte er, nachdem er einen Blick auf die Frühstücksflocken und anschließend auf die Uhr geworfen hatte. Es war fast acht. »Wahrscheinlich ist es besser, wenn deine Nachbarin mich nicht um diese Uhrzeit aus deiner Wohnung kommen sieht.«

Abby musste lachen. Sie konnte sich lebhaft vorstellen, was Mrs Tanor denken würde, wenn sie sah, wie Marcus ihre Wohnung verließ. »Stimmt, geh nur.«

Marcus nahm seine Pistole vom Couchtisch und steckte sie in das Holster an seinem Fußknöchel. »Und du geh jetzt auch zur Arbeit. Ich möchte nicht, dass du alleine hier bleibst.«

»Ich weiß, ich weiß. Ich muss mich nur noch fertig machen. In ungefähr zehn Minuten bin ich hier weg.«

»Okay, ich rufe dich später an.«

»Tschüss.« Sie goss etwas Milch auf ihre Frühstücksflocken und hörte, wie er die Treppe hinunterpolterte und das Haus verließ.

Zehn Minuten später hatte Abby gefrühstückt, war angezogen und raffte ihre Unterlagen zusammen. Mit dem Memo wegen der Teilhaberschaft war sie ein wenig weiter gekommen, aber noch nicht fertig. Sie malte sich aus, wie sie Jerry über den Weg laufen und wie er sie nach dem Memo fragen würde, bevor es fertig war. Das durfte sie nicht riskieren, dann brauchte sie das Memo gar nicht mehr einzureichen. Man würde es als Beweis werten, dass sie nachließ. Sie sah auf die Uhr. *Mach es einfach fertig*, dachte sie. *Um acht Uhr morgens passiert schon nichts Schlimmes.* Auf der Straße war zu viel los, zu viele Nachbarn waren zu Hause. Sie schaltete die Alarmanlage ein, setzte sich an den Schreibtisch und rief ihren Entwurf auf.

Eine halbe Stunde später verstaute sie die Unterlagen in ihrer Aktentasche und nahm ihren Mantel. So langsam wendete sich das Blatt.

Bzzz. Bzzz. Bei dem Geräusch fuhr Abby zusammen. Misstrauisch drückte sie auf den Knopf der Sprechanlage. »Ja?«

»Abigail, bitte kommen Sie raus. Ich muss mit Ihnen reden.«

»Wer ist da?«

»Äh, Patrick.« Sie lief von der Sprechanlage zum Fenster und spähte zum Eingangstor hinunter. Es war der Junge. Sie rannte zurück zur Sprechanlage.

»Was willst du?«

»Ich muss mit Ihnen sprechen. Es ist wegen Ali Rashid.«

Das genügte ihr. Sie nahm die Brieftasche vom Tisch, zog den Mantel an und lief die Treppe hinunter und nach draußen zum Tor. Doch der Junge hatte sich vom Tor entfernt. Jetzt stand er etwa zwei Meter weiter am Straßenrand. Abby blieb hinter dem Tor stehen.

»Was kannst du mir sagen? Weißt du, wer ihn umgebracht hat?«

»Bitte. Nicht hier. Ich …« Er sah sich um und ging etwa drei Meter weiter weg zur Gasse hin. Er wirkte paranoid.

»Warte!« Sie öffnete das Tor und lief zu ihm hinüber.

»Wenn du etwas weißt, sag es mir bitte. Arbeitest du für Thomas Callahan?«

Offenkundig von der Frage überrascht, starrte er sie an. »Ich – ich …« Wieder sah er die Straße entlang, dann lächelte er sie an. Eigentlich war es ein Feixen.

Gleich neben ihnen kam ein Polizeiwagen mit quietschenden Bremsen zum Stehen. Das Blaulicht blinkte, doch war keine Sirene zu hören.

Verwirrt, doch erleichtert, dass ein echter Beamter in Uniform und Streifenwagen zur Stelle war, wandte Abby sich Hilfe suchend dem Wagen zu. »Officer …«

Ehe sie den Satz beenden konnte, sprangen zwei Polizisten mit gezogener Waffe aus dem Wagen und befahlen ihnen, stehen zu bleiben.

Abby war völlig verdattert. »Officer, das ist ein Missverständnis!«

Der eine packte Abby am Ellbogen und zerrte sie zum Wagen. Der andere Polizist tat das Gleiche bei dem Jungen.

»Bitte warten Sie! Hören Sie mir doch zu!«

Der Polizist drückte ihre Hände auf die Motorhaube des Autos und begann, sie abzutasten.

»Moment! Was geht hier vor? Ich bin Anwältin!«

Die Polizisten lachten. »Wie schön für Sie«, meinte der eine.

»Und was haben wir denn hier?« Er hatte seine Hand in ihrer Manteltasche und zog ein dickes Bündel Geldscheine heraus.

»Das gehört mir nicht!«

»Und ich glaube, hier haben wir auch etwas«, mischte der andere Polizist sich ein. Aus der Jacke des Jungen zog er eine große Tüte voller Pillen.

Abby sah dem Jungen ins Gesicht. Er zeigte keinerlei Reaktion, als kümmerte es ihn gar nicht, was hier vor sich ging.

»Das ist ein Missverständnis!«

»Sie haben das Recht zu schweigen.« Er legte ihr Handschellen an, las ihr ihre Rechte vor und stieß sie auf den Rücksitz des Wagens.

Stumm saß Abby da, während die Polizisten zum Revier fuhren. Sie blickte den Jungen an. Er schaute aus dem Fenster.

»Was wolltest du mir sagen?«

Er ignorierte sie.

Abby saß mit den festnehmenden Polizisten im Verhörraum. Der eine saß ihr am Tisch gegenüber, der andere ging im Raum auf und ab.

»Meine Herren, ich weiß nicht, was Sie glauben, gesehen zu haben, aber es stimmt nicht.«

Derjenige, der auf und ab ging, unterbrach sie. »Wir wissen, wer Sie sind, Ms Donovan. Wir wissen, dass Sie gerade mit viertausend Dollar Bargeld verhaftet wurden und mit Ihnen Ihr kleiner Dealer, der mit verschreibungspflichtigen Medikamenten im Wert von etwa viertausend Dollar neben Ihnen stand. Sieht mir eindeutig nach Drogenhandel aus.«

Abby öffnete den Mund, um etwas zu sagen, doch der Beamte schnitt ihr mit einer Handbewegung das Wort ab.

»Wir wissen, dass Sie vor Kurzem bei Dalcon Pharma waren und dort ungehinderten Zugang zum dortigen Lager hatten.«

»Was geht hier vor? Woher wissen Sie das überhaupt? Und wieso spielt das eine Rolle?«

»Es spielt eine Rolle, weil Dalcon Pharma Medicon herstellt, ein Oxycodon-Präparat. Und ich würde darauf wetten, dass es sich bei den Medikamenten, die wir bei dem Jungen gerade gefunden haben, um Medicon handelt.«

»Das ist doch Irrsinn. Ich bin Anwältin. Ich vertrete Dalcon Pharma in einem Produkthaftungsprozess.«

»Das wissen wir«, meinte der Polizist. »Wir wissen außerdem, dass der Junge, Ihr Dealer, mehrmals vor Ihrem Haus gesehen wurde, wobei er Ihre Nachbarn beunruhigt hat.« Er las von seinen Notizen ab. »Eine Mrs Tanor, glaube ich?«

»Moment mal. Ich bin Senioranwältin bei Simon & Dunn. Ich weiß nicht, wer dieser Junge ist. Ich …«

Der Mann vor ihr lachte. Sein Tonfall war gleichmütig, gelassen. »Ms Donovan. Ganz offensichtlich handeln Sie mit verschreibungspflichtigen Medikamenten. Wenn Sie jetzt bei dem ganzen Schlamassel, in dem Sie sich befinden, einfach ehrlich sind, machen Sie es sich erheblich leichter.«

Sie schlug mit der flachen Hand auf den Tisch. »Das ist doch Wahnsinn. Ich nehme weder Drogen, noch verkaufe ich Drogen, noch weiß ich etwas über Drogen.«

Der Mann an der Tür ergriff das Wort. »Nun, wir wissen, dass dieser Junge bei mehreren Gelegenheiten gesehen wurde, wie er in der Nähe Ihres Hauses herumlungerte. Außerdem hat man Sie an einem bekannten Drogenumschlagplatz gesehen – in einer gewissen *Reggie's Bar*, am 26. Januar.«

Abby konnte ihren Zorn nicht mehr verbergen. »Dass ich dort war, wissen Sie, weil ich es der Polizei gesagt habe. Ich bin auf diese Bar gestoßen, als ich versucht habe, nach Hause zu kommen.«

Der Mann, der am Tisch saß, schnitt ihr erneut das Wort ab. Er sah immer noch in ihre Akte. »Ja. Aber wenn Sie im *Reggie's* um Hilfe fragen wollten, fragen wir uns, wie es dazu kam, dass Sie im Waschraum auf eine Leiche stießen, dann aber keineswegs Hilfe holten und vom Tatort wegliefen.«

»Ich musste auf die Toilette, okay? Ich habe die Frau im Waschraum gefunden. Ich habe niemanden angetroffen, der dort gearbeitet hat. Ein paar Jungen sind hereingekommen und haben mich angegriffen. Sie haben mir die Handtasche weggenommen.«

»Nun, das ist Ihre Version. Oder aber Sie sind eine Rechtsanwältin, die ihrer Sucht frönt. Wir hören öfter von tablettensüchtigen Akademikern, die mit Medikamenten handeln, um ihrer Sucht zu frönen. Sie haben einen sehr stressigen Job. Wahrscheinlich bekommen Sie nicht viel Schlaf.«

Der zweite Polizist mischte sich ein. »Und ich frage mich, was Ihre Kollegen wohl über Ihre beruflichen Leistungen sagen würden? Was würden Ihre Nachbarn über Sie sagen?«

In Abbys Kopf drehte sich alles. Sie konnte sich genau vorstellen, wie Jerry, ihr langjähriger Fürsprecher, ungläubig den Kopf schütteln würde, wenn er die Nachricht hörte. Die er ihnen abnehmen würde, denn sie hatte ja tatsächlich nachgelassen. Hatte weniger gearbeitet, mehr Fehler gemacht. Und ihre Sekretärin, die Abby gefragt hatte, weshalb sie so viele Anrufe von Polizeibeamten bekam. Fragen, denen Abby ausgewichen war. Und Mrs Tanor – sie konnte es sich lebhaft vorstellen. Sie würde sich an jene Nacht erinnern, als Abby ihre Schlüssel vergessen hatte; sie würde sich an Abbys und Davids Trennung erinnern, für die Abby nie eine Erklärung abgegeben hatte; ihr würde dieser Junge einfallen, der immer wieder gekommen war und nach Abby gerufen hatte. Es klang glaubhaft. Zum Teufel, wenn Abby es nicht besser wüsste, würde sie die Geschichte selbst glauben.

Der Polizist sprach weiter. »Vielleicht sind Sie ins *Reggie's* gegangen, um etwas zu kaufen, etwas ist schiefgegangen, eine Frau wurde getötet, und Sie sind weggelaufen.«

Sie sah von einem zum anderen und wusste nicht, was sie sagen sollte. Sollte sie ihnen alles erzählen? Darauf hoffen, dass man ihr glaubte? Ihnen von Marcus und Duvane erzählen? Was, wenn diese Männer mit Callahan unter einer Decke steckten? »Ich will einen Anwalt.«

Kapitel 22

Marcus machte zu Hause kurz halt, zog seine eigenen Kleider an, um nicht mehr wie jemand auszusehen, vor dem man Angst haben musste, und fuhr dann zum Rogers-Park. Das Übergangswohnheim stach unter den dreistöckigen Wohnhäusern heraus, zwischen denen es stand. Es war ein breites, zweistöckiges Backsteingebäude, vorne mit einer großen Veranda und einem schmiedeeisernen Tor. Die Direktorin, eine untersetzte, grauhaarige Frau, kam auf sein Klingeln zur Eingangstür gewatschelt.

»Hallo, Ma'am. Ich bin Detective Marcus Henton.« Er zeigte seine Dienstmarke vor, doch die Frau sah sie nicht einmal an. »Ich hoffe, Sie können mir helfen, diesen Jungen zu finden.« Marcus gab ihr das Foto aus der Polizeiakte, das er ausgedruckt hatte. »Ich glaube, er war im Jahr 2001 hier?«

Die Frau nickte nüchtern, als sie das Foto betrachtete. »Ja, Patrick. Er war eine Zeit lang hier.« Sie ging zu ihrem Büro, und Marcus folgte ihr. An der Tür drehte sie sich um. »Wieso suchen Sie ihn denn? Was hat er getan?«

»Ich habe den Jungen an verschiedenen Orten gesehen, die sich im Moment im Zentrum einer Ermittlung befinden.«

»Weswegen?«

»Das darf ich nicht sagen. Ich werde ihn nicht festnehmen; ich muss nur mit ihm sprechen. Möglicherweise kann er mir bei meiner Ermittlung behilflich sein.«

Die Frau schien damit zufrieden und betrat ihr Büro. Dort herrschte ein schreckliches Durcheinander. Ihre Ablage bestand aus jeder Menge Papierstapel. Sie durchquerte den kleinen freien Pfad zwischen Tür und Schreibtisch und durchsuchte mehrere der Papierberge. An der Wand hinter ihrem Schreibtisch hingen Hunderte von Fotos, auf denen Teenager abgebildet waren. Marcus betrachtete die Gesichter und hielt nach Patrick Ausschau.

»Nun, inzwischen wohnt er natürlich nicht mehr hier.« Jetzt suchte sie in dem Aktenschrank im hinteren Teil des Raums. »Nach dem Willen des Staates sollte er nur ein Jahr lang hierbleiben, und nach genau einem Jahr war er weg. Er ist mit einem anderen Jungen zusammengezogen, der ebenfalls hier gewohnt hat. Sie haben nicht mit mir Kontakt gehalten, wie ich sie gebeten hatte. Aber ich wünsche ihnen, dass sie nicht in Schwierigkeiten kommen.«

»Haben Sie ihre neue Adresse?«

»Danach suche ich gerade.«

Marcus wartete.

»Da haben wir sie.« Sie zog eine Akte heraus und schlug sie auf ihrem Schreibtisch auf. »Also, das war im Februar 2002. Ich lege nicht die Hand dafür ins Feuer, dass sie noch dort sind. Sie wissen ja, wie das mit Jugendliche ist. Aber das hier ist es.«

»Großartig. Ich bin Ihnen wirklich sehr dankbar für Ihre Hilfe.«

Sie schrieb die Adresse auf einen Zettel.

»Was hielten Sie von Patrick, als er hier war?«

»Ach, Sie wissen schon. Im Grunde war er wahrscheinlich ein guter Junge. Aber er hat kaum eine Chance gehabt. Hat seine Eltern früh verloren und sich herumgetrieben. Ist mit Drogen in Berührung gekommen. Und Sie wissen ja, wo das hinführt.«

»Natürlich. Als er hier wohnte, hat er sich da einen Job gesucht?«

»Oh, ja. Das müssen sie, dass gehört zum Programm. Wenn überhaupt einer die Chance auf ein neues Leben hatte, dann war es wohl Patrick.«

»Wieso das?«

»Er hatte Mister Callahan als Schutzengel.«

»Tatsächlich? Und wer ist Mister Callahan?«

»Nun, er war Polizist. Er hatte wohl ein besonderes Interesse an Patrick. Er half ihm dabei, früher aus dem Jugendgefängnis freizukommen, und sobald Patrick hier angekommen war, bot er ihm einen Job an. Er ist aus dem Polizeidienst ausgeschieden und hat eine Immobilienfirma gegründet.«

»Und was musste Patrick tun?«

»Oh, ich weiß nicht. Alles Mögliche, denke ich. Kopieren vielleicht? Kaffee holen?«

Marcus machte sich Notizen.

»Aber Mister Callahan hat ihn gut bezahlt. Er hat ihm sogar beim Autokauf geholfen.«

»Wow, das ist wirklich nett. Was für ein Auto war das denn?«

»Oh, nur ein alter Cadillac. Beige, glaube ich. Patrick hat ihn geliebt. Wenn alle meine Jungs einen solchen Menschen hätten, gäbe es wirklich Hoffnung.«

»Ja.« Marcus steckte Stift und Papier ein. »Ich danke Ihnen sehr für Ihre Hilfe, Ma'am. Oh, und können Sie mir sagen, wie der Junge hieß, mit dem er zusammengezogen ist?«

»Das war Sam Williams.« Sie ging zu ihrem Schreibtisch und nahm dahinter Platz. »Viel Glück, Detective.«

Marcus sprang in seinen Wagen und fuhr zur Wohnung von Patrick Ellis. Diese befand sich ein paar Querstraßen vom See entfernt. Ein dreistöckiges Mietshaus. Eines der vielen, die entlang der kleinen Straße lagen. An der Tür las Marcus die Namensschilder der verschiedenen Einheiten. Und da war es: »Williams/Ellis. 2B«

Er klingelte. Niemand antwortete. Er klingelte noch ein paarmal. Inzwischen war es Viertel nach neun. Durch den Lautsprecher drang eine Stimme. Schwerfällig. Verärgert. »Ja?«

»Patrick Ellis?«

»Nein.«

»Ist er da?«

»Nein.«

»Es tut mir leid, dass ich Sie so früh störe. Mein Name ist Detective Marcus Henton. Ich muss Mister Ellis unbedingt finden. Könnten Sie mir sagen, wo er ist?«

»Nein.«

»Hören Sie, er ist nicht in Schwierigkeiten. Aber ich muss wirklich mit ihm sprechen. Können Sie mich reinlassen?«

»Nein. Sie könnten ja irgendein Psychokiller sein, Mann.«

»Das bin ich nicht. Wenn Sie mich reinlassen, zeige ich Ihnen meine Marke. Ich muss nur Mister Ellis finden.«

»Er ist zur Arbeit. Ungefähr vor einer halben Stunde.«

»Und wo arbeitet er?«

»Er hat mehrere Jobs. *Starbucks*, da vorne an der Ecke.« Marcus blickte die Straße entlang und sah das Schild. »Und noch irgendwas. Ich weiß nicht, wo er ist.« Er gähnte hörbar. »Hören Sie, Mann, mehr kann ich Ihnen nicht sagen.«

Marcus stand an der Ecke vor dem *Starbucks* und telefonierte über sein Handy mit Duvane.

»Hey. Ich habe die Wohnung des Jungen gefunden, und sein Mitbewohner hat gesagt, dass er vor einer Weile zur Arbeit gegangen ist. Ich komme gerade aus dem *Starbucks*, in dem er arbeitet, und er muss erst mittags hier sein. Von daher vermute ich, dass er gerade für Callahan arbeitet.«

»Und was jetzt?«

»Nun, ich glaube, ihn auf einem Grundstück zu suchen ist sinnlos. Da laufe ich den ganzen Tag herum, ohne dass ich ihn zu Gesicht bekomme. Lieber komme ich wieder her, wenn er hier mit seiner Arbeit anfängt. Ich werde dem Gerichtsmediziner einen Besuch abstatten. Die Untersuchung der Prostituierten und von Rashid, unserem Freund, hat beide Male derselbe Pathologe betreut. Vielleicht können wir die beiden ja irgendwie mit Callahan in Verbindung bringen. Oder mit Reilly. Und ich werde mir ein Gebäude in der Madison Street ansehen, das Callahan markiert hatte. Mal sehen, was ich herausfinde.«

»Gut. Ruf mich nachher an.«

»Duvane?«

»Ja?«

»Meiner Meinung nach sollten wir Callahan heute festnehmen, auch wenn ich den Jungen nicht finde.«

»Wir haben noch nicht genug, Marcus. Korrupte Cops muss man festnageln. Dieser Kerl könnte uns zu ihnen führen.«

»Abby ist in Gefahr. Ich habe ihr gesagt, dass ich die Sache heute zum Abschluss bringe. Wir können ihn wegen Amtsanmaßung festnehmen. Er war in ihrer Wohnung. Und ich wette, Leon könnte ihn auch mit dem *Reggie's* in Verbindung bringen.«

»Marcus, wir brauchen mehr.«

»Aber wenn wir ihn festnehmen und dann Reilly aufs Korn nehmen, belastet der ihn vielleicht. Ich will ihn nicht auf der Straße haben. Vielleicht reicht es ja schon, wenn wir ihm Angst einjagen ...«

»Ich denke darüber nach. Gib einfach Bescheid, was heute los ist, wir kümmern uns dann darum.«

Trip war in seinem Büro und wartet auf den Anruf. Lange musste er nicht warten. Eine Viertelstunde nach seiner Ankunft klingelte sein Handy.

»Ja?« Trip hielt sich nicht damit auf, sich mit Namen zu melden.

»Sie ist in Haft.«

»Gut. Danke, Dom.«

»Nein, ich habe zu danken.«

»Ich tue nur meine Pflicht. Und was jetzt?«

»Ich warte nur noch auf die Unterschrift des Richters, dann durchsuchen wir ihre Wohnung.«

»Perfekt.«

»Wie hast du davon erfahren?«

»Du wirst es nicht glauben, aber ich war mit ihr zusammen!«

»Ach nee. Na ja, sie sieht ja echt gut aus.«

»Ja. Ich hab sie im *Drake* getroffen, in der Innenstadt. Wir hatten viel Spaß. Aber dann habe ich gemerkt, dass sie Tabletten nimmt. Ich wollte Schluss machen, und dann habe ich ihren geheimen Vorrat gesehen. Es hat mich umgehauen, als ich in ihrer Wohnung Patricks Name und Telefonnummer gesehen habe. Ich wusste einfach, dass ich der Sache ein Ende machen musste.«

»Einmal ein Cop, immer ein Cop.«

»Stimmt genau. Jedenfalls, jetzt wird da hoffentlich aufgeräumt.«

»Das hast du gut gemacht.«

»Ich kann einfach nicht fassen, dass Patrick darin verwickelt ist. Wie geht's ihm?«

»Dem geht's gut. Er benimmt sich, als wäre ihm das alles völlig egal.«

»Ich rede mit ihm. Ich werde diesen Jungen schon wieder auf die rechte Bahn bringen, und wenn es das Letzte ist, was ich tue. Ich dachte, er hätte sich schon viel mehr im Griff. Wann wird die Kaution festgesetzt?«

»Hol ihn einfach hier raus. Wir lassen die Sache auf sich beruhen. Sie interessiert uns mehr.«

»Danke, Mann.« Trip ballte stumm eine Siegesfaust und grinste. So vorhersehbar. Er legte auf. »Du kannst mir nicht in die Quere kommen, Abby«, sagte er laut und triumphierend. Allein schon bei dem Gedanken stieg sein Blutdruck, doch er betrachtete die Wand mit den Stecknadeln und behielt die Fassung. Jetzt musste er nur noch ein bisschen aufräumen.

Trip öffnete die Seitenschublade und suchte nach den passenden Schlüsseln. Er ging nach hinten zum Wandschrank, öffnete den Safe und holte eine große Tüte mit roten Tabletten heraus. Er nahm seinen Mantel und fuhr zu Abby.

Eine Dreiviertelstunde später saßen Patrick und er in seinem Wagen, der vor dem dreiundzwanzigsten Revier parkte.

»Gute Arbeit, Patrick. Siehst du, ich hab dir doch gesagt, dass ich dich da raushole. Kein Problem.«

Der Junge schnallte sich an. »Ja, ja. Und wenn sie mich nun vor Gericht gestellt hätten?«

»Ich hab dir doch gesagt, dass das nicht passieren wird. Und wenn doch, dann hätte ich mich schon darum gekümmert. Sie hätten die Anzeige fallen lassen. Aber wozu überhaupt darüber reden? Hier sitzen wir. Genau, wie ich gesagt hatte.«

Der Junge sah aus dem Fenster. »Und wann kriege ich mein Geld?«

»Geduld, Junge. Was habe ich gesagt?«

»Tausend Dollar.«

»Das ist eine Menge Geld. Bist du sicher, dass ich das gesagt habe?«

Patrick sah zu ihm hinüber, der Scherz verfehlte seine Wirkung bei ihm. »Komm mir nicht so, Trip. Ich hab dir gerade einen Riesengefallen getan, verdammt. Ich hab mein Leben aufs Spiel gesetzt. Ich brauch das verdammte Geld.«

Er beruhigte den Jungen. »Patrick – das war ein Scherz. Ich sorge schon für dich.«

Erneut blickte Patrick aus dem Fenster und murmelte: »Na hoffentlich.« Sein Knie wippte nervös auf und ab.

Jetzt war Trip verärgert. »Sonst?«

Der Junge hob die Stimme, blickte jedoch weiter nach draußen. »Sonst geht deine kleine Operation den Bach runter.«

Dieser kleine Dreckskerl. Dieser miese, erbärmliche, kleine Junkie, dachte Trip kopfschüttelnd. Schon wieder war er in Zugzwang.

Der Junge blickte erneut zu Trip hinüber. »Diese Schlampe hat mich gefragt, ob ich für dich arbeite, weißt du.«

Trips Gesicht wurde ausdruckslos. »Was hast du gesagt?«

»Nichts. Eine Sekunde später waren die Cops da.«

Trip umklammerte das Lenkrad. Er schlug mit der Faust darauf und löste die Hupe aus.

»Was soll das, Mann? Ich muss in zehn Minuten bei der Arbeit sein. Können wir jetzt fahren?«

Trip atmete langsam und tief durch und strich sich das Haar glatt. »Klar, natürlich. Aber erst muss ich dir etwas zeigen. Wo ist dein Wagen?«

»Auf diesem Parkplatz neben der Wohnung von der Tussi. Hinter der Bar.«

Abby saß an dem Stahltisch, die Knöchel über Kreuz, den Rücken gerade, die Hände um die Knie verschränkt. Sie bemühte sich, ruhig zu bleiben, doch die Art, wie sie ständig mit dem Schuhabsatz trommelte, verriet sie. Sie hatte die Wanduhr im Auge behalten und zugesehen, während die Zeiger weiter vorrückten. Die hielten sie doch zum Besten. Sie hatte schon vor drei Stunden um einen Anwalt gebeten.

Die Tür ging auf, und sie hörte mit dem Trommeln auf.

»Na, das ist ja eine Überraschung!« Er stellte die Aktentasche hin.

Abby lächelte verlegen, als Ted Gottlieb hereinkam. Sie stand auf, um ihn zu begrüßen. »Hi, Ted. Danke, dass Sie gekommen sind.«

»Was geht hier vor, Abby?«

»Es ist völlig verrückt. Aber Sie müssen mir glauben, und Sie müssen mich herausholen.«

Er rückte sich einen Stuhl zurecht und bedeutete ihr, sich ebenfalls zu setzen.

»Also, dann erzählen Sie mal.«

Sie erzählte ihm alles. Von der Nacht, in der sie Ali getroffen hatte. Von Marcus Henton und Callahan, und dass Callahan nach ihrer und Marcus‹ Ansicht nach möglicherweise der Mann gewesen war, den sie vor vier Wochen beim Verlassen des *Reggie's* gesehen hatte. Von Reilly und den anderen Cops. Davon, wie Callahan sie im *Drake* aufgestöbert hatte. Von dem Jungen, der vor ihrem Haus aufgetaucht war und den sie dann in der Videoaufzeichnung aus Alis Laden gesehen hatte. Über die inszenierte Festnahme vor ihrem Haus und dass sie unentgeltlich bei einem Prozess arbeitete, bei dem Callahan möglicherweise der namentlich unbekannte vierte Täter war.

Gottlieb saß da, hörte zu und machte sich Notizen. »Das ist ganz schön verrückt.«

Sie sah ihm beim Schreiben zu, um sicherzugehen, dass er alles notierte. »Ich weiß. Aber Marcus hat von den Jugendlichen in dem West-Side-Viertel, in dem er arbeitet, erfahren, dass Callahan ein paar Jungs zusammengeschlagen hat. Er hat ihnen weisgemacht, er würde sie verhaften, hat ihnen Drogen und Geld abgenommen und sie dann laufen lassen.«

Sie hielt inne und ließ Gottlieb Zeit, den Satz fertig zu schreiben. »Wenn Callahan derjenige ist, der den Jungen die ganze Zeit über zu meiner Wohnung geschickt hat und der auch hinter dieser Festnahme und hinter dem Geld in meiner Tasche steckt, ist er derjenige, der mich hereingelegt hat.«

Gottlieb sah von seinem Notizblock auf. »Und wieso sollte er das tun?«

»Wahrscheinlich will er sichergehen, dass ich ihn nicht mit dem *Reggie's* in Verbindung bringen kann.«

»Aber Sie haben doch gesagt, das könnten Sie nicht.«

»Ich weiß.«

»Dann verstehe ich einfach nicht, wieso er es auf Sie abgesehen haben sollte.«

»Ich weiß es auch nicht. Aber ich habe Recherchen über ihn angestellt. Ich meine, zuerst eigentlich nicht über ihn, sondern über das, was in jener Nacht passiert ist. Wir kamen der Sache gerade näher. Er muss es wissen.«

Gottlieb erwiderte nichts, und sie überlegte, ob er sie wohl für verrückt hielt. Oder noch schlimmer – für eine tablettensüchtige Anwältin, die all das getan hatte, was die Cops ihr vorwarfen.

Erneut dachte sie laut nach. »Ich bin zu der Versteigerung von Alis Laden gegangen. Es hat sich herausgestellt, dass der Käufer Callahans Firma ist. Vielleicht hat er ja herausgefunden, dass ich dort war. Und dann habe ich ihn gestern gesehen und Angst bekommen. Er muss es gewusst haben.«

»Was?«

»Dass ich weiß, was er im Schilde führt.«

»Und was genau ist das Ihrer Meinung nach?«

Eine Minute lang saß sie schweigend dar. Sie hatte so viele Puzzleteile. Sie ließ sich noch einmal alles durch den Kopf gehen und blickte dabei auf Gottliebs Notizen. »Vielleicht hat Callahan bei *Reggie's* und dem Fixmarkt ja dasselbe getan?«

»Was?«

»Eine Festnahme inszeniert, die Grundlage für eine Enteignung geschaffen? Inzwischen gehört ihm doch eine Immobilienfirma. Und etliche seiner Liegenschaften hat er bei Versteigerungen erworben.«

»Abby, das scheint mir sehr viel Ärger und Risiko, nur um ein paar heruntergekommene Gebäude in einem verrufenen Stadtviertel zu kaufen.«

»Welches Risiko denn? Callahan ist ein ehemaliger Cop, der sich als Cop ausgibt. Er hat Freunde bei der Polizeibehörde. Offenbar arbeiten sie alle zusammen. Wenn er den Jugendlichen auf der Straße Drogen abgenommen hat, hat er die vielleicht für seine Inszenierungen verwendet. Und wenn er Dealern und Schlägern Geld abnimmt, könnte er mit diesem Geld Immobilien kaufen.« Sie lehnte sich zurück. »Es ist beinahe, als würde er sein Unternehmen mit der hiesigen Kriminalität finanzieren!« Sie konnte ein befriedigtes Lächeln nicht unterdrücken.

»Abby, hören Sie. Wenn Sie bei Callahan richtigliegen, warum hat die Polizei ihn dann noch nicht in Gewahrsam genommen?«

»Marcus wollte heute den Jungen ausfindig machen und ihn dazu bringen, gegen Callahan auszusagen. Sein Chef wollte erst alle Puzzleteile haben, bevor sie ihn mit ihrem Verdacht konfrontierten. Sie wollten alle festnageln, die damit zu tun haben. Es könnten mehrere Polizeibeamte darin verwickelt sein.«

Gottlieb lehnte sich zurück , um das alles zu verarbeiten. »Wissen Sie, Mister Rashid hat mir gesagt, die Polizei habe ihn eingeschüchtert, als sie sein Haus beschlagnahmt hat.«

»Was meinen Sie damit?«

»Nun, jetzt, nachdem er tot ist, kann ich es wohl erzählen. Die Polizei hat Rashid damit gedroht, ihm seine Aufenthaltsgenehmigung entziehen zu lassen, und er hatte schreckliche Angst, Abby. Er hatte in den Vereinigten Staaten Asyl.«

»Asyl – wieso?«

»Weil er als Homosexueller im Irak umgebracht worden wäre.«

»Was?«

»Er sagte, die Polizei wisse alles über ihn und Miguel und seine Papiere, und sie hätten gesagt, dass sie ihn ausweisen würden.«

»O mein Gott!«

»Das war der Grund, weshalb ich ihm zu einem ermäßigten Honorar helfen wollte. Ich wollte die Polizisten und die Stadt in einem Zivilprozess wegen nicht standesgemäßen Verhaltens verklagen. Ich hoffte, die Staatsanwaltschaft würde daraufhin die Beschlagnahmung fallen lassen.«

»Aber Sie haben es nicht getan.«

»Dazu bekam ich nicht die Gelegenheit. Ich habe den Staatsanwalt vorab angerufen und ihm alles erzählt, damit er sich die Sache mit dem Prozess noch einmal überlegt, aber er meinte nur, er werde darüber nachdenken. Am Dienstag haben Sie mir dann gesagt, dass Rashid tot sei.«

Abby konnte es kaum glauben. Das machte alles noch schlimmer. »Man hat ihn umgebracht. Diese Typen wollten verhindern, dass er sich wehrt. Es hieß, es sei ein erweiterter Selbstmord gewesen, aber ich habe das nicht geglaubt. Mit welchem Staatsanwalt hatten Sie zu tun?«

»Gary McDougal.«

Abby schlug mit der Faust auf den Tisch. »Das war er! Ich hatte sein Gesicht erkannt, aber ich konnte mich nicht mehr erinnern.«

»Was?«

»Marcus ist Callahan am Freitagabend gefolgt und hat ihn mit diesem Mann gesehen – McDougal. Das erklärt, wie Callahan es geschafft hat, dass der Fixmarkt so schnell zur Versteigerung kam. Er hat McDougal ebenfalls in der Tasche.«

Gottlieb ließ den Stift fallen und schüttelte die Hand aus. »Abby, das ist starker Tobak. Ich muss mit Detective Henton reden. Im Moment sind Sie für diese Cops eine Drogendealerin. Denen zufolge hatten Sie bei der Verhaftung viertausend Dollar bei sich.«

»Der Junge muss mir das Geld in die Tasche gesteckt haben, als die Cops aufgetaucht sind.«

»Das mag ja sein. Aber selbst ohne Drogen oder illegale Güter kann der Besitz von so viel Bargeld als Hinweis auf kriminelle Aktivitäten angesehen werden.«

Abby ließ den Kopf auf die Arme sinken. »Das ist doch Wahnsinn.« Sie dachte an die Kanzlei. Das Teilhaberschaftsmemo. Was für ein Riesenwitz. Wenn herauskam, dass man sie wegen Drogenhandel festgenommen hatte, war alles vorbei.

Gottlieb fuhr fort: »Heute Nachmittag sind wir vor Gericht und holen Sie auf Kaution heraus. Ich kümmere mich darum. Aber Sie werden noch ein paar Stunden hierbleiben müssen. Vermutlich wird man Sie in eine Zelle stecken.«

Abby schlug mit der Faust auf den Tisch. »Verdammt noch mal!« Jetzt war sie wütend. Wütend, dass es so leicht war, eine Situation zu manipulieren, sie hereinzulegen, ihr Leben zu ruinieren. Sie hatte das Gefühl, vor Wut zerspringen zu müssen. »Sie müssen mich hier rausholen.«

Gottlieb legte seine Hand auf ihre. »Ich werde sehen, was ich tun kann. Ich denke, um vier sollten Sie bei Richter Tobin sein.«

»Um vier? Es ist doch erst Mittag.«

»Ich weiß, Abby. Ich sehe zu, dass ich einen früheren Haftprüfungstermin bekomme.«

»Sie müssen Marcus finden. Vielleicht können er oder Duvane sich darum kümmern.«

Gottlieb packte seine Sachen zusammen. »Möglicherweise. Ich rufe ihn an.« Er stand auf.

»Danke, Ted. Ich kann es einfach nicht glauben. Sie müssen das in Ordnung bringen.«

»Ich werde tun, was ich kann, Abby. Versuchen Sie, sich keine Sorgen zu machen.«

Ihre Stimme wurde leiser, erschöpft von den morgendlichen Ereignissen. »Eigentlich müsste ich im Moment bei der Arbeit sein.«

Gottlieb lächelte halbherzig, wie um auszudrücken, dass er verstanden hatte, aber aus offensichtlichen Gründen nichts daran ändern konnte. Er wandte sich zum Gehen.

Abby stand auf und hielt ihn zurück. »Würden Sie bitte meine Freundin Sarah anrufen?«

Er drehte sich um.

»Sie ist meine beste Freundin in der Kanzlei. Sie müsste heute wieder im Büro sein, gerade zurück aus den Flitterwochen. Sie müssen sie anrufen. Sie müssen ihr erzählen, was passiert ist. Sagen Sie ihr, dass sie es keinem erzählen darf. Dass sie für mich einspringen soll und sich heute um meine Angelegenheiten kümmern soll und dass ich sie heute Abend anrufen werde. Sie heißt Sarah Wilson – inzwischen Sarah Baker. Bitte rufen Sie sie an.«

Gottlieb griff nach der Türklinke. »Mache ich.«

Marcus saß am Tisch neben dem Fenster, dachte über sein Treffen mit dem Gerichtsmediziner nach und kritzelte auf seine Papierserviette. Er hatte genauer wissen wollen, wann die Prostituierte gestorben war. Falls Leon Callahan dann als denjenigen identifizieren konnte, der ihn weggeschickt hatte, würde seine Aussage zusammen mit Abbys vager Beschreibung den Ausschlag geben. Doch Leons Glaubwürdigkeit würde ein erhebliches Hindernis darstellen.

Nichts in dem Bericht des Pathologen brachte ihn weiter, und anscheinend konnte der Arzt Marcus nichts Genaueres sagen. Seinen Worten zufolge schien es plausibel, dass sie mit einem ihrer Strümpfe ermordet worden war, doch diesen hatte man nicht sichergestellt. Keine Fingerabdrücke, keine DNA, nichts, mit dem man irgendjemand hätte belasten können. Marcus war die Spuren durchgegangen, die man bei Rashid und seinem Freund gefunden hatte. Der Bericht hatte einen oberflächlichen Eindruck gemacht. Marcus hatte nirgendwo eine Untersuchung der Tatwaffe gefunden und dies dem Pathologen gegenüber erwähnt.

»Man hat mir keine Waffe zur Untersuchung gegeben«, hatte der erklärt.

»Wie ist das möglich?«

»Ich habe einfach keine Waffe bekommen.«

»Wie konnten Sie dann Suizid feststellen?«

»Der Wunde zufolge wurde die Waffe anscheinend aus nächster Nähe auf das Opfer abgefeuert. Man fand die Waffe neben seiner Hand. Dazu muss man kein Genie sein.«

Marcus war verärgert. Der Mann war ganz offensichtlich überarbeitet, unterbezahlt und leierte seinen Text nur herunter. »Sie sagten, Sie hätten keine Waffe zur Untersuchung bekommen.«

»So ist es.«

»Dann wissen wir also nicht, wem die Fingerabdrücke auf der Waffe gehörten und ob die Waffe am Tatort überhaupt abgefeuert wurde. Woher wissen wir überhaupt, dass man sie neben der Leiche gefunden hat?«

»Das stand im Polizeibericht.«

»Was ist dann aus der Waffe geworden?«

»Ich weiß es nicht. Mir hat man sie nicht gegeben. Ich habe sie nicht untersucht.«

»Haben Sie nicht die Beamten danach gefragt, wo sie war?«

»Hey, die bringen mir die Beweismittel, und ich untersuche sie. Ich bin hier nicht der Ermittler.«

Wenn Reilly korrupt war, dann hatte er möglicherweise nie eine Waffe am Tatort gefunden, das wusste Marcus. Er schrieb *Reillys Waffe* auf die Serviette und zog mit dem Kugelschreiber einen Kreis um die Wörter. Dann dachte er weiter über den Fall Rashid nach. Reilly hatte einen Partner. Hatte er mit der Sache zu tun? Wenn Reilly tatsächlich Rashid und seinen Freund ermordet hatte, war sein Partner entweder beteiligt oder nicht dabei gewesen. Noch ein Cop, den er überprüfen musste.

Marcus sah auf die Uhr. Jetzt wartete er schon eine halbe Stunde. Er war nervös. Er ging zurück zum Tresen und fragte nach dem Geschäftsinhaber.

»Entschuldigen Sie bitte, ich suche Patrick Ellis. Nach meinen Informationen müsste er inzwischen bei der Arbeit sein?«

»Jepp. Seine Schicht hätte eigentlich um zwölf Uhr angefangen. Kann ich Ihnen behilflich sein?«

»Sie wissen wohl nicht, wo er ist?«

»Nein.«

»Ist es normal, dass er zu spät kommt?«

»Nein, und ich glaube nicht, dass er weiter hier arbeiten wird.« Ganz offensichtlich war der Geschäftsinhaber ebenso verärgert wie Marcus.

»Okay. Danke.« Marcus wandte sich zum Gehen.

Kapitel 23

Abby lag auf ihrer Pritsche in ihrer fensterlosen Zelle und starrte auf die Betonwand, die sich neben ihr befand. Sie betrachtete die winzigen Rillen und Erhebungen in der Wand und fragte sich, was sie hätte anders machen können, fragte sich, wo Marcus war, fragte sich, ob es Callahan gewesen war, der Ali umgebracht hatte.

Das Stahlschloss am Ende des Ganges wurde aufgeschlossen, Schritte erklangen. Sie setzte sich auf. Marcus?

Es war Gottlieb. »Na, kommen Sie. Wir sind gleich bei Richter Shepherd. Die Verhandlung ist in zehn Minuten.«

Abby stand auf. »Ich dachte, Sie hätten etwas über Richter Tobin gesagt?«

»Ja, es ist mir gelungen, einen früheren Termin für die Anhörung zu bekommen. Um zwei führt Shepherd bei den Haftprüfungsterminen den Vorsitz.«

Abby saß seit anderthalb Stunden in der Zelle. Ihr kam es eher wie hundert Stunden vor. Sie konnte nicht fassen, dass ihr das widerfuhr.

»Jetzt machen Sie sich mal keine Sorgen.« Gottlieb hielt ihr die Zellentür auf. »Den Fall selbst werden wir gar nicht weiter diskutieren; ich werde nur darauf hinweisen, dass Sie keine Vorstrafen, enge soziale Beziehungen und eine angesehene Position bei *Simon & Dunn* haben, und dann warten wir ab, welche Kaution der Richter festsetzt. Es gibt da ziemlich feste Richtlinien. Wahrscheinlich werden es zwanzigtausend sein.«

»O Gott.«

»Was?«

»Der Fall ist öffentlich, oder? Womöglich lande ich in den Nachrichten.«

Er tätschelte ihr die Schulter, während sie den überfüllten Gerichtssaal betraten.

»Bitte erwähnen Sie meine Arbeit nicht«, sagte Abby leise.

»Die bringe ich nur zur Sprache, wenn es nötig ist.«

Es war unwirklich. Wie im Traum. Vor Gericht zu stehen. Als Angeklagte. Als Täterin. Darauf zu warten, dass der Richter über ihr Schicksal entschied. Am liebsten hätte sie aus vollem Hals geschrien. Aber eine zeternde Irre hatte vor Gericht keine guten Karten. Schweigend saß sie da und ließ Gottlieb seine Arbeit tun. Sie waren der dritte Fall auf der Prozessliste. Es dauerte nicht lange.

»Also dann. Ich habe die Kaution. Holen wir Sie raus.« Gottlieb führte Abby durch die Menschenmenge zu der imposanten Flügeltür. Und dann sah sie ihn: David. Er stand hinten an der Wand; vermutlich wartete er darauf, beim Richter an die Reihe zu kommen. Er wirkte konsterniert. Offenbar war er im Raum gewesen, als ihre Sache verhandelt worden war. Sie sah zu ihm hinüber, und sein fassungsloser Blick traf den ihren. Sie hatte ihre Reaktion nicht unter Kontrolle. Die Schleusen öffneten sich, und sie bedeckte ihr Gesicht mit den Händen, während Gottlieb sie zum Ausgang führte.

David lief auf sie zu, während Gottlieb sie weiter hinauszog. Er rief hinter ihr her. »Abby, was ist los?«

Abby drehte sich zu ihm um, durch die Menschen hinten im Gerichtssaal von ihm getrennt. »Ich habe nichts getan, David! Ich schwöre es. Bitte glaub es nicht!«

Hinter ihr fuhr der Richterhammer herunter, und der Richter rief zur Ordnung. David sah zu ihm hinüber. Endlich waren Gottlieb und Abby draußen und fanden eine Bank.

»Wer war das?«

Abby wischte sich mehrmals das Gesicht ab. »Mein Exfreund, der Staatsanwalt bei der Generalstaatsanwaltschaft ist und sich jetzt vermutlich fragt, ob ich drogensüchtig bin.« Die Tränen strömten ihr weiter über das Gesicht, doch sie tat so, als hätten sie aufgehört.

»Abby, Sie müssen nach Hause. Ruhen Sie sich aus. Es war ein harter Tag.«

Sie schloss die Augen und rieb sie heftig, als könnte sie so das Chaos dadurch beseitigen. »Ich muss Marcus finden und ihm erzählen, was passiert ist. Vielleicht hat er den Jungen ja gefunden. Vielleicht kann er das alles geraderücken.«

»Ich habe ihn vorhin angerufen. Ich habe ihn nicht erreicht, aber ich habe ihm eine Nachricht hinterlassen und erzählt, was Ihnen zugestoßen ist, und ihn gebeten, mich zurückzurufen.«

Abby blickte auf ihre Aktentasche. Heute war das Memo fällig. Sie wischte sich noch einmal über das Gesicht, sah Gottlieb an und atmete tief durch. »Ich muss ins Büro.«

»Abby, tun Sie das nicht. Sie sehen nicht gerade gut aus. Bis Sie dort sind, wird es fast drei Uhr sein. Machen Sie für heute Feierabend.«

In einem Versuch der Schadensbegrenzung wischte sie sich noch einmal über das Gesicht. »Sie verstehen nicht. Heute ist dieses Memo wegen der Teilhaberschaft fällig. Ich muss es einreichen. Wenn es zu spät kommt, kann ich die Sache genauso gut abhaken.« Sie hörte deutlich die Verzweiflung in ihrer Stimme.

»Bitte, Abby. Wir leben im Computerzeitalter. Gehen Sie nach Hause. Schicken Sie das Memo Ihrer Sekretärin per E-Mail. Lassen Sie sie es für Sie abgeben.« Er stand auf und zog sie von der Bank. »Kommen Sie. Ich rufe Ihnen ein Taxi.«

Abby widersprach nicht. Sie fühlte sich, als hätte jemand ihr in den Bauch geboxt. Am liebsten hätte sie sich einfach zusammengerollt.

Marcus saß im Verkehr auf der Wells Street zwischen der Division Street und der North Avenue fest. Er wollte dieses Madison-

Anwesen überprüfen und sehen, was er herausfinden konnte. Inzwischen war es drei Uhr nachmittags, und er war bei Callahans Festnahme kein Stück weitergekommen. Zwei Stunden lang war er einer Sackgasse nach der anderen gefolgt. Dieser Junge war der Schlüssel, das spürte er, aber er fand den kleinen Mistkerl einfach nicht. Er war zur Wohnung des Jungen zurückgefahren, hatte von dem Mitbewohner jedoch nichts erfahren und hatte dann noch einmal das Übergangswohnheim aufgesucht, um die Direktorin erneut zu fragen, wo er suchen könnte. Nichts. Dann war er in sein Viertel gefahren, um Leon zu suchen, damit dieser Callahan identifizierte, doch den hatte er ebenfalls nicht gefunden. Sein Telefon klingelte. Es war Duvane.

»Ich habe die Beschlagnahmung beim *Reggie's* überprüft.«

»Und?«

»Der Staatsanwalt hat heute ein Versäumnisurteil beantragt. Der Eigentümer ist tot. Am Wochenende aus einem vorbeifahrenden Auto im Garfield-Park erschossen worden. Sowohl der Fahrer als auch der Beifahrer sind dabei ums Leben gekommen.«

»Wer war bei ihm im Wagen?«

»Sein Sohn.«

»Scheiße. Das war Callahan. Er wollte dieses Gebäude haben. Ich habe eine Akte auf seinem Schreibtisch liegen sehen. Er schafft sich alle vom Hals, die sich gegen eine Beschlagnahmung zur Wehr setzen, an der er ein Interesse hat. Und jetzt kann Leon ihn außerdem nicht belasten.«

»Wo ist das Mädchen?«

»Bei der Arbeit.«

»Du musst auf sie aufpassen. Wir sollten uns Callahan lieber schnappen.«

Gott sei Dank. Marcus legte auf und bemerkte das Blinken des Anrufbeantworters auf seinem Handy.

Er hörte die Nachricht ab. Irgendein Anwalt, der sagte, er vertrete Abby bei ihrer Klage wegen Drogenhandels. *Was!* Marcus wendete abrupt, ignorierte das Gehupe und die quietschenden Bremsen und jagte den Wagen über die Wells Street in die Richtung von Abbys Wohnung. Fluchend warf er das Handy beiseite. Nicht zu glauben, dass er das zugelassen hatte. Er brauchte etwa fünfzehn Minuten, bevor er in der Halsted Street war, gleich östlich von ihrer Wohnung. Er bog westlich auf die Roscoe Street ab, jagte über die kleine Straße und hielt nach einem Parkplatz Ausschau. Gottliebs Nachricht zufolge war der Haftprüfungstermin um zwei gewesen. Inzwischen müsste Abby zu Hause sein. Beim Näherkommen bremste er und hielt nach einem Parkplatz Ausschau, was in dieser Gegend nahezu ein Ding der Unmöglichkeit war. Er fuhr weiter zur Ecke Roscoe und Clark Street und scannte das Gelände neben ihrem Haus, wo Parken verboten war. Den Strafzettel würde er eben riskieren. Gerade fuhr ein cremefarbener Cadillac aus einer Parklücke. Moment. Dieser Junge hatte einen cremefarbenen Cadillac gehabt. Der Wagen fuhr genau auf ihn zu, und Markus beobachtete, wie er in die Roscoe Street abbog. Und dann sah er den Fahrer. Es war Callahan – er fuhr rechts auf die Clark Street und dann nach Norden. Marcus folgte ihm.

Abby blickte auf den Computerbildschirm. Am Vormittag war sie mit dem verdammten Ding fertig geworden, aber als sie das Dokument ein letztes Mal durchlas, klang es bescheuert – genauso durchschaubar und unaufrichtig, wie sie selbst sich fühlte. Im letzten Abschnitt sollte sie ausführen, warum sie ihrer Meinung nach das Zeug zur Teilhaberin hatte, in welchem Bereich sie sich als Anwältin am sichersten fühlte, und was sie in die Kanzlei einbringen würde. Was für ein Witz. Was würde sie schon einbringen – eine Vorstrafe? Die Fähigkeit, alles zu vermasseln?

Es kam ihr so töricht vor, sich jetzt Sorgen wegen der Arbeit zu machen. Sie verdiente die Teilhaberschaft sowieso nicht. Sie wollte sie nicht einmal. Aber doch, sie wollte sie. Es musste einfach so sein. Und sie musste sich weiter darauf konzentrieren, musste davon ausgehen, dass alles sich aufklärte, dass keiner ihrer Kollegen je davon erfuhr. Dass Callahan weggesperrt wurde. Vielleicht war er ja schon im Gefängnis. Aber warum hatte sie noch nichts von Marcus gehört? Wusste er nicht, was passiert war? Sie klickte das Dokument weg und schrieb eine E-Mail an David. Sie ertrug es nicht, dass er glaubte, sie würde Drogen nehmen. Aber sie wollte nicht mit ihm reden und wusste nicht recht, was sie schreiben sollte. Die E-Mail wurde kurz. Lächerlich kurz.

> *David, ich hab dich heute gesehen. Tut mir leid, dass ich eine solche Szene gemacht habe. Ich bin verhaftet worden, habe aber nichts getan. Man versucht, mir Drogenhandel anzuhängen! Klingt verrückt, ich weiß. Aber ich versuche, die Sache aufzuklären. Bitte denk nicht schlecht von mir.*
> *Alles Liebe, Abby*

Sie schickte die Mail ab und fragte sich, ob er überhaupt noch an sie dachte.

Es klingelte. Bei dem Gedanken an Marcus atmete sie ein wenig auf. In der Hoffnung auf gute Nachrichten rannte sie die Treppe hinunter. »Wer ist da?«

»Mrs Tanor.« Abby wurde ganz schlaff vor Enttäuschung. Sie öffnete die Tür.

»Hallo, meine Liebe.«

»Hi.«

»Kann ich einen Moment hereinkommen? Hier draußen ist es eiskalt.«

»Ja, natürlich.« Der Wind drang durch Abbys Leggings und ihr Sweatshirt.

»Abby, ich habe heute Morgen gesehen, wie Sie verhaftet worden sind. Stimmt es denn, meine Liebe, was man behauptet? Dass Sie mit Drogen handeln?«

»Nein! Also bitte, Mrs Tanor, Sie kennen mich doch.«

»Nun, das dachte ich eigentlich auch. Aber dieser Junge ist hier aufgetaucht, und Ihr Freund ist ausgezogen – Sie sind schon seit Monaten nicht mehr Sie selbst.« Dann flüsterte sie: »Und am späten Freitagabend habe ich gesehen, wie ein großer *Farbiger* mit schweren Goldketten hereingekommen ist, und am Samstag haben Sie beide zusammen das Haus verlassen.«

Abby schüttelte den Kopf. Anscheinend hatte Mrs Tanor sich alles Mögliche zusammengereimt. Jeder hätte das getan. Aber natürlich kannte auch niemand sie gut genug, um das nicht zu tun. Sie hatte alle auf Abstand gehalten und schließlich auch David weggestoßen. Und jetzt zweifelte er wahrscheinlich an ihr.

»Mrs Tanor, bitte glauben Sie mir. Ich nehme keine Drogen. Ich handle nicht mit Drogen. Ich weiß, dass Sie glauben, Sie hätten hier einen Gangster gesehen, aber Sie irren sich. Ich kann Ihnen nur nicht erzählen, was los ist. Es ist nicht, was Sie glauben.« Sie hätte gern mehr gesagt, doch sie fürchtete sich vor Callahan und den korrupten Polizisten und wollte Mrs Tanor nicht in Gefahr bringen.

»Abby, ich weiß nicht, was ich glauben soll. Ich habe Sie immer gemocht. Aber ich muss mich in meinem Haus sicher fühlen können. In letzter Zeit sind hier eine Menge merkwürdige Dinge passiert. Ich glaube, gestern war jemand bei mir im Haus. Ich bin eine alte Frau. Ich will keine Angst haben müssen!«

»Was meinen Sie damit, dass jemand bei Ihnen im Haus war? Haben Sie die Polizei gerufen?«

»Nun, das nicht, weil ich eigentlich keinen Beweis hatte. Die Tür war nicht aufgebrochen, und es schien nichts zu fehlen, aber es war irgendwie kalt, als hätte eine Zeit lang ein Fenster oder eine Tür offen gestanden, und in meiner Küche war eine Schublade halb herausgezogen. Ich habe sie nicht aufgemacht.«

Es klang nicht sehr bedenklich. »Mrs Tanor. Ich bin in Schwierigkeiten. Ich weiß nicht, warum, aber jemand will mir etwas anhängen. Bitte glauben Sie nicht, was Sie hören. Das wird sich alles aufklären.«

»Gut, meine Liebe.« Mrs Tanor breitete die Arme aus, und Abby konnte nicht widerstehen, obwohl sie das normalerweise getan hätte. Sie umarmten einander, und Abby hielt sich an Mrs Tanor fest. Sie schloss die Augen, atmete ein und stellte sich vor, dass es ihre Mutter war, die sie im Arm hielt und alles wiedergutmachte. Mrs Tanor löste sich von ihr und sah ihr ins Gesicht.«

»Sie sehen schrecklich müde aus, meine Liebe. Schlafen Sie ein bisschen.«

Abby verabschiedete sich von ihr und ging langsam die Treppe hinauf, als würde jedes ihre Beine fünfzig Kilo wiegen. Das Telefon klingelte. Sie setzte sich an den Küchentisch, atmete ein und meldete sich.

»Hallo?«

»Abby! Herrgott noch mal. Was zum Teufel ist nur los?«

Allein schon Sarahs Stimme und Besorgnis brachten sie erneut um ihre Fassung. Sie schluckte den Kloß in ihrem Hals hinunter und erklärte alles. Sarah musste bereits aus der Begrüßung herausgehört haben, wie schlecht es ihr ging.

»Ach, Süße. Was kann ich tun?«

»Ich stecke wirklich in der Klemme«, sagte Abby unter Tränen. »Ich brauche Hilfe.«

»Was immer du willst.«

Aber Sarah konnte ihr dabei nicht helfen. Abby riss sich zusammen. »Schau einfach nur für mich in meine E-Mails. Gehe zusammen mit meiner Sekretärin meinen Terminkalender durch. Im Moment kann ich nicht mal denken. Ich will nur keine Abgabetermine versäumen. Falls es etwas Dringendes gibt, kümmere dich bitte darum oder geh damit zu jemandem, der mit dem Fall zu tun hat. Ich komme morgen ins Büro. Ich möchte wirklich nicht, dass irgendjemand davon erfährt.«

»Kein Problem.«

»Danke.« Abby atmete tief durch und versuchte, das Thema zu wechseln. »Und, wie war Aruba? Du hast mir gefehlt.«

»Also bitte, Abby. Wir können doch jetzt nicht über Aruba reden. Du hast mir ebenfalls gefehlt. Ich mache mir nur solche Sorgen.«

»Das brauchst du nicht. Ich habe einen Detective, der mir hilft. Erinnerst du dich noch an den Mann, der mich in der Nacht verfolgt hat, als ich in den falschen Zug gestiegen bin? Wie sich herausgestellt hat, ist er einer von den Guten. Während der letzten Woche war er so etwas wie mein bester Freund.«

»Himmel. Man kann dich einfach nicht alleine lassen, was? Kaum bin ich mal zwei Wochen weg, hast du schon einen neuen besten Freund.«

Beide lachten. Es fühlte sich gut an.

Durch die Wand hörte Abby ein schwaches Summen aus Mrs Tanors Wohnung. Sie ging zum Wohnzimmerfenster, um nachzusehen, wer draußen war. Am Tor standen vier uniformierte Beamte, und Mrs Tanor ging gerade auf sie zu. Vermutlich um sie hereinzulassen, vermutete Abby.

»Sarah, ich muss auflegen.« Abby beendete das Gespräch, ehe Sara etwas erwidern konnte, blieb reglos stehen und fragte sich, was jetzt wohl kommen würde.

Die Polizisten betraten den Hof und kamen auf Abbys Haustür zu. Und dann hörte sie, wie sie an die Tür hämmerten. Das Herz rutschte ihr in die Hose. Wie viel schlimmer konnte es denn werden?

Sie ging zur Treppe, um sie einzulassen. Die Männer begannen zu rufen. »Polizei! Machen Sie auf! Wir haben einen Durchsuchungsbefehl!«

Vorübergehend ungehalten, blieb Abby stehen. Sie hatte nichts zu verbergen. Vielleicht würde ihnen ja endlich klar werden, dass das alles ein abgekartetes Spiel war. Doch dann traf sie die Erkenntnis wie ein Blitz. Wenn es wirklich ein abgekartetes Spiel war, wem konnte sie dann vertrauen? Was, wenn das gar keine guten Cops waren? Sie dachte an Isabel Ramirez und rannte zur Küchenschublade zurück, um ihr Pfefferspray zu holen.

Die Männer riefen weiter durch die Tür: »Wenn es sein muss, brechen wir die Tür auf!« Sie zog die Küchenschublade auf. Darin lag deutlich sichtbar eine große Ziptüte voller Tabletten.

Am liebsten hätte Abby laut geschrien. Immer noch wurde an die Tür gehämmert. Die Sache wurde immer schlimmer, und sie wusste nicht, ob Marcus sie in Ordnung bringen konnte. Was, wenn er deswegen ins Gefängnis kam? War das möglich?

Sie ergriff die Tüte und rannte über die Treppe nach oben ins Badezimmer. Sie blickte zur Toilette und dachte an die Krimis im Fernsehen. Das funktionierte nie. Sie hörte die Männer auf der Treppe. Sie waren in der Wohnung.

Hastig erklomm sie die Stiege und öffnete die Dachluke. Es war eiskalt. Die Dachoberfläche war mit geschmolzenem und inzwischen gefrorenem Schnee bedeckt. Vorsichtig betrat sie das Eis, schloss die Luke hinter sich, schlitterte zu dem Kniestock, der ihr Dach mit dem ihrer Nachbarn verband, und kletterte hinüber. An der Mauer stand der große Grill der Nachbarn, und Abby duckte sich dahinter. Doch sie hatte immer noch die Tabletten. Was, wenn sie hinaufkamen und sie mit diesen Tabletten in der Hand erwischten? Sie erwog, sie hinunterzuwerfen, fürchtete jedoch, dass man dann die Tabletten auf dem Parkplatz oder, noch schlimmer, direkt vor dem Tor finden würde. Sie klappte den Grill auf und warf die Tüte hinein. Die Luke ging auf.

Kapitel 24

Der Cadillac befand sich vier Wagen vor Marcus. Sie fuhren jetzt schon seit drei Kilometern auf der Clark Street nach Norden. Vielleicht war er ja auf dem Weg zurück zu der Wohnung des Jungen in Rochester. Er rief Duvane an. »Ich verfolge gerade Thomas Keller. Er fährt einen cremefarbenen Cadillac. Es ist der Wagen des Jungen.

»Wo bist du?«

»Clark Street. Jetzt gerade Ecke Clark und Montrose Street. Oh, verdammt. Moment.« Die Ampel hatte gerade auf Gelb geschaltet, als Callahan links abbog und auf die Montrose Street nach Westen fuhr. Die nächsten beiden Autos kamen noch über die Ampel, doch der Wagen vor Marcus blieb davor stehen. Jetzt überquerten die Autos auf der Montrose Street die Kreuzung. »Duvane, ich rufe dich gleich zurück.« Marcus warf das Telefon beiseite und verrenkte sich nach dem Cadillac den Hals.

Er konnte nicht warten. Er scherte auf die Spur nach Süden aus und schoss über die Kreuzung, während die Autos auf ihn zurasten. Er erntete ein Hupkonzert, und etliche Autos kamen mit quietschenden Bremsen zum Stehen. Marcus schaffte es um die Kurve und hielt Ausschau nach Ärger. Keine Unfälle, keine Polizei.

Er ging aufs Gas, sah den Cadillac jedoch nirgends. Er konnte nicht weit vor ihm sein, und es sah nicht so aus, als gäbe es hier viele Orte, wo Callahan hätte hinfahren können. Im Norden sah man bis zur nächsten Kreuzung nur Bäume – ein dichtes Waldschutzgebiet, das sich anscheinend über anderthalb Kilometer hinzog. Die Ampel davor war rot, und auf dem Parkplatz des Einkaufszentrums an der Südseite war nichts von dem Cadillac zu sehen. Auf Marcus‹ rechter Seite tauchte die Einfahrt zum Wald auf. Als die Ampel grün wurde, bog er ab und fuhr hinein. Einen Versuch war es wert. Die Straße war schmal und schlängelte sich zwischen eng beieinanderstehenden, kahlen Bäumen hindurch. Um ihn herum war alles schneebedeckt. Marcus ließ es langsam angehen. Er sah die Schilder, auf denen *Wildwechsel* und *Müll wegwerfen verboten* stand, und kurz darauf wurde die Straße gerade und mündete auf einen großen Parkplatz. Ein Auto fuhr direkt auf ihn zu: ein schwarzer Mercedes. Mit getönten Fensterscheiben. Marcus sah nur einen Schatten, doch er wusste Bescheid. Als der Wagen vorbeifuhr, las er im Rückspiegel das Kennzeichen. Hinter ihm fuhr der Wagen zurück zur Montrose Street.

Der Cadillac stand am Rand des leeren Parkplatzes. Marcus hielt daneben an. Von dem Jungen war nirgendwo eine Spur. Schnell stieg er aus und warf einen Blick in den leeren Wagen. Spritzen, Tabletten, eine Tüte Koks, alles gut sichtbar auf dem Vordersitz ausgebreitet.

Abby kauerte hinter dem Grill und rührte sich nicht. Das Eis kribbelte an ihren Füßen. Ihre Socken waren durchweicht. Die Luke stand offen, doch sie konnte nicht an dem Grill vorbei um die Ecke sehen, was dort vor sich ging. Sie hörte eine Stimme. Gedämpft. So wie es sich anhörte, schloss der Betreffende gerade die Luke. »Hier oben ist nichts.« Aufatmend spähte sie um den Grill herum zu ihrer Dachterrasse hinüber. Sie war leer. Vorsichtig näherte sie sich der Dachluke, um die Männer zu hören. Ihr war eiskalt. Was, wenn dort unten noch mehr Tabletten waren? Wie hatte jemand in ihre Wohnung eindringen können? Callahan musste bei ihr zu Hause gewesen sein. Bei dem Gedanken an ihn, an den Kuss, daran, wie sie nackt aufgewacht war, hatte sie einen widerlichen Geschmack im Mund.

Sie kauerte sich über die Luke und lauschte. Nichts. Auf einmal hörte sie Stimmen im Hof. Sie lief hinüber zum Rand der Mauer und blickte auf die vier uniformierten Beamten hinunter, die gerade auf das Tor zukamen und beiläufig plauderten, als hätten sie gerade eine Kaffeepause hinter sich. Einer von ihnen redete über das Spiel der *Chicago Bulls*.

Abby setzte sich aufs Bett, zog die Socken von den schmerzhaft kalten Füßen, während sie das Telefon zwischen Ohr und Schulter klemmte und wartete. Es war Gottliebs Büro. Er war nicht da. Sie hinterließ ihm eine Nachricht und berichtete von der Wohnungsdurchsuchung und den Tabletten. Sie rief Nate an, bei dem sich ebenfalls die Mailbox meldete. Sie konnte nicht verhindern, dass ihre Stimme brach. »Nate, ich brauche deine Hilfe. Ich bin in Schwierigkeiten. Ruf mich an, sobald du das abhörst. Falls Ted Gottlieb dich anruft … er ist mein Anwalt. Ich bin heute verhaftet worden.« Es klang so fremd, so unglaublich.

Trip war gerade auf der Montrose Street auf dem Weg nach Westen, als sein Handy klingelte. Auf diesen Anruf hatte er gewartet. Jetzt wurde alles gut.

»Das ist unmöglich!« Es war Dominik vom dreiundvierzigsten Bezirk. Trip bemühte sich, seine Entgeisterung und Frustration nicht durchklingen zu lassen. Er hatte die Tabletten doch erst heute Morgen deponiert. Der Polizist klang verärgert über die sinnlose Mission, auf die Trip ihn geschickt hatte.

»Ich weiß nicht, was ich dir sagen soll. Ich weiß nur, was ich gesehen habe. War sie schon vor einem Richter?«

»Ja, ihr Anwalt konnte ihren Fall auf den Zwei-Uhr-Termin vorverlegen. Sie ist schon eine Weile draußen.«

»Und wer ist ihr Anwalt?«

»Ted Gottlieb.«

Trip verbarg seine Reaktion. »Okay, danke für die Information.« Er beendete den Anruf und hieb mit der Faust auf das

Lenkrad. Diese Schlampe würde ihm die Sache nicht vermasseln. Er war zu nahe dran. Er ließ das Handschuhfach aufschnappen – er hatte genug Stoff. Er machte eine Kehrtwendung und fuhr zum Stadthaus.

Marcus war wieder auf der Montrose Street und hielt auf der Straße fieberhaft nach Callahan Ausschau. Er griff nach dem Telefon. »Duvane. Callahan ist inzwischen in dem schwarzen Mercedes. Du musst ihn jetzt festnehmen.« Er gab Duvane das Kennzeichen durch und wartete. Sie mussten Callahan schnappen, bevor sich dieser Abby schnappte.

»Okay, ein paar Leute sind jetzt zur Montrose unterwegs. Was ist mit dem Cadillac?«

»Den hat er stehen lassen. Hör zu, du musst zu dem Waldschutzgebiet rüberfahren, das gleich westlich von der Ecke Montrose und Clark liegt. Ich glaube, da wirst du den Jungen finden.«

»Was ist passiert?«

»Callahan. Ich habe ihn kurz aus den Augen verloren, aber er hat den Wagen stehen lassen. Als er weggefahren ist, habe ich den Cadillac gesehen. Von dem Jungen keine Spur, aber auf dem Sitz lagen überall Drogen.«

»Das gefällt mir nicht.«

»Mir auch nicht. Und heute hat man Abby mit diesem Jungen zusammen verhaftet.«

»Verhaftet? Was zum Teufel ist passiert?«

»Ich weiß nicht. Ich bin gerade unterwegs zu ihr. Ruf mich an, sobald du Callahan hast.«

»Mach ich.«

Marcus klappte das Handy zu, gleich darauf wieder auf und rief Abby auf dem Handy an. Sie nahm nach dem ersten Klingeln ab.

»Marcus! Wo warst du denn?« Sie wartete die Antwort nicht ab. »Ich bin verhaftet worden! Gerade eben waren Cops mit einem Durchsuchungsbefehl hier und haben meine Wohnung durchsucht. Ich habe mich auf dem Dach versteckt!«

»Abby, ich habe von der Verhaftung gehört. Es tut mir wirklich leid. Ich konnte mich nicht früher melden. Ich habe gerade Callahan verfolgt. Aber jetzt bin ich unterwegs zu dir.«

»Marcus, in meiner Küchenschublade waren Tabletten. Ich habe sie nur durch Zufall gefunden, bevor die Polizei hereinkam. Ich habe sie auf dem Dach versteckt.« Ihre Stimme kippte.

»Abby, ich komme gleich. Rühr dich nicht vom Fleck.«

»Ich halte das nicht aus. Das ist ein abgekartetes Spiel. Ihr müsst Callahan festnehmen und der Sache ein Ende machen.«

»Das werden wir. Jetzt in diesem Moment sind Cops unterwegs und suchen nach ihm. Sie werden ihn finden.«

»Wo bist du?«

»Etwa zehn Querstraßen von dir entfernt. Ich bin in ein paar Minuten da. Warte auf mich.«

»Ich kann hier nicht bleiben. Ich fühle mich wie eine Zielscheibe. Ich gehe raus und warte dort draußen auf dich.«

Er hörte die Panik in ihrer Stimme. »Ich lasse nicht zu, dass dir etwas zustößt, Abby.«

Sie unterbrach ihn. »Ich bin hier nicht sicher. Er weiß, wo ich wohne.« Sie konnte sich offenbar nur noch mit Mühe zusammennehmen. »Sogar Mrs Tanor denkt schlecht von mir.«

»Abby, ich weiß, dass es dir im Moment unmöglich vorkommt. Halt einfach durch – ich bin in etwa zehn Minuten da.«

Marcus klappte das Handy zu und gab Gas, nur um von dem Verkehr auf der Montrose Street ausgebremst zu werden.

Abby klappte das Handy zu und sah sich im Zimmer um. Am liebsten wäre sie aufs Bett gesunken, um zu weinen, aber wenn sie sich gehen ließ, würde womöglich noch Schlimmeres passieren. Sie nahm ihre Socken und Schuhe und ging nach unten. Sie würde kein wehrloses Opfer sein. Sie knöpfte den Mantel zu, steckte das Handy ein, griff nach einer Baseballkappe und verließ das Haus.

Von rechts näherten sich Scheinwerfer, und der Bürgersteig zu ihrer Linken war voller Menschen. Straßen und Gehwege brodelten vom Pendlerverkehr. Der Verkehr, der Lärm, der Trubel trösteten sie. In ein paar Minuten würde Marcus hier sein. Sie atmete ein paarmal tief durch und blickte auf die Straße, um nach seinem Wagen Ausschau zu halten.

Marcus umklammerte sein Handy. Er befand sich auf der Clark Street, inzwischen nur noch ein paar Querstraßen von Abbys Wohnung entfernt, doch der Verkehr war dicht und bewegte sich nur im Schneckentempo vorwärts. Er sah den oberen Teil ihres Wohnhauses. »Halt durch, Abby.« Nervös trommelte er auf das Lenkrad und verrenkte sich den Hals, um zu sehen, was die Autos vor ihm aufhielt, doch er sah nichts. Scheinwerfer, Rücklichter, Straßenlaternen, Leuchtreklamen – alles beschien den sich verdunkelnden Himmel. Er drückte auf die Hupe. »Fahr schon!«, brüllte er. Der Verkehr hatte nicht nachgelassen. Er klappte das Handy auf und rief noch einmal Abby an.

Trip jagte über die Roscoe Street auf Abbys Wohnhaus zu, ließ die Fensterscheibe herunter, stellte die bewegliche Sirene auf das Autodach und schaltete das Blaulicht ein. Es machte zwar keinen Lärm, doch als er den Wagen anhielt, erregte das Blaulicht einige Aufmerksamkeit. Vor Abbys Tor stand eine Frau mit Baseballkappe. Er beobachtete, wie sie sich die Kappe tiefer ins Gesicht zog und rasch auf die von Menschen wimmelnde Straßenecke zuging. Einige Leute, die gerade die Kreuzung an der Clark Street überquerten, sahen zu ihm herüber. Er sprang aus dem Wagen; die Polizeimarke hing an einer Kette um seinen Hals.

Abby wandte sich zu ihm um, ihre Blicke trafen sich. Alle blickten zu ihnen herüber, niemand rührte sich. Abby wollte losrennen, prallte gegen die Leute. Es war, als hätten sie eine menschliche Mauer gebildet. Sie saß in der Falle. Nach wenigen Sekunden hatte er sie und packte sie am Arm.

»Hilfe!«, schrie Abby zu der Menge hinüber, als er sie zum Wagen zerrte.

Trip sprach mit lauter Stimme; er wollte sichergehen, dass alle Zuschauer ihn hörten, während er sie zum Wagen zerrte, sie auf das Heck hinunterdrückte und ihr Handschellen anlegte. »Danke, Leute. Das war eine harte Nuss. Ms Donovan, Sie haben das Recht, zu schweigen.«

»Nein! Nein!« Sie wehrte sich. Sie brüllte der Menge zu: »Er ist gar kein Polizeibeamter! Helft mir doch!«

Trip lachte nur. »Oh, das ist ja mal originell! Alles, was Sie sagen, kann und wird gegen Sie verwendet werden.« Keiner aus der Menge rührte sich. Er las ihr weiter ihre Rechte vor, zog sie hoch und stieß sie auf den Rücksitz.

»Nein! So haltet ihn doch auf!« Er schlug die Tür zu. Sie schrie und trat nach der Tür. Er lächelte zu der abwartenden Menge hinüber, winkte und nahm die Sirene vom Dach. Es dauerte nur einen Augenblick. Die Menge teilte sich, als er auf der Kreuzung abbog und nach Süden fuhr.

Nachdem er es viermal hatte klingeln lassen, hielt Marcus es nicht mehr aus. Er spähte zwischen den Fahrzeugen hindurch und sah in der Ferne ein blaues Licht, vielleicht auch ein Flackern. Panik ergriff ihn. Der Verkehr kam wieder in Bewegung, und er scherte auf die Gegenspur zu einem Überholmanöver aus, kam jedoch nicht weiter. »Gottverdammt«, schimpfte Marcus. Er machte einen Schlenker zum Straßenrand und ließ den Wagen stehen. Hinter ihm wurde gehupt. Er lief auf das Haus zu und war noch eine Querstraße davon entfernt, als das Blaulicht ausging.

Marcus gelangte zur Straßenecke und blickte die Straße entlang. Alles war ruhig. Abby sah er nicht. Er rannte zum Tor und drückte auf ihre Klingel. Keine Antwort. Er versuchte es wieder auf ihrem Handy. Nichts. Er rief auf ihrem Festnetzanschluss an. Nichts.

Er klingelte Sturm bei Wohnung Nummer acht, Mrs Tanor, bis er endlich das Rauschen der Sprechanlage hörte.

»Ja?«

»Mrs Tanor, hier spricht Detective Marcus Henton. Ich suche Ihre Nachbarin, Ms Donovan. Können Sie mir helfen?«

»Einen Augenblick, Detective.« Die Verbindung wurde unterbrochen, und Marcus wartete und fragte sich, was sie wohl aufhalten mochte.

Mrs Tanors Tür ging auf, und sie kam in den Hof. Sie trug einen langen Wollmantel und darunter etwas, das wie ein Nachthemd aussah. Sie öffnete das Tor nicht.

»Es tut mir wirklich leid, dass ich Sie störe, Ma'am, aber ich muss dringend mit Ms Donovan sprechen. Erst vor zehn Minuten habe ich mit ihr telefoniert, und sie war hier. Sie geht nicht an die Tür und auch nicht ans Telefon.«

Die Frau musterte ihn von oben bis unten. »Hören Sie, ich weiß ja nicht, wer Sie sind, aber ich habe Sie schon früher hier gesehen. Lassen Sie Abby in Ruhe. Sie scheint in letzter Zeit eine Menge Ärger zu haben, und ich vermute, dass Sie etwas damit zu tun haben.«

»Mrs Tanor, ich weiß es zu schätzen, dass Sie Abby schützen möchten, aber ich tue das ebenfalls. Ich bin wirklich Detective.« Er zog Polizeimarke und Ausweis hervor und zeigte sie ihr durch das Torgitter. »Sehen Sie.«

Sie betrachtete den Ausweis eingehend und sah ihn dann wieder an, immer noch unsicher.

»Mrs Tanor, ich weiß, dass Abby nichts getan hat. Möglicherweise ist sie Zeugin eines Verbrechens, und sie und ich haben einige illegale Aktivitäten aufgedeckt.« Er unterbrach sich; es würde jetzt zu lange dauern, das alles zu erklären. »Bitte, ich merke, dass Abby Ihnen am Herzen liegt, aber sie ist möglicherweise in Gefahr. Könnten Sie mir bitte sagen, ob Sie gesehen haben, wie sie wegging, oder wie jemand herkam – oder noch besser, können Sie mich in ihre Wohnung lassen? Sie hat gesagt, Sie hätten ihren Ersatzschlüssel. Ich muss mich wirklich davon überzeugen, dass es ihr gut geht.«

Mrs Tanor fasste nach dem Türgriff. Marcus war drin. »Ich habe nicht gesehen, wie sie wegging, und ich habe niemanden kommen hören. Und ich höre es, wenn jemand bei ihr läutet. In den letzten zehn Minuten ist das jedenfalls nicht passiert. Warten Sie hier.« Inzwischen standen sie im Hof, direkt vor Mrs Tanors und Abbys Eingangstüren. »Ich hole den Schlüssel.«

»Danke.« Marcus ging auf und ab und rief erneut Abby auf ihrem Handy an. Keine Antwort. Nur eine Minute später kehrte Mrs Tanor zurück. »Detective, er ist nicht da.«

»Sind Sie sicher? Wo bewahren Sie ihn auf?«

»Er ist immer in der Küchenschublade.«

»Haben Sie ihn in letzter Zeit benutzt?«

»Nein. Abby hat mir den neuen Schlüssel gebracht, als sie vor ein paar Wochen die Schlösser ausgetauscht hat. Er ist nicht hier.« Er merkte, dass etwas sie beschäftigte.

»Was ist?«

»Ich hatte Abby gerade gesagt, dass ich den Eindruck hätte, jemand wäre hier gewesen. Hier in meinem Haus. Diese Schublade stand offen. Ich mache diese Schublade nie auf.«

»Wann war das?«

»Gestern.«

»Mrs Tanor, danke für Ihre Hilfe. Ich melde mich bei Ihnen.«

Marcus lief zur Clark Street zurück und hielt bei drei Jugendlichen an, die an der Ecke zusammenstanden.

»Hat einer von euch eine Frau gesehen, die vor ein paar Minuten hier an der Straßenecke stand? Ich wollte mich hier mit einer Freundin treffen und kann sie nicht finden.«

Die drei lachten. »Na ja, Ihre Freundin haben wir zwar hoffentlich nicht gesehen, aber dafür vor ein paar Minuten ein Mädchen, das von einem Cop in einen Wagen gezerrt wurde.«

Einer der anderen mischte sich ein: »Mann, das war krass. Ein richtiger Undercover-Einsatz. Nicht mal mit Polizeiwagen. Aber er hatte Dienstmarke und Blaulicht.«

»War es ein schwarzer Mercedes?«

»Ja!«, antworteten die drei unisono.

Ohne ein weiteres Wort zu verlieren, rannte Marcus zu seinem Wagen und hörte von hinten nur noch ein sarkastisches

»Gern geschehen!«. Ihm war, als würde sich Nebel über seinen Geist senken. Die Panik war ihm nur allzu vertraut. Die Straßen entlangzurennen. Zu spüren, wie das Chaos um ihn herum zunahm.

Sein Handy klingelte. Duvane sprach, bevor er etwas sagen konnte.

»Marcus. Ich bin mitten in diesem Waldschutzgebiet, in das sie mich geschickt haben.«

»Und?«

»Und ich stehe hier vor Ihrem Jungen.«

»Haben Sie ihn befragt?«

»O nein. Er ist tot.«

Er hatte es gewusst. »Callahan hat Abby.«

»Was?«

»Er war kurz vor mir bei ihrer Wohnung. Anscheinend hat er wieder eine Verhaftung inszeniert. Ein paar Jungs auf der Straße sagten, sie sei verhaftet worden. Ein Undercover-Cop hätte sie in einen schwarzen Mercedes verfrachtet.«

»Ich schicke noch mehr von meinen Leuten los. Wir kriegen ihn.«

»Er wird sie töten.«

»Wir finden ihn. Einen Moment.«

Das Schweigen schien sich minutenlang zu dehnen. Marcus stieg in seinen Wagen und fuhr in Richtung Süden. Duvane kam wieder ans Telefon. »Okay, eine Fahndungsmeldung ist draußen, inklusive Kidnapping.«

»Ich fahre auf der Clark in Richtung Süden. Vielleicht fährt er ja zu seinem Büro.«

»Ich lasse bei den anderen Immobilien ebenfalls ein paar Beamte nachsehen.«

Kapitel 25

Wo die Handschellen Abbys Handgelenke aufgescheuert hatten, brannte ihre Haut. Ihre rechte Schulter pochte von dem Aufprall, als Callahan sie in den Wagen geschleudert hatte. Sie lag auf der Seite und spürte, wie ihr Telefon vibrierte. Sie wusste, dass es Marcus war. Langsam setzte sie sich auf. Callahan beobachtete sie im Rückspiegel. Sie musste sehen, wo er sie hinbrachte.

»Warum tun Sie das?«

Er sah sie im Spiegel an. »Erzähl doch mal, Abby, wie bist du die Tabletten losgeworden?«

Abby antwortete nicht.

Er lächelte. »Keine Sorge. Ich hab noch mehr.«

»Ich nehme keine Tabletten«, sagte sie leise.

»Oh, doch, das tust du. Ist ja wirklich eine Schande. So eine hübsche Frau mit so viel Potenzial, das einfach weggeworfen wird.«

Er wird mich umbringen, dachte sie. »Warum tun Sie das?«, fragte sie laut.

Er ignorierte die Frage. »Wieso hast du dich nicht um deine eigenen Angelegenheiten gekümmert?« Und dann, noch ehe sie antworten konnte: »Wir hatten an dem Abend damals so viel Spaß, Abby. Ich hatte wirklich gedacht, es könnte etwas daraus werden.«

Abby schauderte bei dieser Vorstellung – einen ganzen Abend mit diesem Psychopathen verbracht und womöglich mit ihm geschlafen zu haben.

»Hattest du an dem Abend keinen Spaß, Abby?«

Sie antwortete nicht und sah nur aus dem Fenster, um seinem bohrenden Blick im Spiegel zu entgehen. Sie behielt die Straße sorgfältig im Blick. Sie waren in Richtung Süden unterwegs gewesen und fuhren jetzt nach Westen. Ihrer Vermutung nach befanden sie sich auf der Division Road. Sie fuhren wieder in dieses Viertel.

»Warum hast du mich nicht angerufen?« Auf einmal klang er, als wäre es ihm Ernst. »Es ist wegen deinem Freund, oder?«

Sie erwiderte nichts. Von wem redete er? Sie sah zu ihm hinüber.

Er hatte die Frage in ihren Augen wohl gesehen. »Nun, ich habe jedenfalls angenommen, dass es dein Freund war. Da haben du und ich so viel Spaß und küssen uns leidenschaftlich beim Tanzen – ich hab gemerkt, dass du darauf abgefahren bist –, und dann, kaum kreuzt da draußen dieser Kerl auf, zeigst du mir die kalte Schulter. Tschuldigung, aber was hat der Kerl, das ich nicht habe?«

Im Rückspiegel grinste er sie an.

Langsam kam die Erinnerung zurück. »David«, sagte sie, als es ihr wieder einfiel.

»Ja, das stimmt.«

Endlich half jemand ihrem Gedächtnis auf die Sprünge. Sie hatten vor dem *Drake* unter der Markise gestanden und darauf gewartet, dass der Parkplatzboy seinen Wagen brachte. David war dort gewesen und hatte aus irgendeinem Grund seine Verlobte in ein Taxi gesetzt, und er war herübergekommen, hatte sich mit Callahan bekannt gemacht und Hallo gesagt. Sie erinnerte sich an seinen beunruhigten Gesichtsausdruck und an ihre Verlegenheit, als David vorgestellt werden wollte und sie Callahans Nachnamen nicht wusste.

»Du hast mir diesen Trottel vorgezogen! Also wirklich, Abby. Wie konntest du nur?«

Sie konnte nicht anders. Ein kleines Lächeln breitete sich auf ihrem Gesicht aus. Was für eine Erleichterung. Davids Wagen war gekommen, und er hatte ihr angeboten, sie mitzunehmen. Sie hatte sein Angebot angenommen und diesen Psychopathen vor dem Hotel stehen lassen. Gott sei Dank.

»Was habe ich denn getan? Ich weiß von nichts.« Sie blickte aus dem Fenster und versuchte, sich darauf zu konzentrieren, wo sie hinfuhren.

»Lass die Spielchen, Abigail. Es hat keinen Sinn. Wir wissen doch beide, dass du mich damals in der Nacht gesehen hast, als ich aus dem *Reggie's* gekommen bin. Du bist zu der Versteigerung im Fixmarkt gegangen. Du hast nach Beschlagnahmungen recherchiert. Du hast angefangen, mit Nathan Walters zusammenzuarbeiten.«

Ihr Herz tat einen Satz, als er Nates Namen aussprach. Sie wollte nicht noch mehr Menschen in Gefahr bringen.

»Ich hatte gar nicht vor, jemanden umzubringen, weißt du. Aber diese Nutte hat gesehen, wie ich den Stoff hingelegt habe. Ich konnte sie nicht laufen lassen.«

»Natürlich nicht«, murmelte Abby.

Wieder sah Callahan zu ihr herüber und grinste über ihre vorgetäuschte Zustimmung.

»Und dann musste dieser kleine Araber losziehen und sich einen Anwalt nehmen.«

Ali? »Sprechen Sie von Ali Rashid und seinem Freund? Die haben Sie auch umgebracht?«

»Du meinst seinen Liebhaber? O ja. Es war nicht geplant. Das Arschloch hätte es einfach nehmen sollen. Normalerweise wissen diese verdammten Ausländer nicht, was sie machen sollen. Es ist, wie Süßigkeiten zu klauen. Sie können nichts dagegen tun. Zu hohes Risiko, zu viel Geld. Aber dieser kleine Wichser ist losgezogen und hat sich einen noblen Anwalt besorgt, und sie wollten klagen und allen möglichen Schaden anrichten. Das konnte ich nicht zulassen.«

Abby wurde das Herz schwer.

»Und dann du!«

Sie sah ihn an.

»Du hast dir das alles selbst zuzuschreiben, Abby. Nichts von all dem hätte passieren müssen. Zum Teufel, als wir uns kennengelernt haben und du mich anscheinend nicht erkannt hast, dachte ich einen Augenblick tatsächlich, wir könnten …« Er sah wieder zu ihr hin. »Ich hab das Zeug nur für den Fall bei dir deponiert, dass du herumschnüffelst. Falls du mich hättest identifizieren können. Aber du konntest dich einfach nicht da raushalten. Deshalb ist bei dir wohl jetzt der nächste Schritt fällig.«

»Wie können Sie nur so etwas tun? Sie zerstören das Leben anderer Menschen. Stehlen ihr Eigentum. Unschuldige Menschen! Sie waren doch mal Polizist. Wie war das noch mit *dein Freund und Helfer*?«

»Ach, komm schon. Diese Araber-Schwuchtel war wahrscheinlich ein Terrorist. Ich hab der Welt einen Gefallen getan. Die Frau im *Reggie's* war eine drogensüchtige Nutte. Alle, die ich je reingelegt habe, waren armseliger Abschaum.«

»Was ist mit Juan Domenz?«

Callahan schwieg einen Augenblick. »Wow, du hast echt deine Hausaufgaben gemacht.«

»Ja, und ich weiß Bescheid über den Staatsanwalt, den Sie unter Kontrolle haben. Aber Sie werden damit nicht davonkommen. Es gibt Leute, die Bescheid wissen.«

»Blödsinn.«

»Sie sind ein Ungeheuer. Wie können Sie nur so …«

»Na und? Hör auf, über mich zu urteilen. Du weißt nicht das Geringste über mich.«

»Ich weiß, dass Sie aus wohlhabenden Verhältnissen kommen. Lake Forest. Sie hatten sämtliche Möglichkeiten.«

»Du hast doch keine Ahnung.«

»Ich weiß, dass Sie ein Psychopath sind. Und Sie werden niemals damit durchkommen. Niemand wird glauben, dass ich mit Drogen deale. Das ist doch lächerlich.«

»Du weißt, dass sie das glauben werden.« Die Killer-Grübchen kamen zum Vorschein.

Nein. Callahan wusste nichts von Marcus oder Duvane. Sie musste nur lange genug überleben, bis die sie fanden.

Er bog auf den Parkplatz eines Motels ein und hielt neben der Leuchtreklame im Fenster, auf der *Geöffnet* stand. »Warte hier, Schätzchen. Es dauert nur eine Sekunde. Und mach keine Dummheiten. Die Scheiben sind getönt, und in meinem Wagen bist du sicherer als da draußen.« Wieder lächelte er, als wäre dies nur ein lockeres Date. Dann stieg er aus und schloss die Türen ab. Abby sah, wie die Metallveredelung sich senkte.

Sie ließ sich auf den Sitz fallen und wälzte sich herum, um sich Bewegungsfreiheit für ihre Hände zu verschaffen. Wenn sie nur in ihre Jackentasche fassen und zu ihrem Telefon hätte gelangen können. Sie hatte die Kurzwahlen neu eingerichtet, und Marcus erreichte sie über die Eins. Sie ruderte mit den Armen, zerrte an ihrer Jacke und fingerte nach ihrer Tasche. Da. Sie fühlte es. Wenn es ihr nur gelänge, die Knöpfe zu ertasten, herauszufinden, wo die Eins war, und auf *Senden* zu drücken …

Die Fahrertür ging auf. Abby hörte auf, sich zu bewegen. Callahan fuhr das Auto um das Gebäude herum und parkte dort. Er sprang aus dem Wagen, öffnete die hintere Tür und setzte sich auf den Rücksitz. Sie versuchte, sich zu einer sitzenden Position aufzurichten.

»Also, Abby, dann ziehen wir dir mal diesen Mantel aus«, sagte er, knöpfte diesen auf und zog ihn nach unten, bis die Handschellen bedeckt waren, »und werfen hierauf einen Blick.« Er zog eine Pistole und richtete sie zwischen ihre Augen. »Sieh sie dir gut an. Ich möchte sie nicht benutzen. Jetzt steig einfach mit mir aus und halt den Mund, dann passiert dir nichts. Wenn du zu schreien versuchst oder eine Szene machst, werde ich dich ganz einfach erschießen. Hier gibt es keine Zeugen.« Er öffnete die Tür, stieg aus und zerrte sie hinter sich her. Es war eisig kalt. Auf dem Parkplatz war keine Menschenseele. Ihr Mantel, der jetzt hinter ihr herunterhing, verdeckte die Handschellen, und der Lauf von Callahans Pistole bohrte sich in ihre Seite, während er eine lederne Aktentasche aus dem Kofferraum holte und mit ihr nach oben zu Zimmer 109 ging.

In dem Zimmer roch es entsetzlich. Schimmel, Staub, Verwahrlosung. Callahan betätigte einen Lichtschalter, und eine Neonleuchte an der Decke warf ihr Licht auf den orangebraunen Teppich und die schmutzigen Wände. Er legte die Waffe auf den Glastisch neben der Tür und ging hinüber, um den großen Fernseher einzuschalten, der an der Wand auf einem Retroschränkchen stand. »Mach es dir gemütlich«, meinte er und machte eine Handbewegung zu der großen Tagesdecke mit den orangefarbenen, braunen und gelben Blumen. Er drehte sich um und legte die Kette vor die Tür. Gleich links sah sie ein Badezimmer. Schwerfällig rannte sie hinein und warf die Tür mit ihrem Körpergewicht zu. Mit dem Rücken zur Tür fummelte sie an dem Riegel herum, um die Tür abzuschließen, und ließ sich zu Boden sinken.

Hinter sich hörte sie ihn lachen. Er hob die Stimme. »Abby-Schatz, du kannst nicht weglaufen. Wehr dich nicht dagegen. Es wird so oder so passieren. Mach es dir nicht unnötig schwer. Vielleicht genießt du es ja sogar.«

Trip zog die Lederhandschuhe aus und öffnete die Aktentasche. Aus dem Innenfach holte er ein paar Gummihandschuhe, legte sie an und reihte Ampullen, Injektionsnadeln, einen Gummischlauch und Tabletten vor sich auf. Dann setzte er sich aufs Bett, sah auf die Uhr und zappte mit der Fernbedienung durch die Fernsehprogramme.

Mit lauter Stimme fing er an: »Also, Abby, los jetzt. Entweder du kommst von allein, oder ich trete die Tür ein.«

»Sie werden niemals damit durchkommen!«, schrie sie zu ihm herüber.

»Womit denn? Mit dem Kauf beschlagnahmter Immobilien? Das ist wohl kaum ein Verbrechen.«

»Ich rede von Mord, davon, von unrechtmäßigen Beschlagnahmungen, die Sie mittels gestohlener Drogen eingefädelt haben, vom Immobilienkauf mit gestohlenem Geld.«

Beeindruckt nickte Trip. Sie war schlau. »Interessante These, Abby, aber es gibt keine Beweise.«

»Und was ist mit mir? Das ist Entführung.«

»Na ja, eigentlich ist es eher ein tragischer Fall. Eine intelligente Anwältin. Ehrgeizig. Aber man weiß ja, wie stressig diese Jobs sein können.« Trip lächelte und fuhr fort: »Die Nachbarn sagen, es sind zwielichtige Gestalten aufgetaucht und haben sich bei ihr herumgetrieben. Womöglich sogar ein bekannter Drogendelinquent!«, spottete er. »Ein Polizist war bei ihr im Büro. Die Leute haben schon geredet. Man hat sie wegen Drogenhandels festgenommen. Vielleicht ist sie einfach nicht mehr damit fertiggeworden, dass ihr Leben vor die Hunde ging.«

Er wartete auf eine Antwort, aber sie sagte nichts. Der hatte er es gründlich gegeben. Diese Schlampe würde ihn nicht fertigmachen. »Jetzt gräm dich nicht so sehr. Wir machen es kurz und schmerzlos.«

Abby rollte sich auf dem Boden hin und her, zerrte an ihrem Mantel und versuchte verzweifelt, an das Handy in ihrer Manteltasche zu kommen. Sie sah sich in dem Bad nach einem Ausweg um. Ein Fenster gab es nicht. Sie konnte nirgendwo hin. Aber konnte sie ihn verletzen? Nichts. Nur ein Standwaschbecken, Toilette, Dusche. Mit dem oberen Teil des Spülkastens hätte sie ihm den Schädel einschlagen können, aber in Handschellen war sie hilflos. Sie griff nach dem Mantel, der an ihr herunterhing, und versuchte erneut, das Handy zu fassen zu bekommen.

Da. Sie spürte die Tasten und fand ihre Ausrichtung. Sie drückte die Eins und dann auf *Senden*. Anschließend betätigte sie seitlich die Taste für den Lautsprecher. Es läutete, doch niemand nahm ab. Sie zählte bis drei und begann, Callahan anzuschreien.

Marcus war in Panik. Nicht wie bei der Arbeit an einem Fall, sondern mehr, als hätte man seine eigene Schwester gekidnappt. Er hatte Abby mehrmals angerufen. Wo war sie nur? Bei Callahans Büro war er bereits vorbeigefahren, doch dort war von dem Mercedes keine Spur. Er fuhr in Richtung West Side, hatte jedoch keine Ahnung, wo er hin sollte. Das Gefühl der Hilflosigkeit war ihm nur allzu vertraut. Was, wenn sie bereits tot war? Bei jedem dieser düsteren Gedanken schlug er mit der Faust auf das Lenkrad.

Langsam fuhr er über die Division Road und spähte in jede Seitenstraße, musterte jeden vorbeifahrenden Wagen. Es war dunkel. Er umklammerte sein Handy und blickte aus dem Fenster. Einen Block weiter, vor einem Laden an der Straßenecke, stand eine Gruppe zusammen. Er entdeckte Darnel. Vielleicht konnten sie ja helfen. Aber inzwischen war fast ein Jahr vergangen. Er hatte sich hier im Viertel Vertrauen und Respekt erworben. Diese Jungs hatten ihn überhaupt erst auf die Spur von Callahan gebracht. Was würde passieren, wenn er offen mit ihnen sprach? Es wäre Verrat. Duvane würde außer sich sein. Monate verdeckter Ermittlungsarbeit beim Teufel. Trotzdem hielt er bei ihnen an.

Das Telefon in seiner Hand klingelte, und er zuckte zusammen. Doch ehe er auch nur Hallo sagen konnte, hörte er Abbys Stimme. Es klang, als befände sie sich einen Meter vom Telefon entfernt, doch sie schrie. »Also, Trip, du bist aus Lake Forest, aus einer guten Familie. Warum bist du dann Cop geworden? Warum bist du nicht ins Familienunternehmen eingestiegen?«

Eine Pause entstand, und Marcus lauschte aufmerksam. »Komm schon, Abby, erzähl mir, wo du bist.«

Sie redete weiter. »Und wieso bringst du mich in dieses schmierige Motel? Das *Shangri-La*?! Ich hatte gedacht, dass du höhere Ansprüche hast!« Wieder eine Pause. »Nein, nicht!« Jetzt klang ihre Stimme panisch. »Ich sitze auf der Toilette!«

Marcus sprang aus dem Wagen und rannte zu den Männern, die an der Ecke standen. Darnel hob grüßend die Hand, und

Marcus ergriff sie und absolvierte die halbe Umarmung, die man von ihm erwartete. Die anderen wollten es ihnen nachtun, doch Marcus ignorierte sie. »He, Kumpel, wo ist das *Shangri-La*?«

Die Jungen fingen an zu lachen. »Das *Shangri-La*!«

»Scheint, als hätte Marcus jemand zum Spielen gefunden!«, meinte einer der Männer.

»Hat sie Freundinnen, Kumpel?«, fragte ein anderer.

Auch Darnel lachte. »Hast du ’ne Nutte aufgegabelt, Kumpel?«

Marcus packte Darnel und drückte ihn gegen die Wand. »Sag mir sofort, wo das Hotel ist!«

»Ganz ruhig, Mann. Es ist gleich in der Nähe, dort drüben.« Darnel deutete hinüber.

»Ja, was soll der Scheiß, Marcus?«, fragte ein anderer.

Marcus ließ ihn los. »Danke. Tut mir leid, Mann. Ich muss los.«

»Scheiße, was ist los, Marcus?«

Marcus rannte zu seinem Wagen zurück.«

Darnel schrie hinter ihm her: »Yo, Marcus! Brauchst du Hilfe?«

Er gab keine Antwort, sprang in den Wagen, bog links ab und sah weiter vorn links das Schild. Er fuhr auf den Parkplatz und um das Gebäude herum nach hinten. Da war er. Der Mercedes. Sein Herz raste. Er rannte zu dem Büro, zeigte hastig seine Marke und ein Foto von Callahan und erhielt die Information, die er brauchte.

Zurück im Wagen, rief Marcus Duvane an.

»Sie sind hier. *Shangri-La-Motel* in der Maple Avenue, gleich hinter der Western Avenue. Zimmer 109. Ich brauche Verstärkung.«

»Okay. Marcus, warte erst auf meine Jungs. Wir wollen nicht, dass deine Tarnung auffliegt. Es ist vielleicht noch nicht vorbei.«

»Wir können nicht warten. Er wird sie umbringen.«

»Marcus …«

»Sie könnte tot sein, bis sie dort sind.«

»Marcus, warte«, sagte Duvane, jetzt ärgerlicher und offenkundig bestrebt, ihn unter Kontrolle zu bringen.

Marcus unterbrach ihn. »Ich habe einen Plan. Ich lasse meine Tarnung nicht auffliegen. Kommt einfach, so schnell ihr könnt.« Er legte auf, ehe Duvane noch etwas sagen konnte. Dann schaute er auf den Rücksitz und entdeckte dort das, was er brauchte.

Kapitel 26

Trip sah auf die Uhr. Er hatte schon den ganzen Tag mit Patrick und jetzt mit dieser Schlampe verplempert. Er musste die Sache hinter sich bringen und hier verschwinden. Er lehnte sich an die Badezimmertür. »Also, Abby. Letzte Warnung. Komm aus dem Bad raus, verdammt noch mal, sonst trete ich die Tür ein.« Es kam keine Antwort.

Auf einmal klopfte es an der Moteltür. Trip griff nach seiner Waffe und zog einen Schalldämpfer aus der Innentasche seines Mantels. Bereit zum Kämpfen, ging er zur Tür. Vorsichtig zog er den Vorhang vom Fenster zurück und sah einen muskulösen Schwarzen mit einem großen, goldenen Medaillon, der vor der Tür stand. Vielleicht hatte er nur das falsche Zimmer erwischt. Einen Moment lang wartete Trip reglos. Vielleicht ging er ja weiter.

Wieder hämmerte der Mann an die Tür. »Yo, Blondie. Ich hab deinen Wagen draußen gesehen. Ich weiß, dass du's bist. Mach auf.«

Trip antwortete nicht. Er kannte weder den Mann noch die Stimme. Während der letzten Jahre hatte er Hunderte von Leuten hochgehen lassen, die genau wie dieser Kerl aussahen. Er trat von der Tür zurück, unschlüssig, was er tun sollte.

Der Mann sprach weiter, und seine Stimme wurde leiser. Er beugte sich vor, als wollte er nicht, dass ihn jemand hörte. »Ich hab dich gesehen, Mann. Ich hab dich mit Delia gesehen. Ich weiß, was du getan hast.«

Trip erstarrte. Noch jemand, um den er sich kümmern musste. Der Mann wartete die Antwort nicht ab. Er stand ganz nah an der Tür und sprach mit gedämpfter Stimme. »Ist mir scheißegal, Mann. Ich will nur einen Gefallen. Ich brauch ein bisschen Action, Mann. Delia hat mir erzählt, dass du gern einen draufmachst. Ich zittere hier draußen.«

Trip sah sich im Raum um. Und dann konnte er sich eines Lächelns nicht erwehren. Es war beinahe zu perfekt. Mit gezogener Waffe öffnete Trip die Tür. Der Mann trat mit erhobenen Händen ein und blickte zu den Drogen auf dem Tisch hinüber. Auf seinem Gesicht breitete sich ein Grinsen aus. »Na also.«

Abby schrie aus dem Bad: »Hilfe!« Der Mann stürzte sich auf Trip, zog ihm den Ellbogen über die Nase und griff nach Trips Waffe. Trip rammte ihm das Knie in die Leistengegend und zielte mit dem Lauf auf die Schläfe des Mannes. Dieser kippte leicht nach hinten, und es gelang Trip, auf sein Gesicht zu zielen. Doch dann trat der Mann nach seiner Kniescheibe, und Trip taumelte. Er kam mit der Hand gegen den Tisch, und die Waffe flog durch die Luft. Sie landete am Fuß des Bettes neben der Badezimmertür. Der Mann hechtete hinterher, und Trip packte die Lampe, die neben ihm stand, und zog sie dem Mann über den Kopf. Der Mann fiel auf alle viere, aus einer fünf Zentimeter großen Platzwunde am Hinterkopf sickerte Blut, und Trip trat ihn heftig in die Seite. Der Mann war kaum noch bei Bewusstsein, und Trip trat erneut zum. Der Mann rollte auf den Rücken, seine Augen waren geschlossen. Erneut versetzte Trip ihm einen Tritt, diesmal gegen den Kopf, und lief zu der Waffe hinüber. Die Badezimmertür öffnete sich einen Spalt weit. Er zielte mit der Waffe auf die Brust des Mannes und zog den Abzug. Aus dem Schalldämpfer erklang ein leises »*Ping*«. Abby schrie und knallte die Tür zu.

Trip wischte sich den Schweiß von der Stirn und verschnaufte kurz. Seine Kniescheibe pochte, und seine Nase fühlte sich an, als wäre sie gebrochen. Er wischte sich das Gesicht ab. Sein Handschuh war voller Blut. »Abby«, fing er wieder an, am Ende seiner

Geduld, »komm verdammt noch mal dort raus, sonst komme ich rein.« Es kam keine Antwort. Er näherte sich der Badezimmertür und trat mit seinem heilen Bein leicht dagegen. Er spürte ihr Gewicht hinter der billigen Sperrholztür. Abby bettelte ihn an, aufzuhören.

Wieder trat er gegen die Tür, diesmal fester, und diesmal gab sie nach. Er beugte sich vor und spähte durch das Loch. Abby stand mit dem Rücken zum Waschbecken. Durch das Loch hindurch griff Trip nach der Türklinke, doch Abby trat zu und traf seine Finger. »Scheiße!« Er zog die Hand zurück. Rasch griff er mit der anderen Hand durch das Loch und schloss die Tür auf. Er war drin. Er zog sie am Arm nach draußen. Als er sie an dem Mann am Boden vorbeizerrte, stolperte sie.

»Na, wie fandest du das? Der Trottel hat es nicht mal kommen sehen.« Er zerrte sie zum Bett und schleuderte sie auf die Matratze. »Jetzt habe ich eine tablettensüchtige Anwältin und ihren Junkie-Dealer, die beide tot in einem Motel aufgefunden werden. Perfekt.« Sie weinte, schüttelte wild den Kopf, immer noch in Handschellen, vollkommen hilflos.

Er nahm eine Spritze von der Kommode und rollte sie auf die Seite, sodass er ihre Handgelenke sehen konnte. Er stach mit der Nadel in ihre Vene. Sie schrie. Er drückte ihr Gesicht in die Kissen. Sie wehrte sich. Er zog ihren Kopf am Haar in den Nacken und sprach leise und mit kontrollierter Wut: »Es ist vorbei, Abby. Jetzt halt die Klappe, verdammt noch mal.« Er stieß sie zurück aufs Bett. Ihre Energie ließ nach. Sie wimmerte. Vielleicht brauchte sie noch eine. Er nahm eine weitere Spritze und rammte sie in sie hinein. Ihre Augen verdrehten sich nach oben.

Er nahm ihr die Handschellen ab, stellte den Fernseher lauter und sah sich im Zimmer um. Es war ein heilloses Chaos, aber es gab keinerlei Anzeichen dafür, dass er hier gewesen war. Er zog die Handschuhe aus, stopfte sie in die Tasche, zog sich wieder die Lederhandschuhe über, wischte die Waffe ab und legte sie Abby in die schlaffe Hand.

Als er die Tür öffnete, fiel Blaulicht auf den Parkplatz. Drei Polizeiwagen. Trip rannte auf die Treppe am anderen Ende des Motels zu, weit weg von der Stelle, wo er geparkt hatte, lief hinunter und um das Haus zum hinteren Teil des Gebäudes. Das Haus war von einem hohen Zaun umgeben, aber zwei Mülltonnen halfen ihm nach oben, und binnen Sekunden hatte er die Aktentasche hinübergeworfen, war über den Zaun geklettert und lief die Gasse entlang.

Mit der Waffe in der Hand stieg Trip vor seinem Büro aus dem Wagen. Er humpelte. Dieser Wichser hatte sein Knie getroffen. Er rief Reilly zu Hause an und hinkte langsam die Treppe hinauf. Als er ins Büro kam, stand die Tür offen, das Licht war eingeschaltet. Reilly war hier. Er saß am Besprechungstisch. Wartend.

Trip verbarg seine Überraschung. »Hi … ich wollte dich gerade zu Hause anrufen.«

Reilly beugte sich vor. »Was zum Teufel ist denn mit dir passiert?«

Trip sah an sich hinunter. »Was meinst du?«

»Schau dich doch mal an, Mann. Dein Gesicht ist voller Blut.«

»Oh, verdammt.« Trip ging zum Badezimmerwaschbecken. »Ich hatte nur Nasenbluten. Es geht schon wieder.« Er nahm sich kurz Zeit, um sich das Gesicht zu säubern, und kam mit einem nassen Papierhandtuch zurück, das er sich vor die Nase hielt.

»Mike, du musst für mich einen Wagen als gestohlen melden. Schreib als Uhrzeit zwölf Uhr mittags. Schreib, dass er hier vom Parkplatz gestohlen wurde.«

»Das mache ich nicht, Trip.« Langsam stand Reilly vom Tisch auf.

»Mike, was soll das? Ich hab die Sache erledigt. Abby Donovan ist kein Problem mehr. Melde den Mercedes einfach als gestohlen, dann kann man mich mit nichts in Verbindung bringen. Und damit bist du ebenfalls aus dem Schneider.«

Reilly zog die Waffe und richtete sie direkt auf Trip. »Du bist verhaftet.«

Trip wich von der Pistole zurück. »Lass den Scheiß, Mike.«

Reilly stand unbeirrbar da, beide Hände um die Waffe gelegt. »Diese Sache geht inzwischen zu weit.«

»Mike, entspann dich. Trink etwas. Sei doch kein Arschloch.« Trip wandte sich von ihm ab und holte ein Bier aus dem Kühlschrank.«

Reilly ließ die Waffe sinken. »Ich brauche keinen Drink. Ich hab schon zu viele gehabt. Den ganzen Nachmittag hab ich in einer gottverdammten Bar gesessen und nach einem Weg aus diesem Schlamassel gesucht. Das hier ist er.« Wieder richtete er die Waffe auf Callahan. »Ich meine es ernst. Du bist verhaftet, verdammt.«

Trip trank einen Schluck Bier. »Mike, wenn ich ins Gefängnis gehe, gehst du mit.«

Reilly unterstrich seine Worte mit der Waffe. »Ich hab zwar vielleicht ein paar Bestechungsgelder genommen, aber von Mord habe ich nichts gewusst.« Er war betrunken. »Ich geh dafür nicht ins Gefängnis. Ich bring dich eigenhändig aufs Revier und erzähle ihnen alles.«

Trip ging zum Schreibtisch seiner Sekretärin hinüber und begann, die Post durchzusehen. »Bist du dir da so sicher?«

Reilly kam ein wenig näher. »Ich mach das nicht mehr. Die Sache ist zu weit gegangen. Das war nicht das, was ich wollte. Ich hab nur ein bisschen Geld für meine Mutter gebraucht, Himmel noch mal.«

Trip war darauf vorbereitet. Er setzte sich auf den Tischrand und verschränkte die Arme vor der Brust. »Hast du nicht vor ein paar Wochen deine Pistole verloren?«

Reilly blickte auf die Waffe in seinen Händen.

»Du musstest dir eine neue besorgen, oder?« Er genoss die Verwirrung des Mannes, die Angst. Reillys Entschlossenheit geriet ins Wanken. Trip fuhr fort: »Ich weiß, wo sie ist. Und ich weiß, dass deine Fingerabdrücke die einzigen auf der Waffe sind. Ich weiß, dass es deine Pistole war, die Rashid und seinen Freund getötet hat.«

»Blödsinn.«

»Willst du's drauf ankommen lassen?«

Reilly kam näher. »Du hast diese Prostituierte mit bloßen Händen umgebracht.«

»Eigentlich nicht. Ich glaube, ihr Strumpf hat sie umgebracht.« Trip lächelte. »An der Leiche gab es keinerlei Indizien, oder? Nun, wo mag der Strumpf wohl sein? Oh, ich glaube, ich weiß es. Aber die Antwort wird dir nicht gefallen.«

Reilly ließ die Waffe sinken. Trip genoss seinen Triumph. »Genauso ist es. Du bleibst nur frei, wenn ich auch frei bleibe.«

Reilly sagte kein Wort.

Trip wandte sich von der Pistole ab. Er hatte hier immer noch das Sagen. Er ging an Reilly vorbei und warf das blutige Papierhandtuch in den Müll. »Jetzt schieb hier keine Panik. Um unsere einzigen Probleme habe ich mich gekümmert. Die Sache ist durch. Es gibt nichts und niemanden, der etwas weiß. Ich gehe jetzt hier durch diese Tür, und du wirst mich nicht aufhalten.«

Die Tür ging auf. Es war Lisa, seine Empfangsdame. Sie sah Reillys Waffe, die dieser immer noch in der herabhängenden Hand hielt. »Was ist denn hier los?«

Trip blieb gelassen. »Oh, hi, Lisa. Das ist mein guter Kumpel, Officer Mike Reilly. Wir sind alte Freunde.«

Reilly sagte nichts.

Trip fuhr fort: »He, Lisa, mir ist heute mein Auto vom Parkplatz geklaut worden!«

»Ist nicht wahr!«

»Doch. Muss irgendwann am späten Vormittag passiert sein. Mein Freund Mike hier ermittelt in der Sache.« Er ging weiter zum Hinterausgang. Reilly stand einfach nur da, er war machtlos. »Lisa, ich mache eine kleine Reise. Nur für ein paar Tage. Ich melde mich. Machen Sie weiter wie immer. Danke, Süße!« Er fasste nach der Türklinke. Reilly rührte sich nicht. Noch einmal sah Trip sich um. »Mike, ich melde mich bei dir. Vergiss du nur nicht diesen Anruf.« Reilly sah ihn an, und Trip zwinkerte ihm zu. »Alles in Butter, Kumpel!« Und weg war er. Durch den Hinterausgang und zum Porsche, der auf dem Parkplatz stand. Der Junge war tot, Leon ebenfalls. Und nachdem Abby und dieser farbige Riese erledigt waren, würde alles gut werden. Reilly musste nur den Wagen als gestohlen melden. Allerdings fragte er sich, was all die Polizeiwagen vor dem Motel zu bedeuten hatten.

Abby schlug die Augen auf und sah die Maschinen, den intravenösen Zugang in ihrem Arm. Marcus saß bei ihr am Bettrand, sein Kopf war bandagiert.

»Marcus«, flüsterte Abby.

Augenblicklich unterbrach er sie. »Alles in Ordnung, Abby. Dir geht es gut.«

Sie sah sich im Krankenzimmer um.

»Sie haben uns noch rechtzeitig gefunden. Der Arzt hat gesagt, dass du dich schwach und schwindlig fühlen wirst, aber dir ist nichts weiter passiert.«

Abby konnte ihre Tränen nicht zurückhalten. »Ich habe gesehen, wie er dich in die Brust geschossen hat.« Bei der Erinnerung begann sie wieder zu zittern. »Ich habe gedacht, du wärst tot.«

»Callahan geht mit Sicherheit davon aus. Abby, ich hatte eine Weste an. Zu meiner Brust ist nichts durchgekommen. Ich habe nur ein paar Schläge auf den Kopf abgekriegt«, sagte er und rieb sich den Hinterkopf. »Ich bin zu mir gekommen, als die anderen Polizisten gerade ankamen.« Er nahm ihre Hand in seine. »Wir sind beide unverletzt.«

Abby versuchte, das alles zu verarbeiten. Sie setzte sich auf. »Und mit dir ist wirklich alles in Ordnung?«

»Alles bestens. Ich bin zwar ein Idiot, aber es geht mir gut.«

»Was meinst du?«

»Abby, schau mich doch an. Ich bin ein riesiger Kerl. Ich hab mich von diesem Würstchen unterkriegen lassen. Ich hätte ihn in dem Moment umbringen sollen, als ich hereinkam.«

Erschöpft ließ sie sich in die Kissen zurücksinken und wischte sich über das Gesicht. »Er hat alles zugegeben, Marcus. Den Mord an dieser Frau im *Reggie's*, den Mord an Ali Rashid und seinem Freund. Und dass er die Tabletten in meinem Haus deponiert hat.«

»Ja, und den Jungen hat er ebenfalls getötet – Patrick Ellis. Duvane hat ihn heute Nachmittag in einem Waldschutzgebiet gefunden. Außerdem wurden Leon und sein Vater am Wochenende getötet.«

»Gott im Himmel. Es ist vorbei, oder? Sie haben ihn doch festgenommen? Ich bekomme mein Leben zurück?«

Er antwortete nicht gleich, und Abby setzte sich auf. »Was?«

»Wir haben ihn, Abby. Wir haben genug, um ihn festzunageln. Wir müssen ihn nur noch finden.«

»Was?«

»Er ist entkommen. Bevor die Verstärkung da war. Wir haben ihn noch nicht gefunden.«

Ihr ganzer Körper verkrampfte sich. Es war noch nicht vorbei.

»Abby, stopp! Ich sehe es deinem Gesicht an. Es wird alles wieder gut. Ich kriege diesen Kerl. Ruh du dich aus. Es wird bald vorbei sein.«

»Wie soll ich mich denn ausruhen? Ich bin heute verhaftet worden, die Polizei hat mein Zuhause verwüstet, ich habe in meinem Haus Tabletten gefunden. Man hat mich entführt, unter Drogen gesetzt und in dem Glauben liegen gelassen, ich wäre tot. Ich dachte, ich hätte dich sterben sehen.« Mittlerweile schrie sie. Sie war nicht in der Lage, ihren Zorn, ihre Furcht zu kontrollieren. »Wieso bist du überhaupt hier? Du musst ihn festnehmen!«

Ehe Marcus antworten konnte, sagte jemand: »Das sehe ich anders.« Beide drehten sich zu der offen stehenden Tür um, wo ein großer Afroamerikaner um die fünfzig stand, der einen langen Wollmantel trug. Er fuhr fort: »Henton bleibt hier.«

Abby sah zu Marcus hinüber.

»Abby, das ist mein Chef, stellvertretender Superintendent Robert Duvane.«

Der Mann kam zum Bett und streckte ihr die Hand hin. »Freut mich, Sie kennenzulernen, Ms Donovan. Von Henton hier habe ich viel Gutes über Sie gehört, und ohne Ihre Hilfe hätten wir diesen Fall nicht lösen können.«

Abby wusste nicht, was sie sagen sollte. Ein kleines »Danke« war alles, was sie herausbrachte.

Duvane sprach weiter: »Marcus wurde mit zehn Stichen am Hinterkopf genäht und hat eine Gehirnerschütterung. Bei dem Rest warten wir noch auf die Laborergebnisse. Leider hat er ein paar ziemlich heftige Schläge abbekommen.«

»O mein Gott! Marcus, ist alles in Ordnung?«

»Mir geht es gut.«

Duvane unterbrach ihn. »Er sollte in seinem eigenen Zimmer sein und sich ausruhen. Aber er hat darauf bestanden, hier bei Ihnen zu sitzen. Um zu warten, bis Sie aufwachen.«

Erneut sah sie Marcus an. Er nahm ihre Hand. »Es geht mir *gut.*«

Sie wandte sich von beiden ab und blickte aus dem Fenster.

Marcus wandte sich an Duvane. »Lässt du mir eine Minute Zeit?«

»Klar. Aber ich warte draußen, Marcus. Wir müssen reden. Ms Donovan?« Abby wandte sich zu ihm um. »Noch einmal, es war schön, Sie kennenzulernen, und Sie sollen wissen, dass wir diesen Kerl schnappen werden. Draußen vor ihrer Tür steht ein Polizeibeamter. Wir werden nicht zulassen, dass Ihnen noch einmal etwas zustößt.«

Abby wandte sich wieder zum Fenster. Wer sollte ihn schnappen? Die einzigen Polizisten, denen sie traute, waren die beiden hier im Zimmer. Ihres Wissens gab es bei der Polizei Dutzende korrupter Cops. Wie konnte sie sich da sicher fühlen?

»Ich weiß, was du denkst, Abby.«

Sie unterbrach ihn. »Ich bin hier nicht sicher. Sobald er herausfindet, dass ich noch lebe, wird er hinter mir her sein.«

»Du wirst nicht hierbleiben. Dafür habe ich gesorgt.«

Bevor sie antworten konnte, betrat Nate das Zimmer.

»Hallo, du«, sagte er.

Sie lächelte und ließ sich ein wenig zurück in die Kissen sinken.

Nate wollte ihre Hand nehmen, doch sie zog ihn in eine Umarmung und ließ ihn nicht mehr los. Sie hielt ihn ganz fest und sagte: »Marcus, das ist mein guter Freund, Nate Walters.«

»Ja, wir sind uns schon begegnet. Übrigens wirst du mit Nate zu ihm nach Hause fahren.«

»Was?«

»Ich will nicht, dass du hierbleibst, und ich will nicht, dass du in deinem Haus bleibst. Nate und ich haben uns unterhalten. Er wohnt oben im Norden. Da bist du sicher. Die ganze Sache sollte in vierundzwanzig Stunden vorbei sein, Abby. Um die Mittagszeit wurde Callahans Mercedes als gestohlen gemeldet. Die Meldung tauchte vor einer Stunde im Computer auf. Er glaubt, dass er seine Spuren verwischt hat und keine mehr übrig sind. Wir überwachen für alle Fälle die Bahnhöfe, Busbahnhöfe und Flughäfen. Wir lassen einen Polizisten hier, und ansonsten denken alle, dass du über Nacht hierbleibst. Aber ehrlich, wahrscheinlich weiß er nicht mal, dass du hier bist. Er hält uns beide für tot.«

Sie blickte zwischen den beiden Männern hin und her. »Wie hast du überhaupt …«

Als wüssten sie beide, was sie fragen wollte, antworteten sie unisono: »Gottlieb.«

Nate sprach weiter: »Dein Anwalt hat mich angerufen. Und dann habe ich mit Duvane gesprochen, und er hat mir gesagt, dass du hier bist. Abby, der Detective hier hat mir nicht alles erzählt – nur, dass du verletzt wurdest und dass er will, dass du die Stadt verlässt. Du kommst also mit mir, weil ich wissen will, was zum Teufel hier los ist.«

»Du wirst es nicht glauben.«

Marcus unterbrach sie. »Da bin ich mir nicht so sicher. Hast du mir nicht erzählt, dass er korrupte Cops jagt?«

»Ach, stimmt ja.« Abby wurde lebhafter. »Nate, wir wissen jetzt, wer der geheimnisvolle Cop im Ramirez-Fall ist.«

Kapitel 27

Trip bog in die lange Kieseinfahrt ein und parkte links neben der Garage. Der Jaguar war nirgendwo zu sehen. Er sah in der Garage nach. Dort war der Wagen ebenfalls nicht. Gut so. Er war nicht in der Stimmung, sich mit seinem Dad auseinanderzusetzen. Als er nach dem Knauf der Eingangstür fasste, zuckte er zusammen. Wahrscheinlich hatte das Miststück ihm den Finger gebrochen.

Er betrat das unverschlossene Haus und wurde sofort von Felix, dem Boxer, begrüßt. Allein schon bei dem Anblick der alten Schlabberschnauze ließ seine Anspannung nach. Er bückte sich, um die stürmischen Liebesbekundungen entgegenzunehmen. Felix leckte ihm gründlich das Gesicht ab. Wahrscheinlich roch er die Blutspuren.

Trips Mutter kam aus der Küche in die Eingangshalle, ein breites Lächeln auf dem Gesicht »Trip? Also, das ist ja eine Überraschung. Du hast gerade das Abendessen verpasst.«

Trip löste sich von dem Hund und umarmte seine Mutter. »Ja, ich weiß, Mom. Mir war gerade danach, mal aus der Stadt rauszukommen. Dachte, es wäre nett, ein paar Tage hier zu verbringen. Du hast doch nichts dagegen?«

»Natürlich nicht, Liebling. Dein Dad ist wieder zurück nach Florida. Ein Golfmatch. Er wird traurig sein, dass er deinen Besuch verpasst hat, aber mir wäre die Gesellschaft sehr lieb.«

»Du bist sowieso diejenige, die ich sehen wollte, Mom.« Trip schenkte ihr jenes einnehmende Lächeln – das, welches er mit ihrer Hilfe kultiviert hatte. Sie erwiderte es. »Komm doch herein. Hast du Hunger?« Sie ging in die Küche voran. Wegen all dem, was los gewesen war, hatte er seit dem Frühstück nichts mehr gegessen. Inzwischen war es halb neun Uhr abends, und er war am Verhungern.

Seine Mutter öffnete den Kühlschrank und holte Reste heraus. »Nun, das ist wohl eine Premiere, nicht wahr?« Sie blickte ihn nicht an. Sie waren gut darin, großen Auseinandersetzungen aus dem Weg zu gehen. »Ich meine, normalerweise muss ich darum betteln, dass du einmal im Monat zum Abendessen herkommst.«

Trip setzte sich an den Frühstückstisch und sah aus dem Fenster in die Nacht hinaus. »Ich weiß, Mom. Ich dachte, es wäre eine nette Überraschung.«

»Das ist es auch, Liebling. Ich wollte mich nur vergewissern, dass es dir gut geht.« Sie brachte ihm eine geöffnete Flasche *Amstel light*.

Er war erleichtert. Sie sorgte sich um ihn und hielt sich wie immer mit ihrem Urteil zurück.

»Es geht mir gut.« Er nahm einen Schluck Bier und dachte an den Tag zurück. »Es müsste alles gut werden.«

»Müsste?« Ein Teller mit Lachs, Spinat und Couscous wurde vor ihn hingestellt. »Es müsste noch heiß sein. Cassie hatte das gerade zubereitet.« Sie setzte sich zu ihm an den Tisch und wartete darauf, dass er weitersprach.

Trip verschlang das Essen, während seine Mutter wartete. »Es war eben ein schwerer Tag, Mom, aber ich glaube, es ist alles in Butter.« Das hoffte er jedenfalls. Abby musste tot sein. Falls Reilly seinen Mercedes noch vor Mittag als gestohlen gemeldet hatte, würde man ihn nicht mit den Ereignissen in Verbindung bringen können. Dann war er außer Gefahr. Und bei Reilly hatte er sich bestens abgesichert. Aber er brauchte einfach die Bestätigung, und Reilly ging nicht ans Telefon. Trip versuchte, sich zu entspannen.

»Die Arbeit?«

»Hä?«

»Als du gesagt hast, es sei alles in Butter, habe ich angenommen, dass du über die Arbeit sprichst. Läuft es gut?«

»Oh, ja. Immobilienplanung ist manchmal ganz schön anstrengend ... du kennst das ja. Aber der Markt ist großartig. Jedes Gebäude wirft enorme Gewinne ab. Und irgendwie führt ein Auftrag zum nächsten. Ich habe einen Plan, und an den halte ich mich. Das wird schon.«

»Trip.« Sie streckte die Hand nach seinem Gesicht aus, doch er zog sich zurück, ehe sie ihn berührte. »Deine Nase sieht geschwollen aus! Als ob sie gebrochen wäre.«

Er lachte gezwungen. »Oh, ja. Ist sie wahrscheinlich auch. Meine Sekretärin hat mir heute die Tür ins Gesicht geknallt. War saukomisch. Hat allerdings auch höllisch wehgetan.«

»Warum übernachtest du denn nun wirklich hier, mein Sohn? Ich sehe gar keine Tasche.«

Trip lehnte sich zurück und studierte aufmerksam ihren Gesichtsausdruck, auf der Suche nach etwas, das funktionieren würde. Er trank noch einen Schluck Bier und begann: »Ich hab gerade mit diesem Mädchen Schluss gemacht. Sie war ein bisschen durchgeknallt. Wollte keine Abfuhr akzeptieren, und ich hab mir gedacht, dass sie wahrscheinlich nachts bei mir reinschneit oder mich anruft, und dass ich dort besser verschwinde.«

»Von diesem Mädchen habe ich noch nie etwas gehört.«

»Na ja, es hat nicht lange gehalten. Ich hab rausgefunden, dass sie Tabletten nimmt, und hab Schluss gemacht. Wirklich schade. Ich dachte wirklich, es wäre etwas Dauerhaftes. Eine Anwältin. Sie hätte dir gefallen. Abgesehen von den Tabletten.«

»Gut gemacht, Baby. Klingt nicht so, als wäre das eine gute Frau.« Sie stellte die Tupperware zurück in den Kühlschrank, und Trip setzte seine Mahlzeit fort.

»Was hältst du davon, wenn du mich morgen bei ein paar Immobilienbesuchen begleitest? Wir könnten ein wenig Zeit miteinander verbringen.«

»Gute Idee.« Nichts war besser geeignet, um einen oder zwei Tage von der Bildfläche zu verschwinden.

»Am Vormittag wollte ich zu einer Immobilie fahren. Danach könnten wir ja vielleicht bei dem Gebäude vorbeischauen, von dem du wolltest, dass ich es mir ansehe?«

Bevor er auch nur in die Nähe seiner Immobilien kam, musste er erst mit Reilly reden. Aber mit diesem Problem würde er sich befassen, wenn er mehr wusste. »Klar.«

»Ich habe es so gern, wenn du hier bist, Lieber.« Sie drückte ihm einen Kuss auf den Kopf. »Dann fühle ich mich sicher.«

Trip legte seine Hand auf ihre. »Ich auch.«

»Also dann, ich gehe nach oben, Schatz. Mach das Licht aus, ja? Ich schalte die Alarmanlage ein.«

»Mach ich. Hab dich lieb, Mom.«

In eine riesige Kuscheldecke eingewickelt, saß Abby im Sessel und blickte in die Flammen des Kaminfeuers. Sie fühlte sich ein wenig benommen. Es war schwer, die Ruhe, Geborgenheit und Wärme des Augenblicks mit den Ereignissen des Tages in Einklang zu bringen. Immer noch war ihr übel. Aus der Küche war ein leises Pfeifen zu hören, und einen Augenblick später kam Nate mit zwei Tassen herein.

Die heiße Schokolade war zum Trinken beinahe zu heiß, doch die warme Tasse fühlte sich gut in ihren Händen an. Abby blickte zu den Fotos von Nates Familie hinüber, die auf dem Tisch neben ihr lagen.

»Noch mal danke, dass du mich hierhergebracht hast, Nate.«

Er schürte das Feuer und setzte sich dann in den Sessel ihr gegenüber.

»Nichts zu danken, Abby. Für mich gehörst du zur Familie.«

Sie betrachtete immer noch die Bilder von seiner Frau und dem Baby. »Sie sind beide so hübsch. Ihr habt es hier sehr gut getroffen«, fügte sie hinzu und sah sich im Zimmer um.

»Ja, wir lieben dieses alte Haus.« Lächelnd betrachtete er den Raum. »Nach unserem Einzug war hier nur Staub und Dreck, aber es ist ein tolles altes Anwesen.«

Es war ein riesiges Wohnzimmer. Der Kamin war gewaltig und schien komplett aus Stein gemauert zu sein. »Und ich mag diese Türen«, sagte Abby und nickte zur rückwärtigen Wand hinüber. Zwei riesige Flügeltüren führten in den Garten. »Es kommt mir nur ein bisschen komisch vor, hier zu sein. Ich habe noch nicht einmal Meg kennengelernt.«

Nate lächelte. »Ich weiß. Ich dachte, sie würde noch auf sein, aber sie schläft oft ein, nachdem sie Lizzy hingelegt hat. Nachts muss sie immer noch ein paarmal aufstehen, deswegen ist sie immer ziemlich müde.«

»Und es wird ihr nichts ausmachen, wenn sie mich morgen hier vorfindet?«

»Nein. Ich habe ihr alles über dich erzählt. Und bevor ich morgen früh gehe, sage ich ihr, dass du hier bist. Sie wird sich bestimmt über die Gesellschaft freuen.«

Er schwieg. Sie trank ihre heiße Schokolade und blickte in die Flammen.

»Abby, ich kann kaum glauben, in welchem Schlamassel du steckst. Es ist unglaublich.«

Sie sah ihn an. »Ich komme mir so dumm vor. Ich weiß gar nicht, wie ich mich so hinters Licht führen lassen konnte. Denny wäre das nicht passiert. Er war zu klug.«

»Abby, du bist auch klug. Das hätte jedem passieren können. Es war Pech.«

»Na, ich glaube nicht, dass es jedem hätte passieren können. Es ist ja nicht gerade eine normale Situation.«

»Es klingt, als wäre es passiert, weil du einem Freund helfen wolltest. Weil du das Richtige tun wolltest.«

»Ja, aber wegen mir ist er umgebracht worden.«

»Es war nicht deine Schuld, Abby.«

Sie antwortete nicht. Die Worte erschienen ihr leer. Sie fühlte sich leer. Schweigen breitete sich zwischen ihnen aus.

»Abby, rede mit mir.«

Fragend sah sie ihn an.

»Du bist nicht mehr das Mädchen, das ich in der Highschool kannte.«

Zum Glück nicht. Genau davor war sie davongelaufen.

»Du warst selbstbewusst, frech, voller großer Träume. Und jetzt …«

Es fühlte sich nicht wie ein Kompliment an. Sie wandte den Blick wieder zum Feuer und schloss die Augen, um die Tränen zurückzuhalten. »Und jetzt?«, flüsterte sie beinahe.

»Du wirkst so allein … und traurig.« Er wartete auf eine Antwort.

Sie hatte keine und nippte an der heißen Schokolade.

»Was ist mit deinem Freund? Als du mir von ihm erzählt hast, haben deine Augen richtig geleuchtet.«

Sie wollte antworten, fand jedoch nicht die richtigen Worte.

»Hast du ihn geliebt?«

Sie nickte.

»Warum hast du ihn gehen lassen?«

Sie suchte nach der schnellsten Möglichkeit, die Frage zu beantworten. »Er hat mich eigentlich gar nicht richtig gekannt.«

»Was meinst du damit?«

Jetzt sah sie Nate an und machte sich bereit für die Veränderung in seiner Miene, die dieser Befragung gewiss ein Ende machen würde.

»Er wusste nicht einmal von Denny. Ich habe ihm erzählt, dass ich ein Einzelkind bin.«

Beinahe hätte er gelacht. Aber es war kein Witz. »Warum?«

Es gab eigentlich keinen Grund, jetzt keinen reinen Tisch zu machen. Sie hatte ja bereits alles verloren. »Ich … er …« Die Worte blieben ihr im Hals stecken.

»Abby.«

Sie wusste, dass er es gut mit ihr meinte, doch sie ertrug es nicht mehr. Heftig stellte sie die Tasse auf den Tisch. Ein Spritzer Schokolade schwappte über den Rand. »Ich habe ihn umgebracht.« Kaum waren die Worte heraus, wandte sie den Blick von Nate ab, unfähig, ihn anzusehen.

Nate beugte sich vor. »Nein, das hast du nicht. Er kam durch einen betrunkenen Autofahrer ums Leben.«

Sie schüttelte den Kopf. Er begriff das nicht. Jetzt war es zu spät für einen Rückzieher. Sie sah ihn an und rang sich die Worte ab. »Ich bin der Grund dafür, dass Denny tot ist.«

»Niemand gibt dir die Schuld daran, Abby. Ich verstehe nicht.«

»Man sollte mir aber die Schuld geben. Alle würden das tun, wenn sie es wüssten.«

»Wenn sie *was* wüssten?«

Sie konnte ihn nicht ansehen. Sie blickte ins Feuer. »Wir waren an jenem Abend nicht zusammen weg, Nate.«

Nate antwortete nicht, und Abby sah ihm ins Gesicht. Er wirkte verwirrt. »Er war in der Bibliothek, beim Lernen natürlich. Ich war betrunken und wollte keine Schwierigkeiten mit Mom und Dad bekommen. Ich habe ihn angerufen und ihn gebeten, mich abzuholen. Er war an jenem Abend wegen mir unterwegs.«

Stumm lehnte Nate sich zurück und nahm die Information in sich auf. Sie hielt den Atem an und wartete auf den Zornesausbruch, der nun folgen würde. »Aber Abby, selbst dann …«

Er verstand es immer noch nicht. Sie war verärgert. Er musste es begreifen. »Wir haben uns im Auto gestritten. Er hat zu mir gesagt, ich würde mich wie eine Versagerin aufführen. Ich habe ihn als Arschloch bezeichnet. Was für ein Arschloch, nicht wahr? Der große Bruder, der dabei war, den besten Abschluss seiner Klasse zu machen, der so nett war, mich abzuholen, damit ich Mom und Dad nicht anrufen musste – er war das Arschloch.«

»Abby, du darfst dir nicht die Schuld an seinem Tod geben. Es war ein tragischer Unfall.«

»Aber ich habe am Radio herumgespielt!«

»Was?«

»Ich hab versucht, ihn zu übertönen. Und er wollte es leiser stellen, und da habe ich seine Hand weggeschlagen. Sonst hätten wir dieses Auto gesehen. Ich habe ihn abgelenkt. Ich habe den Unfall verursacht.«

Nate sagte nichts. Sie wusste es. Sie wusste, dass Nate endlich verstanden hatte. Wahrscheinlich würde er sie hassen, aber in gewisser Hinsicht bedeutete es eine Erleichterung, es auszusprechen. Endlich.

»All die Jahre …« Er stellte seine Tasse ab und stand auf.

»Ich habe deinen besten Freund umgebracht, Nate. Ich habe meinen Bruder getötet.« Sie konnte ihn nicht ansehen. Sie wartete darauf, dass er gehen würde. Es war das, was sie erwartete. Was sie verdiente. Der Schuldspruch.

Aber Nate ging nicht. Er kam zu ihrem Sessel herüber und zwang sie, aufzustehen und ihn anzusehen. Sie konnte es nicht. Sie hatte Angst, ihm in die Augen zu sehen.

Seine Arme schlossen sich um sie, und sie wollte sich zurückziehen. Er hielt sie ganz fest. Sie erschlaffte, doch er ließ nicht los. Erstarrt stand sie da und wusste nicht, was sie denken sollte.

Er flüsterte ihr ins Ohr: »Abby, ich mache dir keinen Vorwurf. Du warst noch ein Kind.«

Abby schluchzte an seiner Schulter. »Es tut mir so leid, Nate.«

Er ließ sie los und schob sie von sich, sodass sie ihm ins Gesicht sehen konnte. »Ja, du warst betrunken. Aber du warst ein Teenager. Da gehört es dazu, dass man mal Mist macht.«

Sie schüttelte weiter den Kopf, unfähig, den Schmerz des Geständnisses zu ertragen.

»Du hast deinen Bruder angerufen. Du hast dich nicht selbst ans Steuer gesetzt. Das war richtig so.«

Abby war nicht fähig, etwas zu erwidern.

»Hast du das alles deswegen getan?« Er entließ sie aus seiner Umarmung, und sie ließ sich wieder in den Sessel fallen. Nate ging zurück zu seinem Platz und wartete.

Abby blickte auf den Teppich, die Tränen tropften ihr vom Kinn herunter. Sie wischte sich das Gesicht ab. »Als ich im Krankenhaus endlich aufgewacht bin und Mom und Dad bei mir am Bett saßen und sagten, dass Denny tot war, da konnte ich es ihnen einfach nicht sagen. Moms Augen waren so rot und verschwollen. Ich wusste, dass sie tagelang geweint hatte. Und Dad konnte mich kaum ansehen. Aber sie nahmen mich die ganze Zeit in den Arm und sagten, wie dankbar sie seien, dass ich am Leben war. Ich konnte es ihnen nicht sagen. Ich hätte es nicht ertragen, wenn sie mich gehasst hätten.«

»Sie hätten nicht …«

»Sie hätten mir die Schuld gegeben. Sie hätten das Recht dazu gehabt. Es war meine Schuld. Nate, er saß wegen mir in diesem Auto. Wegen mir haben wir nicht gesehen, wie dieser Mann auf die rote Ampel zuschoss!«

Wieder wollte Nate etwas sagen, doch sie schnitt ihm das Wort ab. »Aber ich konnte es nicht sagen. Ich wusste einfach nicht, was ich tun sollte. Und ich habe über Denny nachgedacht. Was hätte er getan? Er wollte Anwalt werden, wie Dad. Dad fand das wunderbar. Ich dachte, ich könnte ihm vielleicht das geben. Ihn vielleicht stolz auf mich machen, vielleicht Denny stolz auf mich machen. Im Jahr darauf habe ich mich im Debattierklub angemeldet. Es hat sie beide so glücklich gemacht. Ich habe mit dem Singen aufgehört. Ich habe mich in der Schule angestrengt. Irgendwie schien es jedes Mal zu helfen, wenn ich eine Entscheidung auf der Grundlage dessen traf, was Denny getan hätte.«

»Du hast versucht, sein Leben zu leben.«

»Und das mache ich großartig, oder?«

Nate schmunzelte und schüttelte den Kopf. Es erinnerte sie an Denny. »Gibt es denn irgendetwas, das dir am Anwaltsberuf gefällt?«

Abby antwortete nicht gleich, und Nate lachte. Sie musste ebenfalls lächeln. »Ich überlege noch!« Sie wischte sich die Tränen ab. »Ein paar Sachen machen mir wirklich Spaß. Ich mag es, wenn ich das Gefühl habe, Menschen zu helfen. Aber die meiste Zeit ist einfach sehr viel Spiel dabei, und nichts davon fühlt sich natürlich an. Es ist, als würde ich eine Rolle spielen.«

»Hast du deswegen gesagt, dass dein Freund dich nicht gekannt hat?«

Abby nickte. »Wir waren verlobt. Habe ich dir das erzählt?« Sie wartete die Antwort nicht ab. »Ich habe ihn geliebt. Ich liebe ihn immer noch. Aber man kann nicht jemanden heiraten, wenn man nicht bereit ist, ihn wirklich an sich heranzulassen. Ich konnte das nicht. Ich hatte zu viel Angst. Er hatte als Staatsanwalt oft mit Trunkenheit am Steuer zu tun, verdammt! Er hat mir immer davon erzählt. Wie hätte ich ihm sagen können, dass ich selbst eine dieser Erzählungen bin? Dass ich …«

»Abby, schau mich an.«

Sie tat es.

»Wir machen alle Fehler. Aber Denny würde nicht wollen, dass du sein Leben lebst. Er war so stolz auf dich.«

»Da gab es nichts, worauf man hätte stolz sein können. Ich war eine Versagerin.«

»Er fand dich großartig. Er hielt dich für begabt. Abby, du musst dir selbst verzeihen.«

Das alles war so unerwartet. All die Jahre über hatte Abby zu wissen geglaubt, was die Leute von ihr denken würden, wenn sie die Wahrheit erführen. Aber hier war nun Nate. Er hatte sie nicht angeschrien, er war nicht einmal zornig geworden. Es war überwältigend, und es war ein gutes Gefühl, all die Geheimnisse los zu sein.

»Ich konnte es nicht durchziehen, Nate. Die Hochzeit. Immer wieder habe ich sie aufgeschoben. Habe die Arbeit an die erste Stelle gesetzt. David war es leid. Er war mich leid. Ich konnte ihm keinen Vorwurf machen, aber ich konnte mich einfach nicht für ihn entscheiden, verstehst du?«

Anscheinend verstand er es nicht.

»Ich musste mich für Denny entscheiden.«

Minutenlang saßen sie schweigend da.

»Abby, danke, dass du es mir erzählt hast.«

Sie blickte in die Flammen und beobachtete, wie sie tanzten, zischten und knackten. Sie beobachtete, wie der Rauch zum Kamin hinaufstieg. Sie fühlte sich leichter. »Danke, dass du mich nicht hasst, Nate.«

»Abby.«

Sie sah zu ihm hinüber, zu der Gelassenheit und Wärme, die er ausstrahlte.

Nate beugte sich vor und schmunzelte, als hätte er ein Geheimnis. »Weißt du, Abby, vielleicht ist das alles ja aus einem bestimmten Grund geschehen. Ich meine, es war so unwahrscheinlich, dass wir uns nach all den Jahren gefunden haben. Alles, was dir im letzten Monat passiert ist, war ziemlich unwahrscheinlich. Vielleicht hatte Denny ja etwas damit zu tun.«

Abby lächelte über den Gedanken, dass ihr Bruder von oben die Fäden zog. Sie atmete tief durch. Es war endlich vorbei.

Kapitel 28

Marcus war angezogen und saß wartend in der Ecke. Gerade ging die Sonne auf und füllte den Raum mit Licht.

Duvane platzte herein.

Sofort stand Marcus auf. »Gott sei Dank. Nichts wie weg hier.«

»Die Ärzte haben Entwarnung gegeben, oder?«

»Ja, ja. Mir geht es gut. Wir müssen Callahan finden.«

»Was den angeht, habe ich eine Überraschung für dich.«

»Was?«

»Komm mit.«

Sie kamen im Revier des elften Bezirks an und gingen in den ersten Stock … in den Beobachterraum, der gegenüber des Vernehmungsraums lag. Dort saß Reilly hinter der Glasscheibe. Vornübergebeugt, mit dem Kopf auf dem Tisch, schlafend.

»Wann haben Sie ihn festgenommen?«

»Ungefähr gestern um neun Uhr abends. Er wurde in der Asservatenkammer erwischt, als er die Sachen im Fall Rashid, dem erweiterten Selbstmord, durchsuchte. Ich habe ihn in Gewahrsam genommen. Nach ein paar Stunden ist er umgekippt. Hat mir alles erzählt.«

»Dann mal los.«

Duvane und Marcus betraten den Raum gemeinsam, und Marcus leerte den Inhalt einer Mappe auf dem Tisch aus. Reillys

Brieftasche, sein Telefon und seine Schlüssel fielen heraus. Reilly wurde von dem Lärm wach.

Duvane fing an. »Nehmen Sie das Telefon, und rufen Sie Callahan an. Stellen Sie auf Lautsprecher. Finden Sie heraus, wo er sich befindet.«

Reilly war mit den Nerven am Ende. Marcus hatte keine Zeit für irgendwelche Spielchen. »Was auch immer Sie für ihn tun sollten, sagen Sie ihm, dass Sie es erledigt haben. Ihre einzige Chance, nicht für Callahans sämtliche Verbrechen hinter Gitter zu wandern, ist vollständige Kooperation.«

Reilly wählte. Alle hörten zu, wie es klingelte. Nach dem zweiten Läuten nahm Callahan ab. Er klang ziemlich angeschlagen.

»Ähm, hey, Trip. Hoffentlich habe ich dich nicht geweckt.«

»Mike, was zum Teufel ist los? Ich hab dich gestern ungefähr zehnmal angerufen. Wie ist der Stand der Dinge?«

»Alles in Ordnung. Ich hab wegen deines Wagens eine Meldung hochgeladen. Hab geschrieben, du hättest ihn mittags als gestohlen gemeldet.«

»Und das Mädchen? Ist sie tot?«

Reilly sah zu Marcus hinüber, und dieser nickte. »Ja.«

»Was ist mit diesem großen Kerl, der bei ihr war?«

Marcus lächelte. Am liebsten hätte er Reilly das Telefon aus der Hand gerissen und Gift und Galle über Callahan ausgeschüttet, doch er bezwang sich und gab Reilly die richtige Antwort mit einer Geste vor.

»Ebenfalls tot.«

»Und was ist mit den ganzen Streifenwagen beim Motel … worum ging es da?«

»Irgendeine Drogensache.«

»Also, das sind gute Neuigkeiten.« Seine Stimme wurde lebhafter, als würde er langsam wach werden. »Wir sind aus dem Schneider, Baby!«

Reilly redete weiter. »Ich will raus aus der Sache, Trip.«

Callahan erwiderte nichts.

»Trip, komm schon. Du brauchst mich nicht mehr. Ich hab getan, worum du mich gebeten hast. Wegen gestern habe ich dich gedeckt. Gib mir einfach meine Waffe zurück.«

»Mike, entspann dich.« Eine Pause entstand.

Reilly blickte auf das Telefon, als hoffte er, dass Callahan aufgelegt hatte.

Im Hintergrund hörten sie, wie Callahan mit jemandem sprach. Die Stimmen waren gedämpft. Es hörte sich an, als würde er sagen, er sei gleich unten.

Schließlich kam Callahan wieder ans Telefon. »Mike, bist du da? Okay, die Sache ist geritzt. Ich habe jetzt genug Gebäude. Das Geschäft läuft. Ich hab keine Zeit für diesen Blödsinn.«

Reilly öffnete den Mund, um etwas zu erwidern.

»Aber die Pistole gebe ich dir nicht. Das ist meine Versicherung. Ich bin schließlich kein Idiot.«

»Gut.« Er sah zu Marcus und Duvane hoch. Marcus gab ihm ein Zeichen, weiterzusprechen.

»Pass auf dich auf, Mike.« Die Leitung war tot.

Marcus fuhr hoch. »Sie haben ihn nicht gefragt, wo er ist!«

»Dann hätte ich mich verraten. Er hätte Bescheid gewusst.«

Duvane mischte sich ein. »Er hat recht, Marcus. Aber die gute Nachricht ist, dass er sich vollkommen sicher fühlen dürfte. Komplett aus der Schusslinie. Wir lassen sein Büro, seine Immobilien und seine Wohnung überwachen. Sobald er sich blicken lässt, haben wir ihn.«

»Aber bis dahin lebt Abby in Ungewissheit. Und was ist mit der Presse? Wenn ein Reporter die Berichte der Notaufnahme von letzter Nacht in die Finger bekommt, wäre das ein gefundenes Fressen. Wir müssen den Kerl *jetzt* festnageln.« Marcus packte Reilly am Kragen und riss ihn hoch. Die Füße des Mannes hoben sich praktisch vom Boden. »Was glauben Sie, wo er ist?«

»Ich weiß es nicht! Ich weiß bestimmt nur die Hälfte von dem, was Callahan treibt. Vielleicht hat er ja ein Mädchen.«

»Hatte er irgendwelche Immobilien außerhalb der Stadt?«

»Nicht, dass ich wüsste.«

Unzufrieden mit Reilly stieß Marcus ihn beiseite und hieb mit der Faust gegen die Wand. Reilly taumelte rückwärts und stolperte über einen Stuhl. Niemand sagte etwas.

»Verdammt noch mal. Das ist es! Duvane, gehen wir!« Marcus lief bereits zur Tür.

Duvane folgte ihm. »Was ist?«

»Seine Eltern. Sie leben in Lake Forest. Es klang doch, als hätte er gesagt, dass er gleich runterkommt. Als wäre er im ersten Stock … eines Hauses? Es ist gerade Frühstückszeit.«

Reilly stand da und fragte sich ganz offensichtlich, ob noch Hoffnung für ihn bestand. »Was ist mit mir?«

Marcus drehte sich nicht einmal um. »Sie haben zu tun.«

Sie verließen den Raum und gaben dem Beamten vor der Tür Anweisung, Reillys Sachen wieder zu konfiszieren und den Raum zu bewachen.

Das Licht der Morgensonne fiel durch die Fenster. Abby wachte erstaunlich ausgeruht auf. Sie sah sich in dem geräumigen und sorgfältig eingerichteten Zimmer um und nahm den Blick nach draußen in sich auf – den großen Haufen Bauschutt, der teilweise mit einer Plane abgedeckt war und unter einer frischen Schneedecke lag, die Terrasse direkt unter ihr, den großen Garten, der von einem neuen Palisadenzaun aus Zedernholz umgeben war, und jenseits des Zaunes die dicke blaue Linie am Horizont – den Michigan-See. Auch ohne Brille wirkte das Anwesen atemberaubend.

Am liebsten wäre sie für immer hiergeblieben. Kein Stress, keine Erinnerungen, keine Angst. Es war, es wäre alles weggespült worden. Ihr war leichter zumute. Fast so, als wären die letzten paar Wochen ein schlechter Traum gewesen.

Endlich fühlte sie sich frei, frei von der Last ihres Geheimnisses. Und es war in Ordnung. Nate wusste alles, und trotzdem mochte er sie noch. Vielleicht geschah ja wirklich alles aus einem bestimmten Grund. Vielleicht wollte Denny tatsächlich, dass sie ihre eigenen Träume lebte. Plötzlich war ihr danach, ihren

Eltern die ganze Geschichte zu erzählen. Vielleicht würden sie ihr die Schuld geben, aber inzwischen war sie sich da nicht mehr so sicher.

Vielleicht konnte sie sogar mit David reinen Tisch machen. Was er wohl denken mochte? Sie fragte sich, ob er gestern ihre E-Mail gesehen hatte. Wie sehr hatte es sie erleichtert, dass David sie von der Hochzeit nach Hause gefahren hatte. Sie fragte sich, worüber sie wohl gesprochen hatten. Noch mehr Fragen stiegen in ihr auf. Das Ende jenes Abends lag immer noch im Nebel. Wenn sie ihm nur sagen könnte, warum sie ihn hatte gehen lassen, wie leid es ihr tat, wie sehr sie ihn vermisst hatte. Vielleicht würde er dann wie Nate reagieren.

Nein. Es spielte jetzt keine Rolle mehr. David war verlobt. Er war glücklich. Sie durfte ihm das nicht kaputt machen. Sie hatte ihm schon genug angetan.

Abby ließ sich rücklings aufs Bett fallen und schloss erschöpft die Augen. Schluss mit dieser Farce. Sie schaffte es ja noch nicht einmal, sich wegen der Arbeit Sorgen zu machen. Wahrscheinlich hatte sie auch das vermasselt, aber es war ihr egal.

Am anderen Ende des Ganges begann ein Baby zu weinen, und Abby lauschte, wie Nates Frau, Meg, es beruhigte. Das Weinen wurde lauter, und sie hörte, wie Meg mit ihrer Tochter nach unten ging. Sie warf einen Blick in den großen Kommodenspiegel. Sie sah schrecklich aus, aber es gab wenig, was sie dagegen tun konnte.

Abby durchquerte das Wohnzimmer, das jetzt von Sonnenlicht durchflutet war, und roch die Überbleibsel des verbrannten Kaminholzes. Sie folgte den Geräuschen von Meg und dem Baby durch das Esszimmer auf der linken Seite. Direkt vor sich sah sie die Küche und hörte Meg. Zögernd trat sie ein.

»Hallo?« Es fühlte sich so seltsam an, sich auf diese Art kennenzulernen. Meg stand am Spülbecken. Das Baby saß in einer Art Stuhl auf der Arbeitsplatte und beobachtete seine Mama.

Meg drehte sich zu Abby um und kam sofort mit einem breiten Lächeln auf sie zu. »Hi, Abby!« Ohne Zögern umarmte sie Abby. »Nate hat mir so viel von dir erzählt. Ich konnte es kaum erwarten, dich kennenzulernen. Ich freue mich so, dass du hier bist.«

Etwas in ihrer Stimme und ihrem Gesichtsausdruck verriet Abby, dass sie etwas wusste. Vielleicht wusste sie nicht über das ganze Callahan-Drama Bescheid, aber sicherlich über die Sache mit Denny. Abby macht es nichts aus.

»Hoffentlich macht es dir nichts aus, dass wir uns unter so seltsamen Umständen kennenlernen.«

»Oh, bitte. Das ist mir ganz egal.« Dann sagte sie zu dem Baby: »Lizzy, das ist Abby. Sag ›Hi, Abby‹.«

Abby sagte Hallo und ergriff die winzige Hand.

»Komm.« Meg drehte sich um, hob Lizzy in ihrer Wippe hoch, und Abby folgte den beiden zu dem großen, runden Tisch, der in einem riesigen Fenstererker stand. Der Raum war hell und vom Licht der Morgensonne durchflutet.

»Ich verbringe mit diesem kleinen Quälgeist so viel Zeit hier im Haus«, fuhr Meg fort und stellte die Wippe mit dem Baby vorsichtig auf den Tisch, »dass ich mich über ein bisschen Erwachsenengesellschaft richtig freue. Ich bin seit vier Monaten in Elternzeit. Die einzigen Menschen, mit denen ich rede, sind die Arbeiter, und die meisten davon können nicht mal Englisch.«

Meg wirkte so locker und unbekümmert, wie Abby es gehofft hatte. »Nate hat erwähnt, dass ihr hier einiges an Arbeit leistet. Es sieht wunderschön aus.«

»Danke. Wir sind so glücklich, dass wir das Haus gefunden haben. Die Vorbesitzer haben sechzig Jahre hier gewohnt. Sie haben es großartig in Schuss gehalten, aber als wir es uns angesehen haben, war es, als würde man eine Zeitmaschine betreten. Seit etwa vierzig Jahren war nichts mehr modernisiert worden. Es war ziemlich lustig.«

»Nun, mit diesem Raum hier seid ihr anscheinend schon fertig«, sagte Abby und sah sich zwischen den schimmernden Edelstahloberflächen um.

»Ja. Inzwischen sind wir mit fast allem fertig. Ich habe mit dieser wunderbaren Innendesignerin zusammengearbeitet. Die Frau hat ein großartiges Auge, und sie ist so umgänglich. Jetzt müssen wir nur noch den Keller fertig machen.«

»Wie lange hat das alles gedauert?«

»Ungefähr acht Monate. Als ich noch gearbeitet habe, war es nicht so schlimm, aber seit ich den kleinen Frosch hier habe und wir beide zu Hause sind, würde ich am liebsten dauernd sagen, dass sie mit dem Gehämmer aufhören sollen.«

Abby bot Lizzy ein Cheerio von den Frühstücksflocken an, die auf dem Tisch standen. Lizzy nahm es an und grapschte nach Abbys Finger. Meg stand vom Tisch auf. »Und, hast du Hunger?«

Sie konnte unmöglich heucheln. »Und wie!« Aber dann bekam sie ein schlechtes Gewissen. »Bitte kümmere dich nicht um mich. Ich kann mir selbst etwas machen. Du musst doch jemand anderen versorgen.«

Meg unterbrach sie. »Mach dir deshalb keine Gedanken. Bleib du bei Lizzy. Anscheinend mag sie dich. Ich mache uns Kaffee. Und wie wär's mit einem Eiersandwich? Ich habe Käse und Schinken und prima Muffins.«

»Klingt super. Danke.«

»Keine Ursache. Und Abby, bleib, so lange du willst. Es macht mir wirklich nichts aus.«

»Vielen Dank. Ich überlege es mir.« Das ganze Durcheinander würde heute hoffentlich vorbei sein, aber bis Callahan geschnappt war, blieb sie liebend gerne hier.

Marcus bog von der Sheridan auf die Deerpath ab. »Wow, nette Gegend«, meinte Duvane.

»Es müsste in der nächsten Seitenstraße sein.« Jedes Haus war individuell. Die meisten Häuser wirken ehrwürdig und wie vom Beginn des Zwanzigsten Jahrhunderts. An einem Tor sahen sie die

Nummer 502, und gleich darauf waren sie da. Eine riesige Hecke grenzte an ein zweieinhalb Meter hohes, eisernes Tor, das gerade offen stand. Eine kreisförmige Kieseinfahrt führte zum Haus, vor dem ein roter Porsche mit goldenen Radkappen parkte. Marcus erkannte ihn vom Parkplatz hinter dem Gebäude von Weber Immobilien wieder. Diese Radkappen vergaß man nicht so leicht.

Er deutete auf den Wagen und formte für Duvane stumm die Worte *Er ist hier.*

Sie parkten hinter dem Porsche und näherten sich der Eingangstür. Marcus streckte die Hand nach der Klingel aus.

Duvane stoppte ihn. »Ich weiß ja, dass der Kerl dich gestern fertiggemacht hat, aber du wirst doch cool bleiben, oder?«

»Natürlich«, erwiderte Marcus ungeduldig.

»Callahan hat keinen Anlass zur Nervosität. Zumindest nicht, bevor er dich sieht. Vielleicht solltest du kurz außer Sichtweite bleiben. Lass mich reingehen, damit es hier kein Chaos gibt. Wir legen ihm Handschellen an, ohne dass Panik ausbricht.«

»Gut, okay.« Marcus hätte zwar gern Callahans Gesichtsausdruck gesehen, wenn man ihm Handschellen anlegte, aber er wusste, dass Callahan ein Licht aufgehen würde, sobald er ihn sah, und dann würde er panisch reagieren. Sie mussten ihre Karten richtig ausspielen. Er trat von der Haustür zurück und blieb mit gezogener Waffe außer Sichtweite. Duvane klingelte.

Eine Frau in schwarzer Hausmädchenuniform öffnete ihnen. »Ja bitte?«

»Entschuldigen Sie, Ma'am. Ich suche Trip Callahan. Das ist sein Wagen, glaube ich?«

»Ja, Sir.«

»Könnten Sie ihm bitte Bescheid geben, dass ein alter Freund hier ist?«

»Es tut mir leid, Sir. Aber er ist gerade gegangen. Er und seine Mutter sind zusammen weggefahren. Gerade vor einer Viertelstunde. Soll ich ihm sagen, wer hier war?«

»Können Sie mir sagen, wo sie hingefahren sind?«

»Nein, Sir.«

»Ma'am, es handelt sich hier um eine polizeiliche Ermittlung.« Er zückte seine Dienstmarke. »Sie müssen mir sagen, wo sie sind.«

»Es tut mir leid, Sir. Ich weiß es nicht.«

Kapitel 29

Meg brachte Abby das Sandwich zusammen mit ein wenig klein geschnittenem Obst herüber. Der Duft von frisch gebrühtem Kaffee erfüllte den Raum. Abby bedankte sich und biss in das Sandwich hinein. Käse tropfte ihr über das Kinn. Lizzy sah sie an und kicherte.

»Schau, wir kleckern beide beim Essen!«, sagte Abby zu Lizzy. Inzwischen waren Gesicht und Hände des Babys voller Hafermehl. »Lecker!«, fügte Abby mit übertriebener Begeisterung hinzu, um Lizzy zu erheitern.

Sie drehte sich zu Meg um, die am Herd stand. »Das schmeckt super.«

Meg bereitete gerade ein Sandwich für sich selbst zu. »Schön. Ich mache mir fast jeden Tag so eines.« Es klang nach einem viel besseren Start in den Tag als der Muffin von *Dunkin' Donuts*, den Abby normalerweise aß.

»Kann ich gut verstehen.«

Es klingelte. Abby hob den Kopf. Marcus. Hoffentlich hatte er gute Nachrichten.

Meg blickte zum Eingang hinüber. »Mist. Abby, könntest du für mich auf den Herd aufpassen?«

»Klar.« Mit dem Sandwich in der Hand stand Abby vom Tisch auf und übernahm den Herd. Sie hörte das Geräusch von Megs Pantoffeln auf dem Boden in der Eingangshalle. »Hi, Margaret! Ich habe ganz vergessen, dass Sie heute kommen«, sagte sie.

Eine Frau antwortete ihr. »Ich hoffe, es ist kein schlechter Zeitpunkt.«

»Natürlich nicht. Kommen Sie doch herein.«

Dann hörte Abby die Frau erneut: »Erinnern Sie sich noch an meinen Sohn? Ich glaube, Sie haben ihn kennengelernt, als er mich vor ein paar Wochen hier abgeholt hat.«

Meg antwortete. »Natürlich, hallo. Thomas, nicht wahr?«

»Gutes Gedächtnis. Aber alle sagen Trip zu mir. Sie heißen Meg, nicht wahr?«, fragte der Sohn.

Abby hätte beinahe den Pfannenwender fallen lassen. Ihr wurde eiskalt, und ihr Herz hämmerte wie wild. Sie sah sich im Zimmer um. Lizzy in ihrer Wippe; das Ei, das in der Pfanne vor ihr zischte.

»Kommen Sie herein«, hörte sie Meg erneut. Die Schritte auf den Fliesen wurden immer lauter. »Möchte einer von Ihnen vielleicht Kaffee? Ich habe gerade Frühstück für Lizzy und meine Freundin Abby gemacht.«

Abby schoss ins Esszimmer. Sie konnte sie immer noch hören.

»Hi, Abby, das ist meine … Abby?« Sie hörte, wie Meg zum Herd ging und die heiße Pfanne vom Feuer nahm. »Das ist ja merkwürdig. Ich werde Sie gleich miteinander bekannt machen. Also, wer möchte Kaffee?«

»Ich!«, sagten beide Stimmen.

Abby spähte durch die Tür. Callahan und seine Mutter standen bei Meg am Herd. Lizzy sah zu Abby herüber, lächelte, krähte und streckte die Arme aus. Abby zog sich aus ihrem Blickfeld zurück, schlich auf Zehenspitzen durch das Wohnzimmer, glitt über den Fliesenboden in der Eingangshalle und rannte nach oben. Das Gästezimmer lag direkt vor ihr. Sie griff nach ihrem Handy und rief Marcus an.

»Hier Henton.«

»Marcus, er ist hier!«

»Was? Abby? *Callahan*?«

»Ich bin in Nates Haus, und Callahan ist gerade hier hereingekommen!«

»Er ist bei den Walters' in Wilmette!«, hörte sie ihn zu jemandem sagen.

»Wo bist du?«

»Duvane und ich sind gerade von Callahans Eltern in Lake Forest weggefahren. Wir sind nicht weit weg. Wir sind unterwegs! Rühr dich nicht vom Fleck, Abby. Wie konnte er wissen, dass du dort bist?«

»Ich glaube nicht, dass er es wusste. Ich kann einfach nicht fassen …«

»Lass dich nicht blicken. Wir kommen!«

Abby klappte das Handy zu, ging zurück in den Gang und horchte über das Treppengeländer nach unten. Sie musste herausfinden, ob er von ihrer Anwesenheit wusste. Sie hörte, wie die drei sich unterhielten, konnte die Worte jedoch nicht richtig verstehen. Sie ging ein paar Treppenstufen hinunter, um besser zu hören, und dann noch ein paar mehr.

Trip nahm seinen Kaffee, ging zum Fenster und sah hinaus in den Garten. Allein schon der Klang von Abbys Name brachte sein Blut in Wallung. Es musste ein Zufall sein. *Sie ist tot.* Er sah sich im Zimmer um. Wem gehörte dieses Haus eigentlich?

»Nun, Meg«, begann er beiläufig. »Und wie ist es, Mutter zu sein?« Er setzte sich zu Lizzy an den Tisch und hielt ihr ein Cheerio hin.

»Es ist toll«, meinte Meg mit breitem Lächeln. »In Elternzeit zu sein, ist ein bisschen anstrengend, aber Mutter zu sein ist toll.«

»Was machen Sie denn beruflich?«

Sie trug ihren Kaffee zu dem Tisch hinüber, auf dem Lizzy saß. Seine Mutter folgte ihr. »Ich bin Anwältin.«

»Oh«, fuhr er fort, um sie dort hinzulenken, wo er sie haben wollte. »Und ist Ihr Mann auch Anwalt?«

»Ist das nicht irgendwie immer so? Ja. Auch wenn wir nicht zusammen arbeiten.«

»Ich kenne einige Anwälte in der Stadt. Wie heißt er denn?« Trip trank einen Schluck und sah sich im Zimmer nach Hinweisen um.

»Nate. Nathan Walters.«

Er verschluckte sich an seinem Kaffee und hustete. Er sah sich um und streifte mit seinem rechten Fuß leicht das Holster an seinem Knöchel. Es war dort.

Seiner Mutter streckte die Hand aus und berührte ihn am Arm. »Ist alles in Ordnung?«

»Ja. Ich habe nur den Kaffee in den falschen Hals bekommen.« Er wandte sich wieder Meg zu. »Den Namen kenne ich nicht. Sie haben Besuch, sagten Sie?«

»Ja, eine alte Freundin von Nate. Sie müsste gleich wieder hier sein.«

»Ist sie Single?«, scherzte seine Mutter. »Ich halte immer nach einem netten Mädchen für meinen Sohn Ausschau.«

Meg ging darauf ein. »Nun, soviel ich gehört habe, ist Abby Single und außerdem ein ziemlich guter Fang. Also, wer weiß?« Sie lächelte zu Trip hinüber.

Das Lächeln seiner Mutter schwand, als sie sich zu ihm umwandte. »Trip, du siehst blass aus. Fühlst du dich nicht gut?«

In seinem Kopf drehte sich alles. Er ignorierte seine Mutter. Reilly hatte gesagt, sie wäre tot. Er musste sich vergewissern. Er blickte weiter auf seine Kaffeetasse, während er das Wort an Meg richtete. »Ich kenne eine Abby. Ich frage mich gerade, ob es wohl dieselbe ist.«

»Ich weiß nicht. Abby Donovan? Sie und mein Mann sind in Georgia zusammen aufgewachsen.«

Trip, der gerade die Kaffeetasse zum Mund hob, erstarrte in der Bewegung. Seine Zunge war trocken. »Nein. Das ist nicht dieselbe.« Er stellte die Tasse hin, stand vom Tisch auf und ging in die Diele. »Entschuldigen Sie mich kurz, ich müsste Ihre Toilette benutzen.«

»Gern. Sie ist genau unter der Treppe im Eingangsbereich.

Er weiß es. Als Abby hörte, wie Callahan in Richtung Bad ging, huschte sie aus der Diele ins Esszimmer. Seine Schritte wurden lauter. Er musste gar nicht auf die Toilette, er hielt nach ihr Ausschau. Auf der Suche nach einem Versteck schlich Abby sich weiter ins Esszimmer. Sie duckte sich unter den Tisch. Lizzy entdeckte sie durch die Tür, krähte und streckte die Arme nach ihr aus. »Schsch«, flehte Abby leise.

»Abby?« Meg hatte sie entdeckt.

Ihr Herz hämmerte. Vorsichtig betrat Abby die Küche.

Als Trip ihren Namen hörte, drehte er sich um. Er kam genau in dem Moment in die Küche zurück, als Abby aus dem Esszimmer trat. Sie sahen einander an.

»Suchst du mich?« Abby stand zwischen Meg und seiner Mutter.

»Oh, hallo!« Sofort stand seine Mutter auf und streckte ihr die Hand hin. »Sie müssen Megs Freundin sein.«

Abby antwortete nicht.

Trip kam weiter auf die Frauen zu. Er ließ Abby nicht aus den Augen.

»Was ist denn los?«, fragte Meg.

»Sind Sie überrascht, mich zu sehen?«, fragte Abby.

Er lächelte und bückte sich.

»Halt!«, schrie Abby. »Meg, schnapp dir Lizzy und verschwinde hier. Callahan, es ist vorbei. Die Polizei wird jede Minute hier sein. Machen Sie keine Dummheiten.«

»Worum geht es hier?«, wollte seine Mutter wissen.

»Ihr Sohn hat mich gestern gekidnappt, Ma'am. Er hat mir Tabletten gegeben und mich zum Sterben in einem Motelzimmer zurückgelassen.«

Nervös stand Meg auf und nahm Lizzy aus ihrer Wippe.

Trip lachte und schüttelte den Kopf.

»Das ist doch absurd!«, sagte seine Mutter. »Trip?«

»Mom, ich hatte dir doch von dieser Anwältin erzählt, mit der ich zusammen war. Das ist sie.«

»*Was?*«, fragten alle Frauen gleichzeitig.

»Meg, raus hier!«, brüllte Abby.

Trip zog die Pistole aus dem Fußholster und richtete sie auf Meg. »Keine Bewegung.«

»Trip, was tust du?«, schrie seine Mutter.

»Nicht!«, schrie Abby.

»Klappe halten! Alle!« Trips Blick war unverwandt auf Meg gerichtet. Er hielt die Pistole in beiden Händen und zielte auf ihr Gesicht. »Dieses Miststück hat mir mehr Probleme gemacht, als …« Seine Hände zitterten. »Haltet einfach die Klappe!«

Lizzy begann zu weinen, und Meg versuchte, sie zu beruhigen.

Abby ergriff das Wort. »Sie wollen doch mich, Trip. Und keine andere.«

Er blickte immer noch zu Meg und dem Baby, nahm Abby jedoch aus den Augenwinkeln wahr.

»Komm doch und hol mich!«

Er drehte sich zu Abbys Stimme um und feuerte, doch sie war fort. Die Kugel zertrümmerte das Fenster hinter ihnen. Meg und Trips Mutter schrien. Lizzys Weinen wurde lauter. Trip rannte ins Esszimmer.

Duvane und Marcus warfen die Autotür gerade zu, als der Schuss krachte. Er blickte zu Duvane zurück. »Haben Sie das gehört?«

Beide Männer zogen ihre Waffen, duckten sich instinktiv und näherten sich schnell dem Haus. Marcus gab Duvane einen Wink. Er würde um das Haus herumgehen, während Duvane die Fenster an der Vorderseite absuchte.

Marcus ging nach hinten in den Garten und spähte durch die Fenster. Er sah so etwas wie ein Arbeitszimmer. Keinerlei Lebenszeichen. Plötzlich sah er Callahan, der mit gezogener Waffe um die Ecke schlich. Marcus grätschte die Beine, zielte und brüllte: »Stehen bleiben!«

Callahan drehte sich zu der Stimme um und schoss. Marcus duckte sich, und die Kugel durchschlug die Glasscheibe zwischen ihnen. Als er wieder hinübersah, war Callahan verschwunden.

Marcus rannte weiter an der Hausmauer entlang. Im Wohnzimmer sah er nichts, also lief er am Esszimmer entlang und gelangte zu den Küchenfenstern. In einer Ecke kauerten zwei Frauen, die eine hielt ein Baby im Arm. Marcus klopfte an die Scheibe und gab ihnen einen Wink, die Tür zu öffnen. »Polizei«, formte er mit den Lippen. Rasch öffnete die ältere Frau die Tür.

»Wo sind sie?«, flüsterte Marcus.

Sie schüttelte panisch den Kopf. »Ich weiß es nicht.«

Die jüngere Frau in der Zimmerecke mischte sich ein. »Er hat eine Waffe. Abby hat gesagt, er habe sie gekidnappt!«

»Bleiben Sie beide, wo Sie sind. Gehen Sie wieder runter auf den Boden, und kommen Sie nicht raus, bevor ich es sage.«

Marcus betrat das Esszimmer. Im Gang sah er kurz ein Stück Hemd aufblitzen.

»Stehen bleiben!«, brüllte Marcus erneut. Callahan drehte sich um und schoss auf Marcus, der das Feuer erwiderte und auf den Mann zulief.

Ein weiterer Schuss krachte, und eine Scheibe ging in Scherben. Marcus lief in die Eingangshalle und sah Duvane, der draußen auf dem Boden lag und sich den Arm hielt. Marcus drehte sich zu dem leeren Wohnzimmer um und rief: »Thomas Callahan, Sie sind verhaftet! Machen Sie die Situation nicht noch schlimmer für sich!« Langsam und mit gezogener Waffe durchquerte Marcus das Zimmer und fuhr fort: »Hier sind viele unschuldige Menschen. Einmal Ihre Mutter. Ein Baby. Machen Sie nicht alles noch schlimmer.« Er durchquerte das Esszimmer und sah sich zur Küche um, wo die Frauen in der Ecke kauerten.

»Wie könnte es denn noch schlimmer werden?«

Marcus drehte sich zu Callahan um, der im Esszimmer gleich neben der Tür zum Gang stand und mit der Pistole auf Marcus zielte. Marcus‹ Waffe war nicht auf ihn gerichtet. Er machte eine kurze Bewegung, und Callahan spannte den Abzug.

»Ihr müsstet doch tot sein.«

Marcus bewegte sich ein wenig, bis er ihm gegenüberstand. »Überraschung.«

»Da werde ich euch beide wohl noch einmal töten müssen.«

Marcus rührte sich nicht. »Ich wünschte, das würden Sie nicht tun.« Die Badezimmertür unter der Treppe begann, sich zu öffnen.

Callahan lachte. »Ja, das glaube ich Ihnen gern.« Er hob die Waffe ein wenig höher, kniff zum Zielen ein Auge zu und streckte den Schussarm durch. Direkt hinter ihm stand Abby, die etwas Großes, Weißes über dem Kopf hielt. *Zack.* Mit voller Wucht zog sie Callahan den Gegenstand über den Schädel und ließ ihn dann fallen. Callahan brach zusammen, ließ die Waffe los, und das weiße Ding zerschellte auf dem Fliesenboden in tausend Stücke. Mit der Waffe im Anschlag stürmte Marcus herein, rollte Callahan auf den Rücken und drückte ihn mit seinem Körpergewicht zu Boden, während er die Handschellen herausholte.

Abby stürzte zu Boden.

»Abby!«, schrie Meg aus der Küche.

»Alles okay!«, rief Marcus zur Küche hinüber. Meg und Callahans Mutter kamen herbeigelaufen. Meg hatte immer noch Lizzy auf dem Arm.

»Trip!« Seine Mutter lief zu ihm hinüber und kauerte sich neben ihn. Er kam gerade wieder zu Bewusstsein.

Marcus zwang Callahan aufzustehen und brachte ihn hinaus. Callahans Mutter folgte ihnen. »Was geht hier vor?« Flehend lief sie hinter ihnen her aus dem Haus.

»Abby!« Meg stürzte auf sie zu, und sie umarmten sich.

»Meg, es tut mir so leid!« Sie sah Lizzy an, deren Gesicht vom Weinen ganz rot und verschwollen war. »Lizzy! Hey, du Süße. Es tut mir so leid! Es tut mir so leid!« Sie schüttelte den Kopf. »Nicht zu glauben, dass ich das hier in dein Haus gebracht habe.« Die Stimme versagte ihr.

»Es ist alles okay!«

Abby blickte auf die Porzellanscherben, die um sie herum lagen. »Den habe ich kaputt gemacht.«

»Was ist das überhaupt?«

»Der Deckel von deinem Spülkasten.«

Meg entfuhr ein leises Lachen. »Willst du mir etwa erzählen, dass du ihn mit meiner Toilette bewusstlos geschlagen hast?«

Abby lächelte. »Ich glaube schon.«

Kapitel 30

Am nächsten Morgen klingelte es an der Tür, und Abby blickte aus dem Fenster im Gang. Es war Marcus.

Aus der Küche rief Nate: »Ich gehe schon!« Abby ging zurück ins Gästezimmer, nahm ihre Sachen und ging durch den Flur zum Kinderzimmer. Meg saß in einem Sessel und schaukelte Lizzy im Arm.

»Also, ich gehe jetzt. Noch mal vielen Dank für die Kleider«, sagte Abby und posierte in dem blauen Kostüm.

»Hey, das sieht gut an dir aus!«

»Na ja, ich hab Glück, dass wir die gleiche Größe tragen.«

»Ja, früher mal. Lass dir ruhig Zeit mit der Rückgabe. Ich muss sowieso erst ein bisschen Schwangerschaftsspeck loswerden.«

Abby trat ins Zimmer und setzte sich aufs Bett. »Meg, du siehst wunderhübsch aus. Und du bist der netteste Mensch auf der ganzen Welt. Nach allem, was hier gestern passiert ist, bin ich …« Sie wusste nichts weiter zu sagen. »Danke für alles.«

Meg stand auf. »Du weißt doch, es heißt, dass traumatische Ereignisse die Menschen einander näherbringen! Wir werden großartige Freundinnen werden, das weiß ich. Und jetzt raus hier. Du bist spät dran.«

»Okay. Danke. Danke für alles.« Sie drückte Lizzy einen Kuss auf den Kopf. »Tschüss, du Süße!«

Nate und Marcus standen in der Eingangshalle am Fuß der Treppe und unterhielten sich. »Hallo, ihr beiden.«

»Hi, Abby, bist du fertig?«

»Ja.« Sie umarmte Nate innig. »Danke für alles«, flüsterte sie.

Nate löste sich aus der Umarmung und umfasste ihre Handgelenke. »Hey, wir sind schließlich eine Familie, nicht wahr?« Abby nickte. »Gut. Vergiss das nicht. Ich rufe dich später an.«

Marcus öffnete ihr die Beifahrertür und ließ den Wagen an.

»Und, was habe ich verpasst?«, fragte Abby.

»In den letzten vierundzwanzig Stunden war einiges los, meine Liebe.«

»Also?«

Marcus bog auf die Sheridan Road ab und fuhr nach Süden in Richtung City. »Wo soll ich anfangen? Erstens, gestern Nachmittag ist Isabel Ramirez aufs Polizeirevier gekommen. Sie hat Callahan bei einer Gegenüberstellung identifiziert. Wir haben noch einen Mann dazu geholt, von dem ich wusste, dass er im *Reggie's* war, als Callahan und seine Kumpane das erste Mal dort waren – der Bruder von einem meiner Straßenkontakte. Er hat die drei Polizisten und auch Callahan identifiziert. Sie sitzen alle in Untersuchungshaft. Mittlerweile gelten sie bei den Schüssen auf Leon und seinen Vater als Hauptverdächtige, und wir haben vor, Callahan wegen der Morde an dieser Prostituierten, an Ali Rashid und an seinem Freund anzuklagen, sobald du dort warst und deine Aussage gemacht hast.«

»Hört sich alles gut an.«

»Und gestern Nachmittag haben wir einen Durchsuchungsbefehl für Callahans Geschäftsräume bekommen. Seit Stunden schon sind mehrere Polizisten damit beschäftigt, Unterlagen und Computer und alle sonstigen Beweise sicherzustellen. Sie werden sich die Festnahmen und alle sonstigen Beweismittel bei allen Immobilien vornehmen, an die er durch Versteigerungen gekommen ist. Wir haben seine Einzelverbindungsnachweise und seine E-Mails ausgewertet. Man wird allen Kontakten mit der Chicagoer Polizei nachgehen.«

»Gut.«

»Und Reilly ist ganz erpicht darauf, alles zu tun, um seine Anklage zu mildern, du kannst dir also sicher sein, dass er gegen Callahan aussagen wird.«

»Wie sieht es mit Kaution aus? Wenn er auf Kaution entlassen wird, musst du es mir sagen, dann verlasse ich nämlich die Stadt. Ich würde mich nicht mehr sicher fühlen.«

»Darüber würde ich mir keine Sorgen machen, Abby. Bei all dem, was ihm zur Last gelegt wird, wird jeder Richter wissen, wie hoch das Fluchtrisiko bei ihm ist. Und außerdem war gestern sein Vater auf dem Polizeirevier.«

»Und?«

»Man sollte doch meinen, eine einflussreiche Familie würde einen der ihren beschützen und sich einen Rechtsanwalt nehmen. Aber anscheinend ist Trip Callahan alles andere als ein Goldjunge. Sein Vater hat ihn besucht und sich von ihm verabschiedet. Er hat den Beamten gesagt, dass er nichts mehr mit ihm zu tun haben will.«

»Wow. Und was ist mit der Anklage gegen mich?«

»Duvane hat persönlich dafür gesorgt, dass die ganze Angelegenheit fallen gelassen wird. Es ist wirklich vorbei, Abby.« Er legte seine Hand auf ihre. »Und weißt du, ohne dich hätte ich das nicht geschafft. Wirklich, dir gebühren sämtliche Lorbeeren. Ich wünschte, ich hätte dich besser beschützt.«

Abby legte ihre andere Hand auf seine. »Du warst toll.«

Er blickte zu ihr herüber. »Du hast mir gestern das Leben gerettet, Abby.«

Für Abby fühlte es sich nicht so an. Ihr kam es eher so vor, als hätte das Zusammensein mit Marcus und die Arbeit an dem Fall ihr das Leben gerettet. Sie lächelte. »Der Trick mit dem Spülkastendeckel war nicht übel, was? Willst du das nicht auch mal probieren?«

»Ja, warum nicht?«

Sie fuhren weiter die Sheridan Road entlang und bogen zum Lake Shore Drive ab. Nach ein paar Minuten hatten sie einen perfekten Blick auf die Skyline und das *Drake-Hotel*, das gleich vorne an der Kurve lag.

»Und was ist mit dem Staatsanwalt, den du mit Callahan gesehen hast?«

»Die Ermittlungen gegen ihn haben gerade erst begonnen. Es ist noch nicht sicher, wie viel er gewusst hat, aber Duvane bemüht sich um einen richterlichen Beschluss, damit wir seine persönlichen Finanzen unter die Lupe nehmen können. Und von der Staatsanwaltschaft ist er für die Dauer der Ermittlung suspendiert. Es wird eine Weile dauern, aber wir werden sie alle kriegen.«

»Wow. Arbeitest du weiterhin verdeckt? Wirst du bei der Dienstaufsichtsbehörde bleiben?«

»Für den Augenblick ja. Erstaunlicherweise ist meine Tarnung nicht aufgeflogen. Und Duvane zufolge gibt es noch viel zu tun.«

»Ich bin froh, dass du in Chicago bleibst. Ich habe mich irgendwie daran gewöhnt, dich in der Nähe zu haben.«

Er lächelte. »Ich auch.«

Schweigend fuhren sie am Navy-Pier vorbei und bogen rechts auf die Monroe Street zu Abbys Bürogebäude ab.

»Und du kannst jetzt auch wieder zur Arbeit gehen. Das ist bestimmt eine Erleichterung.«

Abby gab ein halbherziges »Ja« von sich.

Unter den Zuggleisen der L hielt Marcus auf der Wabash Street vor ihrer Kanzlei.

»Danke fürs Mitnehmen, Marcus.«

»Das war doch wohl das Mindeste. Ich melde mich«, sagte er förmlich.

Sie beugte sich zu ihm hinüber und umarmte ihn herzlich. »Freunde?«

Er lächelte und erwiderte die Umarmung. »Freunde.«

»Das heißt also, wir könnten uns tatsächlich mal einfach so treffen? Zusammen ein Bier trinken gehen oder so?«

»Das wäre großartig.«

»Und wenn du mal jemanden zum Meinungsaustausch brauchst oder für geheime Recherchen, kannst du auf mich zählen!«

Er lachte. »Ja, ja. Jetzt geh schon.«

Als Abby die Lobby betrat, war es beinahe zehn Uhr. Seit dem letzten Freitag hatte sie sich an ihrem Arbeitsplatz nicht mehr blicken lassen – drei Tage ohne ein Wort der Erklärung, abgesehen davon, dass Sarah für sie in die Bresche gesprungen war. Sie hatte nicht einmal das Memo wegen der Teilhaberschaft eingereicht. Vielleicht würde man ihr ja sogar kündigen, aber sie war mit sich im Reinen. Im Moment kümmerte es sie nicht sonderlich, was passieren würde. Doch sie fand, die Kanzleipartner verdienten es – nein, *sie* verdiente es –, dass sie ihnen die Wahrheit sagte.

Sie hatte vorab angerufen und Dorothy, Jerrys Sekretärin, gefragt, wann er Zeit hatte, daher wusste sie, dass er jetzt ein paar Minuten für sie erübrigen konnte. Sie ging direkt zu seinem Büro und klopfte an die offen stehende Tür.

»Abby, bitte kommen Sie herein. Ich wollte Sie heute ohnehin zu mir bitten. Ich habe gar kein Teilhaberschaftsmemo von Ihnen bekommen.«

Sie trat ein und schloss die Tür hinter sich. »Ja, was das angeht … ich muss Ihnen etwas sagen.«

Zurück an ihrem Schreibtisch, machte Abby sich eine To-do-Liste mit all den Dingen, die sich seit Montag angesammelt hatten. Sie bekam das Grinsen gar nicht mehr aus dem Gesicht. Jerrys schockierter Gesichtsausdruck war unbezahlbar gewesen. Nie im Leben würde die Kanzlei ihr jetzt kündigen. In ein paar Stunden würden sämtliche Medien über die Story berichten, und durch die Rolle, die Abby darin gespielt hatte, stand auch die Kanzlei im Rampenlicht. Sie würden niemals als die große Kanzlei gelten wollen, die Abby gekündigt hatte, nachdem sie eine Art Verbrecherkartell aufgedeckt und einen Mörder sowie etliche korrupte Cops hinter Schloss und Riegel gebracht hatte.

Eher würden sie Poster drucken lassen, mit Abby als dem Gesicht der Gerechtigkeit. Wahrscheinlich erzählte Jerry die Geschichte bereits allen Seniorpartnern, die er finden konnte.

Es war schön, dass die Kanzlei wieder hinter ihr stand, aber noch viel besser war, dass sie endlich wieder in der Lage war, ihr eigenes Leben zu leben. Sie konnte nicht mehr an Dennys Stelle leben, und sie hatte endlich begriffen, dass sie das nicht musste. Wenn der Staub sich gelegt hatte, würde sie wieder weinen, weil sie David hatte gehen lassen, das wusste sie. Sie waren verwandte Seelen – mehr als sie ihn jemals hatte wissen lassen.

Aber heute würde sie nicht weinen. Heute ging es um einen Neuanfang. Darum, einen neuen Plan zu machen und einen neuen Kurs festzulegen. Sie war fest entschlossen, ihren eigenen Weg zu finden, und dieser Schreibtisch würde sie nicht mehr viel länger aufhalten.

Abby machte gerade Feierabend, als eine E-Mail von Seth, dem ewigen Cheerleader der Kanzlei, in ihrem Postfach landete. Der Betreff lautete simpel: FEIER ZUR HAPPY HOUR. Abby klickte die Mail an:

> *An alle: Sarah ist aus den Flitterwochen zurück, und es ist zwar noch nicht offiziell, aber am Wasserspender wird geraunt, dass bald einer der Unseren die Reihen der niederen Anwälte verlässt, um Partner zu werden. Wir brauchen Bier. Clark Street Ale House. Fünf Uhr. Kommet zuhauf!.*

Abby schüttelte den Kopf und lächelte. Jerry hatte ihr vorab schon alles gesagt, was die Teilhaberschaft anging. Sie schaute in ihren Kalender. Am Nachmittag hatte sie nichts vor. Und dann sah sie eine jüngere E-Mail. Sie war von David. Sie hielt den Atem an und öffnete die Mail: *Hi, Abby. Danke für die Nachricht. Ich denke nicht schlecht von dir. Ich weiß, was passiert ist. Wir sollten reden. Können wir uns treffen?* Er wusste also, was passiert war? Aber wie konnte das sein? Dann, bevor ihre Freude, wieder mit David zu reden, überhandnahm, rief sie sich selbst laut ins Gedächtnis: »Er liebt jetzt eine andere.« Sie schrieb zurück:

> *Danke, David. Sieht so aus, als hätte sich alles aufgeklärt. Gott sei Dank. Ich würde mich gerne mit dir treffen … wann immer du Zeit hast. Bis dann.*

Vielleicht konnte sie ihm ja morgen gegenübertreten.

Und dann sah sie sie. Die Blumen von Ali. Immer noch standen sie in dem inzwischen braunen Wasser; um die Vase verstreut lagen welke Blütenblätter auf dem Schreibtisch. Sie lehnte sich zurück und atmete tief durch. So vieles war geschehen. So vieles hatte sich verändert. Und alles hatte mit Ali begonnen. Er hatte ihr in jeder Hinsicht das Leben gerettet. Erneut blickte sie in den Kalender. Seit jener schicksalhaften Nacht waren nur vier Wochen vergangen.

Abby, Sarah und ihr Ehemann Rick standen mit ihren Gläsern in der Hand am Ende der Bar. Abby brachte einen Toast auf Sarahs und Ricks Ehe aus, Sarah einen auf Abbys Rettung und Rick einen weiteren auf Neils Aufstieg zum Teilhaber, was sie alle furchtbar zum Lachen brachte. Sie schauten zu Neil hinüber, der etwas abseitsstand und unter den jüngeren Strebern Hof hielt. »Gönn es ihm«, sagte Sarah zu Abby, als müsste man sie beschwichtigen.

»Absolut. Ich habe einen Schlussstrich gezogen«, informierte Abby sie voller Selbstbewusstsein. Sie atmete tief ein und freute sich auf den Richtungswechsel, zu dem sie jetzt bereit war.

»Hallo zusammen.« Beim Klang seiner Stimme begann ihr Puls zu rasen. Ihr Herz flatterte. Wie sollte sie ihn nur ansehen? Sarah und Rick sprangen auf und begrüßten ihn enthusiastisch. Abby blieb reglos sitzen. Sie war nicht fähig, sich umzudrehen.

Sie hörte, wie er den Neuvermählten gratulierte und ein Bier bestellte.

»Hi, Abby.«

Sie atmete tief ein und drehte sich zu der Stimme um, die sie so gut kannte. »Hi.«

»Wie geht es dir?« Sein Gesicht war ernst.

Sarah legte den Arm um Abby. »Es geht ihr super.«

Abby lächelte. »Ja. Alles ist gut.«

»Das freut mich.«

Sie wusste, dass sie etwas sagen musste. »David, es tut mir leid wegen dieser grässlichen Szene am Montag im Gerichtssaal.«

»Ich komme gerade von einem Meeting mit Robert Duvane. Wie es aussieht, werde ich bei dem Prozess gegen diese Polizisten der Staatsanwalt sein. Abby, ich kann nicht glauben, was du durchgemacht hast. Hätte ich das nur gewusst.«

Sie wusste nicht, was sie sagen sollte. Alles war miteinander verknüpft.

David drehte sich zu Sarah und Rick um. »Das hier ist eine Feier, sagt ihr?«

»Ja.« Sarah hob ihr Glas. »Auf Neils Beförderung zum Partner«, meinte sie sarkastisch.

Abby prostete ihr zu. »Sarahs und Ricks Rückkehr ist der wahre Grund zum Feiern.«

Sarah hob ihr Glas noch höher. »Nein, eigentlich feiern wir hier Abbys fantastische Fähigkeiten in der Selbstverteidigung!«

»Hört, hört!«, stimmten alle zu und tranken einen Schluck.

David wandte sich wieder zu Abby. »Neil ist also Partner? Wie geht es dir damit?«

»Eigentlich bestens.«

»Wirklich?«

»Wir sind gleich wieder da«, platzte Sarah heraus. Sie packte Rick am Arm und zog ihn zum anderen Ende der Bar.

David setzte sich auf den Hocker neben Abby. Nervös nippte sie an ihrem Bier.

»Ist es wirklich okay für dich, dass Neil Partner wird?«

Abby stellte das Glas hin und sah ihm endlich in die Augen. »Die Antwort ist überraschend, ich weiß. Aber es ist viel passiert. Ich gönne es ihm.« Bei seinem Blick fühlte sie sich verloren. Sie hätte gerne reinen Tisch gemacht, konnte es jedoch nicht. »Und du? Ich habe gehört, dir muss man ebenfalls gratulieren?«

»Weswegen?«

»Wegen deiner bevorstehenden Hochzeit?«

Er blickte in sein Bierglas. »Ach, das.« Er öffnete den Mund, sagte jedoch nichts.

Abby überlegte, ob sie ihn danach fragen sollte.

David trank noch einen Schluck und sah Abby wieder an. »Daraus wird nichts werden.«

Abby spürte, wie ihr das Blut in die Wangen schoss. »Was?«

Er lehnte sich zurück. »Wir haben uns bei Sarahs Hochzeit getrennt.«

»Wirklich?«

»Sie hat gesagt, sie hätte gemerkt, dass es zwischen dir und mir noch nicht vorbei ist. Sie hat gesagt, ich hätte den ganzen Abend zu dir hinübergeschaut.«

Abby konnte den Blick nicht abwenden. Sie sah ihm in die Augen und atmete tief ein, bevor sie antwortete. »Wow.«

»Ja, wow.« Beide tranken einen Schluck. David sprach weiter: »Willst du noch etwas wissen?«

Abby richtete sich auf. »Was denn?«

»Ich war letzten Freitag im *Blue Note*.«

»Was?«

»Als du gesungen hast?«

Abby schlug die Hände vor das Gesicht. »Es ist mir so peinlich.«

»Abby, dafür gibt es keinen Grund.« Er zog die Hände von ihrem Gesicht und hielt sie fest. »Ich glaube, an jenen Abend habe ich mehr von dir gesehen, als du mir in all den Jahren gezeigt hast. Du warst großartig.«

Ohne es zu wissen, ermutigte er sie. Sie sah ihm in die Augen. »Ich bin so froh, dass du nicht verlobt bist.«

»Warum das?«

Sie trank noch einen Schluck, bevor sie weitersprach. »Weil ich für immer mit dir zusammenbleiben will.« Ihr eigener Wagemut erschreckte sie, doch sie widerstand dem Drang, sich abzuwenden. »Wenn du mich noch willst.« Sie wartete auf die Antwort.

David war augenscheinlich sprachlos und wusste kaum, wie er reagieren sollte. »Entweder hast du eine ganze Menge getrunken, oder es hat sich viel verändert.«

Sie deutete auf das volle Bierglas, das vor ihr stand. »Nun, das ist mein erstes Bier, also hat sich wohl tatsächlich viel verändert.« Abby blickte in seine hellblauen Augen und sah, dass die Liebe immer noch dort war.

NACHWORT

Als ich *Green Line* zu schreiben begann, war mein erstes Kind erst drei Jahre alt. Inzwischen ist es elf. Es war ein anstrengendes, aufregendes und aufreibendes Abenteuer, und viele Menschen haben mir auf meinem Weg geholfen. Mein aufrichtiger Dank geht an Karin Osborne, D. C. Brod, Julia Buckley, Cynthia Quam, Martha Whitehead, Kathi Baron und John Pogue. Ihre Rückmeldungen, Kenntnisse, Ratschläge und ihre Ermutigung haben mich durch alle Höhen und Tiefen getragen. Ebenfalls möchte ich Win Golden von *The Julia Castiglia Agency* danken. Ihre Begeisterung für das Projekt ließ mich darauf vertrauen, dass die Idee zur Veröffentlichung kein bloßes Hirngespinst war. Mein Dank gilt außerdem allen, die mit der Herstellung des Buches zu tun hatten: Richard Klin, Gwen Gades, Derek Murphy und dem ganzen Team bei *Thomas & Mercer*. Zuletzt möchte ich meiner Familie danken. Mein Ehemann und meine Eltern, Geschwister und Kinder haben mich bedingungslos unterstützt und mich ermutigt, weiterzuschreiben und niemals aufzugeben.

Die Idee zu dieser Geschichte keimte vor über zehn Jahren. Zwischen zwanzig und dreißig lebte ich überwiegend in Chicago und fuhr ständig mit den öffentlichen Verkehrsmitteln. Einmal saß ich als stumme Geisel da und musste zusehen, wie drei junge Männer einen anderen Fahrgast, lediglich zur eigenen Belustigung, verbal drangsalierten. Der Zug war voller Menschen, doch wir alle, die wir Zeugen der Pöbeleien, Beleidigungen und unglaublichen Obszönitäten wurden, unternahmen nichts, weil wir Angst hatten. Bei einer anderen Gelegenheit sah mir eine ältere, geistig verwirrte Frau ins Gesicht und sprach die Worte, die ich auf der ersten Seite dieser Geschichte verwendet haben: »Wenn ich eine Pistole hätte, würde ich die Weißen alle abknallen.« Neunundneunzig Prozent meiner Fahrten verliefen ohne besondere Ereignisse, doch diese Augenblicke habe ich nie vergessen. Einmal stieg ich tagsüber versehentlich in einen Zug der Green Line – damals, als ich Chicago noch nicht gut kannte und nur wusste, dass ich auf dem Weg zu den gefährlichsten Teilen der Stadt war –, und ich fragte mich, wie es wohl mitten in der Nacht ausgegangen wäre.

Mit Abby Donovan habe ich zwar nicht viel gemeinsam, aber ein paar Parallelen gibt es doch. Genau wie sie habe ich als Anwältin in einer großen Kanzlei in der Innenstadt von Chicago gearbeitet und einen juristischen Artikel über zivile Beschlagnahmung geschrieben, der in den späten Neunzigerjahren veröffentlicht wurde. Bei meiner Recherche las ich unzählige Berichte über unbescholtene Bürger, denen man ihr Eigentum ohne ordentliches Gerichtsverfahren weggenommen hatte. Es schockierte mich, dass wir tatsächlich Gesetze haben, die sich nicht um Schuld oder Unschuld von Immobilieneigentümern scheren, Gesetze, die problemlos vollstreckbar sind und von der Polizei im ganzen Land angewendet werden. Der Kongress hat im Jahr 2000 zwar eine Reform verabschiedet, die die Situation in einigen Fällen verbessert hat, doch viele Aspekte dieser weithin üblichen Praxis sind nach wie vor erschreckend.

Nicht zuletzt waren mir die unzähligen Chicagoer Skandale der letzten Jahrzehnte bei der Recherche und Niederschrift dieser Geschichte eine großartige Quelle der Inspiration. Natürlich handelt es sich hier um eine erfundene Geschichte, und ich gehe davon aus, dass die große Mehrheit der Polizeibeamten zu den Guten gehört. Aber kurz nachdem *Green Line* fertig war, berichtete die *Chicago Tribune* im Zusammenhang mit einem der schlimmsten Skandale der Polizeibehörde über die Verurteilung eines ehemaligen Polizisten. Der Polizist, und mit ihm fast ein Dutzend andere, hatte mutmaßlichen Drogendealern und anderen Bürgern im Rahmen illegaler Verkehrskontrollen oder Wohnungsdurchsuchungen Hunderttausende Dollar Bargeld abgenommen. Dem Polizisten drohte eine Haftstrafe von bis zu dreizehn Jahren, doch er und die meisten anderen Beteiligten wurden zu weniger als sechs Monaten verurteilt.

12976893R00203

Printed in Poland
by Amazon Fulfillment
Poland Sp. z o.o., Wrocław